U0543165

大运行

梁凤莲　著

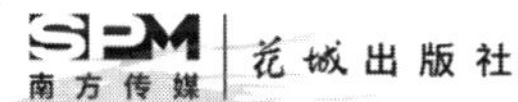

中国·广州

图书在版编目（CIP）数据

大运行 / 梁凤莲著. -- 广州 : 花城出版社, 2025. 6. -- ISBN 978-7-5749-0382-1

Ⅰ. I247.5

中国国家版本馆CIP数据核字第20248HV229号

大运行

DA YUN XING

梁凤莲/著

出版人 张 懿
责任编辑 许泽红
责任校对 衣 然
技术编辑 凌春梅
封面设计 集力書裝 彭 力
出版发行 花城出版社
经　　销 全国新华书店
印　　刷 佛山市浩文彩色印刷有限公司
开　　本 880毫米×1230毫米 32开
印　　张 11.5 1插页
字　　数 260,000字
版　　次 2025年6月第1版 2025年6月第1次印刷
定　　价 59.00元

“一命，二运，三风水。”

“四呢？”

…………

目　录

第一章　庚子年正月初三　祖先

关于爷爷的故事，都是奶奶说给我听的。

请胡裕林给我们家看祖坟那天，大冬天里居然刮的是微微的东南风。

那一天，太阳很早就升到城东福岭的山尖上，不一会儿猛得像往每个人的棉袄下面塞了一个大火笼一样，人人都浑身燥热起来。一早起来，爷爷收拾好镰刀、锄头、扁担、簸箕、鞭炮等上坟的物件，站到水圳边的高石阶上，闭上眼感受了一会儿阳光的直射，又立马回到堂前，吆喝所有人脱去棉裤，穿一条单裤准备出发。

“那时候，你爸爸还没有出世，家里大事小事都是你爷爷说了算。”

在奶奶的回忆里，时间的坐标系以父亲的出生为原点，仿佛父亲的出生改变了周家这一房的命运，但在我看来并没有。爷爷7岁便离开绩溪老家，去往浙江金华壬丰米行当学徒，18岁就成了掌柜，20岁做了英美烟草公司的代理，回绩溪娶了奶奶，在金华安家立业。金华解放后公私企业合营，爷爷没有了铺面，没有了生意，便回到绩溪。父亲的人生经历更加简单，“文革”前大学毕业，“文革”时下放泾县，“文革”后回到大学当老师。

"本来我们家不是初三上坟，是初五。年前我在外面水圳洗衣服时，遇到路过的胡家表婶，她说胡裕林从南昌回来了。我告诉了你爷爷，你爷爷就说今年我们初三上坟。"胡家的祠堂在沥溪，沥溪的习俗是初三上坟，并且在坟上贴红纸，也算是贴了春联。

"镰刀只能割草，再去四午家多借一把柴刀。"爷爷吩咐奶奶。

四午住在花厅，他是绩溪县农机厂的钳工，长得高高大大，身材匀称，白净面皮，一年四季都戴着一顶崭新的绿军帽，一笑两个酒窝。四午很能干又热心，没有他办不成的事情。

1958年，房管所来归公我们家大宅时，爷爷还没有从金华回到绩溪，家里只有奶奶家的一位远房亲戚帮着看管。她出身贫农，听说祖屋要归公后闯到房管所，将大脚踩在条凳上，拍着桌子大骂了在场所有人的祖宗之后，为爷爷他们保留了堂前、堂前左右两边厢房、桥上一间房、屋上两间房、桂花园和厨房的一部分。竹园、花厅、大堂前都被归公，由房管所分给了不同人家，四午就是其中之一。

奶奶的远房亲戚给我们周家爷爷的元字辈、爸爸应字辈和我们翼字辈留下了关于故乡、祖屋、祖坟的所有记忆。我们的后代再也没有按照辈分排序，他们的名字百花齐放，人也星散五湖四海。要是奶奶还活着，她一定会感慨命里留不住的终究留不住。

我在七岁那年被父亲送回绩溪陪奶奶居住。周家的祖训是每一房的长孙都要回老家守业，那时爷爷已经离世。老家的宅院墙高院深，夏天还好，冬天冷得像个冰窖。早上起来，离开厢房，就在一个我们叫堂前的地方吃饭、发呆。堂前对着天井，天井是露天的，冬天的雨雪就从天井飘下来洒落一地。所谓"四水归堂"

不过是好听的说法，我儿子后来翻看祖屋的照片时，说这是露天的Living Room（起居室），以他生活在北美的经历看来，这么冷的天气还设计露天的起居室简直不可思议。

搬进我们祖屋的房客一共有三家：大堂前住的是一家五口人，他们占据了大堂前的两间厢房和竹园；花厅的两间厢房住的是两个单身汉，其中一个便是四午。宅院很大，房客们与爷爷、奶奶并没有很多机会碰面，即便是打水、洗衣也不会遇上。祖屋有三口水井，厨房里一口，竹园和桂花园各一口。洗衣就在自家水圳，水圳从我们住的屋下流过，父亲春节回来住的地方称为“桥上”，下面就是水圳。夏夜的时候，我喜欢睡在“桥上”，能听见枕头下面哗哗的流水声和县缫丝厂女工下夜班回家时塑料凉鞋在巷道的石板上留下的嗒嗒脚步声。

“四午很好心，他会帮我把柴刀磨好了再给我。”

“奶奶，柴火还有很多，过两天再上山。”我记挂着晚两天再上山砍柴。

“好的，不急不急。”

虽然平时几家人想不见面就可以关门不见，但有一个场合例外，那就是做饭。祖屋的厨房很大，大到也拥有独立的天井。说它是一间房就不准确了，它其实是一个区域，分为三个部分，每部分有一座柴灶，乌漆墨黑的。整个厨房都是这种黑，那是柴火日积月累烟熏火燎的结果。围绕柴灶，各家堆放了柴火、水缸、碗橱等物件，我们家这边还放了一张黑乎乎的八仙桌和四张长条凳，奶奶有时就在这里随便吃一碗剩稀饭当早餐。我儿子看了又说，这就是你们当年的Breakfast Area（早餐区）。

奶奶负责煮饭，所以与其他几家见面的机会最多。中午时分，在混合着呛鼻柴烟与清寡菜味的厨房，主妇们难免相互问候，闲扯上几句家常。四午的开朗与笑声让他成为最受欢迎的人。除了经常找他帮手之外，爷爷奶奶喜欢四午还因为他在所有房客中，特别尊重爷爷奶奶的业主身份，而其他人仿佛占了我们的住房是给予我们恩赐一样。

“四午看我们是去上坟，就从他的碗橱里拿了半瓶猪油给我，说借给我用。”奶奶说的瓶子是过去装橘子罐头的广口玻璃瓶，在1960年，一个单身汉能拥有半瓶猪油是让人极其羡慕的。奶奶没有问过爷爷，多谢之后就收了下来。奶奶是裹了小脚的，她没有办法跟着我们去上坟，就把这半瓶猪油郑重其事地交给我大伯保管。

祖坟在县城外的福岭上，我能想象一群人在冬日的艳阳下，走在鞭炮硝烟尚未散尽的街巷中，去往祖先长眠之地，是一件多么令人开心的事情。后来的日子里，我多次走在这条路上，最喜欢的有两段。第一段是从县城高大逼仄的马头墙、石板路走出来，天地唰一下广阔起来，环绕县城东西南北四面八方的福岭、乾山、西嶂、望峰平日都只能看见一角，而走在扬水河的高堤上，群山环列、劈面而来，大河汩汩滔滔、清澈见底，心里像被扯掉了一层围布，露出金灿灿的宝贝一样，欣喜瞬时炸开了锅。欣喜有时是上天给的礼物，四十多年后，我喜欢冬天站在南武别墅客厅高达8米的落地玻璃窗前，沐浴着冬日暖阳，等待着欣喜降临。欣喜，却始终不来。

那一年春节，我不知道爷爷、伯父伯母、父亲、姑姑的心情是否和我一样。踩着露出水面的石头涉过扬水河，经过正在施工的小型水泥厂，下到干硬的田埂上，就到了我最喜欢的第二段：地里倒伏着已经收割的高粱秆，弯曲的田埂像迷宫，引领着人们走向坟地。对少年来说，这段路像障碍赛场，不时要跳过水沟，路遇惊慌的、闪电一般掠过的田鼠，还要有强劲的臂力抓住杂草向上攀爬，等他们爬上半山腰祖坟前面的那个土坡时，就会看到枯黄的蒿草间隐约闪现的灰色坟头。

“要是夏天去，恐怕要找好一阵子。”这也是奶奶说的，我奇怪于她没有去，是怎么知道现场情形的。

上坟最主要的任务就是清除杂草，漫山遍野的杂树杂草，趁着清明过后无人上坟的空当，像夏天暴涨的扬水河一样，漫过坟地的角角落落，喧嚣着，吵闹着，层层叠叠；到了冬天，就大势已去般集体枯黄，赖在原地。四五个壮丁，用镰刀、锄头和柴刀，最少花费了半个小时才完全收拾妥当，露出墓碑和碑前一片平整的空地。

此时，大伯母默默地将带来的祭品摆好，一碟米糖、一碟酥糖、一碟糖瓜、一碟花生，今年还有半瓶猪油。大伯母的娘家过去在金华是开金铺的，奶奶说1959、1960、1961那三年，大伯母把陪嫁的金器全部卖了，才保证了爷爷和奶奶吃饱穿暖。

“今天初三，要不要按照沥溪的习惯贴红纸？我都带着了。”大伯母问爷爷。

“贴，我们做什么高兴，祖先就会高兴。”爷爷把手向空中一挥。

绩溪的风俗是上坟烧元宝，而不是烧纸钱，昨天在家里叠好的元宝现在堆在坟前，像一座小山，山顶先冒出青烟，接着是黑烟，然后是大火。此时，伯父们手里的双响炮开始响起，接连不断的爆炸声在山谷里回响，越传越远。我一直认为那是召唤偶尔远游的祖先回到坟地的信号，请他们见证后代的怀念与孝心。

等烧元宝的黑烟散尽，人们就会各自找一个地方坐下来歇息，一边聊天，一边就着军用水壶里的茶水，将带来的米糖、酥糖、花生等消灭干净。

此时，后山不远处也响起双响炮腾空后的爆炸声，胡裕林家的祖坟就在我们家祖坟的背面，隔着一个不高的山头。男人们都停下手里的吃食，辨别具体的方位，爷爷告诉大伯父："你去后面看看，如果是胡裕林来了，请他走的时候过来我们这边看看。"大伯父站起来，拍了拍裤子上的土，弯着腰向后山爬去。

胡家在徽州一府六县，无论是做生意还是当官；都比汪家、周家要出色。对徽州人来说，不做生意，就去读书当官；七山二水一分田，当地主是不可能的。胡裕林是读书的命，他家境优渥，东吴大学毕业，新中国成立前是大伯父在国立中正大学的地理学老师，业余时间喜欢钻研风水，据说年纪轻轻就给很多国民党要人看过风水。新中国成立后，他本来可以太太平平地做他的教书先生，但有一次开会，忍不住与系里的党总支书记抬杠。人家说中正大学是蒋介石办的黑大学，"中正"二字就是蒋介石的字；他跳出来说不是，是首任校长、植物学家胡先骕取义"大中至正"而来。结果，过往看风水的黑历史被翻了出来，他灰溜溜地被赶出了大学校门。

"春庭兄！"胡裕林的大嗓门在山头响起，群山回响，大家一起回过头来，望向他伫立的高处。

"众容兄！"虽然爷爷的年纪比胡裕林大，但还是习惯称呼他一声兄。

大伯父陪着胡裕林下到坟包边缘，坟包边缘离地面还有一米多高。胡裕林站定后，一跃而下，稳稳落地，他得意地哈哈大笑。大伯母递上糕点，胡裕林也不客气，连续塞了几块进嘴里，等到寒暄完毕，爷爷才开腔："众容兄，今天特别想请你给我们家看看运势。"

“哦，春庭兄，这可不是民国啦，你还敢信风水？”胡裕林说这话时，一点儿都没压低嗓门。

“风水就是风水，千朝万代一直都在。”爷爷笑眯眯地回应。

“我可是白纸黑字写明的‘美蒋特务’啊。”说完，胡裕林哈哈大笑。

“你是不是特务，我不知道；你是不是好人，我知道。”爷爷继续笑眯眯地回应。

自以为放出撒手锏，我爷爷会知难而退，谁知道一拳打在了棉花上。胡裕林还想再使一招，于是，他说：“当年江西省政府主席方云找我给他们家看祖坟，那都是先付小黄鱼（金条）一条。”他环顾了一下四周，笑着指向那瓶猪油：“我不要多，要不就这半瓶猪油吧。”肚子都吃不饱的时候，谁家还有猪油？胡裕林猜想这半瓶猪油一定是我们家借来，还要还回去的，我爷爷再大方也不会送借来的东西。

“应博。”爷爷轻唤了一声大伯父的名字，大伯父马上把猪油瓶子擦干净，用一块布包好，打好结，双手捧在胡裕林面前。

“春庭兄，使不得啊，这年月，米都买不到，油比黄金贵啊。”

“再贵的东西也有一个价，比不上天命，命是无价的东西。”

“春庭兄，我劝你还是算了，我算是看清一件事：运，敌不过命；命，敌不过势；势，敌不过时；时势不济，再好的命也遇不到运啊。”

“来日方长，我们都是有后代的人，”爷爷笑着指了指自己的儿女们，接着安慰他，“也说不定，过几年他们就遇到好时势了。”

“既然这样，东西我就不收了，话嘛，简单送三句。”

“裕林叔，您不用拿个罗盘出来看看？”年轻的姑姑插话。

“哎呀，周家小姐，你们家祖坟也不是皇帝陵寝，这个地方我比你来得多。”对年轻貌美的姑娘，胡裕林喜欢表露长辈的亲昵与疼爱。

“那就说您的三句话吧。”姑姑没有好声气地催促。

“一是周家的人命里注定波折，二是你们家发三房，”胡裕林没有理会我姑姑，慢条斯理地说，“三是你们家去南方才有得发。”

若干年后，等我清明、春节再来上坟时，爷爷已经在祖坟里和他的祖先团聚了。他的一生除了墓碑上的名字和几张照片，其他一切皆空。我的将来，或许连墓碑都不会有。一个人的一生如此云淡风轻地飘过世间，了无痕迹。

幸运的是，爷爷还留下了这个故事。等到我们将奶奶也送进祖坟与爷爷合葬时，便不再有人讲述他的故事，而我们也已经人过中年，上坟的时间也改为夏天，因为清明时北美的大学并没有放假。等到酷暑来临，我们拖儿带女浩浩荡荡地与表哥表嫂们戴着草帽，扛着锄头，拨开人一般高的高粱，走在湿滑的田埂上，大声笑着去上坟时，内心都是平静与欢快的，仿佛是去拜访久别的亲人一样。

劳作完毕，烧完纸钱，我们也一样歇息，喝着冰冻可乐，吃着万里迢迢从沃尔玛或者COSTCO（开市客）买的糕点，我都会和儿子说起四十多年前，祖辈为我们预先解读的命运。

“你的意思是我们是最幸运的一家人？”儿子好奇自己的未来有没有被眷顾。

其实，奶奶告诉过我，我父亲确实是爷爷活着的第三个孩子，只不过，他并不是老三而是老四。他本来还有一个三哥，三哥在很小的时候就夭折了，我父亲便成了老三。我在我们几个翼字辈兄弟中发展最好，读大学、教书、当官、做生意，事事顺利，奶奶更加笃信了胡裕林的预言。至于胡裕林说的三房是我父亲，还是替父亲挡了厄运的哥哥，谁也说不清。

我是周家三房的长孙，叫周翼谋。高考恢复后，我考去了北京读大学，在大学认识了来自南武市的太太。毕业之后，我与她一起南下广东安家立业，生下了一对双胞胎兄弟周为广、周广为。每逢清明、春节我回绩溪老家，都会去探望胡裕林。我喊他胡伯伯，他会在家里做两道拿手菜，招待我们。他那两道拿手菜，纠缠了我日后的味蕾，一直回味，一直返寻味。蚂蚁上树的香软溜滑、臭鳜鱼的汁液浓稠，醇厚的风味如同记忆中的戳印，怎么都去不掉。

他退休前是绩溪华阳中学的校长。他们家的祖坟靠着马路，改革开放后，很快就被征用迁坟了；我们家的坟在背面的山坡上，虽偏远，却幸存了下来。

而我在财富之路上高歌猛进之后，突然一个急刹车，撞在命运的铜墙铁壁上，头破血流。中风那一刻，我忽然想到的，就是奶奶说的胡裕林那三句话。周家所有人都不会永远走好运或者永远走厄运，“折”是突然、直角的变向，该来的终究还是来了。

时光无法阻拦归宿的到来，永远也无法阻拦。归宿就像一个在老人怀里拼命扭动的婴儿一样，想要挣脱束缚，却从高处跌落地面。然后，学会爬行，学会行走，学会奔跑。

第二章

第一节　2008年12月24日　冰雪，回家

一生中重要时刻的记忆，总是与天气有关。霉运永远生在坏天气，好像正常的好天气什么坏事也不会发生一样。

周广为离开纽约的那一天，2008年的第一场寒潮如期到达哈得孙河的入海口，周广为不知道它来纽约的目的是阻止自己飞往南武，还是仅仅为了送行。反正，日后他回忆起作为人生转折点的那一天，就会想起这场暴风雪留给他的灰色天空和冰冷记忆。

AVIS（安飞士）位于曼哈顿百老汇街的租车点设在西217街的地下停车场，办好手续，周广为把车开到出口，将自己的驾照交给门卫查验。抬眼从风挡玻璃望出去，外面的世界像一块浇铸而成的铅锭，从北大西洋赶来的暴风已经卷起了漫天的雪花，遮天蔽日，不规则地旋转着，野蛮地肆虐着，扑进大厦的甬道，撞击着车身，想把周广为的这台道奇冲回地下车库。

今天AVIS值班的还是那个老黑人，周广为与李仞芝分居后把房子留给了李仞芝，搬来曼哈顿租了楼上2008房。周广为常在这里租车，他与老黑人虽然从未问过姓名，却非常熟悉彼此。车

窗外，北风穿过岗亭，刮得车身发出尖叫，像一群小恶魔在狂欢。大楼的暖气到了这里显得有些无力，周广为看了看正在搓手的老黑人，拿起副驾驶座位上始祖鸟牌的毛线帽递给了他。

“嗨，伙计，我要离开纽约了，帽子用不上了，送给你吧。”

老黑人感激地看了一眼周广为，没有客气，接过来就戴上了，随口问道：“去哪里？”

“南武。”周广为答道。

“哪里？”显然，老黑人是第一次听到这个发音。

“南武，中国南武。”周广为提高了音量。

老黑人耸耸肩，嘟囔着说那一定是一个遥远的地方，从墙角拿了一把冰铲递给周广为：“兄弟，今天还会有冻雨，留在车上备用吧。”

对住在加拿大或者美国纽约州的司机来说，冻雨比大雪更恐怖。冻雨下在风挡玻璃上就会结冰，雨刮根本奈何不了它，唯一的办法就是停车用冰铲去铲。周广为知道老黑人误解了他的目的地，以为遥远的未知之地，就一定在北方。

想到自己的目的地和佛罗里达一样温暖，不过远在万里之外，是一个叫南武的城市，他的心情又像电脑屏保一样换为蓝色。这个中国南方的城市对周广为来说，像梦幻之中的爱情，近几年常常听人说起，却好久未曾亲近过。

递回驾照，老黑人望了一眼矩形混凝土方框外沉重的铅灰色世界，祝福周广为：“祝你好运，兄弟，顺便说一句，我叫Red。”

在美国待久了，就会发现美国男人的名字千奇百怪，各种颜色都有，叫Green（绿）的非常普遍，叫Red（红）的也不在少数。“我叫周。”周广为挥了挥手上的驾照，算是道别，这个守门人也许是他在曼哈顿告别的最后一个人，有缘就来日再相见吧。

在美国生活了十几年，周广为虽早已习惯了陌生人之间用礼貌传递的温暖，此刻，却还是有些感伤。人生就是一个旅程，他不得不赶赴一个叫南武的终点。

揉了揉有点发酸的鼻子，周广为赶快关上车窗，打开音响，让酷玩乐队的歌声弥漫车内，然后一脚油门冲上出口的斜坡，铅灰色的空间瞬间吞没了他。

“坏消息总是一个接着一个来的。”在沃顿商学院读MBA的时候，教投资学的契辅教授总是把这句他心中的至理名言当作口头禅，每次上课都会说两遍，周广为也就不得不记住了。契辅教授是俄裔犹太人，他不仅是一位教授，也是一位成功的商人，他是大地基金的联合创始人。契辅教授特别偏爱周广为，曾在课堂上公开说他具备优秀商人的天赋。

话虽如此，但周广为先后选了两门契辅教授的课，都没有拿到高分：一门投资分析是B⁻，一门决策管理也就拿了个B。由于近年来大地基金开始关注中国市场，契辅教授负责香港分公司的业务，因此，和周广为的交流一直维持到毕业后。

“在中国，什么是最重要的？”契辅教授常常问客户，不等客户回答，他就会斩钉截铁地告诉对方，“关系是最重要的。我在中国有关系。”周广为有时也会疑惑，这个犹太人连中国都没有去过，在中国怎么会有关系？难道自己就是他所谓的关系？

“2009年是中国的农历鼠年，财运不利啊。”新年春节，周广为打电话给契辅教授拜年时，教授就放出了悲观的预言。电话这头的周广为撇了撇嘴，这位教授自从接手中国业务后，就迷上了风水、算命等玄玄乎乎那一套。

“亚洲人高深莫测。”契辅教授常常语重心长地告诫客户。

从沃顿毕业后，周广为没有如契辅教授所愿去创业，而是选择去了雷曼兄弟。比起每天都在恐慌与惊吓中度日，他更愿意靠着聪明的头脑稳稳地拿一份不错的年薪。2008年清明过后，关于雷曼兄弟的谣言就已经满城风雨，华尔街的每张饭桌上都在说雷曼兄弟要倒闭了。周广为起初不以为然，“倒闭”在华尔街算不得什么罕见的字眼，雷曼兄弟的股价是在一路下滑，那又如何？几时轮到雷曼兄弟倒闭？

“Too big to fall.（大到不能倒。）”好兄弟卡桑递给周广为一杯星巴克拿铁后，拍了拍他的肩膀，重复着这句至今还是颠扑不破的真理。卡桑的全名是卡桑·周，与周广为的周写作ZHOU不同，卡桑的“周”是CHOW，典型的来自中国香港的移民写法。卡桑来自田纳西州的孟菲斯，孟菲斯是美国传统的植棉区，黑人很多。“孟菲斯不是也有亚洲人吗？”卡桑是一个典型的“香蕉人”，祖上来自广东台山，他常常面对这样的质疑翻白眼。他的朋友遍布曼哈顿的每个角落，雷曼兄弟的CEO（首席执行官）理查德·福尔德的司机就是他千方百计结交的铁杆朋友。卡桑掌握华尔街的内幕消息之多，连他的部门经理周广为都自愧弗如。

“一个好消息，一个坏消息。”卡桑把周广为拉到靠走廊的通道上，把手肘蹭靠着莉亚的工位，“莉亚是全曼哈顿最美的分析员。”卡桑并不理会莉亚翻过来的白眼，依旧殷勤地把笑脸奉献给自己的“女神”，然后才把嘴靠近周广为的耳边，悄悄地说：“好消息是巴克莱的人到了。”

“哦？”周广为忍不住后仰上身，掩饰不住惊叹。这还真是一个好消息，因为有能力挽救雷曼兄弟而自己也不被拖下水的银行，全世界也没有几个，巴克莱算一个，现在加上美国银行，那就有两家大银行在和雷曼兄弟谈并购了。

事关自己在雷曼兄弟这么多年的经营，要想办法验证一下这个消息！周广为在脑子里快速地过了一遍自己的人脉——何永昌，澳门人，比周广为高两届的师兄，毕业后去了巴克莱，听说升得很快，现在已经是战略投资部的副总经理。可以打个电话给他，试探一下他的口风。

想不到何永昌马上就接了他的电话，刚刚寒暄了两句，何永昌就笑着说："广为，你知道我来了纽约？"

真的是巧得不能再巧了，来谈并购的是自己的熟人。周广为庆幸自己打了这个电话，赶紧把话题往目标上靠："我哪有预测师兄的本事，就是听到一些风声，试试运气而已。"

话筒那边，传来的却是沉默，周广为知道线路并没有断，他好像能看见何永昌望着车窗外向后掠去的高楼大厦而慢慢变得冷漠的眼神。他等待着，过了十几秒，何永昌换了一种更为严肃的语调："我现在正在去机场的路上，广为，作为师兄，我能说的，就是这么多了。要是没有其他急事，下次我们再聊吧。"

挂掉电话，周广为把电话放在裤兜边，然后让它滑进裤兜。契辅教授的坏消息理论是对的：当巨轮遇上风暴的时候，哪里有什么好消息？这个世界全都是坏消息。

卡桑看到周广为打完电话，走过来说："你还没有问我坏消息。"

周广为没有直视卡桑，他两手扶着玻璃幕墙，俯瞰着第七大道上来来往往的车流，轻声地自言自语："坏消息是他们又走了。"

人总是害怕改变，天性还是喜欢留在舒适区。周广为想过为什么很多MBA（工商管理硕士）的教育是围绕变革与创新，大公司的文化却多是讲凝聚力与稳定。静与动，两者都需要，在职业经理人的生涯里，由不得你说走与留，不想走也得走，或者不想留却走不了。

沃顿商学院的MBA是不招应届毕业生的，周广为大学毕业后，去加拿大内陆城市温尼伯的嘉际国际集团工作了两年。嘉际是中粮集团在加拿大的谷物采购商，周广为负责每年为中粮从加拿大采购150万吨小麦。

在去沃顿商学院前，周广为已经预设了自己通往华尔街的跳板，他知道单靠一个MBA的文凭是不够的，因此，他在南加州大学读商科时，就特意多修了一个应用数学的学位，靠着双学士、沃顿、嘉际三块砖，他顺利敲开了雷曼兄弟的大门。自从他拿到雷曼兄弟的offer（工作邀请），爸爸周翼谋就把自己的网名从Wharton's son（沃顿的儿子）改为Lehman brothers' father（雷曼兄弟的父亲）。

雷曼兄弟的总部在曼哈顿第七大街，要不是周广为极力阻止，周翼谋和梁家珍一定会跟着儿子上楼，去见一见他的部门经理甚至副总裁。“礼多人不怪！”这是周翼谋反复告诉儿子的公关宝典，而在儿子看来，中国人的多“礼”有时会过界，他能做的就是加重语气说一声：“爸！”

母亲总是能精确把握儿子语气加重的程度，梁家珍听出了其中的不耐烦，便站出来扮演慈母：“好了好了，儿子自己的事，就听儿子的，我们也不懂。”

不顾儿子的劝阻，周翼谋夫妇执意从南武飞到纽约，目的不只是上楼去送礼，还有一个很重要的使命——买房子。

“买房子和你妈买衣服差不多，比你妈买衣服还快，一天时间就够了。”周翼谋对妄图拒绝置业的儿子说。

一旦一件事有很多人都有资格提出意见，这件事就会变得混乱无序，不过周翼谋在的话，混乱就不会发生。周广为此刻坐在纽约法拉盛的茶楼里，百无聊赖地一口接一口地吃着叉烧包。早上，纽约注册房产经纪德仔请周广为一家人喝早茶。德仔是梁家珍发小的侄子，喊梁家珍姑姐。李仞芝此时正在与周广为热恋，周翼谋、梁家珍视她为准儿媳，为未来的小夫妻选房子，女主角怎么能缺席？

“纽约有三个区适合投资：一是曼哈顿，二是布鲁克林，三是皇后区。”德仔介绍道。

“曼哈顿太贵，皇后区太远，布鲁克林正好。”周翼谋说。

“我们就只去布鲁克林？”德仔确认。

“只去布鲁克林，又不买其他区，去看什么？耽误你的时间，也耽误我们的时间。”周翼谋回答。

今天不是周末，这间皇帝御宴酒楼却旺得很，排队等位的人坐了好几十个。梁家珍好奇地看着黄色的桌布和黄色龙纹的餐碟、碗，对丈夫说：“这种皇帝家的东西，恐怕北京的酒楼都不敢用。”德仔是这里的熟客，他熟练地将红包塞进经理的口袋，然后从包里拿出一张打印在A4纸上的布鲁克林地图，用红笔在地图上画出几个圈：“布鲁克林现在最好卖的，都在展望公园旁边，公园坡、展望高地和展望莱福特斯花园，还有稍微远一点的皇冠高地。”

除了周翼谋，几个人的脑袋都凑到一起看地图。“都是二手？”梁家珍问。

“布鲁克林中心地区不拆旧房子，成熟社区都是二手。”德仔知道中国客户喜欢新房子。

“哪个区域的二手房销售时间最短？”周翼谋觉得还是数据和指标可靠。

德仔向周翼谋竖起大拇指，将一张打印好的表格放在他面前：

“还是姑丈专业，这是纽约今年前几个月的统计表，布鲁克林的几个社区在这里，展望莱福特斯花园平均成交时间最短，平均挂牌23天就卖出去了。”

“那就直接去展望莱福特斯花园好了。”周翼谋用了不容置疑的口吻。

李仞芝意味深长地看了周广为一眼，这一眼被梁家珍捕捉到了，她用略带抱怨的语气打断丈夫的话：“翼谋，这不是你做生意，是给孩子们买的房子，怎么也要他们拿主意啊。”

由于不是自己出钱，周广为自然不好说什么，另外，他觉得父亲选房子的标准也没有错，于是就表态说：“没事，妈，我们也同意爸爸的选择，仞芝也没有意见。”李仞芝此时的身份还没有明朗，她只能羞涩地拍了一下周广为，心里想：我有什么资格说话啊。

“来来来，喝茶喝茶。”德仔机智地站起来，为大家斟茶。

经理端着一个炖盅过来，放在了梁家珍面前：“送的，鲍鱼虫草花炖汤。”梁家珍拿过李仞芝的碗：“仞芝，分一半给你。”

饮完茶，一行人坐上德仔的商务车穿行在布鲁克林。风从车窗吹进来，伴着树叶沙沙的细碎声响，周广为闭上眼睛去听，这是秋天的声音——空气干燥，树叶渐枯，相互之间摩擦才会有的声音。9月的阳光洒在街道两边带有旧日气息的褐色别墅上，再过几天，金黄的树叶就会开始凋零，那是严冬到来前的征兆。

眼中所见皆是美好，周广为那时没有看到任何他将要逃离纽约的预兆。他牵着李仞芝的手，和父母一起来到布鲁克林高地长廊。德仔让大家站在长廊上向西看，不远处是曼哈顿下城的天际线。

“还能看见自由女神。”李仞芝指了指西南方向。

那一天的记忆就停留在此刻，至于后来看了什么，说了什么，周广为都印象不深，他脑海中定格的就是在布鲁克林高地长廊上看到的曼哈顿风景，他觉得这是他的城市，他来了。

晚上在唐人街五羊楼餐馆的饭桌上，周翼谋拍板要了一套120平方米三房两卫的公寓，告诉德仔既然想要，就报高一点的价。“下次我们来看你，就不用住酒店了。”梁家珍欣喜地憧憬着一家人欢快团聚的场景。

Money is love，钱就是爱，在老外看来画不上等号，周广为理解中国父母不会把“爱你”挂在嘴边，他们表达爱的方式就是为你花钱。临回南武的前夜，梁家珍来到儿子房间，把一个信封放在周广为面前。周广为竖起来看了一眼，是一沓100美元的现金，看看厚度，估计是两万美金，便将信封放进抽屉里。

梁家珍坐在儿子身边，说着重复了好多年的话：“不要省钱，该花就花。”

儿子回答：“知道。”

“能做就做，太辛苦就回来，大不了帮你老爸做。”

“妈，是爸让你说的？”周广为露出为难的神情，“他知道我没兴趣做老板。”

“我知道，”梁家珍叹了一口气，站起来，又说了一句，“我知道。”

雷曼兄弟的offer，就像圣诞节得到了让人心仪已久、喜出望外的礼物。

周广为将道奇开上麦迪逊大街时，想起他和李仞芝从费城来纽约的路上，她曾经问过自己对这份工作的感觉。

“如果让把我最珍爱的东西排序，第一位是父母，第二位是你，第三位就是投行了。”周广为认为什么事情都要有一个衡量的尺度，时间可以来衡量珍爱，陪伴时间最长的，自己应该最为珍爱。之所以把父母排在李仞芝前面，倒不是因为血缘，而是因为他上小学时才认识李仞芝。

最终，无论是李仞芝还是投行，都没有陪伴周广为到永远，就连布鲁克林的房子，也不再属于自己。与李仞芝分居后，周广为开启了新的生活。他搬来了曼哈顿，很多时候，他都是跑步上班，出门向东，先兜一下美国自然历史博物馆，然后沿着中央公园西路一直向南，从西59街出第七大街，经过卡耐基大厅到达雷曼兄弟大厦。虽然不是纽约尼克斯的粉丝，他偶尔也会花高价买黄牛票，去麦迪逊花园广场球馆，为不是家乡的球队呐喊。

之所以依依不舍，一定是因为被认同过。知道雷曼兄弟不再能保住自己饭碗的那一刻，周广为坐在办公室里，把这几年的台历拿出来一页一页仔细翻了翻。进雷曼兄弟公司快三年了，他只待过一个部门，做到了部门的副经理，在名校骄子多如过江之鲫的雷曼兄弟，他的行走速度算是快的。卡桑总是把妒忌充分地表达出来：“周，我要是有你这么好的运气，莉亚早就是我的了。”

运气虽然看不见，却不能说没有。刚到雷曼兄弟，周广为就去了投资分析部。周翼谋给过他一个忠告：部门开会都是为了解决问题，不要乱说话，想好了再说。既然想好了就最后一个说，等大家把废话说完了，你再说。要不然，干脆闭嘴。管投资分析部的副总裁对他的评价是：周有着东方人的隐忍与智慧，他的野心和才华都潜伏在长时间的等待里。

8月下旬，雷曼兄弟准备申请破产的消息已经不再是谣言，公司内部都懒得避讳。HR（人事部门）每天晚上都在加班，从前是灯火通明的大厦，现在只有HR所在的17层异常热闹。手头的工作已经没有意义，人人都在为自己寻找出路。往日的忙碌一个急刹车，停在了原地。

卡桑拿着一个崭新的纸皮箱走过来，把纸皮箱放在周广为的办公桌上。这种纸皮箱是公司给离职人员装私人物品的，卡桑在上面写了周广为的英文名字Mervin（梅文）。然后他坐在周广为身边，把腿搁在周广为的办公台上，幽幽地望着莉亚的工位——莉亚已经有几天没来上班了。

“我要回田纳西了。”卡桑的叹息里有着眷念。

周广为安静地看着同事，懒得说一句安慰的话。

“你会不会舍不得我？”卡桑像对着周广为说，也像是对着臆想中的莉亚说。

“决定回孟菲斯？”对多情的卡桑，周广为不想看他演戏。

“是啊，联邦快递的offer已经到了。”他的家乡还有一家世界500强公司，卡桑在华尔街的经历是进入联邦快递的一把梯子。

“你回去孟菲斯，就很难再离开了。”周广为知道卡桑不会只拿到一个offer，平静地逼视着他。

“真是什么都瞒不过你。”卡桑将腿放下，转过来面对周广为，“我还拿到了瑞银的offer，不过不是投资分析，是产品销售，卖他们的高端个人投资产品。”

“雪球？”

“是的，雪球。”

“有得选就好，最怕就是只有一条路，没得选。”周广为决定把老爸周翼谋的“锦囊”妙计赠送给老友，“留在曼哈顿，或许将来还有机会；回到孟菲斯是舒服，不过，以后也就死在孟菲斯了。”

周广为喜欢说实话，但在卡桑看来，他的实话带有自己的偏见，听上去冰冷得令人寒心。周广为知道对卡桑来说，两条路都不是完美的路，都有很大的缺陷。瑞银这份offer，就算没有分析师的背景，一样能干好，卡桑并没有什么优势可言。

“雪球这个产品，尽管外面有很多非议，但我觉得对客人来说其实是一个公平的产品。”周广为补充道。

“你会买?”

“它的佣金太高了，我不舍得买，我要是自己不懂股市，也没有时间看行情，就会买。”

“周，你自己有没有可以挑选的路?大家都在说中国，你是从中国来的，会回去吗?”卡桑决定反守为攻来结束这场不是很愉快的对话，说完这句话，他站起来，走了出去。

雷曼兄弟的纸箱放在自己的办公桌上，Mervin的第一个字母M，卡桑写成了麦当劳金色拱门形状的M。周广为盯着纸箱愣了半晌，仿佛不太相信自己的名字，有一天会出现在这个纸箱上。

中国?卡桑的话音好像还回荡在空荡荡的大办公室里，这个熟悉的单词从来没有出现在周广为的求职列表中，自己中意的投行业务，不在美国，还能在哪里?英国、加拿大、德国、意大利、法国、瑞士、日本，还是韩国?这些国家都有一些像巴克莱、德意志、瑞银这样的大投行，但是，还有哪里能像华尔街这样汇聚全球的财富洪流?如果把法国、德国的银行比喻成密西西比河，夏季来临最多是山洪暴发，而华尔街则是大西洋，它的冲击是山呼海啸。

中国香港?倒是可以考虑一下。香港号称亚洲金融中心，不过，香港的上市公司主要还是来自香港本地和中国内地，它们的国际化程度、市值还是没有办法与美国的股市相比。既然想到香港，就顺便考虑一下新加坡。虽然眼下新加坡的规模还不敌香港，但是，新加坡的发展速度已经超过香港，超越香港或许只是时间的问题。

时间？在哪里能找到证据证明时间确实存在？周广为忽然发现之前一直忽略了时间。高楼之上的窗外没有绿树，看不到花开花落。如果不在意日出日落，你进了办公室就等于进了一个工作盒子，室内天花板上密集地布满灯管，让室内无论何时、何种天气，都明晃晃如同白昼。时间，只是用来度量工作进度的数据。

周广为收起百叶窗，想看看时光流转的印痕。他探头望向天空，原来阳光一直徘徊在身边，只是被百叶窗拒之窗外。一边收拾自己的物品，一边轻声和自己说着话，周广为从高一开始就有个很怪的习惯，无论有无其他人在旁边，需要思考复杂问题的时候，他就会自言自语说出声来。梁家珍知道儿子的习惯，也没有去纠正，她听多了，就知道他在说什么。有一次她对周翼谋说：“你儿子厉害，一个人扮演三个人讲话，而且没有一个是他自己。”

桌上传来低沉的蜂鸣声，电话响了，打断了周广为的自言自语。周广为拿起电话，是并购部打过来的，请周广为去一下并购部经理凯斯博格的办公室。“跌倒在地还要抓一把沙。”放下电话，周广为说了一句老家南武的谚语。

商界就像丛林，雷曼兄弟曾经是丛林里的巨无霸，是霸王龙、猛犸象级别的猛兽。不过，今天它已经轰然倒下，一群鬣狗、狮子、猎豹迫不及待上来撕咬、分食它的骨肉。周广为没有坐电梯上去并购部，而是选择了走楼梯。楼梯间像巨无霸庞大的骨架，周广为的脚步声在骨架中空洞地回响着。

与人去楼空的投资分析部相比，并购部依然保持着昔日的嘈杂喧闹，凯斯博格在会议室等着周广为，旁边还坐着一个亚洲女子，周广为看了一眼就断定是一个日裔。凯斯博格将一本建议书扔给周广为，告诉他野村证券有意收购雷曼兄弟的业务，他们的谈判代表已经到了纽约，并购部请投资分析部出一个人协助谈判，因此投资分析部推荐了同为亚洲人的周广为。身边的日裔女子是并购部主导谈判的稻村杏奈，稻村在纸上写了英文名字Inamura，又特别写了“稻村”两个汉字给周广为看。

在数据分析部门不用见客人，很少有机会穿得很正式，周广为他们是怎么舒服怎么穿。稻村杏奈的穿衣风格完全不同。周广为第一眼的评价是非常华尔街，头发梳理得一丝不苟，精致的妆容让你看不到脸上有一丝瑕疵。她一身三宅一生西装套裙，铁灰色毛呢剪裁得极为克制，就是在向上的枪驳领那里，设计者忍不住了，两边衣角直线相交形成的锐角如同尺子画出来的一样。

“我量过，和广告说的一样，是31.6度。”稻村杏奈看着周广为盯着自己的衣领，淡淡一笑，用一口纯正的美式英语说道。她迅速扫了一眼周广为，数据分析部门的直男很多都是书呆子，这个果然也是，毕业了还穿着学校的帽衫。宾夕法尼亚大学，没猜错的话，应该是沃顿商学院的MBA。

漂亮的女人总是知道自己的武器就是美丽，越漂亮就越有杀伤力，她们也总是毫不留情地使用这种杀伤力。稻村杏奈热情地伸出手，她的职业笑容后面隐藏着的冷冷拒绝，被周广为迅速捕捉到了。“不贪念诱饵，就不会落入陷阱”，周广为心里默默念了一句巴菲特的金句，很平淡地做了一个碰拳的手势，将拳头停在女性温柔的手掌前。稻村杏奈愣了一下，随即收掌为拳，和周广为碰了一下。

“周，过往的数据，我比你清楚；预测的数据，你比我清楚。能卖什么价还是要看预测的数据，先去准备一下，今晚9点，野村的人来这里开会。”凯斯博格简单明了地把任务给了周广为。

“哦，野村想买雷曼兄弟？”周广为立马又否定了自己，“不可能，他们是来趁火打劫的。让我猜猜，他们想买什么。”

大厦将倾，曾经的事业变成了笑话谈资，凯斯博格也饶有兴趣地笑着回应：“尽管试着猜一猜。”

“那一定是亚洲业务。”周广为说，这不用想都知道，近几年亚太地区一直是雷曼兄弟的提款机。他来之前刚看了报表，2007年12月到2008年8月，雷曼兄弟美国和雷曼兄弟欧洲分别报亏10.2亿美元和5.8亿美元，但是亚太地区业务净收入13.9亿美元，几乎可以弥补亏损。

稻村向周广为竖起了大拇指，顿了一下，她接着话题问道：“周先生，您来自中国，冒昧地问一个私人问题：如果让你选择在亚太地区工作，日本东京、新加坡、中国香港和中国上海，你会选择哪里？”

这个问题，梁家珍之前问过周广为很多次，此时他感觉像高考时突然遇到一个平时反复练习的题目，不禁笑了，爽快地回答：“香港。”

“为什么？”稻村追问。

“新加坡股市总量就不用提了，和香港不在一个级别。东京与香港不相上下，但是东京的增速比不上香港，香港背后是中国内地。如果你想事业有发展，我建议你选择香港，而不是东京。”周广为点明了稻村的意图。

“但是上海的规模比香港大啊。”

“选择香港有我的私心，香港靠近我的家乡南武。我非常熟悉香港，那里除了美丽的山海风景，更重要的是，有数不尽的美食。”周广为并没有从金融的角度去回答问题，多少让稻村有些失望。接着，周广为直截了当地反问："稻村小姐不考虑回东京了？"

"这个问题，你已经帮我回答了一部分。"稻村杏奈无奈地叹了一口气，用微笑掩饰这个咄咄逼人的追问，"唉，谁知道明天还要发生什么？"

所有人都在关注中国，好像不知道中国，就不配在华尔街说话一样。周广为晚上回到雷曼兄弟大厦时，还在想下午的事情。或许是为了接待日本人，会议桌上，除了矿泉水、橙汁、咖啡，还有一壶茶。周广为心想，美国人为中国人准备茶，应该更费劲一些，让他们搞清楚红茶、绿茶、普洱，还不如干脆就喝矿泉水算了。墙上的挂钟刚刚指到9点，稻村就带着野村的人进了会议室，用英语一一介绍双方的人员。

野村的首席代表加藤也就40多岁，头发已经全部灰白，说一口流利且标准的英语，西服笔挺，腰板笔直，与每个人见面，他都认真地双脚并拢，目光向下，弯腰鞠躬。轮到周广为，他鞠完躬后，就用中文问："您是中国人吧？"

凯斯博格好奇地瞪大眼睛："对我来说，中国人、日本人、韩国人，甚至泰国人的面孔都是一样的。"

"是的，我是中国人。"周广为微笑着回答。

加藤笑了笑，用回英文说："只有东亚人才更了解东亚。"

加藤开门见山，简洁地说明了意图，野村证券想出价1亿美元买下雷曼兄弟在日本的业务，其中包括澳大利亚的份额。

天下买卖都是一样的，无论花几亿美金买投资银行，还是走鬼（指街边流动摊位小贩）在街边卖十几元钱的猪肉，买家只想用最低的价钱买下最好的，而卖家却要沽清全部存货。雷曼兄弟当然想肥瘦搭配着卖，最好的生意是把赚钱的亚洲和不赚钱的欧洲一起打包卖掉。果然，稻村反驳说这样的价格不是买雷曼兄弟……两个日本人在美国用英语你来我往反复讨价还价，周广为抱着双臂，平静地看着双方，觉得很有意思。他望了一圈，能看得出，野村的人都很紧张，雷曼兄弟的人反而很放松。凯斯博格脱下外套，将手搭在椅子的靠背上，只有在关键点上才出来帮稻村说几句。

大厦将倾，谁还会关心花园能卖多少钱？人为刀俎，我为鱼肉，雷曼兄弟能卖多少是多少，周广为望着白板上不断变化的数字出了神……

喝了三杯咖啡、两杯茶，吃了一包花生酱口味的饼干，会议暂歇，已是凌晨1点。周广为掏出手机查看信息，有一个未接电话是何永昌打来的。投行的人没有在凌晨2点前睡觉的习惯，周广为没有犹豫，回拨了过去。

“喂。”何永昌接了电话，语气舒缓而放松。周广为觉得何永昌非常适合行走官场，他能精确定位自己与其他人的关系。对周广为，他既保持距离，又维持关系：他知道电话是周广为打来的，却不直接称呼“广为”，而是先“喂”一声，等周广为先说话。

电话中，何永昌告诉周广为，他又回到纽约，住在曼哈顿的温德姆酒店，明天晚上有空，想约周广为一起吃饭聊天。温德姆附近有几家川菜馆子还不错，周广为就问他想不想吃点辣的。知道自己是澳门人还问要不要吃辣，何永昌笑了：“你这是要报复上次我没有见你？”

周广为也笑了：“就是这个意思，就说你去不去吧。”

何永昌说：“既然把刀都亮出来了，那就只好从命了。”

周广为选了布莱恩公园旁边的草堂餐厅。那里离麦迪逊广场花园很近，每次看完NBA，周广为都喜欢来这里或者是“西南部落”吃消夜。

早些年纽约的中餐多是粤菜，近年来，国内其他菜系多了不少。“草堂”和很多川菜馆一样，除了川菜，也做很多粤菜，盐焗鸡、清蒸鱼、干炒牛河，基本该有的，它这里都有。约定的是8点，周广为早了10分钟到，坐下来就点了清蒸鲈鱼、回锅肉、口水鸡和姜汁芥蓝四个菜，还有一锅海鲜泡饭和一份糯米糍粑作为主食。刚点完菜，就看见何永昌推门进来了。

“听说野村在你们那里占了大便宜。”何永昌一坐下就开门见山地把外面听来的消息告诉了师弟，“听说这次只花了2.25亿美元就买了亚洲业务。”

“唉，日本人是太狡猾了，”周广为无奈地叹口气，“不过，师兄也不差，看来今晚是要买单了。”

“嗯，我听说野村还要买雷曼兄弟的欧洲业务，还要把交易性负债剥离，这是把雷曼兄弟的肉都吃了，只留下骨头。”虽然是同行，何永昌却能在周广为这里找到一种远离竞争的友好关系，他松开了衬衫的领扣，让情绪放松下来，“买单本来是你的事情，你是地主，看在你失业的分儿上，就我来了。”

“所以嘛，我菜都点好了，你掏钱就行。”

“我亏大了，不光是要买单，还带了礼物给你。”何永昌从皮包里拿出一个精美的盒子，递给周广为。周广为打开，一块巴克莱定制的24小时制礼品手表露了出来。周广为的眼睛瞬间一亮，用两只手捧了起来。

“可不是我贪污的，”何永昌解释，“这是我上次来送给一个客户的，他嫌24小时看不习惯，这次就退回给我了。”

能拿到巴克莱的礼品的，怎么也都是有名有姓的人物，估计是私人基金那边的亿万富豪。周广为没有问下去，他觉得何永昌不会是刚到纽约，而是已经完成了一项任务，放松下来之后才找他来叙旧。

周广为定定地看了何永昌几秒，看得何永昌很不自在："我脸上有钱？"

周广为故作调侃地说道："有啊，我翻来覆去地看，就两个字：发财。师兄这是来纽约发了大财，用一块免费手表来打发小弟啊。"

"不愧是雷曼兄弟的新生代精英。"不用钱的高帽，何永昌顺手就扔一顶到周广为的头上，"实不相瞒，我来了有一周了，下午总部刚同意用13.5亿美元现金收购雷曼兄弟本部的核心资产。"

杀了一个回马枪的巴克莱，不能不说是做成了一单大生意。除了美国银行，没有谁比巴克莱更了解雷曼兄弟。之前的意向收购，他们的会计师早已经把雷曼兄弟的底牌摸清，账都算好了，就等雷曼兄弟倒下。

"我算一下，你看猜得对不。"周广为夹起一块口水鸡，放到对面的菜碟上，"雷曼兄弟大概有470亿美元的证券资产，债务大概有430亿。"

"不止，债务要去到455亿。证券嘛，不是黄金，价格说不定的。"何永昌把口水鸡放到白米饭上，一起扒进嘴里。

"就算455亿，哇，巴克莱账面上就赚了15亿，13.5亿的现金，雷曼兄弟还白送了1.5亿。这块手表怎么也不值1.5亿啊。"周广为呵呵地笑着。

被口水鸡辣得有点说不出话的何永昌挥手让侍应生拿来一瓶冰冻的可口可乐，急急地灌了两口下去，缓过气来，何永昌停止了玩笑，换回了有温度却保持距离的面孔："广为，我今晚找你，是有一件正经的事情。”

周广为放下筷子，端坐好身体，看着对面的师兄。

“你也知道收购的后续，巴克莱还是要用人。用熟好过用生，我们计划从雷曼兄弟挑500人留下来。”何永昌停了停，继续把重点说下去，“我也问了主管你们分析部的VP（副总），对你的评价不错，我会把你重点推荐给我们的HR。”

此时，一只晚归的红嘴蓝鹊拖着长长的尾巴停在了外面的窗台上，周广为被这忽然而至的灵物惊到，不明白它想兆示什么，连何永昌如此重要的话都没有回答。

顺着周广为呆住的视线望过去，何永昌也看到了：“这就是中国神话传说中的青鸟。”

“是吗？”

“嗯，传说西王母有三只青鸟，一只是信使，两只陪伴在王母娘娘身边。这只就该是那只信使青鸟吧。”

换作平时，周广为不会放过何永昌送上门的嘲弄机会，可是，人会在失意的时候变得迷信，会在老的时候变得迷信，会在无力的时候变得迷信，周广为宁愿相信这只禽类动物是专程前来给他送好消息的。你无法依仗自己的能力，还不相信天赐的运气，那么，还有什么是可以依赖的？

卡桑总说当上帝关上了门，便会留一扇窗，不过，上帝从来不告诉你那扇窗在哪里。周广为想告诉卡桑，上帝也不会告诉他什么时候能把那扇窗打开。老爸周翼谋常说“天无绝人之路”，其实是“人无绝人之路”，或许是卡桑的上帝保佑了自己？周广为庆幸还有机会留在他已经习惯了的曼哈顿，继续他喜欢的投资银行数据分析员工作。

两周后，稻村给周广为发来了一条短信，只有三个字：“香港见。”

不到一个小时，野村证券在香港宣布，已买下雷曼兄弟在亚洲的业务，这次交易包括雷曼兄弟在日本和中国香港两个地区的总部，涉及日本和澳大利亚的业务，共计3000名雷曼兄弟职员将戴上野村证券的司徽。

拿着电话想了半天，周广为不知道该如何回复稻村，恭喜她从一条沉没的船被救到一艘新的船上？祝福新的这艘船不再沉没？都有，于是他打下了最老土的两行字：“恭喜！祝你好运。”

读书时，常常听到一句话：永远不变的是变化。周广为对这句话的理解是全方位的，当他以为自己的工作不会变时，雷曼兄弟倒了。当他以为自己的婚姻不会变时，谁知道感情就像雷曼兄弟这份工作一样：开始的时候，你以为你找到了终身可靠的依托，不离不弃一辈子；时间久了才发现，没有什么是不能变的。

稻村回复：“再见，纽约。”

与之前她发的“香港见”带有明显的工作性质不同，“再见，纽约”则是她个人情绪上的交流，周广为决定不再交流下去。女人的感情就像一堆木柴，如果你不想烧死自己，就千万不要随便点火。他本来想说“我们曾经以为纽约是我们的城市，其实不然，纽约与我们无关，它不属于任何人”。

一个自以为是自己的城市，却由另外一个人来打破。曾经，周广为在纽约找到了归属感，在这座与李仞芝真正一起生活的城市，而回想起来时，周广为发现留在记忆中的，却都是一些不开心的片段。

去年圣诞节的早上，两个人准备吃完早饭去新泽西拜访李仞芝的一位同学，顺便在她家吃午饭。李仞芝在喝完一杯咖啡后，起身去厨房中岛倒第二杯咖啡。周广为见到妻子把咖啡杯放得太靠水槽边，咖啡壶也没有塞回咖啡机，又去拿糖罐要给咖啡加糖，忍不住站起来把咖啡杯移到中岛中间。李仞芝突然发了脾气，将咖啡杯和咖啡壶一把扫入水槽。

“什么都是你对，什么都要按照你的意思做，你烦不烦?!”李仞芝的怒火吓了周广为一跳，倒不是惊奇于妻子发火，而是她突然地没有先兆地发火，他默默地收拾一水槽的玻璃碴。

“除了摆出一张臭脸，你什么都不做!”李仞芝愤怒地抛下这句话，走进书房，将门砰的一声关上了。

望着忽然跌入冰谷的家，周广为好像并不生气，他忽然明白，正如杯和壶破碎不一定需要裂痕，婚姻破裂也不一定是出轨导致的。他和李仞芝是公认的幸福模板：青梅竹马，金童玉女，家庭背景都很好，学历和工作都很出众，两个人没有什么要发愁的，应该是幸福的两口子才对。不过，两个人在一起生活久了，就像胶水失去了黏性，变得很容易就脱离。

青春期的时候，女生主动，女追男就是捅破一层小而薄的窗户纸，是李仞芝主动地想方设法哄着周广为，让他去喜欢自己、欣赏自己。李仞芝的每个念头、每个举动都以周广为为中心。结婚后，两人的角色、位置都变了。李仞芝期待的是丈夫去哄她，去讨她欢喜，而周广为还是在原来的位置上，没有更多的反应，更没有改变。时间一久，他就像故意不施舍爱情与温暖一样。怨气就是这么慢慢日积月累，到最后，因为一点轻微的小事或者细节，就能把原来盛着美满口了的饭锅掀翻。等到周广为突然醒悟过来，却追悔不及，一切似乎难以挽救。看来没有什么情爱是无缘无故的，也没有什么美好是不需要维护和珍惜的。

爱情的蒸发，就像房间里的干湿度，既随天气而变化，也跟人为的干预有关。两人过于独当一面，旗鼓相当，仰视与尊重的平衡被打破，情绪就会占据主导地位。没有人愿意服输，也就没有机会从头再来。

也许，如果两个人谁离开谁都活不下去，就是最完美的婚姻了。道奇车快要进入皇后区中城隧道时，手机铃声响了起来，打断了周广为的回忆，把他拉回现实世界。他瞟了一眼来电号码，是86开头的国际号码。此时是美国东部时间的正午，中国已经是半夜了。“希望不是坏消息！”周广为心里咯噔了一下，很快接了电话。

“周少！我是宜信的副总经理区锦棠。”话筒里传来的一个女性的声音。

“棠姐，您好。”周翼谋有个习惯，他经常在家里和妻子、儿子讲公司发生的事情，如谁谁谁结婚了，谁谁谁今天得罪了大客户，谁谁谁今天搞定了银行的贷款。而出现频率最高的，无非就是那几个核心的高管，分管销售的区锦棠便是其中之一。

区锦棠是2007年南武市十大杰出房地产销售精英，排在她前面的是恒达的营销总监朱苏怡和万格的销售总经理于玉霞。当年周翼谋进入房地产的时间并不算长，而区锦棠仅仅凭着壹雅苑和贰琅山两个楼盘，就挫败了众多国字号、上市公司，业绩名列前茅。

宜信的同事大多见过周为广，却很少见过周广为。老板的这位二公子从高中开始一直待在美国，区锦棠是为数不多见过周广为的同事之一。在区锦棠看来，周为广和周广为是周家的两个少爷，周为广一直待在国内，老成稳重，弟弟就比较“鬼鬼地”（偏洋人作风），个性很强。所以，她喊周为广“大少”，喊周广为叫“周少”，除了她，宜信没有人这样叫。

出了中城隧道，就是长岛，接着就是495号高速公路，还有一段路才能停车。周广为把手机的免提打开，放在副驾驶座位上，一边开车一边问："出事了吗，棠姐？"周广为有种坏消息接踵而至的预感。

"不是什么大事。"区锦棠把事情简短报告了一下。

冻雨已经来了，往日熙熙攘攘的495号高速公路已经没有了一眼望不到头的车龙，打在风挡玻璃上发出密集而细碎的噼噼啪啪声，使得区锦棠断断续续的声音像狂风中飞舞的纸片，忽上忽下，忽近忽远，让周广为费力地捕捉着。终于，周广为将碎纸片拼凑完毕，明白了事情的来龙去脉：宜信的合伙人、香港老板刘晋通将宜信的股权抵押给了香港大成银行，买了雷曼兄弟的投资理财产品。现在血本无归，大成准备把宜信的股权拿出来拍卖，拍卖之前，设置三天过渡期给有意收购的买家。

周广为认识刘晋通。那一年周广为去温尼伯打工，在温哥华中转，赶上刘晋通在加拿大的家度假，便借住在刘晋通家。刘晋通晚上开车带着他直奔赌场，换了一万加币的筹码送给周广为，说是借给他的，让他自己开心，就一头扎进了赌场里。

拿着一万加币，周广为在赌场赢了三千多加币，兑换了现金准备走，见到刘晋通还在玩老虎机，问他什么时候走。刘晋通笑眯眯地抽了一张周广为的百元大钞："借你的财运用用，你自己打车回去吧。"

周广为只好自己回到刘晋通家里，把一万加元用信封装好，还给刘晋通，直到第二天他动身去机场，也没有见到刘晋通的影子。后来，他把这事告诉了周翼谋和梁家珍，周翼谋笑了："他这人，是这样的啦，嗜赌如命，好在你没有把他那一万加币输光。"

好赌、豪赌，是刘晋通留给周广为最深刻的印象。他把股份输光了，周广为反而没有一点惊讶的感觉。可惜的是，他和自己一样，都押错了地方。两个人同病相怜，雷曼兄弟让他们一个输了钱，一个失了业。

前方有一个服务区，周广为把车拐了进去，停好后走进商店，温暖瞬间裹紧了他。周广为买了杯咖啡，找了个地方坐下来："棠姐，我现在停了车，刚才听得不是很清楚，刘叔抵押了多少？"

"周少，通总抵押了760万股。"宜信有两个姓刘的股东，大家就喊刘晋通"通总"。

"我妈怎么说？"

"周太说你正好经过香港，找七叔帮忙把通总的股份买下来。"

冻雨未退，雪花不知何时又飞舞了起来，狂风裹挟着雪花和冻雨扑了上来，无数冰冷的水滴撞上商店的玻璃，结成了薄薄的一层冰花。周广为感到一阵一阵寒意从窗户缝里挤了进来，他有点后悔将帽子送给了Red。

区锦棠拨通了梁家珍的电话，两人对话变成了一个小型的电话会议。

"为仔，本来我不想让锦棠打电话给你，想等你回到南武再说。"梁家珍心疼儿子。

"我明白的，妈。"周广为特意让语气变得轻松，"没事，我下了飞机就去找七叔。"

"最近，你和仞芝还有联系吗？"梁家珍的语气流露出迟疑，想接近，想呵护，又怕不小心会打碎什么。

在要儿子继承家业这个问题上，梁家珍与周翼谋的态度并不一样。在周翼谋看来，她对周广为的宠爱多少有点放任，好在儿子争气，读书、学习、工作，一路走得很顺，没有让夫妻俩操心，周翼谋后来也就不再逼他就范了。与丈夫不同，梁家珍更在意的是儿子开心与否，如果不开心，一切都要让位于儿子的开心。

道奇从495号右转接上678号高速公路向南的时候，周广为习惯性地看了一眼窗外，窗外是可乐娜公园。父亲患病的坏消息是11月传来的，那一天他正好开车途经这里，母亲没有拐弯抹角，直接告诉他："为仔，你爸管不了公司了，他刚刚进了ICU。医生说他是心脏病引发的脑梗死，已经丧失了语言功能，他左边身体已经偏瘫，这之后，恐怕都要坐轮椅了。"

梁家珍说得很寻常，感觉讲的病人只是一个遥远的朋友而非一位至亲。周广为把车停在了公园的停车场，下了车。11月的纽约，寒意开始刺骨，周广为拿着话筒的手微微发抖，他在等母亲下达一个指令，一个他不想听却不得不执行的指令。

"阿为，你要回到南武来，不一定接你老爸的班，我们一家人要齐齐整整在一起才好。"

那一刻，周广为看见他与何永昌见面时停在窗台的红嘴蓝鹊，展开美丽的羽翼，从黑色的树梢腾起，一纵身便飞入远方的天际，瞬间没有了踪影。

肯尼迪机场就在牙买加湾的东侧，从可乐娜公园开过来不过十分钟的时间。还好车，进入温暖的候机楼，周广为望了一眼窗外，雨雪已经停了，狂风把厚重的乌云撕开了一道口子，能看见一方湛蓝色调的天空。"像艾瓦佐夫斯基笔下的大海。"周广为心里涌上一股暖流，该用一个什么词表达自己的情绪？

回家。

那是另一个半球的声音，把潜藏在你血脉最深处的温暖召唤出来，就像冬日的暖阳晒得你浑身发热。让人感到温暖的不只有爱情，或许还有更多的美好，就像不期而遇的拥抱与问候。

广播里传来了登机的播报：飞往南武的CZ300航班已经开始登机。

排在周广为前面的女孩穿着一件卫衣，背后分三行印着一句话："Even a bad day just 24 hours.（即使是差的一天也不过24小时。）"

多么好的箴言，上帝在给你开窗的时候，一定会想办法告诉你。周广为想，这句话，多么适合此刻的、现在的、身在美国的自己。

南方航空的波音飞机已经停在廊桥外，刚刚除完雪的尾翼上，红木棉花闪着清亮的光芒。"一起去往一个新的世界吧。"周广为看着落地玻璃倒影中的自己，喃喃自语。

第二节　2008年11月25日　夜会

下午，从医院回到家，梁家珍打了一个电话给宜信的办公室主任郝珊湖，请他通知副总区锦棠、财务总监柯乐、人力资源总经理杨艺和周为广晚上9点到家里来开会。

在医院时，她就捋清了她要做的事情。第一件事情就是打电话通知必须知道此事的人，周广为和周为广的电话，她在医院已经打过了。第二件事情，她犹豫了很久，回到家里终于下定决心，她不能让周翼谋辛辛苦苦经营多年的宜信，交由别人来打理，两个儿子资历尚浅，唯有亲自上阵。

放下电话，梁家珍心里轻松了一些，她端坐在客厅的沙发上，望着冬日黄昏越来越暗的金黄色光线慢慢变成暗红色，像画笔一样快速地涂抹着院子里的竹子、院墙，房间里的花瓶、窗帘、地柜，最终，原本七彩的物件无一例外地沉入夜晚的墨色。梁家珍忽然领悟到人生黄昏已至的恐惧，很快将是黑暗笼罩一切的永夜，她刚刚轻松片刻的内心，腾地又多了一把热火的炙烤。

梁家珍告诫自己此刻要冷静，不要被虚妄的情绪引入深渊。她一项一项审视着自己的计划，目标很明确：花个五到八年，为两个儿子把路桥铺好，尤其是老大周为广，他是未来宜信的接班人。至于老二周广为，就让他自由发展，宜信在，就饿不死他。自己眼下的状态：有决心，有人脉，有阅历，被抽离了主心骨的恍惚感是暂时的，很快就能统控一起。一直以来，她都不需要太操心公司的事情，那是因为周翼谋在；现在不同了，无论是家里还是公司，她都必须顶上去，成为替换周翼谋的那根顶梁柱。

从昨晚半夜忙碌到现在，万事总算有了头绪，轨道铺好，后边的事情怎么发展，就交给老天爷吧。开会之前，梁家珍想睡一会儿，缓解一下疲劳的神经，躺在沙发上很久，却无法入睡，各种思虑、疑惑、担忧像潜伏在周围的幽灵，从潘多拉的盒子里跑出来。本来无一物，现在遍地是鬼怪。

梁家珍起身走到洗手间，洗了一把脸，将两只手撑在水台上，看着镜子中那个目光呆滞、眼神空洞的女人，低声说："家业、家业，家不能垮，业更加不能垮，梁家珍啊梁家珍，这就是你的命，泰极就否来啊。"

"琴姐。"走出洗手间，梁家珍呼喊保姆。

"周太。"琴姐一边答应，一边从地下室走上来。

"周总平时吃的安眠药放在哪里？拿一片给我。"梁家珍忽然想起什么，又问，"为仔有没有打过电话来？"

"好的，没有啊。"

闹钟响起的时候，梁家珍正在噩梦里奔跑。她梦见周为广正在无声地滑下山坡，不远处就是悬崖，她极力想冲过去拉住儿子，却怎么也追不上周为广的速度。她惊觉周为广没有呼救，只好大喊："广仔，撑住，我来帮你啦！"边叫喊边加快速度奔跑，追上前去却只看见周为广的影子躺在地上，人不知去了哪里。

她关掉闹钟，依旧仰躺着。她第一次吃安眠药，原来感觉如此糟糕：药的作用是让你睡，却不能让你真正睡着，总是做噩梦；醒来之后，头疼与疲惫并没有清除，反而更年期的虚汗还变本加厉，一身汗湿。

梁家珍披上一件睡袍走上天台，这栋别墅坐落在南武市北郊一个窄窄的山坡上，东西向，顺着山坡向下，是依山而建的一排别墅。自家的这间独栋别墅，视野开阔，没有其他建筑挡隔，东面背靠山顶，西面就是山谷；朝南进门的前院很大，能停四台车。天气好的时候，周翼谋喜欢和梁家珍在前院坐着喝茶，听着风摇动树叶的声音。这一带是云山的余脉，能看到周边起伏的山峦剪影，如同国画的水墨。无论晴天温润的太阳光线，还是雨天穿梭的雨线，都有一种城中少见的天宽地阔的大自然神韵。别墅一共有四层，负一楼对出后花园，是一个开放的空间，算是周翼谋的办公区。设计师划出一间书房和一个活动室，活动室摆了一张乒乓球桌，公司的会议经常在乒乓球桌上开。二楼有三间客房，周广为放假回来就和双胞胎大哥周为广各睡一间，其余的，会议散晚了，谁想留下来过一夜就谁用。周为广结婚后，在市区买了房子，他的习惯是不管多晚都开车回市区的家睡觉。

站在天台，能俯瞰上山的车道全貌。一辆银灰色的凌志出现在山脚，梁家珍抬腕看了一下表，8点半刚过，这是区锦棠的车。

梁家珍下楼为区锦棠开门，她冲进来就抱住了梁家珍，两个女人都流下了眼泪。梁家珍知道此刻的交流已经足够，区锦棠无须多言，共情是最好的安慰。她拍了拍区锦棠的肩膀，区锦棠抽了两张纸巾，把眼泪抹去。

“周太，几时能去探周总？”区锦棠关切地问。

“不用了，等病情稳定就回家，到时再说吧。”梁家珍并不想太多人去打扰周翼谋。

“公司和家里，需要我做什么，尽管讲。”

“嗯，棠姐，真有事的话，我不会客气的。”

家和业，都要靠人来支撑。梁家珍深明此中大义，宜信集团上上下下几百号人，不能说全部认识，但在宜信大厦上班的，她几乎都能叫出名字。而真正有资源、有能力、有意愿和老板一起开疆拓土的，不过几个人，其他人都是可有可无、随时可被替换的。

梁家珍喜欢用老人和能人来划分公司的人。宜信不是一个新公司，总是会有混日子的老人和认钱不认亲的能人。区锦棠是宜信集团的副总经理，仅次于周翼谋的二把手，与周翼谋、梁家珍年纪相仿，她从电子公司的业务员干起，既是梁家珍心里的老人，也是能人。

眼下，宜信集团有三大业务板块：房地产、保险、电力设备。规模最大、最赚钱的就是房地产，与其他单位合作、合资公司最多的也是房地产。最早、最不赚钱的是电力设备，说是电力设备，其实就是配电电缆。梁家珍父亲在广能电网做党委书记时，仅仅是做广能的生意，宜信就吃个饱；等到梁家珍父亲退休之后，话就不太说得上了，周翼谋换了好几个人当分公司老总，业绩还是上不去。现在的老总袁颀伟是之前从广能电网退休的，也就做到略有盈余而已。周翼谋和梁家珍提过，电网现在公关难搞，产品竞争力不强，利润太薄，想把整个工厂卖给袁颀伟算了。

最新的业务是人寿保险。宜信人寿是周翼谋耗费了巨大精力、财力才抢到手的金饭碗，由几家大的商业银行代理宜信人寿业务。手里有一家保险公司，等于告诉合作方自己拥有稳定的现金流、充足的资金储备，自此之后，宜信房地产的话语权就大了很多。

因为业务重要，周翼谋亲自兼任房地产的总经理，周为广是这两家公司的总经理助理，区锦棠兼任房地产的副总经理。

第二个到的是办公室主任郝珊湖，他开的是一辆黑色本田雅阁。陆陆续续，人力资源总经理杨艺的红色奔驰、财务总监柯乐的宝马X5、袁颀伟的保时捷卡宴都到了，梁家珍的前院停满了车。

除了区锦棠和袁颀伟，核心部门的主管都是40岁左右的年轻面孔，梁家珍总觉得和他们有代沟，始终无法像跟区锦棠相处一样亲近、贴心。她站在门口迎接他们，将他们带去活动室，她清楚地记得他们是从哪里来的，身价多少。

财务总监柯乐是从南武市财政局跳槽出来的，梁家珍曾怀疑他要离开机关单位来一家民企的目的。周翼谋的解释是，柯乐一直没有被提拔当副处长，一气之下就辞职了。他来宜信的条件就是年薪百万，每五年加一次。柯乐来了之后，梁家珍觉得他并不难相处，他非常熟悉南武市财政局的处长们，经常与南武几家大银行的分行长打羽毛球、打乒乓球、跑步、徒步。他的爱好像南武的季候风一样，变来变去。

办公室主任郝珊湖，一年四季上身总是穿着西装，不论是灰色的、黑色的、藏青的、条纹的、华达呢的、牛仔布的，里面永远是一件洁白的衬衣。郝珊湖是周翼谋挖来的，他有一次去云河区参加活动，郝珊湖是云河区委组织部的科长，做事有条理，谈吐老成，让周翼谋很欣赏。他告诉郝珊湖："你在区委组织部做到老，又不一定有区委常委、组织部部长做；来我这边，至少有钱，常委做两年顶不上你一年年薪。最重要的是，有些事情你说了算。"郝珊湖想了一个晚上，第二天就来上班了，梁家珍好奇他一个大小伙子名字里怎么有一个女性常用"珊"字。

人力资源总经理杨艺与郝珊湖，是宜信公认的金童玉女。杨艺娇小乖巧、相貌甜美、皮肤白皙，今年30多岁，来宜信之前是南方一家猎头公司的副总。周翼谋曾经和梁家珍说，换一个关键岗位的人，就要看到变化，如果这个人来了还和之前一样，这钱就花得不值。郝珊湖来了之后的变化是大事小事一律正规化、规范化，宜信的事情有板有眼、有规有矩了。柯乐的作用是不需要周翼谋自己去跑银行，跑财政局，该跑的关系，柯乐基本都能八九不离十地搞掂。而杨艺是你想要找什么样的人，她都能给你找到；钱，当然是该花你就要花。

宜信人寿的总经理黄磊月就是杨艺找来的。黄磊月带着周翼谋在北京"跑部"，为宜信拿下人寿保险的金字招牌立下了汗马功劳。可惜，今年夏天，他母亲患了阿尔茨海默病，他便辞职回了湖北老家全心照顾母亲。

公司关于郝珊湖和杨艺的玩笑话很多，因二人一个未娶，一个未嫁。其实，梁家珍知道他们俩没有火花。有一年元旦，宜信在喜来登酒店开年会，梁家珍正好约了人在附近吃饭，饭后她想会合丈夫一起回家，就悄悄来到喜来登酒店。她走进会场，看到主持人杨艺站在角落里盯着舞台上正在讲话的周翼谋的眼神，那双水汪汪的大眼睛让她打了一个寒战。

女人对女人，并不完全是嫉妒，尤其是对漂亮女人，有时很难心生恨意，但是，这并不代表可以放纵情感的决堤。梁家珍深知，一个女人暗地爱一个男人是很辛苦的，憋久了，就会找机会告诉这个男人。

“男人年轻时喜欢成熟女人，老了又喜欢年轻女人，却只能和同龄女人结婚。”在周翼谋的办公室里，梁家珍看着丈夫书柜里公司的集体照，缓缓说道。

“你这是又想唱哪出戏？”周翼谋微笑地看着太太。

“情感世界从来没有秘密，千万不要相信别人能守住秘密，也不要相信自己。”梁家珍没有笑。

“哦，你这是说我有秘密，还是你有秘密？”周翼谋依旧微笑。

“我有一个你的秘密。”

“原来你的秘密是我的，那就还给我吧。”周翼谋伸出手来。

“真正的秘密只能烂在心里。”梁家珍合上了丈夫的手。

欲望是秘密的源头。真正的秘密不但不能让人知道，还要从根上把欲望灭杀了才行。周翼谋的内心深处藏着一个秘密，他确定妻子不可能知道这个秘密，因为这个秘密连根都没有留下，连之前露出地面的芽，都会被他无情地掐去。

不过，不知为什么，他记得那天的所有细节。那是杨艺约了黄磊月见面谈条件，饭后，黄磊月先走，周翼谋提出送杨艺回家。在等司机的片刻，杨艺拿着手机在看，街边路灯微弱的白光打在她的脸上，周翼谋忽然发现，漂亮的女人都是应该拍黑白照片的。杨艺乌黑的头发不经意地滑落，停在她白洁的面颊上，周翼谋有一种想为她将头发撩到耳后的冲动。

杨艺忽然抬起头，正面迎上周翼谋的目光，慌乱中，周翼谋眼神闪烁，故作随意地问道：“在看什么好看的？”

手机被杨艺递到周翼谋眼睛下面，是杨艺在舞台上唱歌的视频，或许是她在国外读书时参加中国年活动，唱的是Beyond乐队的歌曲《情人》。杨艺加大了外放的音量，跟着轻声哼唱着："盼望我别去后会共你在远方相聚，每一天望海，每一天相对……"

"好看吗？"杨艺问道。

"好看。"

"我问的是她好看吗？"杨艺将额发撩到耳后，两眼直视男人，胸脯上下起伏着。

周翼谋征战商场这些年，也算得上阅人无数，可是，遇到这个女人赤裸裸的表白，他还是慌乱了阵脚，转过头去，望向司机来车的方向，可惜，路面上什么都没有。"好看。"周翼谋只好回过头，故作轻松用朋友的口吻回答。

年轻女人并没有放过他："如果她走了，你会想她吗？"

杨艺停了十几秒钟，她以为会有一个回答，却没有。

杨艺伸出手开始召出租车，在弯腰进车之前，对周翼谋平静地说："我会想你的。"留下周翼谋一个人愣在原地，心中五味杂陈。

这一幕留在周翼谋的脑子里，扎下根来。他想将这段记忆铲走，可是晚上躺在床上，杨艺的眼睛就出现在天花板上。周翼谋很难用悲喜哀乐来定义这突如其来的情愫。在错误的时候，就不要去玩不该玩的游戏，周翼谋告诫自己。

所幸的是，杨艺在公司里，和过去一样，该说笑就说笑，该来汇报就来汇报，就好像那一幕从来未曾发生过一样。女人的情感，像一阵风，把你吹乱了，还得让你自己来收拾。周翼谋的这个心得，他知道永远也不可能和梁家珍分享，这大概就是梁家珍说的秘密吧。

还差5分钟到9点时，最后一位与会者周为广到了，琴姐按照之前的惯例为大家准备了茶、水果和零食，几个人一边喝着茶，吃着车厘子，一边等梁家珍下来。

“大少，有没有去医院看你老爸？”区锦棠与周家的人私交最深，她的话很多时候听上去像这个家的一分子说的。

“来的路上，我去了，他还好。”周为广话不多。

区锦棠转过脸对郝珊湖说：“什么时候，我们代表员工一起去，一次搞掂，就不要分散开来，不然周太要陪我们好几次。”

“好啊，我晚点和周太说一声。”郝珊湖用笔在本子上记下来，周为广奇怪他这么小的事情都要记录到本子里。

沉默片刻，杨艺环视一周，感慨道：“我们在这里开了不少次会了。”

“是啊，周总喜欢‘夜总会’嘛。”柯乐开玩笑地搭腔。

这句玩笑话把一向寡言的周为广也逗笑了，区锦棠赶紧摆出一副大姐的模样制止：“不开玩笑，不开玩笑。”

杨艺又继续感慨：“不知道我们还能在这里开多少次会？”

宜信当家人病倒，大家的担心被杨艺直截了当地说出来，就像客人赴宴时不小心打烂了精美的瓷器，所有人面面相觑，无言以对。

而这句话恰好被正在下楼的梁家珍听见，她停住脚步，没有往下走，而是拐进二楼的衣帽间，站在了镜子前，她在回想今天送她回家的路上，司机阿强和她说的话。

没有什么事情能瞒得住老板的司机。

在公司里，小道消息最为集中的地方首推财务室，其次就是司机休息室。财务室是女人们八卦的地方，财务室的少妇们一上班就非常忙碌，手上的活不停，嘴边的话不停，耳朵里的闲言更加不停。来报销的各路大神遇到财务，立马矮了半截；他们遇上财务向他们打听事情，不会全部说，但也说点儿。

与财务室会聚了公司中层、基层的各种真真假假的消息不同，司机室是男人八卦的天地，总有好事者来这里找“阿强们”打探最隐秘的内部传闻。他们拿着保温杯，口袋里揣着中华香烟，扮出铁哥们儿的嘴脸，精心包装的试探中夹杂着亲昵的国骂、省骂，而“阿强们”也深知老板的秘密就是秘密，透露老板的秘密相当于打烂自己的饭碗。

“阿强，最近公司怎么样？”梁家珍这句话的意思，就是问司机有没有她不知道的消息。

阿强从司机右上方的后视镜中瞟了一眼老板娘：“周太，最近公司没有什么大事。”他的意思是没有收到特别负面的新闻，见到老板娘放松了一些，侧头转向窗外，他便开始播报传闻和八卦：“听说郝主任在找人，想送他儿子进市一幼。”

“哦，还有谁？”梁家珍让阿强继续。

“柯总监最近在看楼，听说他看中了越海的天悦府。”阿强又瞟了一眼镜子，梁家珍淡淡地说了句：“天悦府简单啊。”

“是啊，您和越海的李总，那是多年的老朋友了。”阿强抓紧机会吹捧。

帮人就是帮自己，梁家珍笃信这条原则，在力所能及范围内，她愿意贡献自己的资源，去帮下面的同事。她觉得帮人就像存钱进银行，总有一天，会连本带息取出来。“老人家讲积福，都是一个道理。”她经常对劝自己不要多管闲事的周翼谋说。

镜子里的梁家珍，上身穿了一件深蓝色的运动服，下面是一条黑色休闲裤。刚才在衣柜前，她犹豫了一会儿，衣柜里并不缺昂贵的套装，太隆重了显得自己过于重视，既然在自己家里，就随意些，穿一件运动服外套吧。

女人管事管人和男人不一样，梁家珍有她自己的一套，所谓恩威并重，应该“恩”在“威”前。

对杨艺示好很简单，送她一件奢侈品就行了，女人没有不喜欢的。梁家珍拿起一块宝格丽手表，想了想，还是放下了。倒不是舍不得，而是送得太贵，让人不容易心安理得地接受。她看了看一堆手袋，取了一个芬迪的Peekaboo系列手袋，放在原装纸袋中，从衣帽间出来。

见到梁家珍下楼，众人忙站起身，梁家珍摆出女主人的姿态，亲热地搭着区锦棠的肩膀，示意大家坐下，她自己也直接坐在平时周翼谋坐的主位上。

梁家珍先将纸袋双手推给身边的杨艺：“杨艺，前几天一个朋友从法国回来，送了我一个手袋，是酸黄色的。我哪能用这么年轻的颜色，不想浪费了，就麻烦你帮我消化了吧。”

老板娘送礼物，是没有理由拒绝的，你能做的，就是表示感谢。杨艺知道这个手袋不会是朋友送的，多半是老板娘出国时自己买了留在那里送礼的，她赶紧接过来：“哎呀，周太，怎么好意思收您这么贵重的礼物呢？”

“你喜欢就好。”梁家珍微笑。

“当然喜欢。”杨艺乖巧地将手袋取出来抱在怀里。

暖场结束。“辛苦大家，下班后还要过来。”梁家珍短暂停了两三秒钟，进入正题，“大家都很关心周总的病情，他的情况已经稳定，不过，未来很长一段时间都无法上班；至于以后还能不能出现奇迹，我不敢说，我愿意做最坏的安排，等最好的结果。”

在座的众人明白，董事长太太表明了她要接管宜信，今晚之后，话事权从周翼谋手里转到了梁家珍手里。

很长一段时间里，梁家珍都是以周翼谋太太的身份出现，微笑，张罗事情，话不多，对公司的事情，在公开场合不说一个字。不过，大家也都知道，梁家珍的父亲退休前是广能电网的党委书记，再之前是南武市政集团的董事长，今天宜信的家底与梁家珍关联深厚。

“之前，周总怎么开会，我不管。今后，我每周开一次例会，周一上午9点，在集团开；有变动的话，办公室另外通知。今天是我第一次和大家开会，抱歉，时间紧，让大家来我家里；今后，不到万不得已，我不会在家里开会。”梁家珍先明确了她开会的规矩。

“今晚，我先说几件事，第一件是大事——人事安排。棠姐兼地产公司总经理，为广任副总；为广任人寿保险公司总经理，棠姐兼副总；电力设备不变，还是袁总负责。

“第二件是小事。无论是公开还是私底下，大家还是叫我周太，不要叫我梁总，其他的称呼都不要叫。不用给我准备新办公室，我就用周总的办公室。”

“董事长办公室门口的牌子换不换?”郝珊湖问。

“不用换。”梁家珍回答，“权限方面，之前周总的审批权限暂时都改为我，运行一段时间再说。”柯乐心想：这哪是什么小事？虽然宜信不是上市公司，但权限变更在哪里都是大事。

“第三件事情，下周开一次股东大会，不要管我的时间，先迁就几个大股东。虽然电话打过了，该正式通报的，还是要正式通报。”梁家珍望着郝珊湖说。

现在已经快到年底，今年的收尾，梁家珍并不担心，无非就是盯着一些应收款，趁着年底抓紧机会收回来，这些事情，区锦棠会安排得很好。她真正担心的是明年，明年的戏要自己唱了，怎么才能赚到足够的钱，让目前的班底继续维持下去？

“第四件事情，我想大家都在担心宜信明年的日子怎么过。现在环境这么不好，周总又病倒了，说实话，我也担心。不过，担心有什么用？如果担心，老天爷就赏饭给我们吃，我们就什么都事不用做，坐下来担心好了。”梁家珍平静地说着，并没有激动，“关键还是要去做，我有信心，明年营收和利润都有3到5个点的增长。要求先不要太高，我的想法是保证大家的收入不降——你们来宜信，是信得过宜信，让你们灰溜溜地走，这种缺德事，我们不干。如果你们没有其他事情，那就这样，大家早点回家休息。”

一口气说完，梁家珍没有给大家反驳的机会。大家起身，客气地告辞。梁家珍陪着大家从地下室上到一楼，她走到郝珊湖的雅阁前面，郝珊湖放下车窗：“周太，您还有事要吩咐？”

梁家珍摆了摆手：“没有。郝主任，听说你家公子想进市一幼？”

郝珊湖听后想开车门走下来，梁家珍制止了他：“不用下车，郝主任，如果真想，我就联系一下市教育局的屈副局长，他之前在我们这里买过一个单元。”

“那就真要拜托您了。”郝珊湖在座位上双手作揖，一脸的诚恳。

“没事，早点回家休息吧。”梁家珍拍拍车门，示意郝珊湖可以开车走了。

区锦棠和周为广陪着梁家珍，等她和每一个人挥手告别，然后三人折回来，梁家珍没有回地下室，而是来到餐厅，在餐桌旁坐下。

“周太，我来吧。”区锦棠看到梁家珍从冰箱里拿出黑姜糖，准备冲姜糖水。

“不用，我在家做习惯了。”梁家珍很快用电水壶煮开了水，冲好了三杯姜糖水，又往自己的杯子里多加了一勺红糖。

很多人喜欢在说正题之前拐弯抹角，特别是给别人好处前诉苦，说一大堆困难，让人明白这恩惠给得不易。梁家珍没有这个习惯，她开门见山，直接说道：“棠姐，我预备将我名下宜信地产5%的股份给你，过完年就办手续。”让人办事，总要有付出，梁家珍愿意一步到位，将好处预支到位，特别是对区锦棠这样的忠臣和干将，说一千道一万，还不如给一千万实在。

宜信的情况、今年这行情，区锦棠自然明白老板娘的良苦用心：要想宜信增长，关键在地产；人寿保险是赚钱，不过，能赚大钱的还是地产。眼下行情正好，趁着有钱赚就尽量赚，过个十年八年，谁知道楼市会不会跌落谷底?

“这可不行，周太，我怎么好意思拿您的股份！”区锦棠急忙推托。

梁家珍将手放在区锦棠的手上，按了按，制止了她的客气：“棠姐，你等我把话说完。明年宜信有饭吃还是有粥喝，就看地产了。地产是辛苦活儿，手停口停，不开发新楼盘，就没有利润进账，所以，要有可靠的人来掌舵。”

区锦棠没有接话，她知道梁家珍还有话要说。梁家珍转头看了看一直没有出声的周为广，继续说：“之前，地产一直都是周总和你在搞，为广在看；现在，周总是指望不上了，我想让你带着为广一起搞。我老了，宜信终究不是姓梁的，而是姓周的。”

这才是老板娘愿意用5%股权交换的东西，要有人扶太子上位。太子现在的经验、业绩、魄力还不能服众。区锦棠没感觉有什么不妥，她喜欢周翼谋、梁家珍这样的老板，就在于他们不虚情假意，不会用感情代替金钱，该花钱的地方就花钱解决问题。

“周太，你放心！你不用多说，我都懂，从今往后，我全力帮着大少，让他尽快接手地产这一块。”区锦棠忽然感到自己就像白帝城被刘备托孤的孔明先生，她的信誓旦旦完全发自内心。

转折关头，忠诚尤为重要。忠诚从哪里来？靠感情？感情是靠不住的，还是要买。皇帝给勤王护驾的大臣封官许诺，还不一样是买？梁家珍知道不舍就不得，周翼谋病倒之后，大部分得过宜信好处的人，不会将回报给到外人，只会还给周为广，但周为广的修炼还是欠缺些火候。区锦棠就不同，她的经验自不用说，在各个项目的操作中，市里、区里，规划、住建，公安、教育，她替宜信打江山的时候也积累了一批人脉，留住区锦棠，才能保证周为广顺利上位。

送走区锦棠后，只剩下梁家珍和儿子站在院子里，两个人都没有说话。梁家珍听着前面山头传来呼呼的风声，望着山头上漆黑的、摇动的树影，将自己锁定在沉默里。其实，她有好多话想和周为广说，她也知道这些话说了也没有用。面对变故，自己都需要时间适应，更何况是儿子，就把适应留给时间慢慢去完成吧。

她沉默半晌，然后对周为广说：“广仔，下个周六，你陪我先去医院，然后我们去一趟南华寺。”

“妈，你平时求签不都是去西华寺吗？”周为广问。

“不用求签了，只求菩萨保佑好了。”

“好，我先回去了，你早点休息。”周为广说完，上了自己的奥迪A6，下山去了。

关上院门，山风依旧在漫山遍野地撒欢，互相追逐着，像千万只猴子在树梢上跳动。奥迪A6的车灯光在黑暗中盘旋着，舞动着。梁家珍对着黑暗中的生机露出了笑容，她像小儿子周广为一样自言自语起来："翼谋，我不知道你要我怎么做，我就只管做我的。成与败，输和赢，我们夫妻一体，你的命运就是我的命运。你都不要怪我，要怪就怪我们的命。"

第三章　戊辰年八月初八　变局

机遇有的时候就像从浩瀚宇宙中掉落的苹果，足够幸运的话，它穿越万千人群伸出的手，不偏不倚砸中了你的头。

在脑梗死之后，我成了植物人，说不出话来，也无法抬手写字，更不能走路，可是，上天却偏偏在这时给了我预见未知的本事。

我常常听见人们在讨论如何选择，他们茫然不知去向在哪里、正确的道路在哪里、哪个人才是值得信任的。我都知道，我真的都知道，我心中大声喊着："死蠢啊！笨猪啊！这条路走不通，那个人是浑蛋，你们听见没有？"

他们根本听不见，可是，他们却可以用居高临下的眼光，以超越我千万倍智慧的态度怜悯地俯视我这个直视他们的病人，说几句安慰我的废话来表达他们的怜悯。

我无法驱散他们的废话，就像他们在我床前偷偷地放了屁，我也无法挥手驱散那股子臭味一样。

于是，我只好回忆。好多回忆就像战火中被炸断的桥梁一样，或者像从古墓中挖出的陶罐，东一截，西一段，无法接上，我就只好自己编造故事来修补。这可是一项浩大的工程，编完故事，常常累得我躺在那里半天都回不过神，任由自己坠入深不见底的虚空之中。

昨晚，秋风很大，而琴姐又忘了关窗，窗帘被吹得一夜狂响，吵得我无法合眼。中风之后的好处是想睡就睡，不需要按照正常人的作息时间，困倦袭来就闭上眼睛，想置之不理时也闭上眼睛，除了我自己，就连梁家珍也不知道我闭上眼睛是否一定是睡着了。久而久之，她也不理会我是否闭着眼睛，一大早，进门就径直拉开窗帘，打开窗户，让外面的灰尘粒子飘进来，悬浮在我眼前，然后坐在飘窗的棉垫上，双手托着茶杯底，一面小口小口地喝着滚烫的红茶，一面絮絮叨叨和我说一会儿话。

“翼谋，今天我要在外面跑一天，中午饭就让琴姐做水蛋。”

保姆琴姐除了听话、肯做，还出奇地笨，除了鸡蛋，什么菜都不会做，西红柿炒蛋、凉瓜炒蛋、豆角炒蛋……在她看来万物皆可炒蛋，不知道她做保姆前在上一家时是不是有个婴儿要照看。她特别愿意为我蒸水蛋，瑶柱蒸水蛋、肉末蒸水蛋、鱼滑蒸水蛋……倒在饭碗里，混合后用勺子喂给我，同时自己张大嘴发出哄小孩吃饭的“啊——”。

“昨晚棠姐给我打了电话，规划改容积率那里被人拖了好久，我约了付局长，上午带棠姐去规划局，中午就在为广办公室吃饭。下午我去广为那里，他还不知道仞芝已经向法院提出申请，要冻结南安基因的股份。要是冻结了，他想明年上市是不可能了，以后就更难说了……”

烦心、无助、焦虑、迷茫、怨恨、发愁，所有与生意有关的负面情绪，现在像一群苍蝇一样，放弃了我，扭头死死围住了梁家珍。我无奈地睁开眼，歉意地望向妻子，她却没有看向我，斜斜地靠着墙，眼睛望着楼下的花园。我知道那里有物业种的桂花、紫荆花、鸡蛋花。

我吸了吸鼻子，果然有一股清淡的桂花香袅袅在空气中，虽然阳光依旧酷热，风却有了一丝凉意，我又闭上眼睛，今天就回忆一切波澜起伏、坎坷颠簸、峰回路转的起源吧。那也是一个农历八月的晴美日子，我被幸运女神一箭射中，从此跌落命运的阿刻戎河。

“如果你知道那次去美国，会让你从此改行去做生意，你还会去吗？”梁家珍曾反复问过我这个问题。

就算是在今天，有充裕的时间反复复盘，我依然没有答案。不同于过去的是，这么多年后，我理解了命运的深奥，它提供的选择根本不是一个简单的好或者坏就能涵盖的。问君能有几多愁？恰似一团乱麻向东流。

1988年，我被提拔为南武市经济技术开发区外经贸局副局长，这一年秋季例行的去美国招商，由于正局长要陪市长出访欧洲，就改由我带队。招商需要拜会的公司集中在西海岸，考虑到这次有几个同事是第一次去美国，我在行程中加了东岸的纽约和波士顿。

临行前一晚，梁家珍将一张采购清单在我眼前扬了扬，夹在我的护照里，然后，单独把一张名片大小的纸也放了进去：“这是七叔的电话号码，他这段时间在洛杉矶。我和他说了，你有空去见他一面。”

七叔家与梁家珍家是世交，“世”之久远据说要追溯到光绪年间。梁家珍和我讲起这段旧事，花了一个晚上的时间。她感慨一代人之间的友谊要维护尚且不易，更何况几代人能一直相伴相随，而在我听来源头就是古代官商勾结的桥段，到了当代改为互惠互利。

每个家族的每一代人都需要有一个佼佼者，手擎大旗，孤立桥头，引领前行，还得护佑众生。七叔家的佼佼者是七叔，他不孤寒、肯帮人、有计谋、人脉广，后来优点里还得加上长寿，从年轻到老对应了梁家几代人，包括我、我儿子。

20世纪80年代末去美国出差，用今天的网络用语来说，是一件非常凡尔赛的事情。出行的标配是大大的行李箱，出国前里面装的是方便面，回国时方便面正好吃完，空出的地方会塞满化妆品、手表、衣服、小电器、食物等。

我此行的目的非常明确，说服美国的日化巨头KA公司在南武增加一亿美元投资，建设新的洗衣粉生产线，顺带去两家为KA配套的上游供应商，说服他们也来南武经开区落户。

“这就快10月了，大动作不多了，今年南武市吸引外资总额能不能在去年基础上翻一番，就看你这一单了。”临走前，分管外贸的副市长把我的肩膀拍得山响。

“请市长放心，我一定努力完成任务。”我挺着胸脯说着套话。

“努力只有天知地知你知，我不知道，你把‘努力’两个字删掉，我就满意了。”副市长也是从基层上来的，没有给我蒙混过关的机会。

我只好转而说点实在话：“市长，我怎么也要靠成绩继续进步吧？”

“这个态度就对了。”副市长又一次用他的手掌轰炸了我的肩膀。

在一个组织中，干事的态度就像鸡尾酒一样分出明显的层次。这倒不是有的人刻意偷懒，而是人微言轻只能先打着酱油，你不派活他就永远等着，特别是在机关，指令才是行动的理由。如果一个领导没有找到合适的指令，就先开会，发动群众自己去找任务，然后由领导的嘴化为指令。

同事们喜欢跟着我跑项目唯一的理由不是我和蔼可亲，而是我办事干脆利索，大部分行动都自己出手。联系客户、协调政府相关部门、去啃银行的硬骨头，虽然烦琐、烦闷、无趣、无奈，可是好处就是核心信息自己掌握，没人能蒙得了我。

这几个月，我已经与KA的全球副总裁通过几轮电话，我们提供的厂房面积、工人工资、交通条件、税收优惠，他们都没有太多意见，唯一的分歧是他们希望放弃洗衣粉生产线，改为增建两条洗衣液线，原因是洗衣粉随着滚筒洗衣机的比重加大，会被逐步淘汰，洗衣液正处于全球市场的上升通道。

我曾经拿美方的意图试探了一下南武市的外经贸局局长，他沉吟了一下，问："之前外方将洗衣粉生产线放在我们这儿有没有高价甩掉陈旧设备的嫌疑？"我说："这倒不用多虑，美国现在洗衣粉市场还是占有相当高的比例。"他说："既然如此，就放手去做吧。"

KA的全球总部在1980年从纽约搬到了洛杉矶，它的全球副总裁说，环太平洋的市场比重已经超过了大西洋市场，中国、日本、韩国的客人喜欢在洛杉矶谈生意而不是纽约。

我也喜欢洛杉矶，路近是一个原因，主要是洛杉矶的气候与南武市差别不大。后来我有钱了，经常去佛罗里达，更喜欢棕榈滩，相较于洛杉矶，棕榈滩的气候更像南武。

20世纪80年代出差美国，节奏是先紧后松，先急急慌慌把正事做了，方便后面有时间游玩和购物。KA是老熟人了，他们的董事长还是我们南武市的荣誉市民。我们从香港飞到洛杉矶，下了飞机，KA先把我们接到酒店，第二天实地看了两条不同的洗衣液生产线，接着就是商务谈判。我想好的对策是同意美方的洗衣液方案，条件是加大投资到两亿美元，我们退税的优惠政策延长两年。对方副总裁问过董事长后基本同意这个方案，来美国之前我并没有汇报给市、区两级领导，用太多的时间来考虑反而会让好事易生变故。

一轮忙碌之后，第一阶段的工作基本结束，我们对于生产线有了感性的认识，价格经过商务谈判，也榨去了一轮水分，我们将来之前草拟好的情况汇报和请示修改过，传真给了南武市外经贸局。

在等待走流程的两天时间里，KA特意安排了一辆面包车还有一位中国籍员工小王送我们一行去拉斯维加斯观光。小王是UCLA（加州大学洛杉矶分校）的留学生，在KA实习，却有着与学生身份不相符合的干练与老成。一上面包车，就给我们每个人塞了一包用报纸包着的零食，里面有甜甜圈、巧克力、杏仁糖、开心果，既高脂也高糖，在那个时候，却是最受欢迎的食品。

“吃零食是为了喝水，天气干，多喝水啊，还有什么需要，就告诉小王！”小王用热情和零食在内华达州的旷野中点燃了大家的情绪。

旅程起始的兴奋哄闹之后，车里陷入安静，大家看腻了窗外的风景就纷纷开始补觉。我将小王留给我的一包开心果就着一瓶矿泉水吃完，无聊之余，望向了窗外。九月的北美，已经是南武初冬的气温，去往拉斯维加斯的高速公路，像神明用2B铅笔在荒漠戈壁之中画出的两道黑线，一道带着赌徒们通往纸醉金迷的路线，另一道是输光了从纸醉金迷撤离的路线。

小王陪着我，坐在过道另一边的座位上，他拿出随身听戴上耳机，打开剩余的报纸翻看起来，看到了让他惊讶的消息，就摘下耳机，将报纸叠成一本书大小，递给我看：“周局，您看这个广告，美国的半导体真的干不过日本，连老本都赔光了。”

我本想敷衍地瞟一眼，可广告上不多的单词像冰冷的可乐一样清爽地穿心而过，让我激灵得端坐了起来。广告在《洛杉矶时报》的财经版下面，只有几行字，大意是标价300万美元出售价值1000万美元的印刷电路板生产线，工厂在圣迭戈，有意愿者在1988年9月16日之前，将购买价传真给代理转让的商务公司。我看了一下报纸的日期，是9月2日，而今天就是9月16日，星期五，明天就是美国人的周末。

按捺住路上捡到大钱包的狂喜，我在心里飞快地盘算了一下：第一，这笔生意绝对是包赚不赔的，国内急需类似的印刷电路板生产线，在和我们南武谈合资的，最少有两家，这个价格，等于卖废品；第二，做成这笔生意的关键是速度，也是我们体制内企业的死穴，要钱、报批都是一层层跑马拉松；第三，也是最重要的，我们此行的目的是KA，不是捡钱包，临时给自己加自选动作，搞好了还好说，搞不好就是自找苦吃。

不过，对南武市来说，这笔生意值得做，既然值得，那无论如何都要试一试。想到这里，我在心里暗暗下了决心，要拿下这条生产线。

我站起身，去到前面，喊醒了三个同事一起商量。

“生意是好生意，关键是钱，我担心家里面的手续不一定够快。”听完我的分析，老妖第一个发言，他姓姚，谢思祥喊他老姚，喊着喊着就改口叫了老妖。

“周局的意思是试试，那我们就试试呗。”谢思祥摆出无所谓的姿态，“反正，最差的结果就是做不成，我们也不会有任何损失。”

“也不是，拉斯维加斯去不成了。”旻旻哀叹。

“放心吧，只要跟着周局，下次再来美国，让他把这次欠账还上不就行了？”谢思祥又转向我，“是吧，周局？”

此时的我，根本没有在意年轻人的“扯猫尾”（一唱一和），我忽然觉得自己被切换到了另外一套模式。从那一刻开始，我就明白我是一个彻头彻尾的商人，我骨子里对生意的追逐，就像一个嗜血的野兽闻到了猎物的气息，紧张、亢奋，只希望早一点去到圣迭戈。拉斯维加斯？去他的吧。

车轮滚滚，拉斯维加斯的天际线已经出现在前方，越来越大、越来越清晰，用光怪陆离的七彩幻影诱惑着我们步步逼近，我们都没有说话。仿佛在试探我们经受诱惑的底线，当巨大的“欢迎来到拉斯维加斯”路牌在我们车后闪烁，我对司机说：“掉头，回洛杉矶。”

每个人发达都有一块福地，梁家珍说我的福地是在美国，还说我能发达是祖先保佑的结果。按照她的说法，无论是周家的祖先，还是梁家的祖先，他们要打听世界各地的行情，还要会英文，精心为我安排在美国起步发财。也真是难为他们了，他们活着的时候，连美国这个国家的名字，都很少有人知道，更不用说圣迭戈和洛杉矶了。

“要不是来办事，圣迭戈还是很值得住一段时间。”旻旻望着窗外不断变化的森林和沙滩，发出由衷的感慨。

印刷电路板工厂在圣迭戈市的北郊，离洛杉矶不到150公里。我们从洛杉矶出发，沿着5号公路向南，过了加州大学圣迭戈分校，就能看见路边一片整齐的厂房。那天是周六，为了见我们，工厂的厂长、财务人员、两名工程师放弃了休息，在工厂等着我们。

厂长亲自陪着我们看生产线。论规模，这家工厂在美国西部能排在大型印刷电路板厂的前30名，要卖的设备150多套，属于20世纪80年代初的水平。其中，新式镀金线及全套计算机自动检测系统，陪着我们来的KA工程师说就值200多万美元。总之，我们感觉满意，设备状况良好，技术不落后，是我们期待引进的技术。

相比于后来在国内做生意，与美国人做生意就简单很多。美国人没有学过三十六计，他们不懂美人计、空城计，也不懂虚张声势、欲拒还迎，总之，他们不会把生意搞得像恋爱一样。与国企做生意，花钱不说，还要玩猜猜猜的游戏，情绪第一，赚钱第二，一不高兴，生意玩完。美国人的原则很简单：一要诚实，二要守信，三才是尊重。

看完生产线，去会议室，就像电视里转播的足球比赛一样，解说员经常说的一句话就是，留给中国队的时间不多了。我也需要加快节奏，看着老妖为了几千美金的调试费用，与对方引经据典、寸步不让，我不得不用中文打断："该让步的就不要坚持了。"经过一轮又一轮讨价还价，最后的结果是，美方工厂负责拆卸、包装、海运、安装、调试、培训，拆卸和包装费用由工厂负责，其他产生的一切费用都由我们负责，设备的费用加服务费用，算下来总共150万美元。

"你们必须在周一上午10点前完成支付。"厂长最后竖起一根手指，强调时间是周一。

我刚想拖延几天，他摇动手指制止了我："这个条件不讨论了。10点是银行要求我们进入拍卖环节的时间。10点前，全部钱收到，合同生效；少一分钱，合同作废，进入拍卖。"

厂长有点愤怒的神情反而让我开心，这表示利益的天平偏向了我们。"款项收到，设备一个月内运抵中国。"厂长将我们谈的所有条件，一条一条列在一张A4白纸上，然后递给我，"如果没有问题，我们就马上准备合同。"

"没有完美的方案，只有能不能接受的方案。"我接过白纸，郑重地放入公文包，微笑着告辞。

对我们来说，最难的部分开始了，而我能做的，就是什么也做不了。

我给正在陪市长出访的南武市经济技术开发区外经贸局局长打了电话之后，就去忙KA的事情了。在那个没有网络和聊天软件的年代，你无法追踪事情的进展，就像大雾天里站在山顶往山下扔了一块石头，它滚落到哪里，你是永远无法预料的。

十多年之后，宜信集团赞助南武市迎春公仆杯桥牌赛，我作为赞助商参加开幕式，又遇到了曾经狠拍我肩膀的副市长。他也已经退休，见到我，特地送了我一本南武市政协编辑的《南武文史》。

"我估计你不知道我们为你那个印刷电路板项目做了什么。"他说，"都写在这里了，我写的，好好看看，简直比电视剧还精彩。"

比赛开始后，我很快就读完了那篇题目为《48小时内紧急筹款150万美元》的文章，合上薄薄的杂志，我想只能用惊心动魄来形容远在国内的48小时。当年局长接到我的电话后，马上报告了市长。1986年，香港的衬衣大王给南武捐了300万港元，南武市第二人民医院用这笔钱盖了一栋12层的外科大楼。能省百万美元的生意，市长与局长们一合计，觉得这笔生意值得使大力气去争取，马上就指令由拍我肩膀的副市长负责指挥，南武市外办协调省外办，省外办协调中国驻洛杉矶领事馆，领事馆在周六晚上连夜开会，设法为我们筹款，决定调用某部委存在中国银行纽约分行的买房款。得到这个消息，南武市某局又再协调省厅，省厅又再协调某部委，某部委在周日晚上同意借给南武市150万美元。

赛事结束，拍肩膀副市长拿了双人赛的第十六名，我走过去恭喜他。他问我："为什么赞助桥牌赛，是因为便宜吗？"我笑着回答确实是因为便宜，关键是参加桥牌赛的领导档次都很高。

"文章读完了？有什么感想？"他问。

我回答："下次您要组织什么比赛，告诉我一声，赞助费算我一份。"

戊辰年是龙年，农历八月初八就是阳历9月18日。

七叔后来总说，我找他那天是个好日子，1988年9月18日，龙年八月初八，这么多八，命里就该发。

到了周日傍晚吃饭时，家里依旧没有任何消息。旻旻打电话喊我和他们一起下去吃自助餐，我完全没有胃口。梁家珍夹在我护照本里那张写着七叔电话的纸片，此时就放在电话旁边，几个数字我已经倒背如流。我用食指、中指轮流敲击着纸片，犹豫着要不要打这个电话。

"你知道诸葛亮为什么要给赵云三个锦囊吗？"日后梁家珍常常将她的纸片与锦囊妙计联系在一起。

"为什么？"对明知故问，最好的回答就是反问。

"是因为诸葛亮有预见性，你不要不听诸葛亮说的话。"

女性的直觉算不算预见性的一种，我没有答案，但男人的决心是做事的条件，我就非常肯定，想先打通七叔的电话再说。

"七叔，我是南武梁家三叔公家幺女阿珍的丈夫翼谋。"我最怕打着远房亲戚招牌去找人，那种说不清道不明的关系，需要花很久才能理顺。

“我知道你，家珍和我说过你来美国，正好我这段时间也在美国，这两天刚从温哥华过来。”七叔语调平静，听不出那种他乡遇亲戚的欢欣。

“七叔。”我顿了顿，欲言又止。

“周生，找我有事吧？你尽管说，就算是钱的事也尽管说，我先看看能不能帮你。”七叔没有叫我翼谋，而是称呼我周生，后来很熟之后也没有改口。

“七叔，我想找您借150万美元。”既然是要开口求人，那就没什么好遮掩的。

“哦，150万美元。”七叔平静地重复数字，“这可不是小数字，说来听听，什么时候要？干什么用？”

于是，我将前因后果、来龙去脉描述了一遍，听完，七叔让我等他一个小时，然后他会给我的酒店房间打电话。

我不想待在房间来熬这一个小时，下了楼去。夜色降临，霓虹亮起，街道上很安静，南武的同事们估计吃完饭结伴去逛街了，我决定趁着没有人，去楼下的赌场试着消磨一小时。

Casino（赌场）这个单词，从前在我的意识中代表着堕落、沉沦、无法自拔。第一次踏进真实的赌场，我并没有设想中的羞愧感。与我想象中的赌场应该是灯火通明、金碧辉煌完全不同，真实的赌场是很幽暗的，我甚至担心自己看不清脚下的路会被绊倒。偌大的大厅没有窗户，你完全没有了日夜晨昏的时间概念，没有声响也不闪耀光亮的都是轮盘、21点。那时还不流行百家乐，最让我震撼的是数量巨大的老虎机，像一排排怪兽一样蹲在路边。我低吼一声，不是想吓退那些“老虎”，而是吓退来自内心的恐惧。

真正的赌徒与有钱没钱无关，与有没有赌性有关。赢了不放手，输了不放弃，输赢都从容不迫，便是赌性。真赌徒不在意结果，享受的是过程。后来在赌场，见多了那些拿到好牌就忍不住甩在桌子上的赌客，我打心眼里鄙视，他们来赌场就是为了赚点买菜钱。我开始时并不知道我是一个真正的赌徒，我们住的Riverside（河畔）酒店就附设一个赌场，我掏出KA的信封，换了300美金筹码，在轮盘押中黑色，赢了200美金，接着又押中黑色、黑色，连续赢了1200美金。我隐约觉得，下注是一种释放，挑战的不是庄家，而是自己的运气。

今天运气没有和我作对，如果不是时间快到了，估计我会在赌台上坐到天亮。一小时后，我将筹码换回现金，留下了一个100美元的筹码作为纪念。Riverside酒店赌场的筹码是淡蓝色的，后来我用冲击钻打了一个洞，当作我汽车钥匙的装饰品。

回到房间没一会儿，七叔的电话就到了，他说他刚刚打过来，我不在，我说我下去赌场了。

“哦，赢了吗?”七叔依旧语调平淡。

“今天运气不错，赢了。”我如实回答。

“那就好，周生，我考虑过了，如果是借钱给阿爷（公家）的公司，我们和你们没有交情，没必要帮你们。”七叔拒绝得直截了当。

“那倒也是。”我并不失望，这都是预料之中的结果。

“不过，我愿意借钱给你。”七叔放慢了说话的速度，生怕我没有听清楚。

“给我?”我好像明白七叔的意思，却又不敢让自己明白。

“是的，给你。”

“怎么给我?”

"很简单，我打本给你，你来做生意。"

"七叔，我们才刚认识，您就相信我？"

"相信和时间长短没有关系。"

"150万美元，您不怕我亏到底裤都不剩？"

"生意有时很简单，对的项目、对的人。这个项目我调查了，放在你们那里是能赚钱的。人嘛，你能把生意谈成，就证明了你会做生意。"

"我没有自己做过生意。"

"我给你两年时间学。前两年，你给我打工，年薪一万美元；两年之后，工厂要是赚钱了，你就为我和你打工，我每年让你10%股份；十年后，你100%股权，就是老板，别人为你打工。怎么样？公平吧？"

"好，您让我想想，一个小时后，我给您打电话。"我将话筒放回电话上，双手无力，身体瘫在沙发里。命运将我扔进一个高速旋转的旋涡之中，我则极力用理智和思考追赶旋涡的转速，想梳理清楚未来的盈亏。

如果小王没有用报纸来包零食，或许我就永远不会看到那则广告，那则广告就是开启我命运新大门的一把钥匙。我就像一个贪玩的幼童，站在一堆多米诺骨牌前，手贱地推倒了一张，随后的轰然倒塌吓得我手忙脚乱，全然不顾一个全新的世界已经出现在我面前。

而现在，我止住了惊吓，流着鼻涕眼泪，被一个全新的世界诱惑着，前面有财富营造的幻象。我的内心潜藏着一个被封印的怪兽，它富有决断力、预见力，它渴望在未知的世界里崭露头角、大杀四方。从前，我并不知道我的内心世界还有如此之多我自己都一无所知的秘密。

我像站在了一座峡谷的独木桥上，回头看，身后的世界曾经如此美好，适合自己的职业、不错的待遇、美好的家庭、友好的同事、顺利的仕途，所有这一切都将是我投身到未知世界的代价，而我已经着了魔，浑身涅槃一般燃烧，不想再回头。

我抖动着手拨通了家里的电话，重拨了两次，才等来梁家珍睡意沉沉的“喂”。

“梁家珍，还在睡！你就快没有老公了！”我吼道。

“周翼谋，老公没有了还可以再找，什么事非要半夜2点吵醒我？”梁家珍没有被吓住。

“我要辞职了！”我的口气气急败坏地软了下来。

我急促地将这两天发生的事情简明扼要地说了，特别详细地说了七叔这一段。

安静了十几秒，梁家珍反问我：“周翼谋，你是在问我的意见？”

“是，这是我们俩的事情。”

“嗯。”梁家珍满意地用鼻腔哼出一个音，“你想想30年后，你退休时能做到什么位置？撑死副区长，区委常委没希望吧？你按照现在的路走下去，到死那一天能干什么，都一清二楚。现在你有机会重新来过，你问问你自己，是愿意搏一下，还是就这么混到底？”

没有听到我说话，梁家珍继续说：“周翼谋，其实你知道你想做什么，只不过想让我支持你。不要这样想，自己想好了路就去走。所谓运气，就是你有得选。今天你有两条路可以选，明天就没有了，你自己选吧。现在天还没亮，我继续睡我的觉了。”

离约定和七叔通话的时间还差十分钟，我坐在窗户的飘台上，看着楼下街灯昏黄的光影中，一片又一片干枯的树叶被秋风吹起，挣扎着、舞动着向上飞去。不是每一片树叶都轻若鸿毛，它们起来又落下，最终被行人踩在脚底。“好风凭借力，送我上青云”，我忽然想到这句诗。这股风不是说有就有的，它能吹到你的身边或许只是偶然，你的起飞并非命中注定，只是你抓住了偶然。

“七叔。”我准时拨通了电话。

“想好了？”七叔依旧是平静的口吻。

“想好了。”我停了会儿，“我想这样，麻烦您带着支票9点半到。如果明天早上，领事馆能搞掂钱，天意难违，我们就当这事儿没有发生过；如果搞不掂，那就麻烦您交支票，我辞职下海跟着您干。”

“可以。”七叔回答，“明天见。”

我从来没有问过七叔的150万美元是从哪里筹集的，在见到他之前，我甚至不知道他长什么样子。我只知道他就像是一个赌百家乐的赌徒，将150万美元的筹码放在了我面前，对面的庄家是命运，七叔赌闲家我赢。

在移情别恋棕榈滩之前，洛杉矶是我最喜欢的美国城市，我喜欢这座城市的阳光，喜欢它的海岸，喜欢它白色的建筑，还喜欢它名字里有一个天使。

家里运作速度之快其实已经非常出乎我们的意料，中行纽约分行在周日晚上已经得到某部委的指令，同意借用150万美元给我们，不过相关手续从周一上午开始，完成时最早也要到中午12点，“这是前所未有的速度了。”中行纽约分行的副行长在电话中告诉我们。

即便是前所未有的速度，依旧无法赶上准点发出的列车。拍我肩膀的副市长后来告诉我，市长事后在市政府常务会上问大家，为什么我们拼尽全力的速度永远比不上私营企业，这是值得我们去反思的现象。

“很遗憾，我们不能专门为你们延迟拍卖的时间，这个时间是预先就公开的了。”厂长摊开双手，“还有几分钟，如果没有一张支票放在这里，就麻烦你们参与拍卖。”

“支票是有的，”七叔站了起来，他从皮包里掏出信封，从里面抽出一张支票，“我来买下。”

第四章

第一节　那年的最后一日

我识你果日系果年嘅最后一日。

——摘自歌曲*Elaine*

这是牛市！契辅教授的脸书连续三天发的都是同一内容，简单的四个词。

周广为知道这是他赚了钱的感慨。在电脑上，周广为看过国产老电影《渡江侦察记》，解放军的侦察兵成功渡江之后，约定的信号是打三发红色信号弹，这三天的脸书就是契辅教授向金钱的天空打出的三发红色信号弹。

以赚钱为职业的人不会因为赚了钱而开心，就像厨师不会因为炒了菜而开心一样，开心的原因，无非是赚了快钱，或者是赚了大钱，契辅教授的钱都与股市有关。快钱让人得意的是赚了时间，而大钱让人得意的是，胆略比智慧更重要。周广为断定，在欧股、美股哀鸿遍野的熊市当下，教授向天宣示战绩，一定是赌对了某支逆势起飞的冷门。他发了一个单词过去：

Congratulations（祝贺）。

很快，契辅教授就回复了：如果你问我当下赚钱的秘诀，我会告诉你，这是牛市，这是牛市，这是牛市。

30秒过后，又发来第二条：后天中午12点，Van Pelt图书馆前见。

契辅教授第一次约周广为在Van Pelt图书馆前见面是几年前，即将从沃顿毕业时，周广为想投简历给雷曼兄弟，就给契辅教授写了邮件，问能不能帮忙推荐。契辅教授爽快答应，约了周广为在宾大Van Pelt图书馆前见面。

那时的周广为就像一个在马路上捡到一分钱而被校长召见的小学生一样，毕恭毕敬地端着两杯星巴克咖啡站在那里等着契辅教授一脸阳光地走过来。

“周，中国学生很聪明、很勤奋，还有礼貌，在费城、波士顿，到处都是中国最好的学生，但是，他们来学习不是为了当老板，而是一开始就想好了毕业后去打工的，去华尔街，去麦肯锡，去花旗，为什么？”

周广为耸了耸肩，他自己也想去华尔街：“教授，打工无可厚非。”

“是啊，你们中国人讲究大树底下好乘凉，年纪轻轻就不喜欢冒险。”

“冒险不一定能成功啊。”

“所以，你们看问题容易悲观，还没有前进，就把退路想好了。”契辅教授喝了一口周广为买咖啡，“周，我觉得你也不喜欢冒险。”

“我？”周广为不是没有想过这个问题，真实的想法听上去野心勃勃，“我在20岁时是这样规划的，读最好的MBA，进华尔街做分析师，成为投资合伙人，做全球顶尖公司CEO。”

“嗯，我欣赏你的20岁，现在呢？”

“计划暂时还没有变。”

“周，这样的你值得我为你推荐，我说你有优秀商人的潜质，是因为你不轻易悲观，不急于撤退。”契辅教授语重心长，像个中国大学的辅导员。

那个时候，是费城的夏天，校园中心B.P.Levy公园的安静正适合午后的慵懒，阳光透过树叶变为绿色的光线，照在本杰明·富兰克林的雕像上，像极了100美元钞票的颜色。师生俩将双腿极力向前伸，两手支在长椅的靠背上，头向后仰，享受着如美元一样绿油油阳光的沐浴。

后来周广为与李仞芝一起看了电影《贫民窟的百万富翁》，电影里有一道问题是100美元的头像是谁，主人公的朋友用悲惨的人生换来了是富兰克林的答案。看到这儿，李仞芝湿了眼眶，将头偎向周广为的肩膀，周广为轻吻了一下女朋友的脸，在心里说每个人都有记住100美元钞票的独特机缘。

“周，尽管出发，我会留意你的，如果需要我帮忙，我还会约你在这个图书馆前见面。”契辅教授竖起右手的食指和中指，指向自己的双眼后，又指向周广为，“优秀的投资人也有怀疑自己的时候，不过，永远不要在下了决定之后怀疑自己，下了决定，决定你输赢的是运气，不是你。”

契辅教授站起身，整理好上衣，又弯下腰，直视周广为，在他的眼睛前来回摇动一根食指：“不要怀疑，死都不要怀疑。”

从纽约开车去费城，走95号公路，大约160公里，不塞车的话用不了两个小时。周广为10点从曼哈顿出发，到了宾大校园将车停好，踏上B.P.Levy公园草坪的时候，看了一眼手表，11点50分，当他走到富兰克林雕像前，却发现契辅教授已经坐在那里，身边放了两杯咖啡。

提前到达约会地点的契辅教授，两眼直勾勾地望着前方，他在回忆上星期五大地基金合伙人会议上自己遭遇的难堪，前三季度的报表放在了与会者的面前，香港办公室分管的大中华区业务，走出了一条向下的曲线。

当然，不只是香港办公室业绩下滑，大地基金所有区域的业务都在下滑，北美的曲线更是接近垂直于地面。不过，对如此糟糕的成绩，大家都选择了原谅，大地基金的创始人格威尔掀了掀报表，无奈地用红笔在报表上打了个叉："我本来不想看这一季度的报表了，雷曼兄弟把我们推入火坑。但是，我还想看看香港的表现，香港是今年唯一的希望，可惜，Jeff还是让我失望了。"

香港办公室的负责人Jeff是契辅教授推荐的，耶鲁毕业，在高盛干过，然后跳槽去了黑石基金香港办事处。契辅教授与他相遇在耶鲁校友基金会的年会上，掌管耶鲁校友基金会的费曼教授是诺贝尔经济学奖获得者，契辅和费曼的关系是两个人可以私下去酒吧摸着杯底闲聊半天那种。当契辅询问是否有合适人选推荐给他掌管香港业务时，费曼拿酒杯的手已经不太稳，他张望了一下周边，指向一个穿着皮夹克的男人："那个穿得很像Jensen Huang（英伟达CEO黄仁勋）的家伙。"

事实证明，Jeff只是穿得像黄仁勋，他漂亮的简历掩盖了他在领导能力方面的欠缺。他喜欢把钱用在短线的股票二级市场，把港股炒得锅底火红，完全忘记了大地基金的本行是风险投资。大潮退去时，就知道谁没有穿裤子了，雷曼兄弟连累港股被做空，Jeff的光屁股就露出来了。在见周广为之前，契辅教授已经打过电话给Jeff，告诉他董事会决定让他圣诞节前离职。

“别灰心，契辅，你还有一次机会改正错误。”散会时，高级合伙人、他的死对头哈米斯假惺惺地走过来，拍了拍契辅的肩膀，毫不掩饰对契辅失误的幸灾乐祸。

哈米斯说的改正机会是契辅教授在会上提出的“建仓中国”计划。契辅教授慷慨陈词，把课堂上讲课的内容搬来董事会。他说雷曼兄弟倒闭之后，放眼全球新兴市场，唯有中国市场增速最快、社会最稳定、市场最庞大。格威尔赞许地不住点头：“我们早就应该去中国了，我知道契辅教授正在物色人才，不要再挑三拣四了，快比好更重要，圣诞节前找到，明年元旦就让他在中国把大地基金开起来。”

看到学生走来，契辅教授拍了拍身边的座位示意周广为坐下，递给他一杯咖啡：“我不知道你喜欢喝什么，不过我猜你们东方人都喜欢甜食，就帮你买了一杯拿铁，加了双倍的糖。”

接过咖啡，周广为喝了一大口，咖啡用热乎乎的甜味裹挟着奶香和能量，从他的口腔一直沉落到胃里，他闭上眼睛，舒服地释放驾驶过后的疲劳。

契辅教授拍了拍周广为的肩膀：“周，我还记得几年前，就在这里，你告诉我你20岁时的职业规划。”

周广为无奈地叹了一口气：“没有想到这么快我就走完了投行分析师的路。”

“你们中国人不是喜欢说‘天无绝人之路’嘛。”契辅教授笑眯眯地看向满脸都写着不甘的周广为，“在美国，天就是上帝，上帝是不会消灭你的希望的。”

高天流云，周广为喜欢北美干燥凉爽的气候，天的颜色是饱和度很高的蓝，远方的空中停驻着几大朵城堡一样白色的云，十月，这是一年四季中太阳最让人喜欢的季节。契辅教授站起来，说："周，陪我走走，我有点事要和你说说。"

以失意者的身份在母校散步，周广为并不喜欢。9月15日，雷曼兄弟正式宣布倒闭，如果不是契辅教授定了地点，他宁愿选择一个饭店或者酒吧见老师，对母校，他更愿意用一个成功者的身份而不是失败者的姿态回来。

两个人从富兰克林雕像背后出发，沿着洛卡斯特小径一直向西走，小径两边的草地上，接连排着一棵又一棵的蓝花楹，紫蓝色的花朵像云一样盖满枝头，连成一片飘在低空。周广为在宾大这么些年，在这条小路上匆匆来又匆匆去，此刻，他才看到蓝花楹美丽的紫云。

想要了解一样事物，不仅要有空间的距离，还要有时间的距离。对财富，不知道是否也要保持距离才有准确的判断，周广为在心中疑惑。

契辅教授背抄着手，仰着头，看着前面的天，也不管周广为是不是走在他身边，就开始了他对大地基金的总结："这几年，大地基金放弃了雷曼兄弟、高盛等投行的股票，大笔押注苹果、AMD、谷歌等科技股，管理的资产已经翻了两倍，超过了600亿美元。"周广为心里想，契辅教授当然认为上帝没有亏欠他，恰恰相反，还特别偏爱契辅教授。

走到南大学街的有轨电车站时，契辅教授站住了，他抽了抽鼻子："我闻到一股玉米饼烤熟了之后特有的香味。"果然，两人很快就发现了路对面的一辆餐车，周广为过去买回了两个墨西哥塔可，契辅教授把钱交给想要拒绝的周广为："周，你失业了，就不该由你来付账。"

将卷着牛肉、鸡肉、红椒的玉米饼塞进嘴里大口咀嚼着，契辅教授满满回血。吃完，满意地拍去手上沾着的面粉，他看着周广为，并没有兜圈子，直截了当地说："周，今天我约你来，是当面给你一个offer。我们大地基金大中华区的合伙人Jeff，去了英国一家香港人收购的电话公司做CFO。这个香港人，我不说他的名字你也能猜到。所以，现在我们的香港办公室没有人负责了，你有没有兴趣加入大地基金？"

在沃顿，MBA只是纸上谈兵，错了最多就是考试不及格。在雷曼兄弟，分析师也不过是看看报表，写写报告，真正拍板决定输赢的，还不是自己。今天，契辅教授扔过来的无疑是一根救命绳，把自己从已经沉没的雷曼兄弟号上解救下来。不过，这根救命绳火辣辣的，烫手。当你手握数亿资金，对盈利和增长都要负责时，生意就不是考试，不是建议报告，而是实实在在的输赢了。

契辅教授伸手制止了嘴里含着玉米饼却想说话的周广为："周，先不要着急下决定，等我们走完洛卡斯特小径，让我们欣赏完美好的风景再说。"契辅教授用手指向西边，"不过，也不能太晚，我们走到圣玛丽教堂时，你告诉我你的决定。"

茫茫人海，川流不息，万千众生，谁为其中贵人？周广为在读大学时对"贵人"的概念并没有强烈的感觉；当他来到沃顿商学院时，他才意识到这个世界还有一种关系叫贵人。你对世界无欲无求时，是不需要贵人的；当你对世界充满了渴望，就需要有贵人来帮你。贵人代表着别人对你的肯定，贵人代表着别人对你渴望的认可。

吃着塔可的这一会儿工夫，周广为感觉换了一种眼光看世界。从前，宾大在周广为的眼中是一座座建筑：McNeil是图书馆，上课是在Jon M. Huntsman，买书是在南36街西边的宾大书店。

现在，新眼光隐去了现实世界，浮现出来的是电脑游戏一般的虚拟世界：母校不只是一座座建筑，还有一个个人。这些人像里程碑、纪念碑一样耸立在洛卡斯特小径两侧。契辅教授的石碑上，还刻着象征胜利的月桂花环。

心中所见，皆为幻象。周广为甩了甩头，摆脱自己虚妄的胡思乱想，从南大学街向西望，圣玛丽教堂灰色的尖顶已经出现在密密的蓝花楹紫色的云朵上，而契辅教授背着手，已经走到了前面。世界如此多彩，世界又是如此多变，周广为将擦手的纸巾扔在路边的垃圾桶里，拍了拍双手，深吸一口气，向着目标大步走去。

国泰航空从纽约飞往香港的航班，半夜1点从肯尼迪国际机场起飞，香港时间第二天凌晨5点抵达赤鱲角机场，十几个小时，飞机都在黑暗中潜行。

周广为喜欢这一个航班，过往他放假回南武探亲，都是选这个航班。上机前在咖啡店为自己的大号膳魔师装满拿铁，机上的时间，他一边看动漫，一边喝咖啡，累了就走去机尾找空姐要一个杯面或者三明治，很快就消磨了十几个小时。

这一次的飞行依然一路无眠。现在，屏幕上的动漫已经被他关掉了声音，耳机被扣在脑袋上抵挡着飞机发动机轻微的轰鸣。周广为望向舷窗外，乌黑的云块慢慢在晨曦中幻化为玫瑰红，香港的海岸线已经出现在机翼之下。

“这座城市总是你的旅途中转站。”他对着屏幕中自己的镜像轻声说。

凡事皆可量化，南武、纽约、费城、香港，甚至还有多伦多、温尼伯，如果按照重要性排列自己生活过的城市，南武作为故乡无疑排在第一。哪座城市排第二？哪座城市又能名列第三？周广为觉得如果城市排列可以有指标的话，亲密度是最重要的指标，其次是认同感。南武有家人，又是自己长大的地方，亲密度和认同感都是其他城市不可比拟的。只不过，人这一辈子待在故乡的时间不一定是最长的。

纽约有自己曾经共同生活而今分道扬镳的妻子，费城有母校和提携自己的导师，多伦多是自己最喜欢的旅游目的地。香港，香港将给自己带来什么？又能留下什么？这座城市在飞机的机翼下旋转着，努力将万花筒一般变幻的景致呈现给空中的周广为。

坐在周广为旁边的一个白人帅哥，一路无语，将魁梧的身躯挤压在经济舱狭窄的座位里睡觉，这时苏醒过来，将头凑过来周广为这边，自来熟地用英语为周广为解读："这座漂浮在海上的城市像一张拼图的几块碎片，正在机翼下流动着、最大的一块就是大屿山。"飞机折向东北，青马大桥出现在下方。他又说："你看，小小的马湾和稍大的青衣飘了出来。"然后飞机转向东南，他忍不住又探头过来："哦，这才是最大的一片拼图，香港岛。"

"如果给你选择，你喜欢定居在哪一片拼图？"白人帅哥严肃地问。

"我？"周广为淡淡地说，"我只是一个过客。"

在宾大的圣玛丽教堂前，周广为接过了契辅教授扔给他的救命绳。

Jeff去英国上任的时间是元旦，他在圣诞节前就会离开香港，回一下德国老家，然后去英国。周广为的安排是在费城住一个月，熟悉一下大地基金的日常运作和过往案例，然后回纽约整理行李，在圣诞前飞去香港。

回到读书时生活过的城市，周广为又找到了放松自己的节奏，他在斯库尔基尔河东岸的南25街租了一间B&B，大地基金负责租金。大地基金的办公地点在巴恩斯基金会对面的宾夕法尼亚大街。每天周广为就骑着单车沿着斯库尔基尔河向北到达费城艺术博物馆，然后折向东南去宾夕法尼亚大街。

时间就像一个漏斗，将正在发生的形形色色汇聚一起。待在费城期间，雷曼兄弟旧同事的信息不断传来，稻村首先发来短信约周广为吃饭，周广为倒是很想在稻村走之前见她一面，可惜他此时人在费城。而卡桑最终没有回孟菲斯，留在了纽约，他放弃了投资银行，选择去了BC尼尔斯咨询公司。

大地基金虽然管理的资金规模不算小，但是人员很精简。基金经理大都不用坐在办公室，像契辅教授这样的合伙人更加如此，他甚至都没有为自己留一间办公室。虽然说是熟悉业务，周广为更多的时间是在看各地特别是香港的财务报表。两周后，契辅教授来到办公室，问周广为对香港业务有什么初步的想法，周广为自信地回答："应该撤离香港。"

打开电脑，周广为让教授看他作的一张香港收入分析饼状图，周广为指着最大的一片色块说："Jeff在香港这几年主要收入来源是股票投资，而且短期股票投资利益丰厚，说明他是一个炒股高手，还有一部分是固定收益的企业债券。真正股权投资的资金占比很少，只有两家，而且都是跟着别人投了A轮。这两家企业估值都很高，至今也没有上市。所以，你可以说Jeff能赚钱，但是，他忽略了大地基金投资股权的核心。"

"你不会对Jeff有偏见吧？"契辅教授问。

"不会，我并不认识他。"周广为说，"我对香港倒是有些看法。香港商场目前的风云人物还是几十年前挤走英商的那些大佬，他们赚钱的主业还是地产、酒店、码头、货运，都是依靠土地增值发财的行业，少一批科技企业，少一些独角兽。来香港上市的中国内地企业，对香港股市有些失望，认为估值低了，香港的吸引力在减弱。所以，我会将总部搬去南武市，也就是我的家乡，那里是华南的经济中心。我们会找到合适的投资对象，然后去美国或者中国A股上市。”

契辅教授微眯起眼睛，仔细看眼前的年轻人。与其说他喜欢有想法的人，不如说他需要像周广为这样有想法的人。在商界丛林里行走，必须有自己的想法，并且偏执地坚持自己的想法，才不会轻易为时势、环境所左右，该随大溜时会适时随波逐流保存自我，该固执己见时是因洞察世事，相信自己，不轻易人云亦云。当周广为询问他临别有没有特别要叮嘱的话时，他说："周，不用去管什么熊市、大萧条、滞胀，那都是经济学家编出来的名词吓唬人的，只要有钱在，就一定有人在赚钱，就一定有人能赚钱，你的任务就是去找到这个人，然后投钱给他。”

用15小时的飞行，就可以改变你身边的气候。在纽约寒冷的冻雨中起飞，落地时的香港却是一年中最好的季节，干爽、微凉、暖阳、和风，等周广为拿到托运行李走出到达大厅时，南方冬日暖阳特有的气味，加上海风夹杂的淡淡的咸味，让他一下子回到了母体的放松，自己是一个南方的孩子，所有在异乡、北国的历练不过是煎熬的代名词而已。

刚下飞机，李仞芝打来电话，周广为赶紧走到一边，把手提包扔到地上，划开手机："喂。”

听筒里却是短暂的沉默，过了一会儿，传来李仞芝的一声叹息："唉……阿为，真的是抱歉，我不知道你发生了这么多事情。”

"没事，都过去了。再说，也不关你事。”

“你还好吧？”

“嗯，我挺好的。”

“听我爸说，你要回南武？”

“是啊，我刚到香港，处理点事情，过两天就回家了。”

听筒里再次静悄悄的，李仞芝在犹豫是不是要告诉周广为自己的近况，她也在打算放弃美国优渥的待遇，只不过未来的一切都是未知数。就像数学里的多元多次方程组，不是只有一个未知数x，还有第二个未知数y、第三个未知数z，生活没有数学中的消元法，所有的未知数都必须在时间中慢慢浮现出来，沉落下去。

“好吧，保重，代我问候珍姨。”李仞芝吞下了叹息，挂断了电话。

或许是两个太独立的人就不应该走在一起。周广为收好电话，坐在机场的长椅上，望着窗外，回头去反思与李仞芝的关系。很快，他就回过神来，现在还不是伤感的时候，一堆事情在等着自己，放下过去，振作起来吧！

尽管在费城，周广为将计划有条理地陈述出来，但是，他也知道，真刀真枪去商场拼杀，自己是没有把握的。契辅教授也是没有把握的，对自己的信任不是基于业绩，不是基于口碑，就是基于信任。在飞机上，周广为将落地之后要干的事情用Excel表列出来，认真过了一遍。

表格上的第一件事情就是帮母亲处理宜信的股票。事情处理得很顺利，让周广为忐忑的心平静了不少。他在从机场去市区的出租车上打了个电话给七叔——这是周广为第一次接触七叔，七叔说话指人时不喜欢用转弯抹角的代词，都是名词。就像七叔知道他是梁家珍的儿子，却没有称梁家珍为“你母亲”，而是用“周太”的称呼，好像他与周广为讨论的是一个与周广为没有亲缘关系的人："周太已经和我谈好了，通总的股票，我与大成银行的副经理谈好了，周五放完假，我就过去买下来，他们也费事走拍卖流程。周太委托你作为宜信的代理人，她已经把文件快递过来了，你过来我这里签一下文件就好了。"

原本周广为计划住在湾仔的酒店，那里价格适中，离七叔办公室所在的中环也比较近，事情顺利，他就不太需要住在市区了。挂了电话，他告诉的士司机："不好意思，不去湾仔了，改去愉景湾。"

周广为喜欢愉景湾的一个原因是安静。愉景湾除了公交车，禁止私家车进入。另一个原因是它离香港迪士尼很近，只隔着一个大白湾。晚上，站在酒店的窗户前，就能看见东面迪士尼的焰火。

在费城，周广为已经给大地基金香港办事处的Elaine打过电话。Elaine是Jeff的秘书，周广为问过她是否愿意留下来继续做。Elaine想都没有想就回答说，如果还是做秘书就不做了。

Elaine的简历就在电脑屏幕上，周广为又看了一眼，大地基金挑选人的标准还是不低的，周广为用鼠标将Elaine的最高学历——多伦多大学MBA标黄了，问她："那你想做什么？"

"业务。"Elaine斩钉截铁地说。

"可以，不过，秘书的事情，你还要兼着做。"周广为也没有拖泥带水。

香港的女孩子和纽约的女孩子其实还是一样的，第一次接触，或者说还不能深交时，你碰到的永远是她的铠甲或者说假面。职场上的女孩子都有一个共同点，那就是男性化，做事干练，刀枪不入。

简历上有Elaine的照片，亮亮的眼睛盯着你，黑黑的头发束在脑后，整齐的刘海覆盖在前额。周广为用钢笔敲打着电脑上Elaine的简历，他听过谭咏麟的一首粤语歌就叫*Elaine*，问对方听过这首歌没有。女孩回答当然听过，他没有忍住男人的本性，随口赞美道："叫Elaine的女孩子都那么动人。"

对方没有害羞，大方地甩过来一句话："来看看就知道了。"

Excel表格上的第二件事情是买衣服。

在纽约，周广为买衣服都是去Woodbury奥特莱斯。Woodbury奥特莱斯离纽约很近，曼哈顿、皇后区都有直通大巴，路程也就1个小时。在雷曼兄弟上班，不需要西装革履，GAP、POLO、TOMMY、A&F这些北美品牌的帽衫、棉质衬衣、运动裤、短袖T恤、运动鞋就是标配。周广为一开始见到卡桑他们晚上加班累了就直接睡在地上还很惊奇，后来也就入乡随俗，半夜1点还没有干完活，用卫衣的帽子盖住脸，直接就躺在地毯上眯一觉。

"能带我去买点衣服吗？"他问Elaine。

"这算是秘书的工作？"

"不，这是一个朋友的请求。"周广为发完觉得有点后悔，这句话说得有点急，好像一把刀，急急地去切割对方的铠甲。

很快，对方回复："你住在哪里？"

"愉景湾。"周广为回答。

"那就更简单了，东涌的东荟城奥特莱斯，我马上坐地铁过去。"

现代化的大都市就像全球统一的插座，个人就像插头，换了一座城市生活，不过是换了一个插座充电。有时插座略有不同，三相的、两相的，平脚的、圆脚的，没有关系，带一个转换器就行，基本原理是一样的。

纽约与香港，周广为觉得就是一样的“插座”，连奥特莱斯都是一样的。东荟城奥特莱斯在赤鱲角机场的边上，离大屿山近，离市区却有相当的距离。今天是周末，东荟城挤满了游客和周末过来闲逛的市民，周广为坐在星巴克，要了一杯拿铁，慢慢等着。

一杯拿铁喝完，Elaine出现在星巴克的门口。

在美国待了相当长的时间后，对于白人美女和黑人美女，作为东方人，他还是不懂怎么去细细品味她们的美。至于亚洲美女，可以归纳为几种类型。“美是有方程式的。”周广为告诉卡桑，“从东亚、东南亚再到南亚，就像函数的变量一样，你去看女孩子的肤色，从白皙到小麦色再到浅棕色，谁知道上帝是怎么算的，反正有自己的公式。”

中国南武、中国香港和新加坡的女孩，被周广为归为更像东南亚美女的一类：她们有着热带女孩性感的大眼睛、略厚的嘴唇、小麦色皮肤，比起日本、韩国温带寒冷气候养育的洁白皮肤女孩，更加阳光健康；比起南亚更深的肤色，东南亚女孩的美，让东方人更容易接受。

第一眼看到Elaine，周广为被她的大独辫吸引了。Elaine穿着一件简单的白色宽松外套、亚麻布的宽腿七分裤，踩着一双白色布鞋，挎着一个硕大的军绿色布包，一条黝黑粗壮、编制精美的辫子垂在胸前。

“好了，开始工作吧。”简单寒暄之后，Elaine没有坐下。

东荟城的人流可以用密集来形容。如果是在纽约的Woodbury奥特莱斯，个别名店还要排队，但是整个园区有开阔的走廊，走廊中间还有排椅供人休息，逛店是慢节奏和悠闲的。东荟城却不同，Elaine带着周广为在人群中被推着走，周广为觉得这不是去购物，而是去赶火车。

“我该怎么称呼你？粤语老细、英文Boss，还是普通话的老板？”Elaine回头冷不丁扔过来一句。

“喊我周生就行。”

Elaine停住脚步，上下打量周广为：“你知道你穿衣服的问题吗？”

周广为有点后悔让下属陪着自己做工作以外的私事，威严需要距离，在Elaine的拷问下，他觉得自己作为老板的权威荡然无存。

没有理会周广为的尴尬，Elaine继续说：“周生，你太美国了。如果读书、写代码或者开货车，这样的穿戴完全没有问题。”

我居然让人看上去像货车司机。周广为在心里哑然失笑。

“要把你往欧洲那边调一调。”Elaine抱着军绿色大包，一只手支在下巴上，像个裁缝一样站着。在她眼中，新老板就是一台等待她调试的机器，左边是北美风的随意休闲，右边是欧洲的规矩板正。

“要把我调到哪里合适？”周广为又有点庆幸，说到买衣服，女孩子就是咨询顾问界麦肯锡公司一般的存在。

“股权投资基金的老板，见的客户很多是创业者，所以，日常穿戴你不能太正式，让他们觉得你拒人于千里之外，但是也不能太随意，让他们觉得你不可信任。”

“有道理。”周广为伸手拦住一块要倒向Elaine的KT板。

“况且，你还年轻，不要穿得像四叔、诚哥一样。时尚，要时尚起来，精致的休闲，时尚的正规。”Elaine很满意自己的结论，“跟我走吧。”

一头扎进商店，Elaine就像滑入水里的鱼，长出了一口气，她悄悄对周广为说：“这家店我们不买，就是进来让你看看反面教材，什么是不适合你的。”

“什么牌子？”周广为看着衣架上一排排五颜六色、七彩斑斓、胸前写着大大英文字母的外套，也轻声地问。

“美国的PP，它也时尚，但是它的时尚对你来说有点乱。”没等导购小姐上来，Elaine就拖着周广为离开了，“我们今天就逛三间店。”

三间店就像三座岛，岛上长满了树，树上结着大衣、裤子和裙子，从服装的丛林里出来，又跳入人海，再登上下一个丛林岛，再下海游入走廊里的人潮。店面灯光明亮，布置得流光溢彩，音乐若有若无，在整个商场中，所有人和物无一例外都在流动着。

果然，周广为被人引领着，游得还算顺畅。他非常熟悉的CK和American eagle，Elaine都没有停留，走到二楼中间，Burberry与Prada跨在天井的两边，Elaine望了望两边，果断指向了Burberry："我有预感，今天我们在这里就能搞掂。"

在男装部，Elaine挑选了一堆上衣和裤子，让周广为抱着进去试衣室。她特别把一件单扣的浅咖色小尖领西装放在最上面，特别指给周广为看："他们把商标缝在了衣领上，等于一个小小的装饰。"

周广为在里面试衣服的时候，Elaine在外面问："老板，我还有一个项目的线索，想和你说说。"

“都让你不要叫我老板，喊我周生好了。”周广为披挂了一轮衣服之后，拿起那件小尖领的单扣西服。

“做秘书时，我就喊你周生；做业务时，我就喊你老板。”

周广为搭配好裤子和单扣西服，走出来让Elaine看："怎么样？"

“裤腿太肥了，换一条窄腿裤就行了。”Elaine起身去裤子那边翻到一条，扔给周广为。

周广为又转身进去："什么样的项目？谁的项目？"

"一家生化公司，我的表姐是创始人之一。"

"开发周期太长。"周广为对着试衣镜摇了摇头，Elaine并没能看见他的动作。他走出来，在女孩子面前摆出一个姿态。Elaine站起来，围着男人转了一圈："嗯，这不就时尚了？"

周广为决定多解释两句："尤其是我，刚到任，第一个项目就投生化，时间长，波折多，容易反复，失败的概率大。"

"哦——"Elaine拖长了哦的尾音，周广为听出了女孩子的不高兴。神差鬼使一般，他居然说："要不这样，我去听听你表姐说说项目，可以吗？"

"愉景湾每半小时有渡轮到中环三号码头，我31号晚7点在码头外面的民光街接你，老板。"Elaine跳起来，轻轻地用双手环了一下周广为的肩膀。

舷窗外，开阔的海面和交椅洲等小岛很快就不见了，转眼已是维港两岸林立的高楼。渡轮像信用卡一样，在港岛狭窄的山海之间急速刷过，散落一地的灯火璀璨。

从愉景湾码头到中环码头，不过半个小时时间，随着人流下了船，周广为走到街面四处张望，几艘渡轮泊岸后会聚的人潮，打车的打车，走路的走路，很快散去。一位身材紧致高挑、束着长发、深小麦色皮肤的姑娘，在街道中鹤立出来。她戴着墨镜，穿着短皮夹克、低胸白色背心、紧身牛仔长裤，站在一辆摩托车旁边。摩托车的把手上挂着一个头盔，她手持一个头盔。

尽管有100个期望她就是Elaine，周广为还是没敢上前证实，他还在朝停在路边的汽车张望，可那里除了两辆红色的的士之外，就是一辆货车。

“老板？”女孩摘下墨镜，露出和简历照片上一样亮亮的眼睛。在后来的日子里，周广为一回想起再见Elaine的那一刻，她眼睛闪烁的光芒，就像闪光灯一样，在周广为的记忆中曝光，定格为一张照片。

看着周广为呆住的表情，Elaine忍不住笑了，她将头盔递了过去：“怎么？没有见过女孩子骑摩托车吗？”Elaine笑着把散落到前面的一缕长发撩到耳后。

“我以为你会带我去坐巴士。”周广为扬了扬手中坐渡轮用的八达通，掩饰着吃惊带来的窘迫。

“唉，你让我兼职秘书，公司没有司机，我只好再兼职司机了。”Elaine拍了拍她粉红色车轮铁骑的坐垫，一骗腿儿跨了过去，“贝纳利幼狮。来吧，老板，我可没有奔驰、宝马，将就着一起骑‘狮子’吧。”

维港南岸的高楼与海岸线一同起飞，飞快地向后掠去。周广为想向前靠，把耳朵贴在骑手的背上，听一听少女结实有力的心跳，可是他不敢，他只听见自己的心像南非草原上被猎手追逐的幼狮一样，惊慌地乱了章法。在少女黑发丛林中跳跃着，一抬头，看见左手边维港湛蓝的海色和远方更蓝的天空，就像非洲的一样。毕竟，他多时没有和异性这么距离贴近，不知是本能还是防备，周广为不由得有点紧张。无论是老板和下属，抑或是合作伙伴的关系，多年来他已经习惯了保持距离。

即便是纽约曼哈顿的第五大道，也比不上香港轩尼诗道人流的密集。

周广为喜欢以一种游客的心态走在陌生城市的街道上，所有人的匆忙都与我无关，我的脚步明显慢于人潮，这才是游客的极致体验。眼下，他没有找到这种放松的感觉，毕竟是短暂相识，就去人家家里做客，这有点破了周广为向来在职场做事的习惯。

Elaine让他先下车，周广为抬头看了看林立的高楼将天空围成一方，闻一闻街边的糖水铺、面包店散发出来的香味。如果没有目的地或者没有利益的压力，生活在一个繁华都市，是多么惬意的事情啊！那就随遇而安，顺势而为吧，何必在意正在发生的事情？

Elaine的家在湾仔春园街。Elaine把摩托车停在轩尼诗道中旅酒店的地下停车场，从车库上来后带着周广为一起向南过庄士敦道的斑马线，约莫走十分钟就到了自己家楼下。周广为向上望了一下，在湾仔，算是一栋很新的住宅楼了。他在楼下的小超市买了水果，又在旁边的面包店买了新鲜的蛋糕，这才和Elaine一起上楼。

湾仔的生活气息很像南武的溪湾区，住在湾仔的人就像住在溪湾的人一样，大多享受热闹、方便、温馨的市井生活。Elaine的妈妈出来开门，她接过周广为的水果和蛋糕，就开心地拽着周广为的衣袖到处参观，感觉周广为就是一个多年没有见面的老朋友，被女儿在街上偶遇“捡”回来，自来熟得让人生分不起来。

参观完走出来，Elaine一一为周广为介绍家人，Elaine是独女，爸爸在港府邮政署做事，妈妈是赛马会的会计师，家境殷实，一家三口住在一套4居室大约1300平方英尺的房子里，在香港算是大房子了。客厅摆设不多，干净整洁，显眼处是一架钢琴，能看得出，Elaine享受着父母的宠爱。

钢琴上放着一张照片，是一家三口的合影。那时的Elaine还很小，大概只有六七岁的样子，照片的背景却很厉害，是挪威的著名景点布道石。

见客人盯着照片看，Elaine的妈妈把照片从钢琴上取下来，递给周广为："Elaine小时候，我们带着她满世界跑，这是她6岁时自己走了几个小时，爬上了布道石，不用我们抱。"

"我厉害吧？"Elaine露出得意的神色。

"经过的人都为她加油，她就迈着小短腿，一个石阶一个石阶地向上爬。"

"真是有毅力。"周广为放回相框，心想有的人虽然出身优渥，但是身上也有一股子不服输的狠劲，自己6岁时只知道满大街撒野，玩到昏天黑地才回家。

门铃再次响起，Elaine跳起来去应门："表姐到了。"

周广为站了起来，准备迎接客人。

门打开，两个女孩子在门口尖叫着、笑着抱在一起，周广为微笑地等着女孩子特有的见面方式结束。进来的女孩齐耳短发、"申"字脸，穿着POLO白色棉布长袖衬衣，黑色的马球商标绣在胸口，下面是一条杏色的A字裙，一件同样是杏黄色的西服搭在手臂上，肩上是一个蓝色的双肩包。

"如雨！"Elaine的妈妈冲过来，抱住客人，然后捧起对方的脸，啧啧叹道，"哎呀呀，哎呀呀，读书真苦啊，看把我们家如雨瘦的！"

"姨妈，我不是瘦，是苗条。"叫辛如雨的女孩亲昵地双手环住Elaine妈妈的腰。

Elaine将白衬衣女孩拖到周广为面前，为他介绍："老板，我的表姐辛如雨，今天刚从新加坡来香港，芝加哥大学的博士哟。"Elaine在"博士"两个字上加重了语气，又转过去为辛如雨介绍："我的新老板，周广为，雷曼兄弟的幸存者，前两天刚从纽约过来。"

握住辛如雨伸过来的手，周广为趁机仔细打量了一下对方。与Elaine那种阳光之美不同，辛如雨温婉、周正、素雅、安静。她的样貌汇入轩尼诗道，一下就会淹没在人海中；而此刻，却像一个朋友那样，眉眼的舒展和神态的恬静，耐得住外人的打量和对视。

Elaine端出一盘洗好的车厘子放在茶几上，拉表姐和周广为坐下："表姐，我可是把你隆重推荐给了我老板，他想听你说说那个项目。"

"哦?"辛如雨瞪大了眼睛看着周广为。

周广为心想，这八字还没有一撇的事情，就被Elaine说得快成了一样。他微笑着也不否认，一边吃着水果一边闲聊："辛小姐，你是学什么专业的?"

"我在芝大学的是生物化学，硕士是麦吉尔大学的生物化学，本科是南武大学的分子生物。"

"哦，很巧，我们家有人也在芝大学生物化学。"周广为心里说，还真是巧，和自己是老乡，与李仞芝还是校友。

"叫什么名字?"

"李仞芝。"周广为说出了妻子的名字。

"当然认识，是我的学姐，又是老乡，不过，她和我不是一个导师。"辛如雨忽然想起一个问题，"周先生，你也是南武人?"

"我是南武溪湾区人。"周广为决定转换一个话题，李仞芝已经提出离婚，"这次来香港是开会?"

"不是，我这次专程来港大拜访许佩珊教授。"

"对基因诊断有兴趣?"

Elaine开始从厨房里端菜出来，她放下盘子，插话进来："表姐在治癌新药方面很有研究，她发了好几篇论文了。"

“是吗?”周广为看辛如雨的眼神明显重视起来，“南武在生化领域有好几家上市企业，我知道其中有两家是做治癌新药的，你是准备自己也开一家?”

辛如雨遇到的就业难题，不是她没得选，而是她的选项太多。即将毕业的她，有两个国家可以选：一是留在美国，二是回中国。职业方面，也有两个方向可以选：一个是选择一家大型制药厂做研究，待到老，成为安稳的中产；另一个就是回国创业。

“我正在犹豫，不是我自己开一家公司，是我师兄在南武开了一家公司，一家技术很领先的小公司，他邀请我去。”辛如雨扶正了将要歪倒的双肩包，包里的电脑储存了师兄的邮件、自己的简历、各家药厂约她面试的信函。

“哦，我听Elaine说得好像你自己开了公司一样。”周广为笑着看了一眼Elaine，“你应该知道，以你现在的学历背景，无论是美国还是中国，舒适的、有前途的选项很多。”

“唉!”辛如雨叹了一口气，“我当然知道出来创业是最难、风险最大、最不舒服的一个选项。我就是想试试，没有导师，没有老板，自己能不能独立干点事儿。”

“表姐是狮子座里的射手。”Elaine调侃辛如雨。

如果辛如雨去到师兄的公司，算是大地基金适合的投资对象，不过，生化公司创业，死亡率比较高。一个拥有良好学历背景的人，特别是一个女孩，选择一条艰辛坎坷的创业路来走，不确定的因素还有很多，出于礼貌，给予适当鼓励是必要的。

想到这里，周广为收起质疑，对辛如雨说：“好啊，等你回到南武创业，公司需要钱的时候，就给我打电话，我现在不能承诺你什么，但是我保证一定会考虑你们的诉求。”

“真的?”辛如雨好像没有品出周广为话里的客套，她开心地反问，“这么确定？”

“就这么确定。”

“一言为定！”辛如雨伸出手来。

“一言为定。”周广为握住了她的手。相握那一刻，周广为感受到与刚才见面时的握手不同，辛如雨的手传递过来的除了温暖，更多的是力量。

“来来来，每个人来厨房拿汤。”Elaine的妈妈在招呼大家去厨房将汤捧出来，众人抬头，蒸汽在厨房和餐厅之间弥漫，香气四溢，锅碗瓢盆叮叮当当。周广为有一个错觉，他好像回到了家，关于家的气味、家的温度、家的光线，已经模糊，恰好而来的一场变故，命运的大转折，正是时候送他回家了。

周广为忽然释然，什么雷曼兄弟、投行、分析师、曼哈顿，都不是终极目标。所有过往，皆为序章，命运的安排，自己怎么参得透？什么都不去想了，罢了罢了，任由风云飘过，我要回家了。

第二节　命如潮水

从飞机上俯瞰新加坡的时候，辛如雨想起了鱼尾狮的传说。“新加坡”在梵文中就是“狮城”的意思。她想象着一头有着漂亮鬃毛的狮子在机翼下方的海面上摆动着尾鳍，倏忽便沉入水底，消失得无影无踪。她喜欢一个城市有自己的传说，没有传说的城市就显得有些稚嫩、苍白，就像一个没有故事的男人。

想到这里，辛如雨急忙偷偷望向旁座，看看是否有人注意到自己略微发红的面颊。

刚刚走到新加坡国立大学（National University of Singapore，简称NUS）中央图书馆，手机里传来了钢琴曲《谷粒飞舞》的声音。辛如雨知道这是母亲黎蕙兰打来的。这段录音是辛如雨10岁时参加钢琴考级时的现场录音，黎蕙兰把它作为女儿来电的铃声，顺便也就让女儿设置为自己去电的铃声。

身边的菲戈丁教授听了一会儿，露出赞许的表情，问自己的学生："你弹的？"

辛如雨笑了笑，点点头，转过身去，划开手机的接听。

"雨，你到了NUS？"黎蕙兰的声音微微急促。

"妈，刚到啊。"辛如雨拖长了尾音，让母亲知道自己在撒娇。

"还狡辩？"黎蕙兰的语气依旧严厉，"这么重要的事情，也不早说。你爸爸也是，不懂怎么关心你，我今天要是不问，现在还被你们父女俩蒙在鼓里。"

"妈，菲戈丁教授还在这里。"辛如雨提醒母亲要长话短说。

"嗯。"黎蕙兰换了一种口吻，缓和了下来，"雨，这个学期结束，你就博士毕业了，该为自己的前途打算。新加坡不错，NUS也不错，我有个旧同事就在那里，人家的女儿都生了一对龙凤胎了。"

"妈，扯远了吧？"

"好，一码归一码，我把电话发给你，你有空……不，就今天吧，和人家联系一下。"黎蕙兰在家里说话总是斩钉截铁，没有商量的余地。

"知道啦，挂了啊，妈。"辛如雨哄着母亲，收起了电话，小跑几步，追上了走到前面的菲戈丁教授。

NUS的环境像个公园，依山而建，草木葱茏，辛如雨觉得有点像自己读高中时的南武二中。NUS的中央图书馆就在校园的中心山顶上，辛如雨和自己的博导菲戈丁教授刚刚下飞机到了酒店，酒店就在校园边上。两人歇了会儿，就想用饭前的零碎时间去NUS的医院看看，转了一圈后，沿着肯特岗走过来，一边散步一边说着此次来新加坡的事情。

每个人都有自己对城市的理解。在辛如雨看来，新加坡像个由三种颜色构成的三角锥体，南面有圣淘沙、金沙酒店、克拉码头，是新加坡国旗上最火热的红色。东面是樟宜机场，像繁忙的橙黄色。西面这一片才是自己愿意停留的新加坡，像干净单纯的白色。过了亚历山大医院，新加坡才算安静下来。西边除了NUS，还有新加坡的科学馆和知新馆，南洋理工大学就在更西北的地方了。西边的酒店也没有滨海湾那么多，如果不是公干，游客一般不会来这边。

小时候暑假，妈妈就带着自己来新加坡游学。南洋理工大学和NUS是黎蕙兰参观的重点，那时的辛如雨一门心思只想去圣淘沙的环球影城疯个够。这次，辛如雨是作为导师的助手来新加坡的。前些年，NUS医院发生了SARS病毒外泄事故。几年过去，NUS都会不定期组织专家来考察NUS医院的整改情况，这次邀请了美国芝加哥大学、加拿大麦吉尔大学和南武医科大学的几位专家、教授。

辛如雨申请自费来新加坡。两个月前，她把博士论文交给导师菲戈丁教授，菲戈丁看后对她说："辛，从学理上，我觉得你的论文已经完成，那就准备答辩吧。不过，我还是建议你离开实验室，多去现实世界看看，或许你以后的论文会有更好的方向。"

当菲戈丁教授无意中透露要去新加坡参加NUS的活动时，辛如雨觉得机会难得，就试探着问导师是否可以自己出钱跟着他一起过来看看，没想到菲戈丁教授爽快地答应了："辛，这就对了，真正的发现往往不在实验室。NUS的事故是我们最不想看到的，但是，既然发生了，就一定要去看看是哪里出了问题。新加坡人不是傻瓜，但是聪明人也会犯错误。”

读博期间，辛如雨在系里做助教，每个月有一笔固定的收入，她决定拿出来花掉一部分。

新加坡方面把主要的活动集中在一天。上午先在NUS医院开会，中午简单休息一下，下午就去看发生事故的实验室，然后是新加坡卫生部邀请大家去参观一个本地P3（生物安全防护三级）实验室。

虽然不是正式被邀请的专家，辛如雨还是非常认真地对待这次会议，行李中放了一套Max Mara的西装，那是黎蕙兰送给她的毕业礼物。当时恰好辛如雨接到麦吉尔大学硕士研究生的offer，一家人飞去米兰庆祝，在罗马菲乌米奇诺机场的专卖店，黎蕙兰看中了Max Mara的套裙，让辛如雨选。辛如雨没有选大众化的黑色或者藏青，而是选了一套深灰带雪花点的西服裙。

在芝加哥大学，平时两点一线，不是去实验室，就是在实验室，女孩子都穿休闲的卫衣或帽衫。当辛如雨第一次穿着正装出现在导师面前时，菲戈丁教授眼前一亮，忽然发现平日的优等生还是一个有着成熟魅力的年轻女士，于是，毫不吝啬地把赞美之词给了她：“辛，你穿上裙子和你做的实验一样漂亮。”这个比喻把辛如雨逗笑了。

“新加坡什么都好，就是天气太热了。”师生俩走出酒店，室外如同蒸笼，菲戈丁脱下西装外套，搭在手臂上。

室内却冷得像冰窖，辛如雨陪着菲戈丁教授到医院顶楼会议室的时候，教授又把西装穿上了。麦吉尔大学的吕克教授、南武医科大学的常连峰教授已经到了。吕克教授是从法国马赛大学跳槽去麦吉尔大学的，他的英语里带着浓浓的法国腔。辛如雨的硕士学位就是在加拿大蒙特利尔麦吉尔大学拿到的，蒙特利尔是一个英法双语城市，她就学了一些法语，菲戈丁教授能说一口流利的德语和法语，所以，三个人用法语寒暄了一会儿。菲戈丁教授和辛如雨在麦吉尔都有相熟的教授，随意问了一些近况。正说着，新加坡卫生部的副部长林国明到了，走过来握手，会议马上就开始了。

会议的规模不大，学科门类却很齐全。因为是病毒泄漏，所以，病毒学教授菲戈丁算是第一专家；吕克研究的是病理学，他在法国的时候经常使用P4（生物安全防护四级）实验室，所以操作方面很有经验；常连峰教授擅长的是临床，SARS病毒对呼吸道的侵害最深，加上南武实验室是中国的国家重点实验室，所以，NUS特别请了他过来。

新加坡方面到会的人比较多，除了林国明副部长外，NUS医院的院长、新加坡疾病预防控制中心（Centers for Disease Control and Prevention，简称CDC）的主任都来了。会开得很热烈，主讲者的发言经常被打断，每个人都有很多问题，辛如雨也提了一个问题给新加坡CDC的主任，专家之间也不时有争论。很快就到了12点半，主人家结束会议，带着大家去医院的职工食堂用午餐。

散会之后，学者们切换到了日常模式，不再为学术问题较真和执拗，大家三三两两跟着NUS的人轻轻松松地去往食堂。菲戈丁和吕克继续说着法语，走在前面，不时有笑声传来。辛如雨走到常连峰教授身边，和他打招呼："常教授，您好，刚才没来得及和您说，我也是南武的。"

"是吗？"常连峰也没有想到这么小且专业的会议，还有第二个南武人。

“我本科是南武大学的，学分子生物。”辛如雨微笑着补充，“我家就住在溪湾区的惠宁街。”

“离我们医院很近啊，算是半个邻居了。”常连峰觉得离开家乡的距离越远，计算邻居的范围也就成正比扩大；到了海外，一个省都可以叫同乡；而在国内读大学时，同一个县的才是乡亲。

“今天听您的发言，收获很多。”辛如雨半是客气，半是认真。

“什么收获？说来听听。”常连峰习惯性地较真。

“我来是为了补上论文的一块短板，导师说我对新药研究的社会责任理解不深。”辛如雨没有正面回答。

“哦，菲戈丁教授的要求蛮高啊。”

“嗯，他一直都希望我们和临床不要脱节。今天大家讨论的是实验室的安全问题，对我来说，这完全是一个新话题。”

“是啊，生物化学就是要研究新药，和临床一样，都是和死神赛跑的人。不过，也别太悲观，冥冥之中总有什么在护佑人类。”常连峰笑了。

“您这是要回到有神论的话题吗？”辛如雨也不禁笑了。

两人说着话，就到了中午吃饭的地方。医院职工食堂采用自助餐式，24 小时供应，方便夜班急诊的医护人员。常连峰拿起两个托盘，递了一个给辛如雨，两个人开始认真研究起菜式来。或许是受新加坡多元文化的影响，饭堂也像个小型美食街。辛如雨选了中式的牛腩炖萝卜、炒河粉，马来口味的咖喱鸡、亚参酱、肉骨茶，还有印度飞饼。挑完菜，辛如雨看到常连峰的目光还在扫描着餐桌，像在寻找什么，就走过来问：“常教授，您想找青菜？”

常连峰叹了口气：“他们就是没有炒青菜。”

“您要的那种绿油油的青菜只有牛车水（新加坡的唐人街）才有。”辛如雨调侃道。

“那就凑合着吃吧。”常连峰宣布放弃。他喜欢辛如雨性格里南武人特有的放松，让人容易亲近。两个人找了位置坐下来，继续边吃边聊。

“如雨，今年毕业?”

“应该可以，论文已经安排答辩时间了。”

“那就要叫你D.辛了。”

“那不行，过了关才能算数。”

“毕业后，有什么打算?”

“还没有想好，家里人想让我留在美国，又让我联系新加坡和中国香港，我还没有想好，先申请了美国的一些大学和公司。”

“要不要考虑一下我们实验室?”常连峰从托盘上抬起头，停住手里的筷子，诚恳地看着辛如雨，“我们可是国家重点实验室。”

邀请突如其来，却并不愕然，反而像意外地推开了一扇门，打开了一片盲区。之前锁定的几个“匹配”自己博士金字招牌的机构，都没有在南武，为什么没有南武？辛如雨不禁在心里问了自己。

“国家实验室不会缺我这样的人吧?”辛如雨一时半刻不知道如何回答。

该如何让对面这位年轻姑娘认识自己？常连峰停了一会儿，反问道:“如雨，菲戈丁教授的地位，就不说了，除了你之外，还带过几个中国学生?”

“现在还在读的，就我一个了，最近一个毕业的师兄，应该是2006年毕业的。”

“他回国了吗?”

"没有，他可是拿了好几个漂亮的offer。"想到师兄冉国志，辛如雨不禁笑了，"前比较，后比较，最后去了格兰素。"

常连峰当然知道一个芝加哥大学的生化博士是多么抢手，不要说一个中国留学生，就算美国的优秀硕士毕业生，想进芝加哥大学生化专业读博士也是非常困难的。

"我建议你先多看看，多比较，再做决定。"常连峰没有像辛如雨想的那样，给她做思想工作，而是给了她一个建议，"来了新加坡，当然要看看；还可以去香港，然后回南武。到了南武给我电话，我带你去参观我们实验室。有比较，才有决定。"

"嗯。"辛如雨认真地点了点头，心里十分感谢这位偶然遇见的家乡人给了她忠告，最后没有忍住好奇，"常教授，您的名字很耳熟啊，是出自哪里？"

常连峰呵呵笑了，未来的博士坦白得有点可爱，难得有一份率真："是的，李白的《蜀道难》，连峰去天不盈尺。"

"哎呀，原来您有如此高远的志向，您看，我把中学的课文都还给老师了。"辛如雨一半自责，一半打趣，也笑得咧开了嘴。

两个人的说笑声吸引了隔壁桌的林国明副部长，他已经吃完了，拿着一杯果汁与菲戈丁教授、新加坡CDC的主任在闲聊，看到这边桌上的客人聊得正欢，就坐了过来，用普通话笑着问他们在聊什么。

常连峰教授说他正在劝说辛如雨小姐毕业后回南武加入他们的实验室。林国明好奇地问辛如雨："辛小姐答应了吗？"

辛如雨笑着说："我答应了常教授会考虑。"

"南武是一个不错的地方，"林国明说，"新加坡政府看好南武的发展前景，将来会与南武有一个很大的合作项目。新加坡的几个医疗企业，像马光医疗集团、百吉生物都对在南武投资有兴趣。”

“林部长，您常去南武吗?”辛如雨问道。

“现在一年都去一到两次，以后还会有更多机会。”林国明答道。

“下次您来南武，记得告诉我们，我和常教授请您去喝早茶。”辛如雨笑着邀请。

“那就一言为定?”林国明伸出手来，放在桌子的中间。

“一言为定!”辛如雨握住林国明的手。

“一言为定!”常连峰教授也把手放在两个人的手上，三个人相互对视，露出了会心的笑容。

关于辛如雨毕业后去哪里工作，黎蕙兰从女儿去美国读博的第一天就开始谋划，丈夫的意见只有一条：不能太远，他不想一家人分开。怎么算不太远?丈夫想了想，量化了这个指标:“以南武为中心，半径3000公里，也就是飞行时间不能超过四个小时。”

黎蕙兰同意丈夫的观点，好好的一家子，东一个人，西一个人，还算什么一家人?她在地图上用圆规以3000公里为半径画了一个圆，被距离条件排除在外的有北美、欧洲、大洋洲，被心理条件排除在外的有日本和韩国。剩下的，除了北京、上海，还有香港、澳门，外国只剩下新加坡。黎蕙兰把这张画了圈的地图拿给丈夫看:“你的条件满足了，剩下的，你就不用管了。”于是，商议去哪里工作的事情，就成了黎蕙兰、辛如雨母女俩的专利。

黎蕙兰曾经问过女儿在芝加哥大学读博士的感觉。辛如雨回答，就好像背着一块大石头在悬崖上奔跑，累得半死不说，还特别提心吊胆。她第一学期就挂掉一科，毕业的条件是只能挂两科，从此她就活在被分数追杀的恐惧中。

想把女儿留在身边的初衷是补偿她这些年孤单一人在海外求学的辛苦，不过，女儿有着自己的打算。好不容易熬完论文就可以毕业，留在美国，凭着博士文凭，找一份好工作并不难，关键是美国有先进的P4实验室，有这一领域走在前列的医博类大学，更不用说像瑞辉、格兰素这样全球数一数二的大药厂。看着自己的师兄、师姐个个都是名牌大学的副教授、医药公司的研究所主任，稳妥的中产生活就等在前面，说没有诱惑是不可能的。

黎蕙兰曾经想过要留女儿在美国，真到了选择的时候，她还是犹豫了，决定权还是交给女儿自己吧。她反问自己："你真的想让她一个人天天待在实验室，回到家里还是孤零零的，连口热饭都吃不上？"

哪一边的理由都十足充分，事业与生活，黎蕙兰一样也不想女儿放弃。

辛如雨临来新加坡前，在家里的三人小群里发出一个好消息，她已经通过了瑞辉公司第一轮的筛选，今晚将有一个视频面试，如果没有突发状况的话，瑞辉将在一个月后发出offer。

看着手表的指针快指向晚上9点，瑞辉公司总部在纽约，还不到早上9点，黎蕙兰估摸着还有一些时间才开始面试，女儿此时从她这里需要得到的是什么？父母的态度是最重要的，想好了说辞，黎蕙兰就给辛如雨发了过去："雨，不管你最后的选择是什么，我们都会支持你。"想了想，又补上一句："要认真对待每一次面试，尊重给你机会的对方，决定权在他们手里。"

放在电脑旁边的手机发出一阵振动，接着又是一阵振动，辛如雨等到第二个振动过后才拿起手机。很多人的习惯是说完一件事，才想起漏了一件事。而老妈黎蕙兰的习惯是每一件事单独说，一条信息只说一件事，辛如雨知道，家里有事找她的，往往都是两条信息一前一后到达的。

看了黎蕙兰的第二条信息，辛如雨站起身，简单洗漱、化妆，换上早上开会穿的灰色西服和衬衣，别了一个金属校徽在衣领上，将头发用发夹夹在脑后，露出漂亮的脖子来。

今天面试她的是瑞辉新药试验室的副主管巴若那。巴若那是南美人，之前两人已经通过邮件，巴若那预先将自己感兴趣的问题给了辛如雨。辛如雨去瑞辉的官网搜了巴若那的简历，看到了他的照片，也预习了回答，此刻感到胸有成竹。

约定的时间一到，巴若那的视频连接信号就过来了，镜头打开，巴若那第一次见到镜头中的辛如雨，忍不住细细打量起来。屏幕里的中国姑娘穿着得体的灰色西装和白色衬衣，衣领上别着芝加哥大学的盾牌校徽，头发向后梳着，棕色的眼睛闪着亲和的光彩，很干练、很聪慧的样子。巴若那这些年面试过世界各地、各种肤色的求职人员，对面的这个女孩给了他不错的第一印象。

扫了一眼辛如雨周边的环境，看到镜头里的墙上挂着一幅画，这种大路货的装饰画多半出现在酒店，巴若那把辛如雨的简历放在了一边，就用轻松开了头："辛小姐，你不在芝加哥？"

"是的。"辛如雨也微笑着回应，"我昨天来了新加坡，参加NUS的一个会议。"

"哦，他们前几年泄漏了SARS病毒。"巴若那尽量轻描淡写，然后一个急转弯入了正题，"辛小姐，你怎么看我们与格兰素之间的竞争？"

这样直截了当的问题本来不该出现在今天的面试场合，它更适合抛给一个市场部经理的候选人。

辛如雨顿了一下，镜头里有着细腻棕色皮肤的帅哥来者不善啊，原以为开篇和谐的气氛会带来轻松的对话，殊不知忽然就翻手为云，覆手为雨。在巴若那发来的邮件中，他完全没有提及与格兰素竞争这样十分敏感的话题，此刻，他正带着扔完圈套的释放感笑眯眯地看着自己。

说既有竞争，又有合作那些讲给记者听的官话？肯定不行。我的身份是一位科学家，不是企业管理者，巴若那想知道的就是如果我去了能做什么。今天他要测试的是我对未来到底想了多少、想了多远和多深。

那就不成问题！想到这里，辛如雨决定简洁干脆直奔主题："巴若那博士，就我感兴趣的新药领域，我认为未来几年你们两家超级巨头的竞争在于肺癌新药。"

"为什么是肺癌？"巴若那把身体前倾过来，更靠近镜头一些。

"无论男性还是女性，近些年，肺癌的死亡率都排在第一位，我们是在与死神比速度，您认为呢，巴若那博士？"辛如雨不忘把问题反抛给巴若那。

"我对你的观点很有兴趣，有机会的话，我愿意一起交流。"巴若那把转椅上的身体又向后移去。

总算是放过我了。辛如雨在心里长出一口气。果然，巴若那没有再提出更加刁钻的问题，对话转入闲聊模式："辛小姐，我能问问，除了瑞辉，你还有其他选项吗？"

辛如雨不打算隐瞒自己的计划："有的，我也在考虑回中国。"

"中国人口多，控制流行病的难度更大，确实非常需要像你这样的专家。"巴若那并不反对辛如雨的选择，他接着又说，"辛小姐，瑞辉欢迎你，瑞辉也想帮助中国。告诉你一个好消息，瑞辉正在筹备建立中国研发中心，据我所知，选址在武汉。"

"那还真是一个好消息。"辛如雨的眼睛一亮，两手合在胸前。

"辛小姐，加入瑞辉和你在哪里工作并不矛盾，因为瑞辉是一家全球公司，希望不久的未来，我能在曼哈顿42街总部大楼迎接你。”看来巴若那很满意辛如雨，他甚至没有隐瞒自己将要做出的决定。

这是巴若那在暗示自己视频面试通过了？这算是一个打开美国大门的预兆，辛如雨却没有开心的感觉，关闭视频之后，辛如雨还坐在那里回味良久。

辛如雨走出房间，去到阳台，把手撑在栏杆上，海风吹拂着自己的头发和有点昏沉的脑袋。近处的港口灯火通明，集装箱车来回穿梭，远处的海面上，能看见大型货船缓慢而安静地飘着。思绪不是乱，而是有些茫然。新加坡，这曾经是一个多少华人来寻找机会的异乡啊，辛如雨在心里感慨。

机会？异乡？

辛如雨心里的“乱麻”忽然有了头绪，这才是关键，为什么要去一个异乡寻找机会？故乡在哪里？故乡的机会在哪里？看似简单的问题，只要回答了，就能导向最终那个正确的决定。

思路豁然开朗起来，虽然一时也没有答案，辛如雨却看到自己迈出了一步，她兴奋地在阳台上把手圈在嘴边，对着空旷大声喊着：“喂——”

叮咚，房间里的电脑提示收到新的邮件，Gmail的信封图标在闪烁。

辛如雨进到房间点开邮件一看，是香港大学医学院发来的，他们也想约辛如雨做一个视频面试。之前读硕士的时候，辛如雨非常仰慕港大有机会参与人类基因组计划，在许佩珊博士的带领下，他们顺利完成了分配给他们的基因测序任务。所以，今年求职时，辛如雨就把香港大学医学院放进了自己的目标篮。

好事总是一件接着一件来到。

一旦自己想清楚了，老天都会帮你。就算以后不去港大，也应该像常连峰教授说的那样，先去看看，再做决定。于是，辛如雨马上回复了邮件，说明自己已经到了新加坡，后天就可以到港，不用视频，直接见面就好。很快，对方就回复了邮件，约好了见面的时间和地点。

对辛如雨来说，香港是非常熟悉的地方，以往南武直飞外国城市的航线不多，暑假去游学，经常需要在香港转机。一个旅游目的地，多半是因为差异而吸引你，但香港不是。香港的吸引力是它的熟悉，这座城市就像一个南武的亲戚，湾仔的喧闹、中环的富贵、港大的安静，辛如雨都觉得亲切。

见面的地点是沙湾的玛丽医院，医学院和NUS一样，也是在山上，相比NUS所在的肯特岗，港大医学院背依的太平山就高大很多。玛丽医院的行政楼和新教授楼、护士宿舍属于一个建筑群，在一片山坡上，护士宿舍紧靠着山边，行政楼更靠路边一点。

去到指定的办公室，香港大学医学院安排了分子生物学研究所一位姓李的教授来面试辛如雨。李教授问了她博士改专业后的情况，聊完正题，两人又闲聊了一会儿。李教授告诉辛如雨，许佩珊教授也看过她的简历，还给出了自己的意见。

预定的半个小时很快就到了，辛如雨起身告别，在门口正好看见一个穿白大褂的中年女子缓步走过，一眼认出她是许佩珊博士，前些年，辛如雨见过媒体采访她的照片。

“那是许佩珊博士吧？”辛如雨急忙问李教授。

“是的。”李教授看了一眼，确认无误。

“我能见见她吗？”

“应该可以，稍等一下，我帮你问问。”说完，李教授就快走几步，追上了许佩珊，几句话后，回到了辛如雨这边，“许博士正好没事，十分钟后，就可以去她的办公室。”

谢过李教授，站在走廊上看了一会儿山景，抬腕看看手表，已经过了十分钟。辛如雨来到楼上许博士的办公室。门是开的，许博士已经脱下白大褂，换好了日常便装，在等候辛如雨。等辛如雨介绍完自己，又闲聊了两句，许佩珊就拉着辛如雨的手：“今天天气好，我们后面就是薄扶林家乐径，我带你去走走薄扶林水塘。”

许佩珊的粤语软软糯糯，她说得轻声细语，像一块蘸了砂糖的米粉团子，没有一丝街市的喧闹。辛如雨很喜欢老师们偶尔显露出来的平常心，这一刻，她们抽离了工作中的一丝不苟、认真严肃，和我们身边的一位普通长者、一个寻常旧友没什么两样。

“如雨，想和我聊点什么？”许佩珊回头取了一件外套，披在肩上，跟着解释，“一会儿冷了，就要穿了。”

“聊什么都行啊，许博士。”辛如雨上前与许佩珊并排走，“要不，还是先聊聊人类基因组计划。”

“哦，这件事，说了好多次了，我们现在还在做，你有没有做过DNA测序？”许佩珊用微笑回应着迎面走过和她打招呼的学生。

“有，在麦吉尔大学做过。”

“人类有30亿个DNA，全世界1000多个科学家，用十年时间全部完成了。2000年是我最开心的一年，这一年6月，克林顿总统在白宫宣布人类基因组计划提前完成，你有没有看过他的讲话？”

“有的。”

“哪一句话，你印象最深？”

“他说，今天，我们正在学习上帝创造生命的语言。”

“我也是无神论者，但是，面对生命的神奇，总让你怀疑造物主是否真的存在。”

“所以，有人说，基因组计划是人类的觉醒。”

薄扶林水塘很小也很近，一老一少两个女人很快就走到了。“太容易实现的目标，其实没有什么意义。”许佩珊望了一眼水塘，示意辛如雨跟着她继续向西高山观景台的方向走去。

上山的路变得崎岖，薄扶林家乐径其实是在树林中开出来的一条小路，有些地方铺了石块，宽不过两个人并行。一入树林，便进了另一个世界，满耳都是树叶的合唱和鸟鸣，风在树木之间扭动着舞步，吹动着白眉姬鹟黑色的尾羽。

两个人都没有再说话，认真地走着，许佩珊走在前面，看似不紧不慢的脚步，越到后来辛如雨跟得越吃力，好在终于眼前一片开阔，许佩珊回过头来，微笑着说：“到了。”

西高山观景台的视线没有任何阻挡，向东北能望到维多利亚港，向西北能隐约望到迪士尼乐园，向南能看见南丫岛，许佩珊环绕着小小的观景台走了一圈，站定后望向海面，缓缓地对辛如雨说：“你得有一个地方，是你不开心的时候，会花半天时间，来这里自己一个人待着。我喜欢来西高山，静静地看一下香港，不开心就会过去。”

“如雨，没有一件大事是一个人能完成的。向后看，人类基因组计划的成功有三个条件：一是通力协作，二是成果共享，三是挑战极限。没有一个条件是容易达到的。”许佩珊顿了顿，继续说，“但是，人类就是做到了。科学是多么神奇，它让全人类团结起来了。向前看，接下来，要做什么？”

“我觉得要完善数据库，每一种疾病与DNA的关系，是要靠数据库来归纳的。”

“我同意。”许佩珊扶着辛如雨的手臂，慢慢沉下身子，坐在石凳上，“我告诉你一个秘密，就在这里，有一次，我半夜一个人上来，坐在这里大哭了一场。”

看着辛如雨吃惊的眼神，许佩珊坦然微笑：“如雨，如果你以后在工作中没有感到要崩溃，那就表示你还没有用尽力气，我也是人，不是机器，我有弱点。”

“基因没有专利，科学家不能发明基因，只是发现基因，作为全世界共同的财富，人类基因组计划的投资完全是回报社会，这已经是共识。但是，基因药物、基因检测方法是可以有专利的。”

“您的意思是，还要让商业化来接班科学发现？”

“完全正确，这点不能否认。”许佩珊说，“更加大胆一点预测，未来关于基因与疾病关系的论文，有可能是公司写出来，而不是科学家。”

“为什么？”

“科学家要明白自己该做的事情是打开未知领域的大门，真正造福人类，要政府、科学家和企业一起用力才行。”

“您的意思是科学家只是未知领域的先行者？”

“是的，后面的路要交给大家来拓宽。”许佩珊忽然想起自己看过辛如雨的简历，“如雨，你今天是来面试的吧，毕业后有什么打算？”

“说实话，我还没有想好，过去几年就是读书，自己要干什么，也没有认真想过。”辛如雨实话实说。

“不用急，人都是一步一步前进的。”

“我想找个地方，一定要不断有事去做，赚多少钱倒不是最紧要的。”

“嗯，这样想就对了，很多学医的博士最后都去赚钱了，赚钱也没有错，关键是有没有满足感。如雨，你是哪里人？”

“我是南武人。”

“正巧，我接受了南武大学的聘书，做兼职教授。”

“那太好了！”辛如雨由衷地发出赞美，“南武很需要您这样的专家。”

“我也很需要南武。”许佩珊十分谦虚。

“您需要南武的是什么？”辛如雨不解。

“就像我刚才说到的，未来人类利用基因的事业，需要政府、科学家和企业一起努力。政府的重视和支持非常重要，南武在这方面有着良好的条件。”许佩珊停了停，又补充说，“科学家没有资源，只有知识和才华，在支持科学的要素中，企业往往显得功利，只有政府的资源才有公益性。其实你看人类基因组计划，也是美国政府支持。未来，哪里的政府支持力度最大，哪里的科技就最有发展空间。”

山风带着海面淡淡的水腥味，一阵紧似一阵，吹开了山腰飘着的白云，吹得辛如雨有些凉意，她抱紧了自己的臂膀。许佩珊穿上了搭在手上的外套，对辛如雨说：“走吧，我们下山。”

回到了玛丽医院的行政楼下，辛如雨就要告别许佩珊了，她伸手抱了抱这位和蔼的长辈，许佩珊在她的背上轻轻拍了两下。告别是短暂相聚之后长久的状态，辛如雨有点不舍这位朋友一般的师长。

“如雨，祝你找工作顺利，我相信你一定能找到属于自己的地方。”

“谢谢您。”

凭窗而卧，凭窗看街里，城市在熟睡中退后。

乘载着渺茫奔向那荒漠，在这夜行火车。

悠长远路上，悠长远路上，当可找到路向……

耳机里是威利的粤语老歌《夜行火车》，辛如雨将头枕在车窗上，斜望着急速后退的一串串灯光，火车在铁轨上哐当哐当发出有节奏的声响，她喜欢夜行火车那种特有的寂寥。

人生总在奔赴，在黑夜中独自加速前行。辛如雨觉得求学这几年，自己像走完了一个圈，从南武出发，将要回到南武。她掏出手机，给黎蕙兰发去信息："妈，我已经在回南武的直通车上了，我已经想好了，并且决定了，毕业就回南武。"

第三节　梦中的惊蛰

梦里不知身是客……

周广为醒来的时候，忽然想到这么一句古诗。他坐在床沿，光脚踩在地板上，两只手来回搓着脸，想了半天，也没有记起后面的诗句。

昨晚，他从香港飞回了南武，司机阿强去机场接他回家，车经过别墅所在的小区路口时，周广为诧异地说："阿强，过了。"

阿强毫无表情地从后视镜里看了看他："周少，你们家搬去壹雅苑顶层那套复式了，周太没有告诉你？"

壹雅苑是宜信地产在云河区开发的一套高档小区，最小的面积也超过150平方米，一梯四户，户户朝南。梁家珍喜欢顶楼的复式，就没有让区锦棠卖，留给了自己。装修之后，周翼谋还是住在北郊的别墅，没有搬回市区，所以，周广为从来没住过壹雅苑。当拖着行李箱走到自家门口时，他的感觉并不是回家，而是停在酒店的房门口，愣怔了片刻，才摁响了门铃。

昨晚躺下，本以为可以昏睡到天亮，哪知一夜都是梦。今早醒来，周广为还在回忆梦中的经历，历历在目，清晰可见。和在美国一样，总是梦见一些稀奇古怪的古人，和他说着稀奇古怪的话。“看来梦并不知道你已经回家了。”周广为对自己说，他的这间卧室位于整栋楼的最高层，周广为还像在纽约时一样，起床后什么事情都不做，光着脚走到阳台上，俯瞰着清晨的城市。

阳台上，是南武阳光最为明媚的冬季。

从气候来说，南武是一个没有春秋只有冬夏的城市，过了清明之后，南武的女孩子们就开始穿上短裙准备进入夏天了。从此，夏天就像粘着粽叶的糯米，任你是刀刮水洗都挥之不去，一直到圣诞节前，南武才能挣扎着摆脱夏天的纠缠，仓皇入冬。

春、秋两个季节，因为短暂或者干脆不存在，就变得特别珍贵，被南武人赋予了特殊的意义。南武人最多说春的地方，是在菜市场和酒楼里。春是繁育、繁殖的代名词，隐藏着与性相关的事物。鱼有鱼春，虾有虾春，人也有春。三月春潮过后，海鲜、河鲜上市，有春的凤尾鱼与没有春的凤尾鱼是分开卖的，没有春的只能卖二三十元一斤，而有春的就能卖到一百块钱一斤。南武的主妇们一边不情愿地从钱包里掏出几张百元大钞，一边大把大把往自己的篮子里拣最肥美的、有春的凤尾鱼。

与春的孕育对应，秋是收获、富足、享受。食在南武，秋天来到南武的标志不是草枯叶黄，而是新一季的腊味上市。之前能吃蛇的时候，南武人都知道“秋风起，三蛇肥”的谚语。蛇是少数南武人不能在家里处理的食材，于是倾城出动。南武人一到周末就开车去往城南城北各个农庄，北郊山庄最出名的就是毒蛇饭铲头（眼镜蛇），椒盐、美极，怎么烹调都好味。男人嘛，还要鼓起勇气喝蛇胆酒，蛇胆泡在白酒中，用刀刺破，碧绿的汁液奔流在酒中，被老饕们一口闷下肚子。

从地理来说，南武是一座山水城市，城市的背面是层峦叠嶂、连绵不绝的山峰，一排一排向南扑来。南面就是大海，城市无路可逃，像一个人一样，最后负隅顽抗，两条腿抵住北面的山峰，一双手推着南面的大海，结果还让海秀山扑进了城里，一条大江——浈江拦腰刺穿城市。江连着山，山连着海，南武老城就这样躲进城墙，被包裹着将近两千年。直到辛亥革命后，才拆掉城墙，改筑马路。不过，老城被包裹的时间太久了，直到今天，依旧保持着千年之前的格局和肌理。周广为后来拿着宣统年间南武的地图来对照，今天的地名、路名，好多都与旧地图上的一模一样，周广为一眼就找到了外婆家所在的惠宁街，指给母亲梁家珍看。

咚、咚、咚，琴姐在敲门，隔着门，她大声招呼周广为下楼吃早餐。周广为打开门，琴姐看了一眼睡眼惺忪的周家二公子，说："周少，周太一早就出门了，我现在去买菜，你吃完，碗筷放在水槽里泡着就行，我回来洗。"

昨晚到得匆忙，周广为没有细看这套房子，琴姐关上门的那一声"砰"像给他的到来画了个休止符。家里一下安静下来，周广为像个客人一样随意游荡。二楼有四间卧室，两间是套房，自己住的是间小套房。走下楼梯，一楼是公共区域，客厅、餐厅、厨房、书房和保姆房。书房现在给了周翼谋住，梁家珍住楼上的大套房。

昨晚到家，没有迈进书房之前，周广为设想过很多次他与父亲见面的场景。不知所措、语焉不详的问候语，他也准备了几个。母亲带着他走到父亲床前时，他惊奇地发现周翼谋一直闭着眼睛。忽然，他有一种如释重负的轻松。

这会儿，书房的门是开着的，周广为轻步走了进去，周翼谋依然闭着眼睛。周广为站在床边低头看着父亲，就像在阳台上俯瞰城市一样。他仔细地端详着父亲的面容，发现他并没有病人的憔悴，或者说根本不像个病人，而是像睡着了的正常人。

周翼谋的床平行于窗台，宽大的飘窗上铺着米黄色的海绵坐垫，太阳照在上面，反射出暖暖的光线。周广为躺上去，将手臂枕在后脑勺，这才发现，正对着周翼谋头顶的，是装在天花板上的电视机，频道是CCTV的财经频道。周广为躺着看了一会儿电视，他疑惑，这个频道是母亲猜测了很久才锁定给父亲的吗？父亲还在坚持看财经新闻？他看了之后又能做什么？

被太阳晒暖了的风从窗户缝隙中挤进来，温柔地撩拨着窗帘。周广为闭上眼，听着窗帘舒缓而轻柔的拍打声，享受着冬日暖阳，竟有了一丝倦意。半醒半睡之间，他记起昨晚的一个梦，一个戴着斗笠、披着蓑衣的渔夫撑船渡他过一条河。河对岸是一排高脚楼，高脚的木桩歪歪扭扭向上，却扭得整整齐齐，撑着同样歪歪扭扭却整整齐齐的房子。河水清澈碧绿，很像父亲小时候下放的章渡。渔夫对他说：“你过去之后就不要回来了。”

他忘了在梦里是要去哪里，睁开眼睛，周广为侧头看了眼父亲，父亲依旧闭着眼，一声不吭。周广为站起来，走到客厅的中央，环视四周，不只是人群会星散，人情也一样。时间似水流逝，而你还在今时等着旧事，这不就和刻舟求剑的故事一样愚蠢吗？

一夜居停，离家的十几年竟然也和翻书一样，直接跳到了后面。周广为在心里下了决定，等母亲回到家，就告诉她，自己还是搬出去住好了。

两年之后，周广为找回了南武人在南武生活那种如鱼得水的状态。

Elaine曾经好奇地问周广为。为什么放着车不开，喜欢挤地铁。

周广为笑笑，回答说："陆总不就是我在地铁里找到的？"

陆总是大地基金南武公司的CFO。有一次，周广为在东村站等末班地铁回家，随手就把"格子文化"的报表摊在长凳上。陆总正好坐在旁边，他看了一眼报表，就旁若无人地拿了起来。在周广为愕然的眼光中，陆总指着一行数据对周广为说："不好意思，我看见人家蠢就忍不住。这里，版权支付占成本这么大，何必三年分摊，搞得利润率这么低？如果给我，最少也是十年分摊，你再看利润率有没有上来。"

毒舌、手快、眼尖、皮厚，这是周广为给陆总下的定义。嘴是臭了点，关键能干活，谁又没有缺点？与其大海捞针去招一个勤勤恳恳、任劳任怨又聪明绝顶的三好同事，还不如就把眼前这个人吃下再说。周广为掏出名片，递给陆总。陆总那时还不是陆总，他接过名片，大言不惭地说："我可很抢手啊，现在还不想跳槽。"后来，周广为没事就摇个电话过去，约他出来消夜。摇多几次，陆总不堪骚扰，就被摇松动了，骂骂咧咧地来大地基金上班了。

其实，周广为喜欢地铁是因为地铁就像南武的电视机，每天都在上演《南武一日》肥皂剧。每条线路的剧本都不一样，个性鲜明得很。五号线通往南武CBD的各个写字楼，坐车的多是白领，面色冷漠，趾高气扬。八号线通往西郊的水乡、花村，沿线城中村居多。城中村里隐士高人很多，有一群人，周广为叫他们“短裤党”。前天，前面走来一位拖着小孩的年轻人，小孩大概六七岁，年轻人也就三十出头，居然留着长长的络腮胡，花衬衣、短裤，脚下是一双黑袜子。等他过去，周广为转头去看他的背影，发现他还扎着一条长长的马尾辫。“短裤党”总是地铁里最酷的，和那些穿着吊带还文身的少女一样，让你不得不多看两眼。今天，周广为又遇到一个“短裤党”，一样的花衬衣，斜挎着大包，仰着头，大步流星地在廊道走着。

每次遇到“短裤党”，你就要破点小财。周广为笑着对自己说。

从人文来看，Elaine说南武是一个善变的城市。大地基金撤离香港的办公室后，她跟着周广为北上南武，现在，很多人都知道大地基金有个香港美女，风风火火，热热辣辣。交易会期间，有一次她跟着周广为坐地铁经过小南站，地铁小南站周边聚住了不少来自非洲、西亚的小商贩。瞥了一眼冲进车厢的外国人，她对周广为说，这些平时在桂花岗、桑园路贩卖拖鞋、T恤的二道贩子，摇身一变都成了交易会的Buyer（采购商）了。周广为知道她语带机锋，反驳说：“你不也‘摇’成了南武人了嘛。”

Elaine斜过来一眼，鼻腔里哼出一声。她觉得南武更像一锅温火慢熬的粥，东南西北的山架起南武老城这口锅，浈江是一锅水，日积月累熬了两千多年，任你是鸡鸭鹅、猪牛羊还是鱼虾蟹，都在这口锅里化为无形，只留下味道。如果说南武是水城，那么Elaine就是满城春水中的一条鱼，她跟着周广为来南武两年，已经对南武吃喝玩乐的场所了如指掌。

一直到下午6点，都平安无事，周广为还在疑惑“短裤党”

的兆头不灵了，正暗自窃喜，手机就在台面震得嗡嗡直响。周广为无奈地翻眼一看，是南武大学同学“班长”打电话来了。几个老同学刚从国外回流，想一起聚聚，让他选一个地方，请周广为买单。

“唉。”周广为叹口气，“我不是发达了回来的金山伯，我是穷困潦倒才回来的，大哥。”

“唉！”“班长”升高音调制止了他，“不是让你来晒命的，我们愿意听你哭穷。不过，烂船还有三斤钉，在我们这群人里面，你既是富二代，现在又是基金的老板，你不买单谁买单？”

“班长”并不是真正的班长，周广为读南武大学时的班长是个女生，“班长”暗恋班长，没事就把班长挂在嘴上：“哎呀呀，班长今天穿了花裙子”“哦哟哟，班长和某某吵架了”……不用很久，“班长”这个词就被分别指代了两个人：大家在说到班长时，如果意味深长地挤眉弄眼，那就指的是“班长”，反之，则是指真班长。

无话可说了，周广为随口答应：“那就来我住的惠宁街这边吧。”

Elaine转过脸悄悄地对他说：“周生，偷听别人电话是不对的，不过我听你说要在惠宁街和人吃饭，你那里的餐厅都是30岁以下、年收入不到10万的人去吃，你这个收入还是去葩堤岛才合适。”

站在葩堤岛木质的栈道上，周广为感受到了南武这座城市不一样的容颜。夜幕中，对岸的浈江新城黑纱撩人，灯光闪动，像女人胸前和腰上的一串串珠宝。而葩堤岛像城市在女人手腕上涂的一抹香水，混合着酒香，浅醉微醺，飘过短裙、黑发、红唇和洁白的肩膀。

葩堤岛在城市的东边、浈江的南岸，原先是浈江啤酒厂的厂房。啤酒厂搬去南沙之后，李川弘的越海集团进驻，投资改造了整个厂区，将其变成了一个高档的餐饮街区，最正宗的法国菜式、最知名的香港调酒师，都在这里。Elaine为周广为预订的是浈江啤酒厂自己开的精酿西餐厅，周广为翻了一下菜谱，人均消费是怡和仓两倍多。

晚上聚餐的人一共也就四个，除了“班长”之外，还有“草履虫”“长腰”，周广为在大学的外号叫“番薯”。名字是父母起的，外号是同学起的，每个人都有好几个外号。小学、中学是外号满天飞的时候，这些外号传神到让人无法理解居然出自小孩的脑子。知道你外号的人，都是你某一个阶段的同路人，外号就像密码，它开启的是旧时档案柜。

大学里起外号的人并不多，周广为算一个。周广为从小学开始就喜欢琢磨着给人起外号，不光是给同学起，连老师也不放过，为了这事，梁家珍没有少去学校道歉。到了大学，他依然没有改掉这个坏习惯。在他看来，外号才是一个人最具标志性的符号。老同学聚会，禁止叫真名，只能带着自己的外号入场，就像去澡堂子泡澡，最后要扔掉围着腰间的那块白布一样。

“班长”一进来就开心地大叫周广为“番薯”:“番薯啊番薯，选了一个这么贵的地方让自己出血。”然后接过周广为递过去的菜谱，用手指几乎点了每一页，“要这个，这个，这个，还有这个，你有什么推荐？好！都要……”然后满意地合上菜谱，对服务员说:“靓女，把白啤和香肠拿来，我们先吃着。”

这间精酿西餐厅以拳击为主题，包间的电视上播放的是女子轻量级的比赛。“草履虫”和“长腰”陆续到了，四个人拍拍打打，搂搂抱抱，很快演完了久别重逢的戏码，一边看着电视，一边喝着啤酒，一边等待着新话题。

“长腰”指着被打得连连后退的拳击手笑着说：“这人就和我一样，被打得毫无还手之力。”

“要比惨？你们还有我混得惨？”“班长”抿了一口白啤，敲了敲桌子，表示他要长篇大论了，“我在波尔多大学毕业，本来在法国待得好好的，一个大浪打来，把我冲去了基希讷乌。”

“班长”顿了顿：“基希讷乌，我打赌你们不知道是哪个国家的，给你们一个提示，还是首都。”

果然没有人回答，“班长”得意地说：“就知道你们读书少，是摩尔多瓦。”

周广为用一张纸巾抹干酒杯外的水，随口问：“非洲国家？”

“你才非洲！”“班长”理直气壮地驳斥，“欧洲国家，你们真想不到还有这么穷的欧洲国家，马路是烂的，楼房是破的，餐厅是旧的，整个一个我们20世纪70年代的水平。”

“那你在那儿干什么？”周广为好奇。

“这个国家穷是穷，有一样好东西，就是红酒。之前的红酒都是卖去苏联，苏联解体后，俄罗斯不要他们的红酒，欧洲人更喜欢法国的红酒，所以，他们想把红酒卖到中国来。”“班长”没有继续说他卖得如何，而是把矛头刺向周广为，“说一千，道一万，都是周广为害的，要不是他们雷曼兄弟爆了，我们今天都在发财的路上狂奔呢。”

“草履虫”为“班长”加满了酒。“草履虫”也是周广为起的外号，草履虫是单细胞动物，这个人简单得就像草履虫一样。周广为无论表扬还是讽刺他，都说一样的话。

“关我什么事？”周广为反驳，“我今天还不是灰溜溜回来，什么都没有搞掂。”

“不是，”“长腰”说，“我听到的消息是你带着1亿美元回来，就是人傻钱多那种。”

“去你的！你才人傻钱多。”周广为笑着一脚踹在“长腰”的椅子上。

“说实在的，我给你提供一个地方，疑似精英很多，”“长腰”嘿嘿笑着，说回正题，“我最近经常去怡和仓那边，现在那里是个创意园了，很多穿格子衬衣、牛仔裤、连帽衫的人，一看就是‘程序猿’。”

“这有什么奇怪？”“班长”说，“科韵路也很多啊。”

“科韵路已经发到梆梆声（粤语拟声词，形容动静很大）了，番薯现在去哪有机会？番薯就是要找那些还没发达的，是不是啊，番薯？”“长腰”梗着脖子，反驳着“班长”。

两桶啤酒下肚，四个旧日老友卸下冷漠与防范。周广为有点醉意了，葩瑅岛的灯火在他转头时被拖长了焰尾，流星一样划过，他觉得非常好玩，便走出餐厅，俯向浈江，晃动着脑袋。浈江的波光粼粼，在夜色中幻化为巨大的跃动的火球，周广为忍不住拍着栏杆大笑起来。

笑声惊动旁边路过的人，一位年轻女性停了下来，望向这边，她惊愕地瞪大眼睛，然后向周广为走来，想看得更清楚一些。周广为觉得越走越近的影子像在哪里偶遇过，女人走近了，忽然指着他大喊：“周广为，周生！”周广为这才想起，站在面前的是辛如雨。

“哦，辛小姐，抱歉抱歉，失礼了。”周广为尴尬地苦笑着，“你等我一会儿，我去洗个脸。”

周广为冲进洗手间，用手捧着水，不停地洗着脸，让冰凉的自来水清醒着发热的面颊。等到缓过神来，他看着镜中自己挂满水珠的脸，愣愣地比较起辛如雨和李仞芝来。她们俩倒是有些相似之处，都不像Elaine那样，是那种回头率很高的漂亮女人。她们在课堂、实验室消磨了大半部分时光，沉静、朴素已经成为她们的底色。李仞芝更加不会来葩堤岛这种灯红酒绿的地方。辛如雨不同，虽然不知道她为何而来，尽管她的服饰、样貌与周围那些化着浓妆、穿着短裙、染着头发的少女不同，但终究，她来了。

从洗手间出来，周广为清醒了很多，辛如雨站在原地等着他。

“好些了？”辛如雨微笑着问。

“嗯，醒过来了。”周广为回应着微笑，“我刚才没有失态吧？”

“没有，挺好的，开心嘛，就是要笑得大声点。”

“今天是我们几个大学同学聚会，好久不见，所以开心。”周广为问，“你今天来这里是公事还是私事？”

“公事。你还记得我在香港说过要回南武创业吧？”见周广为点头，辛如雨继续说，“我真就回来了，加入了我师兄创办的公司。”

“那是要恭喜吗？”周广为拿不准他们创业的进展如何。

“恭喜就不用了。”辛如雨苦笑，“今晚我们团队出来吃饭，散散心。你想进去认识一下他们吗？”

“今天不合适，以后吧，以后一定。”

见周广为摇头，辛如雨说：“那我就在这里为你介绍一下，如何？”

周广为不禁笑了，他点了点头。辛如雨招呼团队出来，双手背在后面，笑着为周广为介绍：“隆重介绍我们南安基因的创始团队，三张老K和一张Q。”说罢，她就自顾自地笑了起来：“这位是南安基因的最最原始创始人，也就是黑桃K，是我南武大学的师兄何涛枫。他在斯坦福读完博士，拿到斯坦福资助的校友基金，回国创业，研发抗癌新药。”

忽然，辛如雨就不想说下去了：“周生，能陪我去散散步吗？”

“我陪你去天台坐坐吧，稍等我一会儿。”周广为回到自己的包房，从冰桶里抽了两瓶喜力。

与楼下的对酒当歌氛围不同，精酿酒吧的天台简单很多，只环绕着一圈彩灯，发着暗色的微光。站在天台可以直望江对岸的越海大厦，全透明的落地玻璃。周广为在江这边，甚至能看见大厦里影影绰绰走动的身影。他将手肘支在矮墙上看了一会儿江景，又回过头看了看辛如雨，辛如雨的面色不知道是酒精的加热，还是灯光的照耀，变得酡红。

靠着矮墙，辛如雨命令周广为：“扶我上去。”

周广为探头看了一下，一米左右的矮墙，墙外是三层楼高的墙体，他指了指天台已经摆好的圆椅：“我们就坐下面吧。”

“不！”辛如雨执拗地要自己爬上去，周广为连忙说等等。他搬来椅子做台阶，扶着辛如雨坐上墙头，辛如雨拍拍身边：“你也坐吧。”

周广为将喜力分一瓶给辛如雨，两个人喝着啤酒，墙头的风大了很多，仅高了一米，周广为感到风景已经完全不同。

“本来我以为创业和读书没有什么太大的区别，就想着读书这么难，我都熬过来了，哪知道，创业更难。创业的难是让你绝望，看不到希望的绝望。”辛如雨的话语里带着哭腔。

如果旁边坐的是李仞芝，周广为会抱着她的肩膀，将她的头靠向自己的肩膀，不过，李仞芝从来没有给过他这样的机会。

“你把创业想得太简单、太容易、太美好了，创业不是你满怀希望时遇到绝望，而是你在绝望中运气好的话才能偶遇希望。”

“什么是希望？”辛如雨垂头丧气。

“你们还有钱吗？钱就是支持你们做下去的希望，一直做到赚钱为止。”周广为找到了切入点。

“研发新药太费钱了，做完靶向试验，我们已经用光了斯坦福的资助。今晚吃饭，就是大家商量怎么解决后续的资金问题。”辛如雨掏出纸巾擦了擦眼睛。

遇到女人流泪，周广为总是词穷，对李仞芝就是这样。周广为抬头望了一眼对岸高耸的南武塔，塔尖挂着一缕云，在大都市的灯光中，云变幻着颜色。“曲终人不见，江上数峰青”，不知为何，周广为想到这两句诗。江风吹来，云旗飘动，南武塔在视线中也随之摇摆，周广为赶紧跳下矮墙。

“下来吧，辛小姐，太危险了！”周广为张开双臂。

矮墙上的辛如雨双手撑着，俯看着男人："你说，我是不是选错了路？"

周广为仰视着，辛如雨已经不是梨花带雨那种妆容整齐精致的哭态，她鬓发散乱着，大声用纸巾擤鼻涕。周广为哭笑不得，继续劝说："辛小姐，这是三言两语就能说清的事情吗？下来再说！"

“不！我就要你告诉我。”

或许会有一天，他自己也想坐在矮墙上，找个人问问是不是过去的那个“我”埋下了陷阱，让今天的“我”跌进深渊，而过去的“我”却在记忆的远处嘿嘿偷笑。谁会为自己负责？周广为也开始疑惑起来。他记起契辅教授说过，不要怀疑自己，但可以怀疑命运。姜还是老的辣！

“辛小姐，你没有选错，你只是遇到了困难而已，再给自己几年时间，看看命运的安排再说。”周广为仰起头，好像是对着自己说。

矮墙上的女人抬起头，眺望黑暗中的远方，用衣袖擦了擦鼻子，不再哭泣，然后纵身跳下矮墙，眼看就要跌倒在地，周广为急忙扶住她，辛如雨软软地歪在他的臂弯里，红着眼睛，周广为俯身轻轻地说："你没有选错，没有选错。"

面前是摊开的南武市地图，Elaine递给周广为一颗骰子："周生，你要是这么难下决定，干脆掷骰子好了，掷到哪里算哪里。"

今天的南武，人口超过两千万，面积八千平方公里。周广为捡起Elaine扔在地图上的骰子，握在手心里，将拳头撑着下巴。大地基金在南武开局不利，开张两年多，都没有做成一单生意。梁家珍问他要不要找个风水佬看看，宜信除了有签约的律师，也有相熟的风水佬。

"搬家是肯定的，风水就算了。"周广为回复母亲。现在大地基金南武公司租的写字楼在浈江新城的边上，也是宜信开发的。周为广说，就当照顾一下家里的生意吧，给弟弟批了八折的租金，物业管理费一分钱不少。其实梁家珍的意思是在宜信的地盘上，怎么都好照顾一下小儿子。

后来，契辅教授来南武度假，顺便看场地，问周广为怎么知道要选怡和仓作为办公地点。周广为回答："要去有鱼的地方钓鱼。"

怡和仓过去是怡和洋行建在南武的货仓，现在改建了创意园，租给那些囊中羞涩的创意团队和创业公司，价格便宜，会议室还可以公用园区的，办公就在"格子间"。在偌大的园区中，大地基金无疑是最"豪"的，没有之一。周广为租下一整间仓库，办公区之外，还有足够的地方，便配套装修了展览区、会场区，甚至还有半个篮球场。

除了最“豪”，大地基金还是在怡和仓活得最持久的公司。即便租金低廉，很多创业公司也没能熬过两个冬天，那些格子间，走马灯一般换了一家又一家公司。周广为常走过去看那些新进园的邻居，心想，这个鱼塘倒是有鱼，不过，这些小鱼还没有等到自己来投喂，就先不行了。

Make things different（令事情不同），这句周广为视为座右铭的口号就写在透明有机玻璃的篮球板上，周广为没事就用篮球去砸它。他对同事说：“办公室不是你的家，但是我们的办公室要让你体会到与家、与其他办公室不一样的感觉。”契辅教授提供的预算够在市中心租甲级写字楼，省下来的钱，周广为精心装修了办公室。重新铺了原木地板，采用原来的古老红砖墙，全部用玻璃隔断，买了进口家具，还专门辟出一个空间作为厨房，煤气灶、大冰箱、洗碗机一应俱全。大地基金所在的A3号仓库斜对面，隔着一条马路就是临水的酒吧、餐饮区，夏天下班后，周广为喜欢请同事在这里喝一杯精酿的生啤，然后再回家。

在怡和仓创意园，大地基金是人人羡慕嫉妒恨的对象，年轻的程序员们一边疯狂地写着代码，一边痛骂着近在咫尺的大地基金还没有看上自己。

而大地基金，其实也一样焦虑得如同坐在烤架上。作为老板，周广为没有特别为自己准备一间办公室，只是在办公区的最后留了一个座位。梁家珍还是带着风水佬来看过，大师说座位背后是玻璃，根基不稳，怎么样也要加一排文件柜，才算是有靠山。

“风水佬也不总是骗你的。”梁家珍走之前丢给儿子一句话。周广为觉得大师说得非常有道理，就加了文件柜，现在，所有的同事都是脸朝门口背对着他坐，大脑放空的时候，周广为就坐在椅子上，端着一杯咖啡去观察每一位同事，热心地为他们起外号。

“你浪费时间看这么多动漫，如果让你留一部，只能留一部，你会选哪一部?”李仞芝不喜欢周广为回家就窝在沙发里看动漫，她的最爱是美剧，她想删掉周广为硬盘里的动漫。

“好了好了，我以后少看就是。不过，这个问题值得我想一想，答案先给一个，是《火影忍者》。”周广为嬉皮笑脸。

如果把大地基金看作木叶隐村，自己就是初代火影。周广为用铅笔指点着一个一个同事的后背：第一排爱吃梦龙雪糕的女孩就是雏田，乖、听话，不是战斗型，听陆总讲个黄段子还会脸红；她后面是毕业于哥伦比亚大学的薛名锆，头脑绝对聪明，却想过简单生活，害怕麻烦，战斗力平平，遇到一般对手还行，出现强有力的对手，就会掉链子，这妥妥就是鹿丸；坐在第三排的李漯河，来自河南漯河，真不知道他父母是为了省事还是想不出名字，居然直接用了地名，不仅是名字和李洛克很像，而且经历也很类似，射手座、A型血，给他来个齐耳短发，就是大地基金的“苍蓝野兽”。

轮到陆总了，陆总进入公司也有一段时间了，还没有属于自己的外号，周广为觉得有点对不起陆总。陆总或许感应到他的后背有如炬目光，转过头来正好迎上周广为的眼神：“周总，在想什么呢?”

周广为只好匆促应答：“我在想怎么去赚点快钱先。”

“你华尔街那么多熟人，打听一下，总是有风声漏出来的。”

聊到这里，周广为忽然理解了Jeff，他也许并不是不想找合适的创业公司，或许是等了很久也没有遇到合适的。钓大鱼的时候，就不要太在意顺手去捞一网小虾。

当纵身入商海，周广为觉得自己本性复活，像钱潮汹涌中的鲨鱼，能感应到猎物的临近。周广为满18岁时，正好在加拿大多伦多外婆家过暑假，外婆为他准备的生日礼物就是去尼亚加拉瀑布酒店的赌场。赌场的保安看了周广为的护照后放他进场，外婆在百家乐换了1000加币的筹码送给周广为，对他说："为仔，就在这里玩，不要去拉老虎机。你文曲星入财帛宫，能闻到钱的味道，相信你的直觉。"

晚上，周广为没有回家，关了办公室所有的灯，黑暗中，他想如外婆所言去闻钱的味道，祈祷财运像汹涌澎湃的浈江潮，冲击过来，将他淹没。周广为在脑子里筛选了一遍，决定给两个人打电话。

第一个电话打给了卡桑。卡桑离开雷曼兄弟后，跳了两次槽，现在任职的BC尼尔斯是全球顶尖的市场调研公司，一些重大的并购，涉及全球市场变动，大公司都会委托他们公司先做市场调查。卡桑的消息都非常贵，只不过，越贵的消息，越不能轻易透露，就看卡桑如何衡量他们两人之间的友谊。

"我能怎么帮你？"卡桑和周广为嘻哈之后，直截了当。

周广为本来准备诉一段苦，现在觉得没有必要了，最终的压力还是会给到卡桑："如果有人偶然买了一批股票，不是很多，过了一年两年，股票恰好因为公司并购涨了，你怎么看？"

"如果仅仅是偶然，又不是很多，那么我觉得他就是运气好。"卡桑回答。

"我想现在偶遇一批股票，该去哪里找好？"

卡桑出乎意料地爽快："挪威值得关注。"

"兄弟，挪威好大。"

"那就看看你们的人最近谁去了。"

第二个电话打给了莉亚。莉亚去了瑞银投资部，依然做回老本行。她告诉周广为，华尔街流传一个谣言，老狐狸高开公司正在洽谈收购全球最大的有色金属仓储公司KME。

第二天，Elaine上班时，发现周广为躺在门口接待处的沙发上。听见开门声，周广为站起来，将衬衣整理好，扎进腰间的皮带，Elaine递过来咖啡："园区进门那里新开了一家，尝尝。"

"召集同事10点开会。"

"好的，周生。"

两个机会摆在了木叶隐村的面前。周广为讲完昨晚的电话内容之后，做了总结，都是不确定的消息，都无法预知将来的结果，该怎么做?

"鹿丸，你先说说。"周广为看向同事。

《火影忍者》中的鹿丸智商200，大地基金的"鹿丸"是哥伦比亚大学数学专业本科。"鹿丸"用手机投了一张照片到屏幕上，是《郑州日报》的一篇报道，河南省商务考察团访问北欧。"鹿丸"指着配图照片上的一个人，说照片暴露了真相，他是郑州上市公司振寰集团的董事长。"鹿丸"比对了郑州大型国企、民企、上市公司与挪威的行业相同点，主要有精密机床、拖拉机等。振寰集团主业精密机床，旗下公司振寰股份在A股上市。挪威精密机床全球领先的公司有两家，一家在英国上市，一家在美国上市。

"哪一家亏损?"周广为问道。

"两家都亏，在英国上市的贝尔特亏得更严重。"

"小李，你来说说KME。"周广为本以为"鹿丸"会去做KME集团的功课，KME的预测具有挑战性，谁知道他选了挪威。在周广为昨晚的思考中，他偏向豪赌KME，他猜测老狐狸高开公司会拿铝的存储下手，延缓货物流转速度，减少市场供应，硬生生推高铝的价格。

"KME最大宗的存储就是铜和铝，高开买这种没有什么文章可作的公司干什么？靠利润慢慢攒钱一向不是高开的风格，它一定是要搞大风大雨，捞大钱快钱才对路。”“小李”紧锁眉头，“我大胆猜想，他们是想卡货，推高铜或者铝的价格。”

很少赞美别人的陆总都高举手臂，伸出大拇指：“我要点赞，越离奇的想法，越是高开的想法。最笨的办法是直接吃货，又花钱，效果又弱，这个办法好。塞住物流的水龙头，让原料连仓库都进不去，更不用说市场了。”

周广为接着问：“那么，你觉得高开是要做铜，还是做铝？”

小李说：“我猜是铜，制造业国家，特别是中国要铜要得多。”

周广为问“鹿丸”：“我们要是押注挪威，你觉得最大的风险是什么？”

“鹿丸”想了想：“最怕中方半路放弃收购，那我们被套进去就死定了。”

MBA只会告诉你要头脑风暴，不会告诉你怎么掀起风暴，周广为掀起风暴的方式是提问。密室逃脱时，能解开谜语的人不是只有一个，你可能是最快的那个。不过，一旦你说出来，后面的人就马上放弃思考，那个也有能力猜出答案的人，他会认为自己永远也不知道答案。

至少还要有一个人想的和我一样才行。周广为想验证自己的想法，他扫视了会议室里不多的同事，将目光锁定在Elaine身上，试试她吧，反正多个错判也无所谓。

“Elaine，你怎么看？”

“老板，现在是3月，我们把正常的、不正常的，放在一起看，或许能明白一些事情。”

“说下去。”周广为鼓励着。

“夏天马上就要来了，全球易拉罐的用量会暴涨，这个时候，抬高铝的价格，比抬高铜的价格更轻而易举。高开做事，没有七成的把握不会动手，它就是看准了这个时机。”

背对着窗口坐着的这个漂亮的女孩，逆光中自带光环，现在发现她还这么能干，就像春天野地上盛放的樱花一样。周广为在心里说，那就把木叶隐村“春野樱”的名号给了Elaine吧。

“好，我同意Elaine的想法，”周广为面露赞许的神色，“那就交给Elaine操作，把我们启动的1000万美元全部投入期货，买铝涨，我要最少50%的回报。”

2012年，大地基金因为投了Ucha而名噪天下。周广为觉得是时候做一些宣传，让业界知道大地的名号。周广为选择了更多程序员关注的技术类杂志《连线》做专访，记者第一个问题就问他是如何发现自己会做生意的。

周广为喝了一口咖啡，没有马上回答，将一块精美的大地基金礼品手表送给记者，特别说明这表是在瑞士本土定制的，比很多瑞士表还瑞士。在记者喜笑颜开的表情中，他回答：“南武是千年商都，南武人有两项本领独步天下，一是会做饭，二是会做生意。我们的祖先做了两千年的生意，不会赚钱的，便不是南武人。”

在媒体报道中，成功好像就是一个模子里冲压出来的玩偶一样，千篇一律。当周广为成功之后，他知道成功根本不是书本写的那样，就像努力在天赋面前一文不值。有些人成功在起点，生下来就是成功者；而有些人成功完全就是因为运气好，在家种地，一锹下去就挖出了石油。

在费城分手时，契辅教授问过周广为：“每个成功的投资人都有自己的眼光，还有自己独特的办法，你是怎么理解投资的？”

周广为回答，timing（时机），timing很重要。

好运气就像苹果，也许就在隔壁老王家的树上。不过，只有长成青苹果时，才叫好运气，开花授粉时都不算。

Ucha的总部不在南武，而在离南武100多公里的深圳市。这群程序员像被登陆舰放在荒岛的海军陆战队员，成功了，登陆舰会回来接他们回家；如果失败了，就在荒岛上原地解散。周广为第一次来怡和仓为自己的办公室踩点，就看到这群穿着帽衫每天两眼迷蒙到凌晨三点下班的“海军陆战队员”。周广为知道他们能成功，背靠大厂、商业模式清晰，对大地基金来说，唯一要做的就是等待，等待他们口袋里掏不出一分钱的时候。

冬天一个周五的晚上，Ucha的负责人黄小奋来到隔壁的周广为办公室，黄小奋那时还没有CEO的头衔。他坐在沙发上，将腿放在茶几上，喝着周广为递过来的啤酒，那一刻流露出的神情，让周广为看到了另外一个矮墙上的辛如雨。从此，周广为将这种表情定义为“矮墙时刻”，这是一个走到困难处开始怀疑自己的时刻。

“广为，你这啤酒过期了吧？喝着又苦又涩。”黄小奋连自己的味觉都开始怀疑了。

两家公司做了两年邻居，黄小奋常来串门，大家始终不提一个钱字。周广为笑眯眯地看着沉入沙发的黄小奋，像看着一只落入猎网的豹子。此时不出手，更待何时？

“小奋，遇到困难了？焦虑了？焦虑得吃不香了？”周广为连珠炮似的发问。

“困难哪天没有？现在是活命的问题，能活命就能克服困难。”黄小奋将头后仰，仰面朝天靠在沙发的后背上。

“那就是没钱了？”

“大老板倒是支持我，有些股东不愿意了，说这么久都没有出成果，还往无底洞里扔钱。大老板也没招，上个月给了我最后100万，下个月我就要花完了。”黄小奋说的大老板，是总部的董事长。

“不就是钱的问题，好说，小奋。”周广为用脚撑着转椅，滑过去沙发旁边，拍了拍黄小奋的肩膀，“作为老友，你给我一句话，你开发的Ucha能不能成？”

“我说能成，你信吗？”黄小奋反问。

“只要你还信你能成功，我就投给你。我刚刚在期货赚了650万美元，连同我的老底1000万美元，全部给你。”

黄小奋成功之后，很多次接受记者采访，都提到大地基金的支持，他说“好的投资是双向的成就”。周广为看后就笑笑，这个黄小奋说话越来越官方了。当时的黄小奋感动得抱住周广为，只说了“你是我们的救命恩人”，就转身回去继续写代码了。

《连线》记者也问过周广为这个问题：“你说时机重要，大地并不是唯一投资给Ucha的，你选择他们在低潮时候进入，怎么保证你一定成功？”

“拿投资和出太阳比较，会比较容易说清。好的商业模式、绝对顶尖的团队、大量的资金，是不是就一定成功？不一定吧，就算是出太阳这么有规律的事情，你都不能保证每天出太阳，这个世界还有乌云、下雨、暴雪，你能做的，就是相信你的运气。”

记者追问：“那是说，这次成功有运气的成分？”

周广为回答：“我相信以后也是如此，我每次成功都要有运气的成分。”

在大地基金注资一年后，Ucha完成研发投放市场；两年后，被大老板分拆出来登陆纳斯达克，股价一路高歌猛进，翻了四倍，周广为连做梦都在笑。

轮到契辅教授发来Congratulations，高麟、BST、黑狮等基金的管理人，现在都是周广为的好朋友了。赌桌上有人手气特别好的时候，他的周围一定会围着一圈人，他押单，大家都押单；他押双，大家都押双。在运气面前，聪明、努力不值一提。

周广为和Ucha的CEO黄小奋在纳斯达克电子显示牌前的合影，A4纸大小，挂在会议室的红砖墙上。周广为对Elaine说，这面墙以后要挂满让我们赚十倍的CEO的合影。南武秋去春来又过了一年，这面墙上还是只有一张合影。

Ucha龙卷风一般刮过之后，大地基金变得门可罗雀，周广为觉得自己好像汪洋里的一艘小木船，需要有风将他吹到彼岸。所谓的风就是运气，不过，海面安宁如镜，一丝起风的迹象都没有。

闲着也是闲着，陆总说还不如搞个讲坛聚拢点人气，周广为于是就搞了一个“大地沙龙”。每周五下午，只要你有创业项目，都可以报名来参加，在沙龙上介绍自己的项目，周广为亲自主持。

很快，周广为发现这种平台就像在阴沟里钓鱼，热心送上门的，多半是自己不想要的。周广为装出一副专注的神情，听着台上的演讲者滔滔不绝，心里早已经否决了投钱的意向。

等待也不是完全等不来机会，发达之后的黄小奋也没有忘记周广为。这一天，他特别打来电话告诉周广为一个消息，宇智科技的李向今天来南武，转机去美国，在机场大约有两个小时时间。

李向是麻省理工学院（MIT）工程博士，硕士学的是计算机，他的博士论文是人形计算机的操控系统。在创投圈子里，他小有名气，不是因为其他，而是因为他一直没有接受投资，就像一个漂亮姑娘一直没有拍拖一样，相亲者自然络绎不绝。

问准了航班，周广为带着Elaine出发了。

“在金钱世界，特别是VC（风险投资）这一行当，看见‘高跟鞋’的机会比较少。”周广为和Elaine坐在机场的长椅上等李向时，他看了一眼Elaine的鞋子。

“为什么？是女人脑子不好用？”

“不，是穿高跟鞋跑不快。”

“为什么要跑？”

“一会儿你就知道，我看见桥石基金的张晓列了。”

远远地走来一个穿着巴黎世家宽松外套和短裤的年轻男人，这就是号称南武最时尚股权投资人的张晓列。他一面往这边走一面用手点着周广为，走到跟前吐槽说：“周广为，你们大地又在和我抢。”

“谁抢了？又不是你们家的。”周广为站起来，和张晓列碰拳，拥抱。

“不为我介绍美女？”张晓列看着Elaine。

“你不是来找李向的？”

“李向不是还没有到吗？”

Elaine已经礼貌地站起来了，周广为介绍说：“我们大地很能干的同事，Elaine。”

“不夸张地说，久闻大地美女Elaine的大名。”张晓列夸张地双手捧着Elaine伸过来的手，将她成功逗笑了。

“好了，好了，不要见到美女就一副馋猫样。”周广为将张晓列拉到一边，“谁给你的消息？”

“黄小奋啊，”张晓列并不隐瞒，“他说在厦门开会遇到李向，李向告诉他要飞美国。”

“这个黄小奋，我以为他只告诉我了。”周广为语气中带着抱怨。

“你想得美啊，我还以为他只告诉我了。”

两个人都奋力声讨着黄小奋。Elaine走过来说：“你们俩聊天的时候，我去转了一圈，看见李向已经到了，就在麦当劳那边。”

宇智科技的创始人李向，无论是把他扔进硅谷，还是扔在南武，立马就会消失在人海之中。与张晓列的时尚、周广为的潮不同，他的穿着与相貌一样平平，卫衣、运动鞋，裤子是宽脚运动裤。周广为常常想：IT男真的不穿扎皮带的裤子，难道是为了节省时间?

李向躲在出发大厅最里面的一个角落，电脑摊在大腿上，看着两个男人走到面前，他才合上电脑。这是周广为第一次看见传说中的李向，他发现电脑的中间贴着宇智波家族火扇家徽，哦，难怪他的公司名叫宇智科技，这是一个火影迷。

“李向，在中国能解决的事情，就不用去美国。”张晓列大声说。

“哦，是说钱吗?”李向不紧不慢，“我去美国不是为了找钱。”

“李向，你有理想，理想是要用钱实现的。”张晓列和周广为一左一右坐在李向两边，周广为说，“最后，你还是要找钱的，我们有诚意，我们的诚意就是给你钱。”

“好啊，你们两家都给的话，我两家都要。”李向依旧不紧不慢。

真要被这个书呆子气死！张晓列和周广为对看了一眼，心里都是一句话：没有人投资他是有原因的。

“那不可能，我和周先生势不两立，有我没他，有他没我。”张晓列笑着摊牌。

“那我就只能选一家？”李向想弄清楚游戏规则。

“是的，选我们吧，除了钱，我们还可以帮你去香港科技园申请场地。那可是香港啊，免租三年。”张晓列看了一眼李向的火扇标志，“你喜欢打乒乓球，我们还可以专门给你找一个国家队的当教练。”

扑哧，周广为憋不住笑出了声，让张晓列自己给自己减分好了。

“周先生，你有什么高招？”李向转过脸。

“我们在南武给你申请高科技公司、国家火炬计划、高层次人才，免租、退税都没有问题，场地不会比香港小，你也知道香港的地贵。”

“这样吧，我们把决定权交给上天，”李向沉着回答，“说到钱、后面的股权，能谈的，能给的，我相信两家都一样，势均力敌，就把选择权交给上天好了。”

“好办法。”周广为看了一眼周围，建议道，“这个角落是一家麦当劳，位置比较偏，到的人不是很多。从现在开始，赌第二十个进入麦当劳的是男人还是女人。”

“你怎么确定人家是男是女？”张晓列反驳，“我们就赌长头发还是短头发好了。”

“同意。”周广为不反驳。

“我先挑。”张晓列举手。

“没有问题。”周广为做了个请的手势。

“我选短头发。”张晓列立刻表态。

到机场的人，是不可能一半男人一半女人的，出差的商务旅客大部分是男性，而走进麦当劳的人，很多都是简单对付一顿的小伙子，算下来，张晓列有七成以上的胜算。

“没有问题。”周广为大方地同意。

李向说：“我来当裁判。”

“第一个，短发。第二个，短发……第七个，长发。第八个，长发。第九个，短发……第十八个，短发，这事好玩啊。”李向认真地报着数。

十八个人过后，三个人都望向麦当劳大门门口的空旷地带，有三个人正朝这边走来，全部是男人。“哈哈，领先两个赛点啊。”张晓列得意扬扬。

“不急不急，天意不是你看到的那样。”周广为笑着回应。

果然，后面两个男人转去了麦当劳旁边的洗手间，只有一个男人进了麦当劳。

“第十九个，还是短发，有点意思啦。”李向也将期待的目光投向远方。

远方，机场高大的穹顶下，一位拥有小麦色肌肤、短裙、长靴的姑娘，正大步走来，她长发披肩，丝毫不去理会三个直勾勾盯着她的男人，走进了麦当劳。

“这……这……这是周广为的人，她不能算。”张晓列结结巴巴地指着走过去的Elaine大声抗议。

“怎么不算？有约定说不计算自己人吗？”周广为笑着按下张晓列的手。

“第二十个，长发。”李向站起来，向周广为伸出手，“合作愉快，周先生，等我从美国CES（国际消费类电子产品展览会）回来后再详谈。”

“算你狠，”张晓列也与周广为握手，“祝贺祝贺，我又学会了一招。”

李向要去登机口了，他问周广为：“你不走吗？”

周广为笑了："我等会儿，再享受一下赢了的感觉。"张晓列对李向说："就让他慢慢享受吧，下一次还不知道猴年马月才有这感觉。"

众人散去，Elaine从麦当劳里走了出来，坐在周广为身边，将一包薯条递给他，自己从中抽了一根吃了起来，周广为也一根一根地吃了起来，两人相视，心领神会地笑了。Elaine不知道想到了什么，笑着笑着就红了脸，微微低下了头。

第四节　端午节的南武

五一过后，南武就开始进入暴雨季，老人说"龙舟水"来了。浈江上陆陆续续飙出各乡各村的龙舟，桨桡翻飞，龙舟轻快，像一片片竹叶，在水波上嗖的一声划过。

怡和仓在浈江的西南岸，建时与南武老城的静海门相对。老城在明朝洪武末年重修过一次之后，就再也没有修过，一直到民国初年被拆除。怡和仓所在的地方，清朝时称花港。花港周边的村民并不种粮，而是种茉莉和素馨。南武人喜花，可一日无肉，也不可一日无花。旧时凌晨，村民摘下带着露水的素馨，从花港装船，百舸千帆过浈江，素馨入静海门，便到了城内南北向的大道四牌楼，由四牌楼再散向东西南北。当太阳刚刚爬上城东的大东门门楼时，整个南武已经是一城芬芳了。

后来，英国人看中花港适合建码头，就买了下来，修了怡和仓。南武解放后，怡和仓还是用作仓库。改革开放之后，海运代替河运，怡和仓也就被彻底废弃了，这几年改建为Z世代创意园。周边花港村的村民还是沿用旧时的称呼，叫怡和仓"番鬼仓"，

"番鬼仓"的码头用"红毛泥"（水泥）打造，平整干净，适合龙舟下水上水。

"轮到我来看风景了。"Elaine脱了凉鞋，将脚跷在凳子上，舒服地靠在躺椅上。夏日的午后，浈江上吹来的风，穿过高大开阔的仓库，吹在Elaine的脚底板上，清凉透爽。

码头上，几十个精壮的汉子正抬着龙舟放入水中，他们扛着旗帜、锣鼓，大部分光着膀子，露出晒得红黑的肌肤和结实的肌肉。没一会儿，鼓声响起，写着"花港"二字的红底黑边三角旗，很快就消失在视线外。

看完风景，Elaine抓起手机，发了一条微信给周广为："周生，八卦一下张晓列，你知道他被人耍了吗？"必须有一个Elaine式的人物，在公司里，她消息灵通，和每一位同事都是推心置腹的好朋友；在外面，从贩夫走卒到老板教授三六九等，与她都是无话不谈的"死党"。

周广为也听到一些风言风语，他更想听听来自Elaine的消息，就走出办公室，拉了一把椅子，和她起坐在仓库的大门口吹风，望着不远处波光粼粼的江景，听着远处江面上传来的阵阵鼓声。

"你知道桥石要投'熊猫共享'吗？'熊猫共享'是一个好项目，商业模式清晰，潜在市场也很大，但是有一个潜在危险：谁都知道他们用低租金、高押金来揽客，很容易就沉淀一池子押金。要想不挪用押金，就像唐僧遇到女儿国国王，得有定力才行。"Elaine轻声说。

"然后？"

"然后，张晓列找了一家会计师做尽职调查，谁知道'熊猫共享'收买了会计师，大大隐瞒了被挪用押金的数量。"

"你这小道消息是哪里听来的？"周广为笑笑，不置可否。

“你不信?”

“我不完全信，或许是桥石基金的对手放出来的。”

“也有可能哟。”Elaine拿过一顶帽子扣在脸上，双手抱在肚子上，“夏日炎炎正好眠，我要午睡了。”

“不要睡了，好像是你表姐来了。”周广为扯掉Elaine脸上的帽子，喊Elaine起来。

远远走来的年轻女人打着阳伞，穿着一条月白色的连衣裙，背着一个双肩包，虽然戴着墨镜，周广为还是认出是辛如雨。这是第三次见到辛如雨，周广为心里想。前两次都算偶遇，这一次倒是她有目的登门拜访，如果没有猜错的话，辛如雨这一次来，是为了钱。

“如雨，吃过饭了吗?”周广为迎上几步。

“还没有。”辛如雨抱了抱表妹Elaine，回过头来回答周广为。

周广为抬腕看了看表，快一点半了。辛如雨放下背包，后背已经被汗水湿透。她掏出笔记本电脑，急切地直视周广为:“我们去会议室谈吧。”

伸手轻轻按住辛如雨的电脑，周广为说:“如雨，电脑先放这里，我们这里的餐厅两点半才收档，有什么事情，我们边吃边谈。”周广为的绅士风度早已成为惯性，尤其在他主导的场合，不自觉就会去照顾别人，尤其是女性。潜意识里他觉得自己的自信或者强大足以做好这些表面功夫。而一旦他处在一个次要的角色，或者一个被人支配的位置上，周广为会立马收敛一切锋芒，换成一副侍从的旁观者角色，不抢别人的风头。难怪对着前妻李仞芝，他搞不清如何摆正自己的位置，结果怎么表现，都不讨好亦不讨巧。

周广为定了定神，停止胡思乱想，眼神诚恳地看着眼前的辛如雨。辛如雨想了想回答："也好。"

三个人正准备出门，周广为就看见司机阿强提着两个大袋，母亲梁家珍拖着琴姐买菜的拖车，打着伞，跟在后面。周广为急忙跑过去，接过母亲的拖车："妈，这么大热天，喊我过去拿就好了。"

前两天，梁家珍就告诉小儿子，宜信的饭堂每年端午前都会自己包一批粽子，送给大客户，今年的粽子包好后，她就让人送过来。周广为没有想到，老母亲亲自送过来了。

"今天中午刚好出锅一批鲍鱼粽，我下午去工地，顺路就过来。"梁家珍掏出纸巾擦着汗，在办公室中间大声吆喝着，"靓仔靓女们，梁阿姨送粽子来了，不来拿的就不是靓仔靓女。"

大地基金的同事都知道老板周广为是个富二代，家里的产业是南武鼎鼎大名的宜信集团，一年营收几十亿，但是，周家人一点架子没有。逢年过节，梁家珍这么大的老板更是亲自来送些应节的货品，大米啊，花生油啊，月饼啊，水果啊什么的，从来都是亲手递给你，不用司机动手。她总是说："你们不能白吃啊，要为宜信打广告啊。"

在左一声梁阿姨右一声梁阿姨的簇拥中，梁家珍笑得脸上开了花："一人两斤，新鲜鲍鱼粽，我们宜信的鲍鱼粽啊，用的是八头干鲍，好吃的话，就告诉梁阿姨，陆续有来啊。"

要不是宜信二公子在这里创业，谁有机会享用宜信的鲍鱼粽啊？很快，梁家珍带来的粽子被一抢而空，热闹散尽，阿强收拾好东西，先去开车。梁家珍走过来，儿子身边站着两个女孩子，左看Elaine，老熟人了，女孩真漂亮，家庭、修养都不错；右看这位白裙子女孩，文静、素雅，一看就是个"学霸"。

梁家珍忍不住夸赞："哎呀，Elaine越来越漂亮了，这小腿，又长又结实。我要是男人，就每晚抱着它们睡觉。”

Elaine看了一眼短裙下的小腿，扶住梁家珍的手臂，嗲声嗲气地说：“真是可惜了，阿姨，除了您，都没有一个男人夸过我的小腿。”

梁家珍又看向辛如雨：“这位姑娘，一看就是清华、北大毕业的，怎么就这么文雅俊秀呢？”

辛如雨被逗乐了，她大方地伸出手：“阿姨，我叫辛如雨，是Elaine的表姐。”

Elaine继续为辛如雨介绍：“梁阿姨，您猜对了，我表姐是芝加哥大学的博士，妥妥的‘学霸’。”

梁家珍将手袋挎上肩膀，对儿子说：“为仔，端午正日，晚上回家来吃饭，全师傅来家里做，放心，不是琴姐。”全师傅是宜信食堂的大师傅，周翼谋的家宴都是他来掌勺。

看了看两位女孩子，梁家珍的眼睛流露出奶奶（粤语，婆婆）看新抱（粤语，儿媳）的爱意，哪一个娶回家都好啊。于是她接着邀请：“Elaine、如雨，你们也来我们家吃饭吧，人多热闹，为仔话都不多一句的。”

周广为赶紧打断母亲的儿媳梦：“妈，如雨还没有吃中饭呢，我们正准备过去。”

“好了，走了走了，阿强来催了。”梁家珍拦住要送她的两位女孩子，走出了大门。目送走梁家珍，两位女孩子相视一笑，Elaine说，那就去隔壁“小兰花”吧，茶餐厅，速度快。

当一杯奶昔放在辛如雨面前，周广为示意她尝尝，这是“小兰花”的招牌冷饮。辛如雨喝了一口，甘甜、冰凉、爽口，接着一口气喝了小半杯，从南武夏天中午的酷热中彻底回过神来。

“你今天上午跑了几家？”虽然辛如雨没有开口，周广为也知道她是来融资的。在来大地基金之前，辛如雨应该去过不少家投资机构，她电脑里的PPT也应该都倒背如流了。

“一家，我本来以为能跑两家，其实根本不够时间，一问一答就超时了。”

“你准备跑多少家？”

“我列了一个表。”辛如雨打开手机里的文件，递给周广为。

周广为看了一下标题为“南武市投资机构一览表”的Excel表，有六百多家投资机构，既有政府主办的南武科创基金、云河区产业基金，也有民营的创投联合体海华投资，最后一行是大地基金，后面是周广为的姓名、电话。

周广为把手机还给辛如雨，说：“你不是要把这六百多家都跑了吧？”

辛如雨反问：“我没有漏掉什么吧？”

周广为摇摇头：“以我的了解，都在这里了。”

很快，Elaine点的黑胡椒意粉、半块水果比萨、蒜蓉菜心和两杯奶茶都上齐了，周广为先把意粉摆在了辛如雨面前，接着自己拿起一杯冻奶茶。

一个研发新药的生化企业，烧钱的方式与“熊猫共享”那种技术门槛很低的打市场的软件不同——那种抢市场终端的软件，烧钱的速度和法拉利跑车在德国高速公路上的速度一样。按照Elaine的比喻，这就是一个烧法拉利的游戏，一天烧10台、20台法拉利，扛不住的就退场。他们融了资，转头就烧掉。生化烧钱的速度慢，但是架不住时间长，十年八年也许才开头，一旦成功，医药行业不同于家电、汽车、手机，它永不过时，开发成功就等于打造了提款机。

就在周广为想这些的时候，辛如雨已经开始解释技术了。大地基金与宇智科技达成默契之后，暂时还没有计划投南安基因，周广为不想扫辛如雨的兴，等她吃完最后一根菜心之后，便打断了辛如雨。

“如雨，你讲了很多技术要点，等我先消化一阵。不过，我可以明确告诉你两件事情。”周广为慢条斯理地说。

辛如雨放下手里的奶昔，快速对Elaine说：“真好喝。”Elaine会意，比了一个“ok”的手势，起身去找服务员加多一杯。

“一是我们大地财力还不是很雄厚，是，我们从Ucha赚了钱，但还没有到几十亿、上百亿美金的规模，这就决定了第二件事情。二是现阶段，我们的原则是要投就所有钱只投给一家。”周广为顿了一下，继续说，“前些天，我们看上了一家做人形机器人的，这也是一个需要持续投入的项目。”

除了奶昔香甜、饭菜可口、人员相熟，这里的境遇与其他地方无异。本来以为大地基金能有投资希望，谁知道没有。融资就像相亲，辛如雨的体会就是如此，上午的结果是：抱歉，我们没有看上你。现在的结果是：抱歉，你来晚了，我们不是没有看上你，而是有人捷足先登了。

长叹一口气，辛如雨还是把笑意挂在脸上，她不甘心地追问：“那，我们还有机会吗？”就像南武话说的，跌倒在地也要抓一把沙子。

“还是有的，我们想投的那家公司，创始人去参观CES了，他回来后如果放弃创业，我或许会考虑你们。”周广为微笑地看着辛如雨，他不想把希望全部都灭杀了。

“那么，他什么时候从拉斯维加斯回来？”

“下周二。”

“好的，我下周三再来。”

“不用着急，”周广为笑了，辛如雨做事push（推）得太急了，“有消息我会让Elaine第一时间通知你。”

Elaine来到南武，完全是偶然和心血来潮，她不喜欢深思熟虑。如果一件事，从一开始就知道以后怎么样，Elaine绝对不会去做。她希望的人生是这件事开头之后，就会有无限的可能，生发出各种故事，那么，她就饶有兴趣地投入进来。南武虽然离香港不过两百公里，旅游、路过很多次，就工作而言，却是一片她从来没有踏足的处女地。当周广为撤掉香港办公室，邀请她一起北上时，她只想了几秒钟，便爽快地答应了。

另外一个理由是她喜欢暖色调的人。在Elaine看来，与人相处是讲感觉的，这种感觉一点也不抽象，她会用颜色、气味、温度、味道来描述。有的人，Elaine愿意用气味来描述：臭脾气的家伙就像一个在公司里无时无刻不推着粪球到处走的屎壳郎；而有的人，她愿意用温度来描述：高冷的、漂亮的女人，将自己封印在尖锐的冰山之中，仿佛一亲近就碰得你直流鲜血，这种女人，就让她待在冰箱里吧。

她并不喜欢之前的老板Jeff，在她看来，Jeff是一个冷灰色调的人，他总是隐藏自己。灰，其实是向白色里加入了黑，像Jeff这样在本色中加入黑的人，周围并不缺乏。他们或许很有钱，很有权，不过，故意隐瞒或者无意暴露的恶劣都使得原本明亮的白、绿、蓝变得灰白、灰绿、灰蓝。

新老板周广为的底色是暖色调的黄，偶尔的木讷让他的黄类似深色土黄，他的温暖、人情味与他生长的城市有很大的关系。南武就是一个烟火气十足的都市，大家都想着一团和气，连卖菜的阿婶都知道和气生财。最后的目光，Elaine落在镜子中的自己。嗯，Elaine嘛，她在心里暗自找着词语，她是一个很Tiffany blue（蒂芙尼蓝）的女孩。她想起周广为对她的评价：漂亮的女孩就是一把冰锥，在Elaine面前，没有坚冰。其实他不懂，融化坚冰的从来都是热量，而不是尖锐和力度。女人分得清在家里与在职场的角色，而男人一般没有过渡，把职场的态度用在家里，迟早撞板。

端午要到了，南武人忙着张罗吃饭，姨妈黎蕙兰打来电话，约Elaine提前几天去她家吃顿饭。

表姐辛如雨每次见到她，都忍不住妒忌："唉，再厚的文凭有什么用，还不如我们家Elaine宝宝的一张脸。"辛如雨抚摸着表妹的脸："我要好好体会细腻的皮肤比博士毕业证书还要好的手感。"

"表姐，你又不是男人，就不要摸来摸去了。"Elaine拖长了尾音，撒娇似的把表姐的手从脸上拖下来，合在自己的掌中。

"哦，原来是要留着给男人摸，你这个小色鬼，我偏要摸。"辛如雨装作不开心的样子，将Elaine按在沙发上，一双手上去胳肢她的全身，两个女孩笑作一团。

"好了，好了，闹够了就去洗手，准备吃饭了。"黎蕙兰从厨房端着一煲汤出来。

本来黎蕙兰是想Elaine住在自己家里，生活方便还省钱，Elaine说她不想每次夜归都要找理由解释。黎蕙兰知道她喜欢自由自在、独来独往、无拘无束，就由她在溪湾区租了一套一房一厅，离上班的怡和仓地铁四站路。逢周末，黎蕙兰就会打电话给她，让她来家里喝汤。Elaine自己也会煮糖水，她每次来姨妈家里吃饭，都带糖水，这次带了一保温瓶的燕窝银耳糖水。

今天是星期天，黎蕙兰一早去菜市场买了田鸡，走之前炖了椰子老鸡汤。这会儿在厨房里用辣椒爆炒田鸡，辣椒的香味冲出来呛着鼻子，Elaine向着空中抽了抽鼻子，一边咳嗽一边大喊：“姨妈，好香啊，一会儿我要吃两碗饭！”

黎蕙兰忍不住笑了，女儿辛如雨读书不用发愁，如果像Elaine这么乖巧，这么会哄人开心，那就圆满了。“好啊，Elaine，姨妈就喜欢你这样，大大方方，明明白白。”黎蕙兰端着饭碗出来，Elaine急忙上前接过来，随后，黎蕙兰又白了亲生女儿一眼，“如雨就知道读书、做事，完全不知道怎么让我高兴。”

“妈，没必要捧一个、踩一个吧，您表扬Elaine就好了。”辛如雨懒洋洋地回应。也许她是个理工女，做实事惯了，没有机会练习表面功夫。与表妹的机灵相比，她就显得不那么讨喜，或者不那么一下子引人注目吧。

白色的米饭被淋上油光红亮的汤汁，每一粒米饭在灯光下都泛着闪闪的光泽。黎蕙兰将饭碗递给Elaine，又为她夹了一筷子粗壮的田鸡腿，跟着去数落女儿：“之前让你在中国香港或者新加坡，实在不行留美国，远就远点，找个大公司，安安稳稳过日子，多好啊，非要回来创什么业！现在好了，公司吃了上顿没下顿。”

“姨妈，表姐日后就是上市公司的CEO，一年分红就是几千万，您就等着坐在家里数钱吧。”Elaine自己去冰箱里拿了一瓶冰冻的可口可乐，从鼓鼓囊囊的腮帮子里发出唔唔的话音。

“数钱？”黎蕙兰装出轻视的表情，“现在还不是我掏钱养你？”

“您那是投资。”辛如雨嬉皮笑脸地安慰母亲。

“香啊！姨妈，您炒的田鸡真香。”Elaine的额头已经在辣椒的刺激下，冒出了细细的汗珠，她扒了一口饭，抽了张纸巾抹去汗水，长嘘一口气，抓起在桌面上振动得跳舞的手机。

“好消息，老板让你下周一过来我们公司谈谈。”Elaine又喝了一口可乐，歪着头想了想说，“他今晚不是去云河区参加电玩比赛了吗？”

周广为确实是从电玩赛场发来的微信。

前几天，黄小奋约他组队去打PS4。PS4还没有正式投放中国市场，索尼公司拿了一批样机过来给大家尝鲜，云河区科技局就组织了一个PS怀旧电玩赛。邀请范围都是南武市IT公司的高管，每公司一队，每队三个人。黄小奋写代码写到吐血时没少来隔壁周广为这里打电玩放松，他特别想组个队，就是缺个打《街霸》的高手。黄小奋本来也是《街霸》高手，不过他报了名参加《极品飞车》，就特别来拉周广为。

“怎么找到我？你们Ucha没人打PS吗？”周广为问。

“还真给你说对了，现在的年轻人都是玩网游，谁还打PS和XBOX？”黄小奋回答。

比赛就选在云河区科技展览中心举办。这些年，云河区特别注意培植电竞产业。云河区科技展览中心专门设置了电竞大厅，周广为到时，硕大的屏幕上以毫秒速度滚动着参赛选手的照片，音响设备播放着节奏感强烈的重金属摇滚。“感觉像个迪厅啊。”周广为自言自语道。

黄小奋走过来扔给周广为一件白色运动服：“不要找自己的照片了，就是这个效果：明明知道在，就是看不清。来，披上我们的战袍。”

运动服的左胸位置印着Ucha的LOGO。“要付我代言费的哟。”周广为指着LOGO对黄小奋强调。

黄小奋推了他一把：“你这个颜值就不要收钱了，赢了再说。”

周广为打《街霸》是从街机开始打起，直到Ucha队被淘汰，他的《街霸》也是未尝败绩。“过瘾吧?”黄小奋打《极品飞车》输给了量子游戏的一位程序员，从航空座椅上下来，他对周广为说。

“你还是说得多，练得少。”周广为批评完黄小奋，感到手机在裤兜里振动，掏出一看，是李向打来的。

“喂。”

“震撼啊，我能想到的词就是‘震撼’。”电话里传来李向兴奋的声音。

周广为熟悉这种感觉。有一年沃顿商学院实习时他去了瑞士，周末预订了一间少女峰的山上旅舍。这个旅舍只有徒步四小时才能到达。当黄昏降临，阿尔卑斯山的雪峰被落日照耀，周广为才走到旅舍。面对雪山红霞，他激动得想拿起电话打给一个人，分享此刻自己的激动。但是，他把通信录的人都过了一遍，却没有找到一个合适的人可以让他吵醒。

“你那里好吵啊，在蹦迪?”李向大声问。

“不是，我在参加电玩的比赛。”周广为走出大厅，来到展览中心花园的回廊，打开免提，将手机放在一边，听着李向给他描述人形机器人的展品。大部分技术词汇，李向都是用英文在讲，周广为完全没有听过。

最后，周广为终于找到机会截断了李向，急促地说:“你什么时候回来？回来后，我们就一起大干一场。”

“你说什么?”CES现场的噪声让李向没有捕捉到关键词。

“我说，等你回来，我们一起大干一场。”周广为一字一顿。

“不！我不回来了，我要留在美国。我想好了，靠我自己，是追不上人家的，打不过就加入，我要留在美国了。”

“不要钱了?”周广为惊愕。

“不要了，留着给比我需要钱的人吧。谢谢你啊，广为。”李向挂断了电话，像一阵轻烟忽然遁入无形。

果然永远不变的就是变化了，而且还是快速的变化。周广为觉得自己也不能迟疑，他点开Elaine的微信，写下：让如雨下周一上午10点来公司，我想和她谈谈。

“我们办公楼后面有个野荷塘，荷花已经开了，下周过来看看吧。”辛如雨和周广为谈完，临走之前，发出邀请。

南安基因在南武的梅岗区。梅岗是个新区，新建筑、新桥梁、新厂房，进进出出新建筑、新厂房的都是些新南武人，大部分溪湾区的老南武人，恐怕一辈子都不会去一次梅岗区。

周广为从怡和仓开车去南安基因，既是从城西到城东，也是从旧城到新城。他对陪着他一起去的Elaine说：“南武就像一棵树，也是有年轮的。我小学那会儿，城市最东边的马路是解放路；我上大学的时候是南武大道，一圈一圈地往外扩；现在，城市的东边已经没有边了。”

“西边一直没有变？”Elaine问。

“南武建城就西邻浈江，没有更多的空间发展，顶死了，只能一路向东走。”

越往东走，高楼越来越多，马路越来越宽。“过了你大学这道年轮，下楼就吃不到馄饨面了。”Elaine看着闪在脑后的南武大道的路牌说。

“这就是选择了，看你愿意住在东边还是西边。”

“我还是喜欢住西边，不过要在东边上班。”

“那就送你去你表姐这里。”

“你舍得？”

“我舍得。”

“你舍得我还不舍得。”

到达南安基因的时候，大约11点半，辛如雨早就站在路边等着他们俩，走进大楼，远远就听见大叫声、哄笑声，周广为皱了皱眉，问辛如雨：“是你们？”

“是我们，”辛如雨笑着塞给两个人一沓钱，“你们也来加入我们吧。”

Elaine拿起钱往灯光下照了照，惊喜道：“是真钱！”数了数，又说：“有2万元。”

对全球货币的认知，是周广为的本行，他只瞟了一眼，就说：“蒙古的图格里克，2万也就是50元人民币。”

会议室里，南安基因的小伙子们正疯狂地拍着桌子，大叫着。辛如雨对两个客人说，规则很简单，每个人手上都是2万元，拍卖的货品是不公开的，有可能是香水、手表、硬盘，也有可能是搞笑的恶作剧，拍到手的货品，可以交换。

一共20件货品，已经拍到了第十五件，刚刚拍到手的小伙子撕开信封，是一张折叠的白纸，小伙子大声读出来：“无须任何理由带薪休假一天。”哇，下面的人一起拍着桌子大声叫好。

“这好玩啊！”Elaine说完扔下两个人，走到了前面。

“第十六号拍品来了。”主持人举起一个信封在空中挥动。

“龙工，给点提示！”一位穿着白大褂的女孩子嚷着。

“就提示一次啊，”龙工卖着关子，“内含丁二醇、酚乙酸酯、各种肽，还有……”

还没有等龙工报完成分，Elaine站了起来，大叫一声：“2万！”

龙工看了一下眼前的美女，并不认识。“恭喜这位‘晒冷’（豁出去，指赌桌上的下注方式）的美女，赢得了我们16号拍品。”

龙工转身从柜子里拿出一个装化学试剂的广口瓶，解释说："美女，100毫升，瓶子是全新的，放心用。至于里面装的是什么，我也不知道，我只知道是我们CEO何工亲手制作的，让他给您解释用途。"

何工站了起来，说："拿到外面卖，叫眼霜，放心用，成分和功效绝对不比那些红瓶子、蓝瓶子、黑瓶子差。我太太也用我自己调的护肤品，您大可放心。"

"他就是你说的黑桃K，师兄何涛枫？"周广为侧头问辛如雨。

两个人正聊着，拍卖已经进入尾声，龙工手里举着最后一个信封，他说："这个信封我预先看过。"

下面一团吵闹"快说、快说"，周广为听见其中还有Elaine的声音混在其中，这小妞，真没有把自己当外人。

"最后一个拍品是，与CEO共进午餐，拍中者可以指定时间和餐厅。"龙工宣布。

话音刚落，一片静寂。

周广为慢慢站了起来："2万元。"

闹完之后，也到了中午吃饭的时间，大家也就四散开去。

辛如雨带着周广为和Elaine来见何涛枫。

"中午一起去吃饭吧，我订好餐厅了。"辛如雨说。

"不了，"周广为的回答吓了大家一跳，他接着说，"我现在就兑现拍品，和何总单独吃饭。"

何涛枫饶有兴趣地看着客人："好啊，我没有问题，在哪儿吃？吃什么？"

"就在这里，如雨帮我们叫两个盒饭就行。"

"一个盒饭，时间够用吗？"辛如雨担心地问。

"我够了。"周广为笑着回答。

与客户见面，周广为都不会说第一句话，他会把这个机会留给客户。如果客户不说，他就静静等着，不同性格、阅历、财富水平的客户，第一句话永远都是不同的，周广为需要从第一句话判断客户的心态。

两个女人走出房间，带上了房门，房间里瞬时安静下来，周广为静静地看着对方。何涛枫或许也感觉到要开口的尴尬，他环视了一圈四周，对周广为说："周总，您见了这么多客户，拿着钱送给人是什么感觉？"

"有点像相亲，茫茫人海，与你擦肩而过的男女老幼，都有可能是对的那个人，但是你并不知道，也没有提示。"

"总好过我们，坐在这里求人来相亲。"

周广为淡然一笑："各有各的难，只要是钱，你都能要；但我可不能，只要是人都给。"

何涛枫也笑了："今天，你来得正巧，是我们公司成立六周年。六年了，我们还没能在外面大张旗鼓地搞个像样的仪式，惭愧啊。"

哦，原来如此，辛如雨并没有讲他们庆祝公司生日的事。

"六年之后还活着，就是一件值得庆祝的事。"周广为也不是虚伪的吹捧。

"关于我们，你还想了解什么？"何涛枫觉得辛如雨应该介绍了很多，看看自己还有什么补充的。

"不用了。核心团队、技术优势，这两项是我们最关注的。如果看数据和陈述，很多公司都值得投，数据和条件都很漂亮，除此之外，我更看重感觉。"

"你觉得还缺什么？"

会议室的门打开，Elaine拿着一个塑料袋进来，两人都不再说话，看着Elaine将一份小炒双拼、一份烧腊饭、两个炖汤摆在台面上，然后带上门出去。

“你先选，这里的盒饭我都吃过不知多少遍了。”何涛枫笑着谦让。

“那我就不客气了。”周广为挑了双拼。

“钱，这六年，没有一天不缺钱。”何涛枫接上被盒饭打断的话题。

“缺钱是很正常的，管理呢？”说到管理，就会触及管理者，周广为并不回避。

“我觉得公司第一件事是发展，只要在发展，业务在前进，管理就不是大问题。”

“同事们怕你吗？”

“不必怕我，我创办了南安之后，也去报了一个MBA的班。MBA教我大公司那一套，什么员工管理基于恐惧，我们小公司，不适合。”

“恐惧不一定是怕你，也可以是怕失去高薪、失去权力、失去待遇。”

“我宁愿他们怕失去恐惧。”

“没有高薪，南安给员工什么？”

“第二个家，和做成事的机会。”

“不怕有人在这里滥竽充数，混吃混喝不干活？”

“这个世界完全想混的人很少，其实每个人都有想混和不想混的时候。我们人少事多，怎么混？”

“你们公司有slogan（口号）吗？”

“还没有，说实话，我还没有想好我们的价值观。”

“如果必须有一个，你觉得是要一个总结性的，还是一个目标性的？”

“总结性的，我喜欢告诉别人我们做到了什么。”

“在南安基因上，你要实现的个人目标是什么？”

“说出来你可能不信，我想把它做成了之后，就再也不做公司了。我喜欢动手，喜欢做实验，喜欢做漂亮的东西，不喜欢写论文，更不喜欢开公司。如果南安基因成功了，每年能给我一些钱，让我专心带几个人做研发，就是我的终极目标了。”

“你不想做CEO？”

“不要说CEO，CTO都不想，让我做一个脱离赚钱的实验室主任，然后你们喜欢什么就拿去，能变为产品卖就最好。”

“目前的团队中，你想谁来接替你？”

“辛如雨。”

每个人在向别人要钱时，总是莫名其妙地自觉理亏，好像欠了别人一样，拼命遮掩自己的短处，何涛枫却不是。缺钱并没有什么可耻的，他相信自己的技术，所以总是显得理直气壮。他盯着周广为的眼睛，直视对方："周总，你会投给我们吗？"

不知道以往的钱，这群书呆子是怎么找到的。或许这个世界真的还有一套法则是随心所欲的，是在MBA讲义之外，有人也想保存下去的。周广为觉得帮助他们刻不容缓，但是，以大地基金的实力，还要再看得更准一些。

“或许我以后会。其实，你们现在需要钱，谁的钱都是钱，不一定是我的。我会先帮你们，在这方面，我还有些资源可以利用一下。”周广为回答。

“那就太好了。”何涛枫说不上欣喜，也说不上失落。说失落，周广为答应帮着找钱了；说欣喜，周广为又并非完全认可南安基因。如果认可，为什么他自己不投？

端午过后没两天，南武进入暴晒模式，被杀去了个把月威风的太阳，带着股怨气出现在南武城的上空，报复式地照耀着。上午9点，毒辣辣的日头就晒得人皮肤发烫。“雨天带伞，晴天也带伞，横竖天天离不开伞。”辛如雨撑开伞，又开始怀念起“龙舟水”的阴凉了。

昨天，周广为打电话给辛如雨，约好了今天去见投资人。

“不在我那个名单上的？”

“你那个名单是公开信息，公开信息是没有价值的，在南武，低调的有钱人很多。”

要去拜访的“低调的有钱人”叫钱司令，住在南武城南泮屿区的敬善里。此刻，周广为在外面的大马路上停好车，透过车窗望了望通往钱司令家的牛乳巷，又透过路边榕树的缝隙望了一下西边的天，乌压压瞬间黑了天。“刚才出门时还晒得要死。”周广为嘟囔着下了车。

可没等他们走完牛乳巷，大雨已经倾盆而下，周广为、辛如雨和两个出来买菜的阿姨急忙冲到骑楼下躲雨。

风随着雨势也起来了，横扫着屋檐下的雨线，辛如雨穿着裙子，小腿感觉到一阵阵凉意。两个买菜阿姨在用粤语闲聊，阿姨说：“这是龙又‘回水’了，就是龙在发脾气。”周广为也加入进去，笑呵呵地说：“‘回水’不是退钱的意思吗？”

辛如雨抬腕看了看表，约定的时间已经到了，暴雨虽然小了点，却没有停歇的意思，滴滴答答的雨点砸在麻石街面的水坑中，激起无数个高高低低的水柱。“走吧。”辛如雨撑开伞，递给周广为，“谁让我们只带了一把小伞呢？”

周广为接过伞，看了看湿滑的石板路面和辛如雨脚下的高跟鞋，将手臂递给她："扶好我。"

牛乳巷的尽头是一座小桥，叫牛乳桥，牛乳桥下还保存着古埠头的石板。旧时南海乡下的村民将水牛奶用船运来南武，就在牛乳桥这里上岸。过了牛乳桥，沿着麻石砌就的河涌堤岸走到素珠桥，就到了敬善里的巷口。

雨势减弱，雨点噼里啪啦、长长短短地敲在伞上。周广为碎碎叨叨地说着巷子和石桥的旧事，辛如雨没有怎么听进去。她挽着身边男人的手，这只手臂结实有力，透过衬衣，她能感受到对方肌肤的温暖。"多好啊！"辛如雨在心里叹了一口气，将头微微靠向周广为的一侧，像躲雨一样。

敬善里的两边是竹筒楼，尽头却有一处偌大的庭院，院门虚掩着。周广为推开门，让辛如雨先进去。院落不大不小，有二十多平方米，角落里种着一棵大大的鸡蛋花树，树下撑着一把遮阳伞，伞下是石桌、石凳，一胖一中等身材两个中年男人坐在伞下，喝着啤酒。

"钱叔。"周广为熟络地喊着中等身材的男人。

胖男人见到钱司令有客人，便站起来，告辞出了大门。钱司令对周广为两人说："一位街坊，过来坐坐，喝杯啤酒。"相互介绍完毕，钱司令拿来两个酒杯，为周广为和辛如雨斟满啤酒，说："试试。"

辛如雨喝了一口，赞道："嗯，好喝，清爽，有麦芽的香气，好生啤！"

女人最好的状态便是男人群中只有她一个女人，最差的状态是有两个女人，中间的状态是一群女人混在一群男人中。

"花生就酒。"钱司令笑眯眯地将装有陈皮花生的碟子推到辛如雨面前。夸奖是最好的融合剂，就会来事而言，周广为想辛如雨不比Elaine差多少，只是她的智商掩盖了她的情商。

“我投资的一家酒吧，专做精酿。”钱司令对两个人说，“给我装修这栋房子的设计师是一个潮州人，他爸爸是厨师，弟弟就是做精酿的，还拿过奖。我就说，不如让你弟弟开个店，我来投资。这种白啤是我的最爱，他们隔两天送一罐过来。”

雨已经完全停歇，鸡蛋花树的叶子被雨水冲洗得油亮。辛如雨站起来走到院子里打量起来。院子里的小洋楼，两层高，红砖砌墙，水磨石地面，对称的两扇房门有三米高，柱廊外是一对希腊式的大理石柱，直通楼顶。“这栋楼放在七八十年前，绝对是有钱人家的产业。”辛如雨感慨。

“这是当年西关沧元米行老板黄咏咢的宅子。想当年孙中山东征，都要找黄老板借粮。”钱司令饶有兴趣地带着二人走到门口，指着地面给年轻人看，“内街的麻石，南武一般都是并列六条，敬善里是并列八条，就是好让汽车开进来运粮。”

南武人讲古不考古。周广为淡淡一笑，心想哪有把家当仓库的，钱司令爱说就由他去说吧。回到院子里，走上台阶，站在希腊式石柱下，钱司令说：“当年我买下这套房子，一是喜欢院子，二是喜欢这对柱子。很多有钱人在西关买旧房子，不过他们好多都没有住，用来做生意了，我是真喜欢住在这里。”

“你抱抱柱子。”钱司令怂恿辛如雨，辛如雨听话地抱住了柱子。

“什么感觉？”钱司令也抱住了另外一根。

“冰凉冰凉的。”

“这栋房子下面就是牛乳涌，牛乳涌连着湞江，热量全被水带走了，所以，夏天一点都不热。”钱司令说得有板有眼，周广为没能忍住笑。

看到周广为发笑，辛如雨向钱司令告状："他在笑我们。"

钱司令瞥了一眼，说："不用理他，他自以为聪明，我们都是傻瓜。"

"哪敢啊，钱叔。"周广为笑着打趣，他的语气里透出老友间的随意。为了弥补"聪明"犯的错，他装作关心的样子问："钱叔，装修最难的是什么？"

总算是找对了钱司令的兴奋点，辛如雨暗自为周广为的灵醒叫好。"修旧如旧是最难的，"钱司令打开了话匣子，"打掉新建是最易的，不就是钱嘛。世侄，你知道的，钱叔缺钱吗？但是，做旧比装新还要贵好几倍。旧材料像这种木楼梯、拼花瓷砖、玻璃花窗、水磨石地面，有钱也买不到，要去找，还要等。一句话，都是心血。"

一楼是钱司令的书房，书房门口的墙上挂着一副对联，裱装在镜框里，用浑厚的行书写着八个字：荣辱一视，欣戚两忘。

钱司令的故事，南武人都知道。想当年，他是风靡全国的饮料霸王，在香山起家，后来把总部搬来南武，最后被一家总部在意大利的跨国集团收购，从此钱司令销声匿迹。之前隔三岔五就能在报纸、电视上看到他，后来如同人间蒸发。

"这是你老爸找人给我写的，"钱司令对周广为说，"那是2012年，被收购了95%股权之后，我们还留在公司。意大利人在报纸上总批评我们，这也不行，那也不对。我问你爸：'如果换成你，你怎么做？'你老爸说走人！后来他就找人写了这副对联送给我。"

有些事就是"easy to say,hard to do（易说难做）"。周广为心想：哪有那么容易就忘记过去、抹平荣辱？话到嘴边，却变成："钱叔，有没有想过东山再起？"

“起？傻仔来嘅，哪有那么容易说起就起？运势已去，就认命罢了。”钱司令的面容带着微笑。辛如雨盯着他，看到了经过时间的洗礼，再大的风雨，也会等来千帆过尽的真正平静。

回到鸡蛋花树下，钱司令撤掉酒杯，换上热茶，从厨房拿出一碟榄仁萨其马：“隔壁马路芸香楼今天现做的，边吃边说吧。为仔，无事不登三宝殿，找我是借钱吗？”

“嗯，钱叔，江湖救急，不过，不是找您借钱，是找您来投资。”辛如雨本以来周广为会让她详细解说南安基因将来如何赚钱，岂料，周广为十来分钟就讲完了理由。

“这比借钱更过分，要多少？不用几个亿吧？”钱司令问。

“不用，两千万就好了。”周广为笑了。

“钱没有问题，不过，为仔，丑话我还是要说说，借钱不是养活自己的办法。”钱叔换了严肃的口吻，也顺便看了一眼辛如雨。

辛如雨抢先回答：“您放心，钱叔，我们不会的，我们会尽快赚到钱。”顿了顿，辛如雨又问：“钱叔，还有一件事，我很好奇。”

“为什么我问都不问，就把钱投给你们？”钱叔转回和蔼长辈模式。

“是啊。”

“第一，是朋友。我和为仔老爸是朋友。‘朋友’这两个字，不是说说那么简单。熟人就很多，这么多年过去，剩下的熟人才是朋友，我做这件事主要不是投资你们，而是帮朋友。第二，我负担得起，就算你们不还，我也不会穷。”钱司令哈哈大笑，“第三，我卖了公司，还有些钱，钱放在我这儿，一天比一天不值钱。让钱活起来、跑起来、跳起来、动起来，才能钱生钱，不然就像我们一样老朽了。”

“哎呀，如果我们遇到的投资人都像钱叔您这样就好了。”辛如雨羡慕地说。

“那，你们有没有这么多像我一样的朋友？”钱司令微笑地看着辛如雨。

“融资环境有两种模式。”辛如雨坐在越海大厦楼下的星巴克，喝着冰美式，望着落地玻璃窗外的浈江，水面被太阳晒得蒸腾起一层水雾，“一种是空调模式，有人带着，能见到高层，就像我们现在这样，悠闲地等着；还有一种就是马路模式，高温、潮湿，你穿着昂贵的套装，在马路上跑来跑去，到地方之后，人家出来一个人，随便就把你打发了。”

“我只听过营商环境，没有听过融资环境。”周广为并没有太多的热情听辛如雨偷换概念，他担心一会儿的见面，BST只是碍于李川弘的面子，见与不见，结果已经预设好了。

“对城市来说，是营商环境；对市民来说，就是融资环境。”辛如雨望着大堂西边的南武银行营业部，进出那里的，都是租用南武大厦的公司财务，她指给周广为看，“你看南武银行，多好的环境啊！”

“人家命好，不用羡慕。”

“我的命也不错，遇上你和钱司令。”

“不是每个投资人都像钱司令那么好说话的，他投资给你们，一大半是人情，一小半是生意，所以，他几乎不问项目的具体情况，这不是常规模式。大部分的融资就是你现在喝的东西，又苦又涩又冰冷。”周广为泼着冷水，降低着辛如雨的期望值。

“你是投资方，现在出来陪我讨钱，会不会心里失落？”辛如雨脱下高跟鞋，将脚放在大理石地板上。

如果是Elaine，会不会做出让自己更加舒服自在而让别人惊掉下巴的举动？看了一眼辛如雨的脚，周广为说："不会，各有各难。有店大欺客，也有客大欺店。别以为投资方就是大爷，他们也有追着别人屁股后面给人钱的时候。"

BST是辛如雨最想见的投资方，名列她Excel表格的榜首。这家传说中最友善的投资基金，是一家来自中东的主权基金，很多成功的中国公司背后都有他们的影子。他们投资受欢迎的原因很多：首先，是钱多，动辄几个亿、几十亿；其次，不追求控股；最后，从来不派人进董事会，更不会干预公司日常运作。

当辛如雨提出能不能找BST时，周广为没有马上答应。谁都想找BST这样"人傻钱多"的基金，关键是谁能接近BST的高层，还能影响他们的决策？他心目中有两个候选人，一个是前岳父李川弘。BST的中国总部就在越海大厦，房东出来和租客打个招呼还是管用的。还有一个是巴克莱的何永昌。周广为记得何永昌提过，当年MHM集团在澳门建酒店时，BST听说了也想入股，是何永昌借巴克莱的人脉帮助牵线搭桥，促成了好事。周广为先给何永昌打了电话，何永昌很爽快地答应试试。

轮到给李川弘打电话时，周广为拿着电话犹豫了好久。几年前，他刚回到南武时，梁家珍让他去越海集团见一见岳父，就不用去家里了，费事岳母看见他不爽。那一次，他来了越海大厦，见李川弘时依旧称呼他"爸爸"。李川弘家与梁家珍家是多年的老邻居，儿女们最终没能走到一起，长辈都选择了忽略。李川弘问了问周翼谋的病情，让周广为不要有什么心理负担，有事尽管来找他。

自此之后，周广为就再也没有来过越海大厦，也没有打过电话给李川弘，他还记得上次喊李川弘"爸爸"，想了好久，决定用回结婚之前的称呼“弘叔”。“弘叔，说话方便吗?”周广为没有想到李川弘很快接了他的电话。

“为仔，有事吗?”李川弘的语调很平静，好像对面说话的并非他的前女婿，而是一个普通的亲戚。

周广为将诉求简略讲了一下，李川弘说：“你就是要见见他们的老总？我帮你打个电话试试。”

过了几天，李川弘回复周广为，他在上海参加一个讨论会时遇到了BST中国区总经理艾德，艾德同意见周广为，具体时间由BST的人通知。又过了两天，BST的电话打来了，约周广为第二天去越海大厦的办公室。

当辛如雨的冰美式完全变成了常温，空气中便有了一种咖啡散发出来的淡淡的涩苦。艾德助理辛迪亚的电话来了，他们可以上楼了。

艾德能说一口流利的中文。

一见面，他就热情地双手握住周广为的手，说抱歉抱歉，南武市金融局有一拨人约在周广为的前面，他们延迟了，后面还要赶去机场，只剩下十分钟给周广为。

“周，听李总说，我们俩还是沃顿商学院的校友。”

“是吗？”周广为并不惊奇，在金融圈，沃顿商学院校友的表现还是非常出色的。

“你认识契辅教授吗?”艾德问。

“当然，我选过他两门课，现在就在他的大地基金。”

“那我们就是同行了。”艾德夸张地瞪大了眼睛，哈哈笑着。

“艾德，我这次来，是想帮朋友谈谈融资的事情。”周广为抓紧时间进入正题。

艾德点点头说：“周、辛，我们很重视你们的个案，我已经安排了同事跟进，一会儿，辛迪亚就会带你们去会议室。”艾德搓着大手，好像上场比赛一样，“这宝贵的十分钟，是我们交朋友的十分钟，就不要浪费在公事上了。”

聪明、外向、有感染力、掌控主动权……辛如雨在心里不断给面前的老外贴标签。艾德的办公室里挂着通用电气CEO韦尔奇与一个少年的合影照片，她好奇地问：“艾德，BST与GE（通用电气）有关系？”

“不！没有半毛钱关系。”艾德还很熟悉中国流行的俏皮话，他被自己逗乐了，“我是匈牙利人。”

“哦。”周广为没忍住，发出恍然大悟的“哦”声。

“你看，周是看过《韦尔奇传》的。”艾德转向周广为。

“我更愿意听您讲一讲。”周广为做了一个“请”的手势。

“其实很简单，当年，我父亲是通斯拉木公司的副董事长，我们生产的电灯泡在欧洲仅次于飞利浦和西门子，GE就很有兴趣收购我们，韦尔奇亲自来到布达佩斯谈收购。”艾德停顿了一下，“那，你们猜到旁边的男孩是谁了吧？”

辛如雨拿起照片细细看了，再对照面前的艾德，不禁感叹：“艾德，你小时候就这么帅了。”

艾德被辛如雨的吹捧逗笑了，周广为也没想到辛如雨还有玩幽默的时候，他对辛如雨说：“我送你一本《韦尔奇传》吧，很有意思的，艾德他们公司还安排人窃听GE在酒店的通话。”

“这么刺激？”辛如雨夸张地张大了嘴。

“就是这么夸张！”艾德微笑着，“更夸张的是，他们达成协议的第二天，柏林墙就倒了。柏林墙倒了，我也就去了美国读书。”

辛迪亚敲门进来，说司机已经在楼下了。艾德笑笑，对辛迪亚说：“还有最后一句话。”

他轻轻抱了抱辛如雨告别，然后说：“年轻的女士，运气就像掀开一张又一张牌，你要有足够的耐心。命运留给你的那张好牌，不一定放在上面，或许是放在下面，总有一天，你会拿到的。”

第五节　小寒，老巷子

惠宁街与恩应路的交接处，旧时在街口立有一座牌坊，据说是表彰清朝一位护城有功的大臣。后来牌坊被拆了，石板被运走，只留下半块阴刻着“杰”字的石板和两根石柱子，“杰”字石板被当作麻石，铺在了惠宁街的地上。

因此，惠宁街有两个名字，住在附近的人管惠宁街叫“杰字街”。你若是去恩应路问路，老人家都不知道惠宁街，只知道“杰字街”。住在惠宁街的人把街口叫作“石牌坊”，你若是去惠宁街问街口的小店，老街坊都说，哦，就在“石牌坊”那里。

“石牌坊”的两根石柱一根朝南，一根朝北，南边的石柱边有一家卖肠粉的小店，老板是湛江人。南石柱这边夏天的早上阴凉，冬天的早上暖和，老板就把几张小桌摆在门口，小桌朝着恩应路的方向。恩应路车水马龙，惠宁街的老人家喜欢来这家肠粉店吃一碟牛肉肠，喝一碗生滚粥，在等粥凉下来的时候，望一望恩应路，然后和隔壁座位的街坊闲扯几句，就是一个早晨。

李川弘家在惠宁街25号，梁家珍家在惠宁街30号，一家在街南，一家在街北，都是旧式的竹筒楼，门对门几十年。梁家珍父亲早故，母亲很快住进了养老院，梁家珍和周翼谋也就搬离了惠宁街。李川弘也想搬走，奈何李川弘的父母健在，两位老人都不喜欢儿子盖的那些高档住宅，而且老母亲居然还晕电梯，快速下降的电梯吓得她面色煞白。从此，李川弘再也不提搬家的事。

今天，李川弘上班前没有在家吃早餐，走到“石牌坊”停下来。他许久没有来帮衬，这才注意到往常蒸肠粉的阿叔已经不在，换了一个手脚麻利的年轻人。

见李川弘停下来，年轻人笑嘻嘻地打招呼：“李总，早！”

如果是之前的阿叔能知道自己姓什么倒也不奇怪，这个后生仔真的没见过，李川弘有些惊奇：“你认识我？”

“来帮衬我们的，都是周围的街坊，怎么能不认识？”年轻人一边和李川弘说话，手上的活却没有停，“之前我帮老豆打下手，您可能没注意我，您还是鱼片粥和鸡蛋肠？”

还知道自己喜欢吃什么，李川弘点点头：“好啊。”

“我们新出的油炸鬼不错，您试试？”

不仅熟悉客户资料，还推销了新产品，李川弘觉得年轻人的CRM（客户关系管理）做得真不错，他没有理由拒绝：“那就试试。”

今天要处理的问题非常棘手，昨晚就没有睡好，今早一起床，李川弘越想就越陷入困扰之中。他的情绪像一团不断滴入汽油的棉纱，等着一个火星的引燃。而现在，他靠着石柱坐下，把真皮公文包放在地上，舒服地叹了一口气，等着热乎乎的粥、粉嫩的鱼片、香喷喷的油炸鬼和雪白绵软的肠粉，所有的火气消了大半。他摸了摸那根光溜溜的石柱，小时候需要仰视的石柱，现在他只需要略微抬头就能看见柱顶。他喜欢这些旧的、老的物件，总觉得其中有着自己并不知晓的灵气。遇到难办的事情，他就会找一个这样的地方，静静坐着，他相信心事与沧桑自有回应。

肠粉、油炸鬼吃完，粥快要见底的时候，李川弘看到自己的车在恩应路边停了下来，司机在车窗里向他招手。

时近年关，门前的悦江路挂上了国旗，越海大厦张灯结彩，一楼大堂中央摆了一盆巨大的年橘。集团内部上上下下都忙着年终盘点和总结，来来往往的人也就特别多。今年的生意依旧红火，分公司的老总们年初扮出的苦相已经烟消云散，现在都准备发完年终奖过一个富足的春节，所以，走路都带着风，进出总公司的各个部门。他们大笑着，扯着大嗓门开着玩笑，把洋洋喜气散播到每一个角落。整栋大楼都嗡嗡回荡着人们的笑声、说话声。

越海集团办公室主任马英树坐在自己的位置上，留意着那些进出财务部的声音。前几年，这些声音多数是粤语，个别是客家、潮汕口音普通话，近两年，湖南口音、四川口音的多了起来。

他走出房间，对坐在门口边办公桌旁的林晓曙说："底下这几个老总高兴得太早了，过完年一上班，你就打电话请他们过来总部派利是，一个都不能少，到时再看我们怎么收拾他们。"

"哈哈，放心吧，马主任。"林晓曙是集团副总林琰琰的侄女，聪明伶俐，衣着时尚，人还乖巧，做事"话头醒尾"。马英树觉得举贤不避亲，该推荐就推荐，哪怕是集团高管的亲戚。林晓曙就适合办公室，多琐碎繁杂的事情，你只管吩咐，转眼她就笑眯眯地给你全部搞掂。

两人正谋划着年后"暗算"一下分公司的老总们，就见越海集团董事长李川弘一步踏进办公室的门口，对马英树说："通知paTH小组的人员来这里开个例会。"

"不去28楼？"马英树问。28楼是董事长办公室，那里也有个会议室。

"不用了，就在你这间会议室。"李川弘说完径自打开隔壁的会议室，走了进去。望着董事长有点阴沉的脸色，林晓曙与马英树对视了一眼后，就跟着去准备茶水了。

收购paTH公司的行动始于去年南武国际龙舟赛。

人们在烈日烘烤中回忆南武美好季节的时候，很少会想到春天。的确，春天转眼就过去了，木棉花开花落之后，要不是偶尔的回南天提醒冬夏正在交班，人们总是忽略了这个毫不起眼的季节。因为紧接着就是漫长的夏天到了，每天下午都有一场暴雨来冲刷这个发烫的城市。李川弘望着楼下已经长满绿叶的木棉树，想着花开时节不过在几周前。集团办公室主任马英树敲门进来："市体育局来问今年是否还可以继续赞助南武国际龙舟赛。"

"继续赞助，预算有安排，就照预算做吧，顺便让林总邀请几个港澳的客户过来，一起热闹。"李川弘特别叮嘱马主任。越海集团赞助南武国际龙舟赛已经好几年了，这几年生意越来越红火，李川弘就让集团公关部把赞助费放进宣传经费里，作为一个经常性专项固定开支。

越海集团除了赞助比赛，还特别单独赞助了招待酒会，原本没有招待酒会，越海集团建议主办方在赛前一晚举办一个酒会，邀请参赛各方、其他赞助商和客户参加，市体育局就采纳了这个建议。今年，越海集团选在花园酒店举办招待酒会，很多港澳客商喜欢在花园酒店下榻，如果不想自己开车，酒店停车场直通车站，乘大巴去香港、澳门非常方便。

花园酒店用岭南茶点做冷餐会很受客户特别是外国人的欢迎，他们把现场布置得像食街一样，一个摊一个摊排过去，戴着洁白高帽子的厨师现场烹制。有的摊是叉烧酥，有的摊是布拉肠，有的摊是馄饨面。李川弘喜欢他们的清水牛腩，入口绵软也不塞牙，不像有些饭店的牛腩硬得像鞋底。

今年的招待酒会还是采用冷餐会形式。市体育局局长主持，李川弘致完辞，分管文化体育的副市长最后讲了话，台上就开始了用五架头演奏广东音乐。客人们三三两两端着酒杯，一边吃喝一边和新朋老友闲聊。李川弘也拿个碟子，夹了萝卜糕、甜肠粉和香煎肉粽片，找了个高脚吧台，站在那里吃起来。

没一会儿，港商袁子定端着一杯红酒，由林琰琰陪着一起过来给李川弘敬酒。汇富基金的总裁袁子定是一个光头，他祖籍潮州，越海的活动，他经常来。林琰琰也是潮汕人，私下里给他起了一个外号叫袁大头。袁子定胖胖的身材，一脸的笑容，好像一个弥勒佛。汇富基金是越海集团在香港上市的越海股份的股东，他人脉很广、消息灵通，也是越海集团的客户。步入中年之后，场面上的家常话都是关于子女的，袁子定问了问李仞芝的情况，就和李川弘说想单独聊聊。林琰琰便借机说要去吃点东西，走开了。

“李总，先恭喜越海股份增发成功。”

“袁老板，离不开你们这些大老板的支持啊。”

“李总，您原来说过想在美国买一家半导体公司。”袁子定并不兜圈子。

“有这个打算，有几家有意向，还在谈。”

“在谈就好，”袁子定露出及时赶上的表情，“不瞒您说，我今天来的目的就是想给您推荐另外一家。”

“哦，哪一家？”李川弘预感到袁子定能横刀立马挡在越海的计划前面，一定是有好戏码才敢如此。

“paTH。”

大名鼎鼎的paTH公司在硅谷无须多介绍，业内以技术领先出名。李川弘在美国南加州大学进修MBA时去参观过，公司规模不大，拥有的专利很多，主要收入来源是专利的转让费，所以，他们对产品的销售反而提不起热情，公司的高管基本都是技术男出身，都是三大理工诸如加州理工、麻省理工出来的高才生，热衷于开发新技术。

“怎么可能？他们怎么会破产？我去年去拉斯维加斯CES（国际消费电子展），还看到他们推出了新的倒车雷达软件和无人驾驶汽车的控制芯片。”李川弘露出惊异的神色。

“找个地方，坐下说吧。”

“好。”李川弘带着袁子定走出花园酒店的国际会议中心，来到了大堂吧，给袁子定要了一杯混合果汁，自己要了一杯咖啡。袁子定看了一眼窗外的瀑布，把前两天从美国银行得到的消息告诉了李川弘：“不是倒闭，好巧不巧，paTH的第二大和第三大股东都快破产了，现在，两家paTH的股票都被抵押的银行给冻结了，等着拍卖。”

“大概要多少钱？”比起越海集团之前考察的那些，paTH的吸引力要强很多，李川弘特别看重它在技术上的创新能力，拿下它就等于给南武的IT行业装了一个飞机发动机。

“具体的数目还不是很清楚，不过，我问过，并不是很贵。”

眼下，国际并购市场并不是很景气，手上握有现金的实力金主越来越少。越海的兜里揣着一大笔现金，袁子定看上的就是李川弘几亿港元的支付能力。“袁老板，我很有兴趣，明天我们就研究，下午给您答复。美国那边，还要请您帮忙牵线搭桥啊。”李川弘凭直觉就知道这是一个好机会，他赶紧表态。

“李总，都是生意，不要客气，能做成才是最重要的。”

说到生意，李川弘就明白了袁子定的潜台词。他举起咖啡杯碰了一下袁子定的杯子："这么多年，越海集团都是靠一帮老朋友支持才走到今天，我们不会忘了您的好处，有钱大家一起赚。"

有钱一起赚意味着日后收购完成后，袁子定能入股paTH，这是袁子定最满意的结局。"好。"他举起果汁杯，碰了一下李川弘的咖啡杯。

送走了袁子定，李川弘喝完咖啡，看了看酒会还没散，就打了电话给林琰琰。她和几个副总还没有走，李川弘说那就正好，事不宜迟，现在回公司，开一个班子会议，讨论一下调整投资方向的事情。

从花园酒店回越海大厦，开车要十来分钟时间。花园酒店门口就是地铁，李川弘挥手让司机先走，自己坐地铁回公司。

晚上这个时候，地铁里已经没有多少人了。李川弘的对面坐着一个少妇，旁边坐着一位中年妇女。少妇拿着电话用南武话在讨论请月嫂的事情，挂断电话后，中年妇女就用南武话搭腔："靓女，是要找月嫂湊BB（带娃）吗？"

"是啊，想找个南武人，周围找了都找不到。"

"我可以帮忙，前一个妈咪的细佬刚刚三个月大了。"

"那就太好了。"

有一个保姆还是好的，李川弘马上拨通了周广为的电话，让他现在赶过来公司参加会议。

等李川弘进到越海大厦28楼会议室时，除了周广为，其他人都已经到了。林琰琰把一些从酒店打包回来的糕点摆在桌面上。晚上的会议，尽管讨论的是重大投资决策，气氛比白天，特别是上午的会议还是轻松一些，大家端着自己的茶杯，嘻嘻哈哈之间消灭了自家公司赞助的"战利品"。

周广为比李川弘迟了十分钟，周广为一到，李川弘马上宣布开会，他把晚上袁子定提供的消息说了，然后宣布讨论的议题："几件事情，我们今晚议一议，就定下来。一是要不要做，就是买不买paTH；二是怎么做，这个问题最复杂，所以，我特别请了广为过来。广为之前在雷曼兄弟工作多年，做的就是投资分析，现在是一家美国基金在中国分公司的总经理。"

对第一个问题，大家的意见都很一致，觉得机会难得，之前正在接触的那家公司以产品为主，算是个制造型企业，而paTH是以设计为主，正是己方缺少的类型。对第二个问题，就有不同意见了，几个副总分为两种意见：一种认为自己招聘人才去做，越海集团正在国际化，走出去是必然选择，肯定是要招兵买马，收购paTH就当是第一步练兵；一种意见认为收购是一件很专业的事情，第一次收购还是花钱委托专业机构代理妥当。

等大家七嘴八舌发表完意见，李川弘把征询的目光投向周广为："广为，我们这里就你在华尔街待过，你的意见呢？"

自己只是一个"参谋"，对集团层面的决策，没有投票权，但是，今晚李川弘喊他过来，就要发表有价值的建议。周广为明白自己身份的特别，要自信，又不能让大家觉得他自负，于是，他说："李总，各位老总，我的意见是我们先把原则定下来，按照原则考虑后面的办法。"

李川弘示意周广为继续说下去。

"投资的第一原则就是效率。资金要有效率，时间要有效率，人员要有效率，效率高的方法就是最快、最好、最能搞掂的方法。如果我们什么都自己做，可能会省点钱，但是时间成本上去了，人员效率却上不去，决策的效率就低了，所以，还是要分工社会化。"周广为的话简单而切中要害。

"那以后，每一次都要花钱找人来做？"林琰琰有点舍不得这个千载难逢打造团队的机会。

“也不一定，其实我们看国外的大并购，都少不了专业的服务团队，高盛做并购咨询就很有经验。”周广为委婉地肯定了自己的意见。

李川弘的想法与周广为一致，在地铁上看到中年妇女时，他就忽然想到周广为，他猜周广为会提出与自己方向一致的意见。他也预料到大家花钱时就会有意见分歧，如果他直接把意见说出来，未免让下属感觉是一把手在拍板，还不如借助周广为这样的专业人士讲，更能让大家信服。

看到大家都露出一点就通的微笑，李川弘这时才说：“看来大家都同意广为的意见，我也同意。我们的任务就是选好方向找对人，这些复杂又专业的事情，就交给能干的人去完成好了。第二件事情定下来了，就要讨论第三件事情：谁来做？”

“服务并购一般是银行的强项，商业银行、投资银行都可做，高盛团队、罗斯柴尔德团队，都是全球顶尖的。但我们还是要根据我们的实际来选，最好是这家公司在美国和南武都有办公室，方便他们内部沟通信息，而且要经验丰富的。”周广为建议。

“花旗银行、美国银行在南武都有办事处。”林琰琰建议。

“前些日子，我在南沙区参加一个研讨会，是探讨粤港澳服务业一体化的。有个发言嘉宾我印象很深，香港的嘉辰集团这些年买了不少欧洲的公司，他所在的公司就是帮嘉辰完成全球并购的。我和他交换了名片。”周广为也提议了人选。

既然是甲方，就要掌握主动，有了乙方的具体人选就好办多了。李川弘让林琰琰明天把花旗的人请来。南沙这条线，自己与南沙开发区管委会的人很熟，麻烦他们牵线，对方会重视很多。两边都聊聊，就容易取舍了。

第二天一早，李川弘给南沙区商务局的老友打了电话。果然，对方非常熟悉周广为介绍的这家公司，一听说是给香港的公司介绍生意，老友一口答应帮忙联系，说下午就让他们给李川弘回电话。

下午见完花旗银行的人，李川弘打开手机，看见一个未接来电是香港号码就打过去。对方自称姓吴，报出了南沙老友的名号，李川弘知道是如约打来了电话。听李川弘大概讲了一下情况，对方就问李川弘第二天一早有没有时间，他过来和李川弘面谈。

从香港过来南沙非常方便，乘船一小时多一点就能到。上午10点，来客带着助手准时出现在李川弘的办公室，中等身材，圆脸，金丝眼镜，穿一身干净的浅灰色毛呢西装，打着一条“煲呔”(领结)。他递上名片，李川弘看到公司的名称是“乾乾投资顾问公司”，下面是名字和职务：吴昊、合伙人。

公司名字和人的名字都很怪，李川弘却知道内中藏有深意，就问对方公司名是不是取《周易》中的句子“终日乾乾”之意。

吴昊瞪圆了眼睛，一般商界人士，读过《周易》的人不少，但是，留意到“终日乾乾”的不多，第一次见面都会迷惑于这两个字的意思，而李川弘却清晰地知道“乾乾”的深意，心里就有了些亲近。“李总，您真是博学！是的，我们公司的大门口，就是用了《周易》的句子做对联。”吴昊掏出手机，把照片给李川弘看。

李川弘认真看了一下手机里的照片，是一副用石鼓文写的对联，上联是终日乾乾，下联是使人昭昭。上联来自《周易》，下联来自《孟子》，用在咨询公司身上，倒也非常贴切。他问吴昊：“吴总，这字可是香港大学饶老先生的墨宝?”

“是的，我看您这里也有一幅他的字。”吴昊这时才指着李川弘办公室墙上的镜框笑着说。

那一年，李川弘刚刚就职越海集团的董事长，他陪饶老先生回沙湾祭祖，和老人倾吐自己位居高处的战战兢兢与忐忑不安。老人听了也不多说什么，临别之时就说："我写一幅字给你吧，是平日我的自勉，也送给你互勉。"这幅字李川弘裱起来装框后就一直挂在墙上，饶老先生写的是：躬自厚而薄责。

"中国人做生意，总是要有中国人做人的原则在里面。"李川弘请吴昊坐下，一边斟茶，一边感慨，"是啊，就像李超人在办公室也挂了一副对联：发上等愿，结中等缘，享下等福；择高处立，寻平处住，向宽处行。"

"写出来，挂在墙上容易，要天天照着做，就难了。"李川弘望着自己办公室的书法，回想过往，曾几何时，总是先骂了部下才反省自己。

两个人把闲话说完，吴昊就拿出电脑，把之前做过的一些案例，用投影仪投在墙上，演示给李川弘看，详细解说耗费的时间、乾乾团队投入的人数、遇到的困难、预期与最终结果的对比。短短一天时间，就拿出了一个简要的、可供讨论的方案，昨晚上一定是熬了一个通宵，李川弘在心里为乾乾团队的敬业竖起大拇指。他不时打断、插话提出自己的疑惑。

"李总，南武现在有的欧洲、美国、日本的银行也不少，我相信你们也接触过。我们公司的规模、我们的牌子可能不如他们，但是，我们都是合伙人亲自接单、全程跟踪服务，那些大行做服务，实际操作的都是年轻人居多。"吴昊最后诚恳地说。

和香港公司接触多了，李川弘觉得南武的大型国企、民企集团在开拓海外市场时，和香港服务机构合作占尽天时地利人和之优势。像乾乾这样的港资中介，这些年都陆续北上了，耳濡目染，

"吴昊们"说话也都是用内地的词汇，像"汇报""领导"之类，不过，做起事来，他们还是港味十足。

"好，如果我们和你们合作，你们准备怎么做？"李川弘问。他知道对意向阶段的洽谈来说，这是甲方说出的最动听的一句话了。

吴昊打开另外一个PPT文件，详细解说了乾乾将要进行的步骤。从了解情况、代越海发出正式收购函、做尽职调查、签订协议到最后介入公司运作，李川弘觉得进入一家外国的公司并实现控股，并不是一件容易的事情，每一步都潜伏着危机，稍有不慎便会血本无归。

"李总，最后您会发现，其实花钱反而是最容易的。"吴昊笑着说。

"是啊，前些年，我们在攒钱，有了资本运作的本钱，是中国企业国际化的第一步。接下来，我们不仅要攒钱，还要攒人，要有一批能够熟练运营海外企业的人才储备。"

"人才急不来，特别是自己的人才，不能老是靠买，还是要靠养，培养的养。"

世上本没有路，走的人多了也就成了路。李川弘相信人才也是一样，谁天生就是人才？哪里天生就出产人才？就像全球投资，越海走出去一步，一定会有人跟着走出第二步，还会有人跟着走出第三步。走的人多了，一条路不就出现在脚下了？同行者多了，自然会有人走到前面，成为领路者，成为带头人。

大家都怕难，都不走新路，都在走旧路，哪有发展可言？

李川弘坐在会议室里，复盘着收购paTH的一步步棋，检视着有没有犯错。

不上楼，就近在办公室的会议室开会，多半是老板刚刚从财务那里出来。马英树知道李川弘的不开心是因为并购paTH公司出现了阻滞。前期工作还比较顺利，境外的联络对接工作交给了乾乾公司，乾乾的老总吴昊带着律师去硅谷住了两周，和美国银行、paTH的管理层一起开了几次会，基本把对方的条件摸清了。

第一是paTH公司大股东不喜欢由越海集团一家公司收购原先两家股东的股份，超越他成为大股东，这个很好办，就由越海集团和越海股份分别收购原先两家的股份；第二是具体价格由美联银行和乾乾商谈，越海集团委托乾乾进行合同谈判；第三是paTH公司的管理层建议越海暂时不派人参与公司的管理。新股东加入，改组董事会天经地义，paTH没有一点意见，但是，先不要太急，缓个两年再说。李川弘在公司内部讨论了这个问题，也专门征求了市国资委的意见，觉得以目前越海集团的人力资源，确实还不具备派出管理层的条件，便答应对方在三年内，即便日后成为大股东，也暂不干预目前管理团队的经营。

国内的准备工作主要就是筹钱，因为是第一次收购国外公司，李川弘为此成立了一个工作小组，亲自挂帅，事无巨细，一概过问。林琰琰、乔元宇、马英树是组员，周广为被李川弘请为免费的顾问。尽管周广为极力解释自己在雷曼兄弟做的是投资分析不是并购，李川弘还是斩钉截铁地说：“我们这群人，只有你见过的‘坑’最多，你不帮我们，我们去信谁？”

面对前任岳父，周广为无计可施，只好从马英树手里接过聘书。

之所以一脚踩入，还是因为整盘交易的方方面面包括其最初的推动者，都与自己有着关联。最初得到信息是去年年底，卡桑打电话来问有没有中国企业愿意收购一家硅谷的半导体公司，也就是paTH。这家公司引入了不少战略合作伙伴，还没有上市，paTH将自己的股份抵押给了美联银行，逾期无法还款，美联银行打算卖掉paTH抵押的股份。

“卡桑还是那个卡桑。”周广为在电话里由衷地赞美，卡桑依旧不改他在雷曼兄弟养成的包打听性格。

“帮人就是帮自己嘛。”卡桑没有像过往那样大肆渲染一番，只是淡淡一笑。

钱款方面，总量不大，李川弘最初倒不是特别担心，按照他的计划，不接受美联银行溢价25%的报价，还要打个八折，一年内付清全部吃下来就是1.2亿美元。越海股份在香港完成增发，拿到5亿多港币，其余5000万美元，越海集团下属有出口业务的贸易公司，也有丰华这样的合资企业，去中国银行申请外汇贷款应该不是问题。

林琰琰的丈夫是人行广西分行的副行长，有他帮忙，越海集团与银行关系一直不错，外汇贷款的事情自然就落在了她的肩上。昨天，林琰琰去了一趟中国银行，很快就回到了李川弘办公室，李川弘知道这么短的时间不可能办成事，果然，林琰琰没有带回来好消息，中行的答复很简单：不行。

人家paTH也不只有越海一个买家看中，时间不等人，今天的例会，李川弘就是想解决外汇贷款的问题。

集团办公室的会议室不大，还堆放了很多资料和杂物，会议桌也是普通的课桌拼成的。李川弘却喜欢在小会议室开小会，大家直接面对面，距离很近，近得能看见表情，人少，就没有逃避的空间，这样才能解决问题。他坐在一张折叠椅上，喝着林晓曙送来的热茶，等着下属们过来。

很快，paTH小组的其他组员就坐齐了。

林琰琰简要复述了昨天去银行的情况。作为南武市的大型国有企业，中行南武分行还是非常给面子，分管外汇贷款的副行长出来见了林琰琰，听她讲了越海的诉求，很客气地回复："最近国家外汇贷款收紧银根，暂时没有办法解决。"

越是简单的问题，越是难以解决。既然银行明确有了说法，一时间大家也没有什么好的对策，在座的几个人都没有说话。

公司解决困难的机制就像倒金字塔的漏斗，权力越高越在漏斗的下层，李川弘知道自己就在漏斗的最底层。简单的问题、容易的问题，部门的中层能解决的，更高一级的副总能搞掂的，都不会漏下来给你，一层层漏到他这里的，必然是全公司最为棘手也是最重要的问题。他必须一个一个地接着，然后全部解决。

李川弘用目光扫视一圈，示意大家不用再等什么，必须说话了。

财务总监乔元宇率先打破沉默，他看了看李川弘，犹犹豫豫地说："要不还是让越海股份在香港再贷5000万美元？"

李川弘摆了摆手："这是最后一招，不到万不得已，不要用。这样会把风险全部给了股份公司，集团公司之前的承诺就是说大话、放空炮。"

乔元宇也知道这一招会被否定，近期香港股市波动很大，很多中资企业被做空，越海股份的股票不断被抛售，股价一路下跌，好在前段时间完成了增发，不然连保底的5亿多港币可能都没有着落。

马英树犹豫了一会儿，说："我说几句外行的话，外汇贷款政策比一般贷款要好是不假，不过符合资格的企业申请外汇贷款也属正常业务流程。我们还是南武的国企，正常的流程被暂停，要不就是我们的人处理出了问题，要不就是银行在执行政策时内部有了新情况，这种情况只有银行内部才掌握，外面的人无从了解。林总做事没有问题，她不可能犯得罪银行这样的低级错误，那么，出问题的原因一定是第二个了。”

跟着李川弘久了，大家都非常熟悉他解决问题的套路，一是态度——用最笨的办法做事；二是办法——刀仔锯大树，不要被大问题吓倒，尝试先从小地方，哪怕是微不足道的切口入手，说不定就能有所突破。

林琰琰忽然想起她去见副行长前，与信贷部经理聊天时说到的一个事情，于是，她补充道：“我说一个情况：中行省行的行长换了人，原来的行长调去总行做副行长，新来的行长郭湖川是从上海调来的。”林琰琰停顿了一下，接着说：“我也问了上海中行的朋友，郭行长来上海之前在中行纽约分行任职，他没有什么特别的爱好，不喜欢喝茶，不喜欢打高尔夫，不喜欢打麻将，唯一的爱好就是打桥牌。”

“那正好，李董也喜欢打桥牌。”马英树看向李川弘。

李川弘确实是桥牌高手，他读大学时还是校队的成员。20世纪80年代的大学生，没有任天堂、电脑、智能手机，除了读书、看电影、跳舞，校园都很流行桥牌和围棋。一般理工科的学生都比较喜欢较量智力的游戏，而桥牌除了个人智力之外，还要讲究和同伴的相互配合。

一位喜欢桥牌的金融家必然是精于算法、心思缜密的技术派高手，虽然未曾见面，李川弘对这位新来的郭行长有了几分好感。既然有共同的爱好，必然有共同的话题，他觉得未尝不可先认识一下，然后再看看有没有可能建立超越业务伙伴的友谊。

想到这里，李川弘说：“马主任说得有道理，既然中行已经给了回答，就一定有它的理由。认识郭行长是一定要的，倒不是说找他通融，而是去向他学习，方便我们吃透政策。日后我们还要走出去，岂止外汇贷款一件事情，我们不懂的都可以向他学。另外，把贷款遇到的问题告诉吴昊团队，让他们心里有个最坏的打算，不要把车开进死胡同里掉不了头。”

在南武商界这么多年，上上下下、左左右右，李川弘做事、做人的口碑一直不错。他觉得奥秘无他，中国人做事、做生意讲究人情。所谓人情，不一定就是请客送礼那一套，核心体验是被尊重。要让对方感受到你对他的尊重，尊重到了，人情就到了。坐到了一定位置的人，没有人贪送礼的那点钱财，要的就是相互尊重。

南武民间流行麻将和锄大地（一种扑克游戏）。毕业后，李川弘经常锄大地，做了国企的掌门人之后，少不了陪领导吃吃饭、打打牌，不过，他还是坚持找人打桥牌。每年春节前，李川弘都会组队参加南武迎春公仆杯的桥牌赛。今年的迎春公仆杯报名通知已经到了，桥牌项目被安排在了2月第一个周五，比赛还是在横枝岗路的南武棋院举行。比赛改用米切尔制双人赛，赛程是一天，中午休息一个小时。

马英树打了电话给承办比赛的市桥牌协会，查到中行报名的名单中果然有郭湖川的名字。李川弘让马英树预订了那天中午鹿鸣酒家的一个包间，马英树问几个人就餐，李川弘说就四个人。

食在南武，南武的酒楼餐厅多过银行和米铺，请客吃饭是公司日常少不了的应酬。在李川弘心中，南武的美食地图分为城西和城东两大块：城西的酒楼餐厅基本上只适合居家团聚，商务宴请的排场和诚意还要靠城东的豪华体现。不过，他喜欢选择市内风景优美的地方，而不是高档写字楼或者五星级酒店的食府，白云山上的秀云山庄、麓湖边的鹿鸣酒家、和音坊的寒江府、南武塔上的凌霄殿，都是他常去的地方。

平时参加比赛，李川弘的固定搭档是越海集团IT部的总工程师王霍宇，他曾是清华大学桥牌协会的副会长，李川弘的兼职教练。平日在公司里，他对李川弘恭恭敬敬；到了牌桌上，却不留一点情面，把李川弘的自尊全部扫入废纸篓，让李川弘灰头土脸地说不出一句话。不过，李川弘就是喜欢这样的教练。

循环赛要打的对手很多，不过，关键的牌局只有一局，就是与郭湖川的这一局。一手牌下来从叫牌到打完第十三张牌，也就是十分钟左右，选择谁陪他去打一天的牌？顺利的话，中午就能约郭湖川吃顿饭，搭档的牌技不重要，地位很关键。想到这里，李川弘拿起电话打给南武市金融局副局长展超，展超的桥牌技术不错，人也和善。金融局为了本市的南武银行，经常找国企大佬们支持，欠他李川弘的人情不是一个两个。

“展局，今年迎春杯您还参加吗？”

“李董，今年我就不参加了，搭档去了梅州扶贫。”

“那就正好，我来给您搭档。”李川弘单刀直入，笑出了声音。

“送上门的都不是好事，李董，您这是有企图啊。”展超佯装狡猾地冷笑了两声。

“不瞒您，不能欺骗领导。”李川弘继续笑呵呵，“我想中午与中行的郭行长吃个饭。”

“哦，原来不是为了和我搭档，是拿我做鱼饵，钓中行的大鱼。”

“您就说支持不支持我们企业发展吧？”李川弘故意上纲上线。

“李董要发展企业，我们当然支持。”展超回应着李川弘的玩笑，“说好了，上次欠你的人情，两清了。”

“上次是哪次？”李川弘故作疑惑状，“要是和郭行长没有吃成饭，那这次就不算数。”

南武棋院所在的横枝岗路是一条傍山的僻静马路，北面的园东路、南面的福恒路，都是进出南武城的主干道，车水马龙，异常繁忙。而横枝岗路却很安静，不仅傍山而且倚水，西边的麓湖是南武解放后开挖的人工湖，环境清幽。棋院放在这里可谓闹中取静，别有洞天。

迎春公仆杯桥牌赛在上午9点正式开始。李川弘提前半个小时到了棋院，他怕到晚了没有停车位，加上一些牌友平时很难见面，正好利用轻松场合打打招呼，说两句问候的话，李川弘不想浪费这个机会。大厅里，和李川弘有同样想法的人不少，三三两两聚在一起说说笑笑。李川弘见了几个熟人，就瞥见省人行布副行长和展超出现在门口，李川弘连忙走过去。

“布行，您今年来了？”

“呵呵，李董，早啊！”

“布行，有件事想求您帮忙，一会儿能不能帮我引荐一下中行的郭行长？”

“李董冲过来就一定是有事。”展超打趣道。

“好啊，贷款遇到问题了？”布副行长很关切地问。

“是的，我们想申请一笔5000万美元的贷款。”李川弘急切地说。

“行，您先和郭行好好谈谈；实在不行，再来找我们，一起想想办法。”布副行长拍了拍李川弘的肩膀。

“好的，实在感谢！”

话音刚落，展超指着门口一个穿着黑色外套的男人对布副行长说：“说曹操，曹操就到了。”布副行长举手向着男人招了招手，男人快步走了过来，伸手握住了布副行长的手。

李川弘借机打量着眼前的这位高个子男人：与他年纪相仿，都在50岁上下，身着藏青毛呢夹克外套，里面是一件浅灰色高领羊毛衫，脚穿绑带的黑皮鞋，打扮非常儒雅和精致，讲究却不张扬，也不随大溜。

布副行长将李川弘介绍给郭湖川："郭行，给您介绍一位我们南武的优秀企业家——越海集团的董事长李川弘。"

"久闻越海的大名。"郭湖川热情地握住李川弘的手。

"郭行，您过奖了，越海的发展离不开您和中行的支持。"李川弘还想张口说中午吃饭的事情，大厅里的喇叭已经开始催大家就位了，李川弘只好结束了谈话，"一会儿有空，我再向您汇报。"

快到中午12点的时候，李川弘轮到了与郭湖川这一对的交锋，李川弘坐北，郭湖川坐东。李川弘拿出牌套里的牌一看，13点牌，5-4-3-1牌型，5张梅花，单张是黑桃。展超用自然叫牌法开叫1梅花，李川弘看了看手中的牌，估计是一个小满贯，而对手的牌型也会比较奇特，加上他们的局况是无局，被加倍也划得来。所以，省略了中间，直接果断用4NT问了A，没有再用5NT问K，把定约锁在6梅花，三家pass，展超坐庄，李川弘是明手，把牌摊开，展超很快清完将牌，飞红心K牌成功，树立了红心长套，打成了小满贯。趁着大家将牌收入牌套的短暂时间，李川弘对郭湖川说："郭行，说句实话，今天还真有件事想请教您。"

郭湖川回答："好啊，李董，不用客气，银行就是为企业服务的。"

"太好了，我中午在麓湖那边订了一个房间，一边吃一边说。"

来了南武之后，郭湖川发现南武的企业也经常请客吃饭，不过，与其他地方太过注重吃饭的价钱不同，南武的客户主要的注意力还是在业务上。只要是方便谈事情，多贵的潮州菜也不吝惜，去农家乐喝个猪杂粥也行。他倒是十分喜欢这种不讲排场、轻松自在的饭局。

“李董，本来不该让您请客，您说是业务上的事情，我就不推托了。中午时间短，简单点。”郭湖川爽快地答应了。

“那好，我的车就停在这里，就坐我的车去吧。”

比赛结束，李川弘自己开车，展超在大厅门口等着，将郭湖川和搭档带到李川弘的车上，四个人一起去到鹿鸣酒家。

马英树预订的包房正对着麓湖，落地玻璃窗外，是三种颜色的组合，天上的蓝，中间暗红色的杉树，下面是一湾碧水。郭湖川由衷地赞美：“我在纽约待过，中央公园就在市中心，不过像南武这样市中心有自然山水的，可真不多。”

“那要感谢造化的恩赐。”听到别人赞美南武，李川弘的语气里透出骄傲。

鹿鸣酒家环境虽然好，却不是人均消费过千的高档食府，李川弘点了清蒸桂花鱼、卤水鸭、盐水菜心、炖汤等几样家常菜，点了甜薄撑、虾饺等几样点心做主食。很快菜就上齐，李川弘就把申请外汇贷款的事情，讲给了郭湖川听。

“李董，我听同事和我说起过越海这笔贷款，确实目前是没有办法帮到您。”郭湖川直接答复。

“郭行，我们倒不是要为难您，主要就是想请教一下，为什么最近就办不了？”李川弘问。

“不知道李董这两年有没有关注人民币的市场行情？”郭湖川没有等李川弘回答就接着说了下去，“今年，人民币对美元出现了几波贬值行情，归根结底，这两年，国家的外汇流出巨大，收紧外汇银根是必然的反应。”

“我也看到一些报道，去年卢布大跌，今年有人预测人民币就是第二个卢布。”李川弘露出担忧的神情。

“那倒还不至于，不过，您看，像越海这样要走出去的公司越来越多，‘一带一路’推动资本输出已经是趋势，企业走出去就会扩大资本和金融账户的逆差。再看贸易，眼下贸易再平衡是为了减少商品出口，经常账户顺差趋于收窄，这也从客观上增加了人民币贬值的压力。”郭湖川进一步分析。

半打甜薄撑端了上来，李川弘自己先夹了一个吃了一口，就让服务员请楼面经理进来，指着已经摊在碟子上的甜薄撑对经理说：“你们的厨师先把砂糖放进去了，一加热砂糖全化了，吃不出砂糖一粒粒的口感。”

楼面经理连忙道歉，说重新做一碟。李川弘摆摆手说：“这碟就留下，我打包带走，麻烦下单再做半打。”

展超插话进来：“近期人民币估计还会有贬值压力，因为国际环境还有不利因素，美联储QE（量化宽松）在减退。但是长期看，人民币贬值只是暂时的，最主要还是因为中国经济运行总体平稳、国际收支依然顺差，人民币就不会形成持续贬值趋势。”

郭湖川将同意的目光投向展超，看问题要看长远，不要被眼前的局面吓到，这是一位合格的金融行家必须具有的素质。他端起茶壶，给李川弘斟上茶，李川弘双手端起茶杯。

“我觉得货币政策还是要跟上实体经济发展的速度。”李川弘直言不讳，“过往二十年，国际市场公认最稳定的货币是美元、瑞士法郎和人民币，振幅最小，可是，遇到贬值就把贷款的大门关上了，还是少了点货币自信。”

“依你的看法，创新应该在哪里突破？”郭湖川好奇地咨询李川弘。

“还是松绑，把金融工具交给企业，像越海这样信誉良好、还款能力强的公司，允许其融资手段多元化，在海外自主发行债券。这些手段都是可以考虑的。”李川弘的语气多了些急促。

“我同意，李董，这不是不可能的。您说的自主发行债券，人行已经在考虑了，最初可能会选择在上海、南武的自贸区做试点。”

“郭行，我们的情况是这样的。”李川弘就将越海收购paTH股份的来龙去脉向郭湖川介绍了一番。郭湖川听了之后，给李川弘出了一个点子：从银行贷款行不通不代表银行就帮不上忙。依越海的能力，可以从其他省属或者市属国有企业借5000万美金，境内企业相互拆放外汇资金，可选择一家外汇指定银行作为受托银行。中行愿意当越海的受托银行，与放款人、借款人签订外汇委托贷款合同。

“前提是您必须找到一家公司，愿意借给越海5000万美金。”郭湖川最后总结，“按照我现在的观察，这也不是一件容易的事情，大家手里的外汇都不多了。”

“谢谢郭行，老祖宗都说谋事在人，既然事情是该做的，我们就全力以赴，把所有资源用上，也要做成这件事。”李川弘眼睛里闪出一种能照亮一切的光，这种光让人有信心、可以依托。郭湖川看到这道光的那一刻，心里也透亮起来。

银行贷款这条路，已经非常明朗，大大写着：此路不通。从南武棋院回到越海大厦办公室的路上，正是下班晚高峰，环城高速上的车辆都以龟行的速度前进，李川弘心里也像堵了一团浸满机油的棉花，别提有多难受了。司机看了看快要到达的路口，问李川弘要不要下高速走市区道路，李川弘摆了摆手，说："算了，要是能快，前面的车早就下去了。"

不用翻看通信录，南武有实力帮越海的国企和民企，就那么几个，李川弘全装在脑子里。几个老总的电话全部打过，答案都是一个：5000万美金是天方夜谭。

快9点的时候，马英树准备下班回家，临走前，他习惯上来28楼看看，如果李川弘在，就聊两句，问问董事长的安排。今晚，见到李川弘办公室的门是打开的，秘书已经走了，马英树敲了敲门进来，见到李川弘一脸凝重地坐在沙发上。

见到办公室主任进来，李川弘站起来，透过落地玻璃望着远处的白云山，问马英树："英树，全南武的企业，谁最有能力借我们5000万美元？"

马英树想了想，李川弘能问出这样的问题，自然是碰了很多钉子，便回答道："如果只选一家，那就是南武金控了。"南武金控是市国资委下属大型国企，而且，他们的发展方向是证券、期货、债券，资金实力雄厚。

"我最后一个电话就是打给南武金控，他们也是无能为力。"李川弘将两只手撑在玻璃幕墙上。

"大路看来是走不通了。"马英树说这话的时候，有点犹豫，好像说了不该说的话。

"你什么意思？"李川弘转过身来。

"我听说最近有人专门做外汇贷款的生意。"马英树回答。

玻璃茶几上，李川弘的手机振动起来，在玻璃上发出嗡嗡嗡的响声，李川弘低头一看，告诉马英树："是袁子定打来的。"说完，就打开了免提。

袁子定的公司是越海在香港的合作伙伴。"李董，晚上好，说话方便吗?”

“袁总，方便，我还在办公室。”

“李董，知道你忙，我就长话短说了，听说越海美金贷款遇到问题了，我可以帮到这个忙。”袁子定也不绕弯子。

“哦，这么好？说来听听。”李川弘看了一眼马英树，示意袁子定把条件说清楚。

“‘一家便宜，两家着’（一家让步，双方受益）的买卖!”袁子定还没有说条件，先把事情定了性，“不用越海掏1美元，给我们等值5000万美元的人民币就行，汇率我们再谈，放心，不会太贵。”

太顺心的买卖往往都暗藏机关，李川弘自然不是商场的初哥，他继续问道:“就这么多?”

“还有一个条件。”袁子定顿了顿，谁都知道后面要说的条件也非常重要，“就是越海再借给我们1亿5000万人民币，放心，利息我们就按照你们内地银行的贷款利息给。”

“明白了，袁总，给几天时间，我们先考虑一下。”李川弘挂掉电话，抬头看着马英树，“你怎么看，英树?”

“李董，看上去是好交易，不过，我凭直觉看不是一件好事，您还是找广为商量一下。”马英树知道自己说出感觉就行，“要是没什么事情，我先走了?”

李川弘点点头:“辛苦了，明天就是周末，早点回家吧。”

马英树走后，李川弘又走到玻璃幕墙前，将双手支撑在玻璃上，他有一个不好的预感，收购paTH的计划可能会流产。袁子定的建议看似开出了一条道路，不过，一刀豆腐两面光的生意，或许有着难以猜度的算计。李川弘觉得中国企业走出海外不是靠简单的意愿就能完成的，离岸人民币的水有多深，他自己并不太懂。而在商言商，香港的公司，在金融领域背靠内地、面向国际，长袖善舞者两边受益，他们在法律范围内操作，只算计钱财的得失。

抬腕看了看手表，还不到10点半，李川弘拿起放在茶几上的电话打给周广为："为仔，在哪里？"

"在公司，弘叔，有事吗？"

"嗯，有点事不懂，想问问你，出来吃消夜吧。"

"好啊，去哪里？"

"我有车，方便，就去你那里。"

"我这里没什么好吃的，要不就中间，海清桥吧。"

"好啊。"

海清桥是南武市第一座跨浈江大桥，江北这边的桥基，建在原先南武老城海清门旧址。南宋亡国时，元军将领吕师夔围攻南武城，南武人、状元张镇孙为保黎民性命，出海清门投降，后来在押送大都的路上自杀殉国。南武人叫海清桥"大铁桥"，民国二十五年（1936年），由德国人包工包料修好。桥的下面，现在是宽阔的沿江步道，到了晚上，路边的大排档就在步道排开桌椅，拉上电灯。南武人说去吃消夜，首选就是大铁桥夜市。

今天是周末，大铁桥夜市人特别多，李川弘来到自己相熟的胜记大排档，老板吴荣光是他小学同学。远远就能看见他的光头在人群中游动，走到面前时，吴荣光正在给客人写菜，他挥了挥手，让李川弘先等等。

"还有没有位置了？光头佬。"李川弘见吴荣光走过来。

"你到我这里，怎么也不能让你站着吃。"吴荣光笑着说，"加座行不行？"

"我都算是常客了，这么旺，真是数钱数到手软啊。"

“哪里比得上李大老板，几个人啊？”

“两个。”

“过来帮手。”

吴荣光带着李川弘去到后厨，将一张折叠桌和两张折叠椅搬出来，摆在一棵榕树下，铺上桌布，然后问李川弘：“我们平时打牌的桌子，干净的，吃点什么？”

“一煲花蟹砂锅粥，炒花甲，盐水菜心，有什么实惠的鱼？”

“多宝便宜。”

“那就榄角蒸多宝。”

等李川弘安排好菜式，停下来喝口茶，就见到前女婿周广为从海清桥下走过来。对李仞芝和周广为的婚变，他并没有太多过问，老婆很是不满，催他和周广为谈谈，好好的婚事怎么说散就散了。现在他一个人回到南武，把李仞芝丢在纽约，这叫个什么事？

之前只知道海清桥夜市人气旺，周广为晚上坐车过江，来来回回地经过海清桥，一溜的灯火通明绵延过去，让他叹为观止。真正下桥吃饭还是第一次，他见到每个餐厅门口都有坐在凳子上排队等位的人，就摇了摇头。南武比纽约热闹多了，但是，在南武生活，如果你不认识人，不要说看病住院、上学读书，就连去餐厅吃饭都是问题。不过，周广为并没有担心，他知道李川弘一定先到，他也一定有办法解决等位的问题。

果然，在摆得密密麻麻的桌椅间穿梭了一会儿，就见到李川弘在一棵榕树下向他招手。

“弘叔，您早到了？”

“我也是刚到。”

少了一层亲人关系，话题就没了家长里短的琐碎，只剩下公事公办的距离。两个人面对拉开的距离，都有些尴尬。李川弘想还是尽快进入正题比较好，于是就把袁子定的事情和周广为说了。

周广为听后，明白了前岳父的忧虑，需要他做的就是拨开迷雾，一针见血："这件事的好坏，视乎我们站在哪个角度来看。要是站在企业的角度，是好事，解决了我们融资难的问题，我们人民币账户流动资金要是比较充裕，短期拆解也不会有太大影响。不过，要是站在国家的角度，这件事就不是好事。"

"为什么？"李川弘的神色变得紧张起来。

"我不确定这笔钱的最终用途，如果是普通的周转就没有问题，如果是帮外围市场的炒家在借人民币，那就不好了。虽然我不在华尔街好多年，但我还在关注离岸人民币市场的行情。新加坡外汇市场做人民币最多，新加坡的行情比较真实。我看最近华尔街的大佬像哈诺斯的海岸资本都在做空人民币，很多基金也是跟风操作，抛售中资企业的股票，卖出人民币。现在，国家控制了人民币的外流，这些炒家没有'子弹'了，逼着就要到处去借人民币，最终的目的还是拿去抛售。"

"哦，原来如此。"李川弘觉得周广为的话很简单，但是分析非常到位，"那我们就不能帮着这些海外炒家了。"

"对这些炒家，做多做空无所谓，他们不管你死活，也不管是不是破坏了经济生态，反正有钱赚就行。"

"可惜的是，我们没有办法收购paTH了。"李川弘想到为了paTH，越海集团上下花费了不少心血。

"并购就像结婚，有时缘分没到，再好的对象也只能分手。"周广为本想说说笑话，开解一下前岳父，话一说完，他就后悔了。

果然，李川弘看了他一眼，就开了口："为仔，你知道仞芝下个月就要回国发展了吗？"

“我不知道。”周广为当然不知道李仞芝现在的境况。以李仞芝的学历背景和工作经历，回国找一个自己喜欢并且合适的公司，是轻而易举的。他知道前任岳父提起话题，就会马上告诉他李仞芝回国后去哪里就职、工作内容是什么。

“很多公司都想要她，我劝她回南武。”李川弘停了停，“她最后选择去了深圳市的诺华康美。”

李仞芝为什么不愿意回家乡南武，李川弘和周广为都不能说自己就一定了解。李川弘并没有责怪周广为，以李仞芝的成熟，在一段过去的情感与将来的事业之间选择，她不会丧失理性。

沉默在两个人的空间中蔓延，延续，吴荣光恰好端着砂锅粥来了。他将砂锅摆在桌子中间，为两个人盛好粥：“蟹粥，要趁热吃，我特别加多了姜丝，冷了就有腥味了。”

周广为抬头说谢谢。

“这位靓仔，下次来吃饭没位置就直接找我，我记住你了，是李大老板的朋友。人生在世，有事情做，有好菜吃，有好酒喝，有好友陪。”吴荣光望了望夜色中横卧浈江的海清桥，“还有这么好的景色看，什么都值了。”

第五章　丁亥年　秋分，酷暑

今天是周为广第一次坐到宜信大厦2303室的大班椅上。他比正常上班时间提前了半个多小时到，楼下的保安见到他，略显吃惊，赶忙立正敬礼，高声问候老板早，周为广微笑着挥了挥手。

双胞胎都有一个特点，外貌乍一看非常相似，而性情、动作却多半不同，各擅其长，各有特点。如果说出生早五分钟的哥哥周为广属于内向沉稳型，迟出生五分钟的弟弟周广为则偏向灵活外向的性格。也许是角色身份的定位深入了潜意识，做哥哥的长期在父母身边，习惯了孝顺辅助的角色，而做弟弟的很早就出国留学，不知不觉就熏染上西方人的一些做派，更为自主，而不是以大局为重。

作为长子，周为广的成长与成材一直在父母的安排下顺风顺水，甚至连婚姻，也是如同按教科书来搭配的。门当户对，太太既贤淑漂亮又温厚得体，家头细务从不让他操心。老婆娘家有钱，自小就是富养着，结婚后甘愿做全职师奶，打点家事，照料一双儿女。所以，周为广在家里永远插不上手，甚至儿女对外公外婆的依赖远超他本人。因此，只有回到公司，周为广才有当家做主人的感觉，哪怕搞卫生，亦只有回公司才有机会。超稳定是周为广里里外外的常态，因此，有时他非常喜欢意气用事一回，偶尔冒冒险，也是挑战安稳，刺激自己。比如自己动手搞办公室的卫生，他就觉得是一件不妨挑战一下的小事。

全新的抹布、地拖已经放在门后，周为广挽起衣袖，自己动手将办公桌、沙发、椅子、茶几、文件柜都抹了一遍，连大门都没有放过。抹完家具，他便开始拖地，拖到落地玻璃前，他将下巴拄在地拖杆上，向北眺望远处的九连山。黑色的雨云在山头翻滚着，阳光不时冲破乌云的遮挡，将一条条长长的光带刺向地面。周为广用手比了一个取景框对着九连山头，决定下次带一台相机来办公室。这是摄影师最喜欢的光线之一，他们叫它耶稣光，其实就是丁达尔效应。

2303是周翼谋预留给周为广的办公室，2305是留给周广为的办公室，2302是会议室，没有2304这个房间号码，2301是周翼谋自己的办公室，正对着2303。

“没有在集团担任实职之前，先不要坐过来，就在楼下随便找个位置，下面的人看到的老板越少越好。”梁家珍本来想让周为广经常来宜信大厦坐坐，被周翼谋一口否决了。虽然2303很早就装修完毕，配齐家具、电脑，但是房门一直是锁着的。

清理好自己的办公室，周为广走到门外的廊道上，上班时间未到，2301的大门是锁着的，2305和2302也都是锁着的，走廊的这半边异常安静。周翼谋的秘书本来坐在2301的外间办公室，周翼谋入院后，梁家珍说：“除了董事长，其他人不需要秘书，我不是董事长，所以不需要秘书。”于是秘书被郝珊湖安排去了集团办公室。

望着对面父亲的大办公室，周为广心中掠过一丝苦痛。从前，父亲健康的时候，这里多热闹啊；现在的安静是因为大家只知道进2301能解决问题，还不知道进2303也能解决问题。没有关系，慢慢来好了。

电梯叮地响了一声，办公室主任郝珊湖走了出来，他来看看新老板还有什么吩咐。前两天，郝珊湖打电话问周为广需要什么。周为广想了想说，自己有亲自搞卫生的习惯，帮忙专门准备新地拖、新扫把、新簸箕、新抹布就好了。

太子爷新上任，郝珊湖不敢怠慢，今天提前十多分钟回到办公室，特地上来看看。寒暄几句后，郝珊湖退了出去，反手将门关上。

坐在大班椅上，用脚撑着地面，转动大班椅几圈后，周为广感觉环境已经不再陌生，便摊开笔记本，看看自己要做的事。梁家珍晚上在北郊别墅开过会之后，周为广就将要做的事情，一项一项写在笔记本上，第一件事情便是：打电话给弘叔，字下面还画了两条线。

弘叔就是李川弘。李川弘是弟弟周广为的前岳父，父亲周翼谋的多年挚友，南武市头号国企越海集团的董事长、党委书记。尽管弟弟与李仞芝已经分居，不过还没有办理离婚手续，李川弘名义上还是弟弟的岳父。最重要的是，李川弘作为南武市最大的国营地产公司越海地产的掌门人，他与政府、银行等方方面面的关系非比寻常。

10点半，周为广估计李川弘已经回到办公室，并且处理完手头紧急的事务，相对空闲了。他拿起座机，拨通了李川弘的座机，铃响第二声，李川弘拿起电话："喂。"

"弘叔，我是广仔，我今天回到宜信大厦，我老妈帮手，特别跟您报个到，以后仰仗您多关照。"

李川弘听懂了周为广的潜台词，周翼谋病倒后，梁家珍调整了人员安排，让周为广主理宜信的地产业务。"好啊，广仔，你妈是对的，也该让你接班，她好享享清福了。”

“弘叔，我是地产初哥，虽然之前跟着老爸，但还是人生地不熟，您要多带带我。”周为广诚恳地说。

对周翼谋的遭遇，李川弘是痛惜的，好好的一个人，说倒就倒了。如果周翼谋没有病倒，宜信的一切按部就班，南武的人脉，肯定是周翼谋带着儿子去接过来。现在这形势，周为广只能依赖像李川弘这样的老友，而周翼谋最宝贵的人脉资源，都在“大地会”了。想到这里，李川弘说：“广仔，今晚我们约了市规划局的古副局长一起打牌，你也过来吧。”

多谢完李川弘，放下电话，周为广将笔记本上“打电话给弘叔”那几个字用红笔打了一个“✓”，还觉得不过瘾，又加了两个感叹号。在南武做地产，想做大就得进入圈子，李川弘答应做周为广的引路人，意味着周为广的半只脚已经踏入了核心圈。

流传的各种版本中，周翼谋、李川弘是所谓“大地会”最初的四位元老之二，剩余的两个人，说法很多。周为广比较认可的是，一位是当年的南武市副市长古葭韬，已经驾鹤西去；一位是南武最大的连锁饭店云海楼的伍老板，移民去了多伦多。周翼谋中风之后，还能办事的只剩下李川弘一人。

老爸周翼谋下海那个年代，南武流行锄大地，香港人也写作“锄大D”，不只较量输赢，也可以加一点彩头，丰俭由人。周翼谋热心，经常出面组局，约李川弘这样的朋友、银行的话事人、政府部门的关键人物吃饭，吃完饭就打几把锄大地。久而久之，“大D会”变成了气势很大的“大地会”。南武商界流传了很多“大地会”的传说，传得神乎其神，说南武市大部分上市拍卖的住宅地块，都是由“大地会”的人买下了，所以，政府每次拍地前，都要去“大地会”打几把牌，否则就很容易流拍。

周为广就听周围的房产老板们议论过，说李川弘调整资产结构，想把590厂这个烂摊子卖掉，苦于无人接手，是周翼谋豪掷29亿帮李川弘解了围，然后又将590厂的地皮改建了大型住宅小区山海城；另外一个老板当场反驳，根本不是周翼谋出手帮助李川弘，而是两个人串通好了，将590厂地皮贱卖给了宜信。

周为广对各种传言不争辩、不证实，淡淡笑一笑，推搪说："老人家的事情，我们晚辈怎么知道？"开始帮父亲处理生意后，他陆续见过传闻中"大地会"的多位人物，李川弘是见过最多次的一位。有一年冬天，周为广去南湖酒家接周翼谋，天气太冷，周翼谋一时间还走不了，就喊周为广上楼去坐。一个普通的餐厅包间，坐了四个人，父亲把周为广介绍给另外三人，一个是省立医院的胡院长，一个是农行南武分行的钱行长，还有一个是南武的"发明大王"利发科技的袁老板。

众人都夸周家大公子相貌堂堂、沉稳老练，周为广一一打过招呼后，识趣地坐到角落的沙发里，静静地看着大家玩。虽然有老板在，他们打得也不是很大，就是两毛钱一张，一把牌最多输赢不过几块钱，所以，大家都毫不客气地痛下杀手，打得热火朝天、嘻嘻哈哈。最终，胡院长是最大的输家，输了一百多块钱。周翼谋笑着说："胡院长回家不好交代了，这个月的加班费都输光了。"

坐上周为广的车，周翼谋主动告诉儿子，钱行长的母亲颅内动脉瘤要住院开刀，胡院长是国内知名的脑外科一把刀，求他主刀的人都排到十几里外了。胡院长欠了袁老板的人情，所以今晚喊了袁老板过来，把这事安排了。

"哦，我还以为你们在聊什么。"周为广淡淡地回应。

"你以为我们天天就只谈钱，外面很多风言风语，我也听过一些，不用理会。”周翼谋补充，“做生意就是做事，做事就是做人。大家给你面子，愿意帮你，不是因为你有钱，而是因为你愿意帮人。”

放下周为广的电话，李川弘就打给了伍老板。

前天，云海楼伍老板从多伦多回到南武，两个人相约一起去看望周翼谋，只是李川弘近期较忙，还定不下具体时间。伍老板厨师出身，做得一手好菜，李川弘和他说明了意图，伍老板很爽快，能帮上老友的儿子，自己就很高兴。李川弘问他吃什么，伍老板说，气氛随意些，就在他家里吃一顿海鲜火锅吧。

伍老板的家在南武泮屿区，靠着河涌水道，周围全是稻田，是早些年“买”下的宅基地。严格意义上都不能叫买，宅基地不能买卖，只能租上面的房子，租期也是70年。伍老板拆掉了原来村民的房子，自己盖了一栋小楼，还专门出钱修了一条水泥路直通小楼。

周为广是第一次去伍老板家，导航的地图上显示那是一片稻田，没有任何道路。李川弘手绘了一张地图，发给周为广，依靠这张地图，周为广在村庄的巷道中左转右转，然后豁然开朗见到一片稻田和稻田中的水泥路。

伍老板家在水泥路的尽头，后院对着一片水汪汪的河沥水道，前院对着周围一片绿油油的稻田。

“我这里啊，是真正的田园生活。”伍老板出来迎接周为广，对世侄的赞美，他呵呵一笑。

跟着周为广前后脚抵达的，是南武市规划局的古副局长，他是“大地会”四个元老之一的副市长的儿子。最后到的客人出乎周为广意料，她是南武市粤剧团的一位花旦，姓李，坐李川弘的车过来的。关于她的传闻，周为广听过不少，今天在这里见到她，周为广感慨，所谓谣言不过是未经证实的事实罢了，人家是真有本事。

花旦一到，场面顿时活跃了很多，几个男人终于找到了与钱财、权力完全没关联的话题，大家一起有说有笑，向后院走去。今晚的聚会在后院，人不多，伍老板安排了一张圆形餐桌、几把折叠椅。桌面上是已经切好的鱼片、象拔蚌片、帝王蟹、濑尿虾和牛肉；锅底是鸳鸯的，一半是清水鸡汤，一半是番茄辣椒。

周为广带来的手信是四个响螺，伍老板现场敲碎了响螺壳，取出响螺肉片好，装在盘子里。花旦拿出一瓶茅台放在桌面上："伍老板的鱼我不知道，我的酒保证不假，你们自己喝出问题，就怪自己身体不好，千万不要赖我。"

"李小姐的酒，我一杯就要喝醉了。"伍老板眯缝起眼睛，翘起兰花指，作势要倒向花旦，被花旦一把推开。"好了，好了。"李川弘扶住胖胖的伍老板，招呼大家入座。

李川弘年纪最大，他坐主位，他的两边是副局长和伍老板，花旦坐在副局长身边，伍老板拍了拍椅子，亲热地拉周为广坐下。除了周为广，几个人都相互熟稔，李川弘也没有太多照顾周为广的生疏，周为广话也不多，安静坐着，专心开吃。两杯酒下肚，伍老板搬来一箱玻璃瓶的可口可乐放在旁边，大家开始吃酸辣味的海鲜，古副局长感慨："辣不能多吃，长久不吃还真想吃。"

"以往海鲜金贵，哪敢吃辣的，恨不能都清蒸了。"伍老板往锅里加了一勺海南黄辣酱，大家的额头都冒出了汗。

李川弘为副局长倒了一杯可乐，将今晚的话题挑明："古局，下半年市里拍地的安排定了没有？"

古副局长放下筷子，知道这才是大家关心的核心信息，他喝了一口可乐，说："基本定了，已经在局里走流程，不过……"

没有等他"不过"完，花旦就打断他的转折："古局，拍地又不是造导弹，没什么秘密。市里的储备用地，值钱的就是那么几块，都拿围栏围着，写着政府储备用地，卖是早晚的事情。"

推杯换盏之间，异性的作用还真是奇妙，漂亮女人就是敢说男人说不出的话。周为广觉得要不是她针对古副局长，他就马上起身敬她一杯。

古副局长既不慌也不恼，他依旧呵呵着兜圈："李小姐，我也没有说是秘密，等我说完嘛。"

"你说，你要是说得让我们不满意，就把你灌醉，让你和伍老板一起睡。"花旦竖起柳眉，圆睁杏眼，逼视着好脾气的古副局长。

大家哄笑，伍老板趁机发挥："哎呀，李小姐，你也喝醉了一起来嘛。"

花旦给了佯装色眯眯的伍老板一个大大的"呸"。

哄笑过后，古副局长继续："李小姐，我们也是有规定的啊。"

"你就想着自己的乌纱帽，"花旦眼睛一转，"大家都是聪明人，要不这样，我们来问，你来回答就好，也不用让你说什么。"

大家都点头同意，古副局长无奈地摊开一双手："那好吧，李小姐每次都是欺负我的。"

周为广关心的地块有两个：一块在云河区的东部，占地30万平方米，能盖40栋左右的高层住宅，吃下来最少开发15年，是一块"大肉"；还有一块在云河区的北边，占地8万平方米，这块地之前是南武牛奶厂的饲养场，正位于城市的新中轴线上，周围配套齐全，又靠着市区的九连山，是一块大家眼中的"肥肉"。

花旦率先问了市中心旧厂改造的一块地会不会挂出来。这块地紧靠市政府，旧厂搬走了很多年，一直都没有动静。周为广估计她也是受人所托，古副局长爽快地用小品里的梗回答："这个可以有。"

花旦完成了任务，高兴地与副局长碰了杯。

商界就像体坛，一个项目的高手就是那么几个，来来回回在决赛里遇到的，都是熟面孔。在南武房地产界，李川弘的越海、周翼谋的宜信便是顶尖高手，周为广不是很着急提问，他知道李川弘关注的地，多半也是他关注的。

李川弘今年下半年不太急于拿地，手上还有些地没有开工，他今天请古副局长的目的还是要帮周为广的忙，于是就问云河东部的那块"巨无霸"下半年上不上市。古副局长闭上眼睛，双手合十放在胸前，说："心想则事成。"

李川弘对于这块地有所关注，但不是志在必得。他盘算着如果仅仅是南武几家地产商来抢，地价的成本还好控制；如果外来户多了，价格抬起来，开发周期又长，后面是亏是赚就难说了，他可不想当什么"地王"。

"最近，央企纷纷南下，华矿集团下半年进来南武，设立房地产开发公司。前些日子，北京的老总已经来拜访过市长了。"古副局长说。

"这些中字头的央企，自己都有主业，还不务正业，跑来地方抢饭吃。"花旦撇撇嘴，一脸不屑。

"谁让房地产这几年的钱好赚。"李川弘有点无奈，央企找银行借钱容易，他们的做派就是拿一块大地，做几年再说。

"还有一个消息，算是我私下送给你们的，"古副局长压低声音，"现在国家对房地产调控得很紧，收紧水闸，我们南武下半年要出台一个硬指标，负债率高于8%的房企，不能参加土地竞拍。”

整个晚上，最具爆炸性的信息就是这一条了。周为广立刻盘算着自己的库存，不清货就降不下负债率，他甚至忘了自己还有提问的机会。

李川弘见周为广愣在那里没有说话，就主动问他：“广仔，你有没有想请教古副局长的？”

“哦。”周为广幡然警醒，注意力回到酒席上来，自己还真有关心的地块，便恭恭敬敬地问道，“古副局长，我想请教一下，牛奶厂那块地下半年有没有希望卖？”

古副局长微笑着回答：“你就等消息吧。”

没有否定，就是肯定。周为广端起酒杯敬古副局长：“非常感谢您！您什么时候有空，我再上门请教您。”

在伍老板家还没走的时候，李川弘问周为广：“广仔，有什么想法？”周为广想了想回答：“弘叔，市场的机会与速度有关，不存在绝对的没有机会，或者绝对的很大机会。乌云从远处飘过来时，谁都能看到危险在逼近，关键是此时还没有雷雨，你要不要冲过去，再捞一网大鱼。”李川弘没有说什么，他明白周为广想趁着暴雨还没有来，冲出去把牛奶厂这大鱼捞入自己的渔网中。

晚上回到家，周为广分别给梁家珍和区锦棠两个人打了电话，约她们明天上午9点在公司碰头。

上午8点45分，正是电梯的高峰时间，周为广和大家一样排队等电梯，郝珊湖在后面见到他，走过来想让他优先进去。周为广摆手制止了郝珊湖的好意，郝珊湖不再坚持，退回自己排队的位置。

站在电梯里，周为广忽然发现自己的年纪比其他人大了很多。

他环视了一下电梯轿厢里的男男女女，都是二十出头的样子，个个捧着手机互不理睬，其中一位小帅哥还拿着滑板，周为广心想这是把共享单车的钱都省了。见到周为广抬手按了23楼，滑板帅哥知道这是高管的楼层，回头看了一眼，认出了周为广："广总，早啊。"

就像一滴水落入沸腾的油锅中，年轻人起哄一样跟着滑板帅哥大声问候："广总早！""广总早！"周为广在狭窄的电梯中尴尬地应答着，等着这群喜欢闹事的年轻人一个一个走出电梯。

路过2305时，周为广发现大门开着，走进去，看见梁家珍坐在沙发上，拿着手机在写着什么，见到大儿子，举起手机给他看："我给广为发了一张照片，他要是也在这里帮我的忙，该多好啊！"

"妈，广为有他自己的想法，我看他最近做得不错。"

梁家珍没有说什么。周广为的南安基因一直亏损，却从来不和母亲多说什么。梁家珍想知道南安基因的事情，都是问南安的开户行，支行行长准确地掌握着动向："贷款经常是逾期归还，不过，有拖无欠。"

站起身，梁家珍向着会议室方向挥了挥手："走吧。"

9点整，区锦棠进入会议室，她放下手袋，先将周为广晾在一边，和梁家珍说一会儿悄悄话。两个女人说到兴头，都加上了手的动作，最后，梁家珍将一双手拍在桌面上，站起身，看向周为广这边。周为广知道女人之间的对话结束了，轮到他讲公事了，于是，也站起来，等着两位长辈走过来。

"大少，什么好消息？"区锦棠开口。

"说不上是好消息还是坏消息，倒是重要的消息。"周为广说了昨晚吃饭时得到的消息，重点有两个：一个是负债率的上限出来了，二是牛奶厂的地块要拍卖。

“我也听到了风声，广仔，你怎么想?”梁家珍决定让儿子上位后，自己就不再先拿主意。

“妈、棠姐，我的想法很简单，就是尽快清理掉现有的库存，下半年转去拍牛奶厂那块地。”

“那块地，拿下来少说也要50多亿，楼面价最少5万一方啊。”区锦棠不用计算器，大概也算得出。

“妈、棠姐，之前我们拿地，都是尽量拿大块的地，拿便宜的地，大小户型一起上，市场景气，什么都能卖掉，现在不同了。”周为广拿出两份报表，递给两个女人，“我让市场部统计了一下最近5年我们的卖楼情况，回款的增速、楼价的上涨，掩盖了一个现象，就是每个月的销售面积已经降下来了。”

市场的风向在转，梁家珍也有感觉，她并没有说，看着儿子有了和自己一致的想法，梁家珍的语气多了欣慰：“广仔，继续说。”

梁家珍的态度，周为广和区锦棠都捕捉到了。区锦棠知道接下来无论太子爷说什么，自己都只有点头的份儿。果然，周为广没有让区锦棠失望，他抛出一个大胆的计划：“现在是4月初，接下来就是‘五一’，我们得用两个月的时间，把丰裕里的在售销掉九成，回款30亿，把负债率降到7%。”

区锦棠心里飞快地算了一下，那就是600套、整整4栋楼的货，要在60天内全部清空，一天成交最少10套。现在丰裕里的售楼部，她非常清楚，周末最好的时候，也就是卖五六套。

太子爷新官上任果然出手不凡啊！区锦棠没有说话，用手指轻轻地敲打着手机，沉默意味着形势构成了对立。宜信地产的销售队伍都是区锦棠一手拉出来的，要想卖楼，区锦棠不使劲，底下的人就会跟着磨洋工。梁家珍出面打破僵局：“广仔，你说的这件事牵扯到很多部门，难度相当大，我们坐在这里说了不算，去现场看看，问问售楼部的靓仔靓女们。”

区锦棠站起来说：“就坐我的车去吧。”

丰裕里是五年前开盘的，现在卖的是第四期，一共10栋楼，围着小型的人工湖，负责销售的是区锦棠手下的干将莫泊朝。售楼部就盖在马路边，一栋三层楼房，属于临时建筑。不做售楼部之后，宜信集团就会将它留给区里作为社区图书馆，楼顶有大大的广告招牌“丰裕里，家在等你”。

因为是区锦棠开车，周为广没有和母亲一起坐到后排，而是坐在了副驾驶的位置上，一路和区锦棠闲聊些无关紧要的话题。莫泊朝先得到区锦棠的通知，已经站在大门口等着。周为广是第一次以老板的身份来丰裕里，他拒绝了区锦棠的谦让，坚持自己走在她后面。

今天是工作日，来看楼的人不多，只有两三家。周为广一行人围着沙盘转了一圈后直接上楼，去到办公区域的会议室。看来莫泊朝确实是个好管家，几十个人集中办公的大开间非常干净整洁，每个工位的台面都不乱，标语、楼书、赠品井井有条地摆在角落里，会议桌虽然就是几张课桌拼成的，上面也没有堆放杂物。

事多不慌，人多不乱。梁家珍是第一次上来办公区，心里忍不住对莫泊朝有了评价。大家坐下后，区锦棠说：“莫经理，你先说说最近的情况吧。”莫泊朝大致讲了一下销售进度和计划、售楼部的人手、目前的奖励政策、周边的对手情况。

听完介绍，梁家珍心想，如果不是赶“广总进度”，按照这样的速度，也是可以顺利正常完成计划的。现在让周为广搅一搅局，打破常规，让莫泊朝的人马玩命冲刺一次，也未尝不可。但是，这个“丑人”还是由周为广来做比较合适，自己扮演慈禧太后会坏了形象；区锦棠和下面的人一起打拼了这么多年，感情因素有时会胜过理性因素，她下命令也不合适。

“为广，莫经理讲完了，你来说说吧。”

看着会议桌围坐的一圈人，周为广感到有些气馁，除了母亲梁家珍，其余人都可能反对他的决策，他的筹码就是老板的身份和相应的权力。“莫经理，您也是宜信的老员工了，有项十分艰巨的任务，要靠您带着我们去完成。”周为广觉得眼下就是打仗，一场遭遇战、一场硬仗，直接下命令就好，不搞什么温良恭俭让。

“广总，有什么事，您尽管吩咐，不用客气。”莫泊朝依旧带着不急不忙的笑容。

“那好，我们做了决定，在6月底之前，完成600套销售，回款30亿。”

话音刚落，区锦棠有些诧异，这不是说好了来商量一下再决定的事情，怎么太子爷自己就拍了板？她看向梁家珍的方向，梁家珍没有表情，只是静静地看着两个即将讨价还价的男人。

莫泊朝没有马上答应，他在笔记本上写着什么，好像记录老板的指令，沉默又降临了。周为广将谈判能进行下去的气氛分为三种：一种是争吵，无论是大声、小声、拍桌子，都是争吵；一种是沉默；一种是谈条件。就算是吵，也还是为了合作在吵，唯有明确表示拒绝才是没法谈了。

不用担心沉默，等就好了。球已经传到了下属的脚下，他必须跑起来去接球。

“广总，您知道眼下我们售楼部的情况，第一是时间太紧，第二是销售额太高，这两个指标能不能调整一下？”莫经理露出为难的神情。

“莫经理，任务不能讨价还价，这是死命令。”周为广面带微笑，用温柔的语调将莫泊朝逼到墙角，“不过，条件您可以提，不给条件，怎么能叫兄弟姐妹们完成任务？”

莫泊朝看了一眼区锦棠，发现她正安静地喝着售楼部的速溶咖啡，丝毫没有要说话的意思，便明白自己是要破釜沉舟、决一死战了。如果不服从命令，新老板会毫不犹疑地斩马谡，拿他来当柴劈，放新官上任三把火的第一把火。

既然没有选择，那就放手一搏，莫泊朝横下心来：“广总，既然是死命令，那我就顶硬上试一试，死就死一回吧。”

周为广也知道莫泊朝说的是实话，其实，能不能完成任务，自己心里也没有底：“这次，我们举全公司之力来打这场仗，全力以赴，多刁钻的条件都可以提，能给的，我们都给。”

莫泊朝低头去看了自己的笔记本，刚才，他已经把要提的条件列出来了：“广总，先是人，丰裕里的人手不够，最少还缺20个有经验的销售。”

周为广点头：“没有问题，我们从其他楼盘抽20个，明天到位。”区锦棠跟着表态：“这事我来负责，明天上午10点人还没有到，莫经理你找我。”

“第二，权。这么快销货，不打折肯定不行，力度大点要去到九五折。过去打折，区总手里有个九九折，找到周董，最多九五折，我手里一点折扣都没有，下面的人经常来问我要多一点折扣给客户，我都帮不上忙。”

“这个没有问题，要不这样，不要九五折这么紧了，最低九二折。丰裕里，我和区总从此都无权打折，都交给您。”周为广征询区锦棠的意见，“棠姐，您看可以吗？把您的折扣拿走了。”

“没有问题。”区锦棠呵呵笑着，爽快答应，“我想打折，就找回莫经理嘛。”

“是这个意思。”周为广觉得区锦棠是个爽快干脆的人，“那，莫经理，优惠是优惠，提成是提成，兄弟们的提成不会因为折扣少一分钱，这样行不?”

“那就太感谢老板了，我刚刚算了一下，九五折预计能推一批看了楼还在观望的客户下水，有200到300个，再让销售拉一批客户来看楼，用九三折、九四折拉他们。”

“莫经理，促销方面，你准备怎么做？打广告吗?”梁家珍忍不住插话。

“周太，广告肯定不行：一是乱了行情，到时大家都跟进，我们就亏了；二是伤了宜信的形象。我们靠口碑推广，这些年我们还是攒了一些客户资源，就一个一个口耳相传地去推。”

莫泊朝待在售楼部真是有点屈才了。周为广决定，这一场仗如果打赢了，就把莫泊朝放到宜信地产总部来辅助区锦棠。

没过几天，连周为广都听见抢购丰裕里的小道消息，消息说，丰裕里宣传单张出现错误，凡是在5月1日前缴纳定金的客户，“即可申请参与抽奖获得返还现金10万元”在单张上写成“即可获得返还现金10万元”，关键是丰裕里承认了是单张出错，但是他们还认这个错。

现在丰裕里的售楼部，无论是工作日还是节假日，都是门庭若市、人满为患，莫泊朝只好推出验资看楼限制人流。凡是来看楼，预先登记，出示存款200万元以上的证据，即便如此，依旧挡不住人潮汹涌。连梁家珍都接到亲戚朋友的电话，让她无论如何留一套朝向好、楼层好、面积大还要价低的单位。

五一当天，丰裕里售楼部贴出广告，当天成交即送价值两万元的金项链一条。上午10点，周为广不放心，想约区锦棠一起去售楼部现场。他打了几次电话给莫泊朝，莫泊朝都没有接；又打给前台座机，座机那边告诉他，人手不够，莫经理已经去带看了。

再打电话给区锦棠，区锦棠已经在售楼部了，她沉吟了一会儿，说："广总，你来帮忙也好，我已经把其他楼盘的人都调过来了。不要开车过来，没有车位了，穿西装白衬衣来吧。"

一进售楼部，周为广觉得就像掉进一锅沸腾的八宝粥，这里仿佛不是买卖几百万房产的地方，喧哗、吵闹不亚于一个菜市场。人们大声吆喝着，吵闹着，敲金蛋的地方不时爆发砰的一声响，让其他人知道又有人签约了。周为广停下脚步，冷静观察着，虽然人多拥挤，好在莫泊朝都安排了人手，忙而不乱。矿泉水是满的，自取的纸杯是满的，垃圾桶是空的，洗手间是干净的，复印机边有人，前门接待有人，咨询处有人，交钱的地方拉起了围栏，人们在排队。

区锦棠穿着黑色套裙，带着一家人回到了售楼部，见到周为广，二话不说，将他带到前台接待处，告诉负责安排销售经理的小姑娘："这是从总部来的销售经理周先生，他情况熟，给他多安排几个带看。"

周为广还没有来得及说什么，区锦棠已经被那家不耐烦的客人拖走了。

小姑娘看了一眼穿着灰色西装的"周经理"，招手让坐在等候区的一家人过来："你们跟着周经理去样板房。"

走过来的一家三口，看来等了很久，终于有人接待，露出如释重负的表情。男人看了一眼周为广，惊奇地问："你是周广为的哥哥周老板吧？我是广为的大学同学，他都叫我'班长'的。"

"哦，原来是广为的班长。"周为广热情地伸出手。

"班长"不好意思地握住："其实，我不是他的班长。大哥，这个端午，就你们家丰裕里在疯狂出货，你们家这是要移民跑路吗？”

“班长”的话把周为广逗笑了，他故作神秘地对“班长”说：“我告诉你一个秘密。”

“什么秘密？”

“楼市要跌了，你信不信？”

“你信不信？”“班长”反问。

“我信啊。”

“我信你个鬼！”“班长”向后跳了一步。

“哈哈哈！”周为广得意地大笑起来，他觉得整个售楼部大厅都回荡着自己的笑声。

五一的促销一直做到凌晨3点才结束。周为广请全体售楼部人员连保洁阿婶去到隔壁的“菜蜂花大排档”吃消夜，坐了整整12桌。酒桌之间，周为广踉跄着脚步，与每一个人碰杯，直到瘫倒在地。莫泊朝将他带回售楼部，放在沙发上，周为广一直睡到第二天10点多才醒，洗了脸，打车回到宜信大厦。

昨晚喝到半醉时，周为广没有忘记半夜把财务总监柯乐吵醒，让他第二天提供报表。中午，柯乐回到办公室，最终的成绩单交到了周为广手里。截至五一，总共卖掉了丰裕里583套住宅，回款29.2亿元，公司的负债率降到了8.3%。柯乐说，按照这个进度，完成30亿回款不是问题，不过，如果减去给销售的提成，实际不到30亿的目标。

周为广笑笑，对柯乐说该给的提成，一分钱都不能少，而且马上兑现。要底下的人做事，上面的人就要会做人。

吃完端午粽，南武就正式进入了难熬的酷暑季，每天太阳晒得人见到一丝树荫都要躲进去。纵横的水道河涌像蒸锅里放满了水，只要一离开空调房，干爽的衣服立马就被汗水泡湿了。关于限制负债率较高的房企进入市场的新政已经传得沸沸扬扬，下半年有心拿地的房企都在捶胸顿足，后悔没有下狠心早点行动，趁着五一降价促销。

周为广不止一次去看了牛奶厂的地块，前期委托咨询公司做的调研报告，他已经看了很多遍，能做的事情就是等待最后一只靴子落地了。

7月底，新政兑现，负债率8.5%以上的房企，不再有资格参加土地投标。8月中，牛奶厂的地块挂上网，尽管新政挡住了众多本地买家，还是有一些南下的央企参与投标。在投标现场，周为广见到了李川弘公司的副总林琰琰、华矿集团南武分公司的小杨总。周为广见到林琰琰，就过去坐到她身边："林总，大鸡不吃细米，这么小的地块，越海还有兴趣？"

林琰琰斜过头看着周为广："怎么？怕我们抢？"

"当然怕，不怕你们还能怕谁啊？"周为广佯装胆怯的样子。

"呵呵，不用怕，你看李董都没有来，就我来了。"林琰琰将牌子从桌上移到地上。果然，越海志不在此，30多亿时举了几轮牌就放下了，只剩宜信和华矿较劲。最后，宜信以56亿元拿下，牛奶厂地块成为当年的地王。

南武的媒体说，宜信地产新掌门周为广一战成名。

2303办公室终于热闹了起来。周为广几乎是每晚最晚离开大厦的那个人，又几乎是最早到达办公室的。他像一条不知疲倦的鱼，在宜信大厦内部上上下下搅动风暴：换掉原先合作的广告公司；撤掉给中介的代理权；将公司旗下的楼盘重新系列化，最贵的楼盘是"柏"系列，中档的是"桧"系列，低端的是"槿"系列。一时间，宜信地产人人自危，都害怕风暴刮到自己头上。

南武市电视台邀请周为广去做了访谈节目，漂亮的女主持问他："广总，宜信最近给大家最深的印象就是变化，很多变化、很大变化，对改变，您是怎么想的？"

"一个公司，如果CEO不折腾，下面的人都会集体'躺平'，CEO必须是自己公司里最大的那条鲇鱼，否则，整个池塘很快就会被排泄物填满，变得波平如镜，还臭不可闻。"周为广的回答让女主持张大嘴，一时不知如何应对。

牛奶厂地块很快就有了名字——柏悦府。关于柏悦府的各种宣传漫天飞舞，市民都在等着开盘，周为广亲自带着记者去参观未曾开放的样板房。

"其实，房产也是商品，价格先不说体现价值，最少也反映成本。阳光是有价格的，风景是有价格的，空气是有价格的，而且不同的房地产开发商，同样的阳光，给出的价格也是不一样的。柏悦府的价格，开卖后会比目前周边的楼盘高出一万多一平方米，因为我们投入小区园林、配套、装修上的费用比别人多。"

"商人的特性就是找到可以收费的地方。"记者总结道。

"不完全是，商人的本事在于找到之后，能让人心甘情愿掏钱来购买。"周为广总结。

"听说柏悦府隔壁的机修厂地块明年也要挂牌了，坊间都在传宜信也想买下来，和柏悦府打通连成一片。"记者继续问。

"我不能回答假设性的问题，等到挂牌之后再说。"周为广技术性地婉拒了提问。

为什么连记者都猜到了我的心思？周为广纳闷，难道宜信在牛奶厂地块到手之后的战略意图如此明显，以至于路人皆知？以目前宜信地产的资金实力，吃下牛奶厂地块还可勉强对付，再吃下一个地王，就难以应付了。不过，他已经为机修厂地块做好了打算，那就是从人寿保险公司那边借用保险资金。那些钱闲在账上，还不如流动起来发挥点作用。

柯乐兼着人寿的财务总监，要动人寿的钱，必须经过柯乐。周为广私下和柯乐吹了风，谁知道被柯乐直接拒绝了："广总，您这样做，银保监会是要给我们出行政处罚的。"

站在柏悦府A6栋28楼3号的阳台，就能俯瞰机修厂地块全貌。A6栋封顶之后，周为广邀请梁家珍和区锦棠、莫泊朝来看机修厂地块。对付柯乐，周为广觉得自己的力量还弱了点，如果加上梁家珍和区锦棠，就不怕说服不了柯乐。

梁家珍望了望已经平整好的地块说："这一带原本都是南武市畜牧业集团的地，我年轻时还来这边学过农，那时这里是郊区，可荒凉了，现在都成了人人要抢的香饽饽。"

"妈，您那是老皇历了，现在这里可是云河区，是中心城区了。"

"说是云河区，其实已经在云河区的边上了，马路对面就是九连区。"梁家珍向北望了望，站在阳台上，就能看见近在咫尺的九连山，"为广，你不是想拍这块地吧？"

"我倒是想啊。"周为广并不否认。

"想也要有钱才行啊。"梁家珍换了严厉的口吻，她转向莫泊朝，"柏悦府回款怎么样？"

莫泊朝回答："柏悦府卖得正常，不算太快。"

"妈，钱您不用担心，我们可以在整个集团内部想办法。"周为广没有隐瞒自己的想法。

梁家珍知道柏悦府的楼价贵，潜在客户数量就少了很多，正常速度卖就不错了，不能期望一下子卖完回款，她知道周为广的野心能成事，也担心他的野心要坏事。柯乐已经给她打了电话，她要做的就是防范儿子在城门放火，自救不了还殃及池鱼。

“为广，机修厂的地块不错，有开发潜力。不过，我们还是踏踏实实、量入为出。”梁家珍话说得很委婉，意思很直接。

周为广有些不甘心，他觉得还有争取的机会：“妈，机会难得！我们如果放过机修厂，就等于把柏悦府辛苦造起来的势，拱手让给别人，让别人沾光。如果我们一鼓作气拿下机修厂，是辛苦些，但是连片开发的好处，我不说你们都知道。”

“棠姐，你怎么看？”梁家珍倒也不急于否定儿子，而是将目光转向了区锦棠。

“我理解大少的意图，想趁着行情还在往上走，我们的口碑又好，一鼓作气拿下两个地王，管后面好几年的吃喝。”区锦棠先解读了周为广的意图，“不过，我还是担心宜信会成为又一个廖创兴。”1961年6月，香港廖创兴银行发生挤提风波。廖创兴银行由潮汕籍的银行家廖宝珊所建，廖宝珊同时是“西环地产之王”。为了高速发展地产，廖宝珊几乎掏空了储户的存款，投入地产开发。在这次挤提风波中，廖宝珊突发脑出血身亡。

区锦棠提起廖创兴银行，倒不是说周为广会突发脑出血，而是暗示廖创兴银行财力不可谓不雄厚，说出事不就出事了，这种拆东墙补西墙的做法，一点也不新鲜。尽管有一百个不情愿，周为广还是闭上了嘴。

梁家珍看了看满脸不服气的儿子，不客气地继续敲打：“凡事都留个余地，因为人不是神，难免出错。知道自己是人，就不要去做神的事情。”

第六章　庚午年仲夏　梦想

小时候的毛病，长大后并没有改掉，只是隐藏起来而已。周广为上小学时，我们发现他一个人待着的时候喜欢自言自语，被我们说了之后，就再也没有看见他这样。这几个月，他回来看我的次数多了，变得和梁家珍一样，喜欢坐在我房间的飘窗上，看着楼下的桂花树，自顾自絮絮叨叨地说一些事情。“资本”这个词，是他经常说的。

“资本”这个词什么时候变成了一个好词？那么，“资本家”还是不是一个好词？

我被人骂资本家，就是从陪着李川弘去590厂开始的。

那个时候，梁家珍还没有搬出杰字街，我们与李川弘是街坊邻居。李川弘住25号，我们住30号，那个时候的人还保持着串门的习惯。周广为与李仞芝是小学同班同学，他们俩的班主任胡老师就住在对面惠福路，经常来我们家家访。不像现在，楼是越住越高，人与人之间的话，却越来越少了。

在没有空调的时候，夜晚的杰字街就是我们的空调房。夏天的傍晚，家家户户打井水冲洗自家门口，星月当空，整条杰字街顿时凉爽下来。李川弘每天吃完晚饭，就拿个蒲扇坐在门口的小凳上乘凉。那时的他就是一个邻居，不像后来，越来越像个领导。

我把这话告诉他，他也没有客气，说我也好不到哪里去，越来越像个老板了。

有人说，国企比民企有先天优势，国企的成功是必然的。但据我这么多年的观察，不是每个国企最后都能做成越海集团，很多国企走着走着就不见了，剩下的就是越海集团这样的巨无霸。李川弘越做越像个官员也是情有可原的。

等到我们家装了空调，杰字街上乘凉的人越来越少。我发现，只要在家，李川弘就会搬个小凳子，拿把蒲扇，一个人坐在门口。

于是，我也拎了一把竹椅和两瓶冰镇啤酒，走了过去。

“今天不用加班？”我放下竹椅，递过去一瓶啤酒。

“你不也一样。”李川弘接过啤酒。

“我和你不同，我是为自己，你是为阿爷。”阿爷就是公家的意思。

李川弘喝了一口啤酒，眼睛也不看我，就问我：“翼谋，你帮我参谋参谋，要不要去捅个娄子？”

“好啊，你想干什么坏事？说来听听。”

“我刚从香港招商引资回来，香港老板听我说了我们集团的情况，都嫌弃我们太多子公司不赚钱，拖累了集团，劝我把包袱扔掉。”

“哇，这可是一件大事，我们这里不同于香港，背起包袱是天经地义的事情。”

“这还用你说？我就问，凭什么我要背着不良资产一起死？这件事值不值得去搏一搏？”

“难怪你说是捅娄子。不过，依我说，这个娄子值得去捅掉，现在这搞法，后患不能说无穷，包袱越来越重是肯定的。你不做，就是一个平庸的国企老总；如果你做了，就有可能成为一个世界

500强的国企老总。”

“如果换你坐我的位置，你会做？”

“我马上就做。”我为了让李川弘相信，还拍了胸脯。

不知道李川弘是不是听信了我的忽悠，总之他向分管越海集团的市国资委副主任肖援朝报告了。听完李川弘简短的汇报，肖援朝停了几秒，就反应过来：“嗯，李川弘啊李川弘，我还以为你向我报告香港招股的好消息，原来你是准备过年前就放炸雷子啊。”

李川弘和越海集团能发达，和当年南武市政府、市国资委的一帮领导有关，他们在自己也不是很明确看清未来的前提下，没有因为自己看不清而停步，而是选择相信企业家，放胆让李川弘们去试，去搏。肖援朝就是其中之一，他比李川弘大几岁，安徽人，出身于书香门第，两岁时随父母下放，四岁时回到省城。别看只是两年的经历，却让肖援朝记了一辈子。他常和李川弘说自己跟随父母下放的地方，是皖南章渡的肖村大队，整个村子都和他一个姓——姓肖。李川弘有一年陪日本客户去九华山，特别绕道去看了一下，肖援朝绘声绘色描述的清清小河、河里透明的虾和爬上去随便吃桑葚的桑树，根本已经了无踪影。李川弘心想肖援朝也许回来看过，不过，他宁愿还是喜欢自己4岁之前待过的那个肖村。

“你小子是想让我退休前过不上消停日子吧？”肖援朝在电话那头故作生气状。

“想试一试啊，肖主任。”李川弘理直气壮，他那个时候还是年轻。

在李川弘看来，肖援朝离退休还有十万八千里，他挂在嘴边的“退休”，不过是他遮掩自己壮志雄心的面具而已，真到了关键时刻，就会甩掉这个面具。“国企改革的方向就是资产重组，资产重组不能让优秀企业背起包袱。您常说轮到我们的时候就不能退，今天提起这事，就是轮到我们了。肖主任，您退休前就帮我们做成这一件大事吧。”

“好，死就死一回吧。”果不其然，肖援朝立马现出英雄本色来。

国营工厂和计划经济，算是一对孪生兄弟，它们俩的生命周期是一样的。之前在计划经济下是卖方市场，哪个工厂不是红透半边天，求着它卖产品给你；厂长是老大，供销科科长就是老二。等到了市场经济，一放开经营，国营工厂的老一套就吃不开了，说是生命周期，实际上就是一批一批的国营老厂都集中在那几年面临淘汰。

改股份制之前，李川弘的越海集团里面，拖后腿的老厂有好几家，有些厂日子勉强能过下去，到了淡季没有钱周转时，厂长就来“化缘”了。常年吃救济，不断来找他要钱的就是590厂，当时的厂长是郝时进，是前任老厂长的徒弟。越海集团3亿多元的银行借款里面，有将近1亿元是帮590厂借的。

590厂不是什么军工企业，就是最早的南武无线电修理厂，1959年成立，算是南武半导体行业的正宗源头、老牌家底。人们习惯叫它590厂，等于是一个外号。后来，南武无线电修理厂升级换代变成了南武家电器材厂，老轻工局的人都觉得590厂这个名字用的时间久还好记，谁也没有改口，不过，在官方的文件中，590厂这个名字从来没有出现过。

企业走背运和人走背运一样，不一定是因为懒惰，或许反而是因为勤快。590厂发第一笔横财是因为生产彩电，他们引进生产线生产14英寸彩色电视机。在那个买电视要凭票的年代，590厂的浈江牌彩电，要有领导的条子才能买到。发达之后，590厂就在显像管彩电上下重注，上线大尺寸的显像管彩电。那个彩电，又重又厚，我去看过，没有两个壮小伙，根本搬不动。等到国内市场一饱和，液晶电视来了，彩电价格战一开打，他们就彻底输了，没有一样产品是新的、好卖的，这些年一直躺在越海集团的怀抱里养着。

说归说，真到了动手的那一刻，谁也睡不着觉。越海集团班子会议讨论通过590厂申请破产前一晚，李川弘说他睁着眼熬到天亮，躺在床上把方案在脑子里过来过去想了好几遍。第二天，集团的班子会议开得很顺利，集团党委扩大会议讨论并通过了590厂申请破产的决定，很快就做好了破产安置的方案，报给了市国资委。肖援朝告诉李川弘，委里很重视，市国资委主任开了专题会议讨论越海的方案，还要带着李川弘去市政府向分管国资的杨副市长汇报一次。

很快，市国资委打来电话，通知李川弘随市国资委江平主任一起去见杨副市长。

南武市政府的办公场地用的是民国时期建的办公大楼，古色古香，典型的中式建筑。李川弘很开心这样的旧建筑还在使用，就像国外很多的议会大厦，用的都是老建筑，那种老旧和稳重，一看就知道不是新造的假旧，而是真的旧。有些年头的物事，它的品位、耐看是怎么学都学不来的。

不过，缺点也是显而易见的，就是地方小。虽说是副市长的办公室，但只有20多平方米。李川弘是第一次进杨副市长的办公室，忍不住向周围打量了几眼，杨副市长笑着说："就这么个地方，一眼看尽了，和你们这些当老板的办公室是没有办法比啊。"

杨副市长刚散会，还不断有人进来找他签字，三个人就围着茶几坐在沙发上，杨副市长一边听江平主任介绍，一边用红笔在江平主任递过去的材料上写着画着。很快，江平主任讲完，材料也画到了最后一页。

杨副市长说："好啊，我个人支持国资委和你们越海的想法，一是要有这个胆量，市场经济主导下的国有企业，没有理由还背着计划经济时期留下的沉重包袱。改革就是要敢于动真格的，不痛一次，怎么叫深化？二是还要看看我们有没有底气，能不能兜得住老百姓的温饱。南武有这个底气，我们的社会保险覆盖率、我们就业市场的容量，都是保障。将破产企业推向市场后，工人还有没有饭吃？不能不管不顾工人兄弟姐妹们，他们辛辛苦苦一辈子，我们要为他们的一辈子负责。"

江平主任回答："市长，您放心，我们都会做预案，有您的支持，我们接下去就完善方案，抓紧和劳动局、工会等相关部门协调。"

杨副市长拿着李川弘他们的方案，又看了一遍，抬起头，摘下老花镜，沉吟了片刻说："江平、川弘，这些天我在想啊，国企改革不能只是松绑、解套、扔包袱，要有新的机制推动你们策马扬鞭走世界才行啊。"

江平和李川弘没有说话，等着杨副市长把话说透、说完。

"什么是新的机制？"杨副市长睁大了眼睛，问自己也是问他们俩，"就是兄弟省市还没有的机制，南武去蹚一条路出来。什么是改革开放前沿地？就是面前有雷区、有障碍，要我们去突破、去硬碰硬，才叫前沿地。"

"是不是？"杨副市长的问题并不需要回答，"改革开放，南武走在全国前列，我们的政策制定，我们的企业管理者，都是凭胆气、凭本事才有今天的。有勇有谋，先要有勇，再要有谋。要善于发现问题，看到还有什么阻碍我们的雷区是没有突破的。”

“资本。”李川弘轻声回答。

“对！”杨副市长指着李川弘看向江平，又用手指点了点茶几上的报告，“川弘看到了，但是，这里没有写。”

“市长，您就明示吧。”江平笑着说。

杨副市长也笑了：“不能什么都靠指示，哪有天生聪明的？还不都是用笨方法逼自己去想，才变聪明的。我有一个想法，南武的国有企业到了有财力、有才力去进行资本运作的时候了。我说的两个‘cái’，一个是钱财，一个是人才，缺一不可啊！”

“您想搞国有企业的股份制改造？”江平问道。

“是的，”杨副市长斩钉截铁，盯着李川弘问，“符合条件的，有好几家，我就想问问越海敢不敢第一个去吃这螃蟹？”

“市长，有市委、市政府的支持，有您和江主任这样懂行的领导，不要说螃蟹，龙虾我们也给您啃下去消化掉。”李川弘跃跃欲试。

杨副市长笑了：“胃口好是好事，吃的时候还要小心骨头。江平，你来牵头，把川弘的报告拿回去，国资委先做好调研，就用越海集团作为国有资本股份制改革试点企业的名义报一个方案给市政府。两个重点：一是给国企解困，破产脱钩的方案要全面、具体、无社会风险；二是发展，把资本运作的方向盘给到企业，目的就是打造进入世界500强的国企大集团，进入资本市场的措施步骤要切实可操作，让人一看就明白。我到时和办公厅说一下，尽快上常委会讨论。”

南武的国企，从小就是放养的，在市场的风浪里摸爬滚打。宜信集团做大后，我遇到很多外省的国企老总，他们的日子比李川弘好过很多。我问李川弘认不认识外省的北河集团，他们亏损了12亿元，老总一点都无所谓，政府还专门为他们发行了13亿元债券。

李川弘说："当然认识啊，我也和副市长说了，你看人家的老总多好当，拿着期权不说，还不用担心经营，亏了政府兜底。"副市长说："你要是不在南武，说这样的话，我都理解；在南武，就废话少说，要干就干好、干出样子，不然就让出位置。"

590厂在南武东面的云河区，新建时周围还是一片农田，后来记者采访老工人，师傅们说当年周围一片稻田和菜地，新工人是坐着卡车沿着郊区公路颠簸着来到厂区的。过去的云河区是南武的菜篮子，农民很会种菜和养猪；现在云河区的发展太快了，四周都是高档的住宅小区和漂亮的写字楼，哪里还有农田的影子？

李川弘记得十几年前来参观，他们的厂长自豪地称大门都不能关，因为来来往往运货、提货的卡车太多了。而今还是那个大门，锈迹斑斑，用一根链条锁简单地围了两圈，一副破败后放任自流的样子。汽车拐进元村横路，停在了厂门前，以往老远就能听见厂子里发出特有的、节奏感很强的机器轰鸣声，现在却什么动静都没有。李川弘的脸色灰沉沉的，他让司机把车开走，自己迈步从边门走了进去，看见越海集团关于590厂破产决定的公告就贴在传达室的墙上，被人甩了一坨泥巴在上面。

这些年，外地来南武的游客和南武本地的市民说到南武，用到最多的一个字就是"变"。变漂亮了，变方便了，越变越好了，以至于李川弘觉得"变"是理所当然的。但每次他来590厂，他就会感觉其实不是这样的，城市的有些角落还停留在过去的时间里，沉入岁月的泥沼中，跟不上城市的节奏，难以自拔。

590厂像被施了魔法定格在了它的高光时刻——20世纪80年代末，车间里是那时候的设备，工人们住的是那个时候厂里盖的宿舍楼，厂区原来还有那个时候建的幼儿园，现在被租给了一家眼科医院。老旧建筑群中唯一亮眼的，就是这家眼科医院。

厂长郝时进并没有在办公室等李川弘，而是一个人站在楼下抽烟，他穿了一身干净的工作服，里面一件白衬衣，脚底下是一双擦得发亮的皮鞋。自从李川弘把他喊去参加越海集团党委扩大会议，他就看见了590厂的终点。市国资委通过了越海集团关于590厂的破产方案后，李川弘特别以集团党委书记的名义把郝时进找来谈了一次话，临别时，特别问了他个人对工作安排有什么想法。李川弘都没有暗示，很明确地告诉郝时进，他可以选择留在越海集团。

郝时进苦笑着摇了摇头："李总，您的好意我领了，要是我一个人丢下全厂的工友回集团，我觉得我以后没脸再见他们。我是一个党员，我觉得对自己最起码的一点要求，是和大家同甘共苦。"

李川弘拍了拍郝时进的肩膀，没有再说什么，一直把他送出越海大厦的门口。

今天的全体员工大会是要正式宣布越海集团关于590厂破产的决定。会场设在小礼堂，人最多时，小礼堂坐了600多人，老中青都有，多半是年轻人，男男女女打闹着，笑骂着，欢声笑语能掀翻房顶。今天，坐在台上的李川弘望下去，也就是不到200个工人，还是以50岁开外的老师傅居多，大家都不说话，甚至交头接耳也没有。李川弘忽然明白，安静其实是衰老的特征。

厂长郝时进主持会议，他说完开场白，接着说："下面请越海集团董事长、党委书记李川弘为我们讲话，大家欢迎。”

台下并没有掌声，一片灰冷、铁硬的沉默。

李川弘觉得没有必要坐在台上讲了，他拿着麦克风走下台，站在大家前面。这样面对590厂全体员工讲话的机会不会再有了，这是最后一次。所有人都认为，这个结果就是他李川弘一手造成的。

他拿着麦克风，心里像打翻了调味瓶，苦的、辣的、咸的、酸的，都在翻江倒海，可是，他惊异地发现自己没有后悔。稳了稳情绪，李川弘才把自己已经预习了好几遍的话说出来：“各位师傅、兄弟姐妹们，我今天是来宣布破产决定的，这个决定就贴在厂子里，我看过，大家也都看过，我就不浪费时间再读一次了。我今天是想和大家说说心里话。”

一个声音在角落响起：“有什么好说的？又不是你下岗。”

“是的，这位师傅说得对，不是我下岗，大家觉得我站着说话不腰疼。”李川弘并不去看到底是谁在说话，“但是，我和你们一样疼，我心里疼。这些年，590厂年年从集团借钱过日子，将近1个亿的银行贷款都是集团和其他兄弟企业在帮我们还本金、付利息。我晚上睡不着的时候，也骂自己无能，没有办法带着大家过上好日子。但是，有的时候还得认命，不是你们偷懒，也不是我和郝厂长没使劲。办工厂赚钱总有个时啊运啊过不去的坎吧，风光过了，苦日子来了怎么办？私人老板执笠（倒闭）了，我们就可以一世躺在这里要饭吃？”

说到这里，李川弘停了下来，望着面前的百多个工人，目光缓缓地扫过每一个人的脸：“要是那样，还叫南武工人吗？还是南武人吗？那就是给咱们工人丢脸，给南武丢脸！”

他提高了音量，望了一眼台上的郝时进，继续大声说：“你们的厂长是条汉子。不瞒你们说，我可以在集团给他安排一个位置，发财就别想了，一碗饱饭混到退休还是有的，但他拒绝了，他说他不能对不起‘共产党员’这四个字。我相信我们其他的工友也不是孬种，这么多年，大家都是咬着牙过来的，日子不好过，还得顶硬上。市里面支持集团，我们再拿出3000万，给大家多发一年的工资，多送大家一程。”

说到这里，李川弘哽咽了，他低下头，任泪水涌出眼眶，一滴一滴地坠落在地，瞬间被土地吸收，化为无形。这片土地很快就会被政府收回，作为储备用地，未来将是高档住宅或是金融街的写字楼，谁也不知道。但他知道的是，很快，新一代人就会替代眼前这些昔日的主人，忘记这里曾经有过590厂，曾经有过怎样的风风雨雨和坎坎坷坷。

或许这就是城市蜕变的阵痛，发展的代价。没有代价，怎么会有收获？资本也是收获之一，这个词从为人类所不齿的垃圾堆中爬出来，变为人人欢迎的香饽饽，也经历蜕变的阵痛。你问我怎么知道李川弘的事情？我是替他想出来的，也许当时的情景不是这样，又有什么关系？结局还不是一样。

本来，590厂与我无关，破产清算之后，房地产开始大热，地价急升，省开发集团把地皮拿去之后，逾期没有开发。有人说省开发集团是等着地价上涨，其实不是，后来他们将地皮转让给我的时候，并没有加价很多。至于为什么迟迟不开发，我也不知道他们内部的事情。市政府本来想将土地收回再拍卖，后来，经过协调，直接转让给我，我将590厂的地皮改建成了大型住宅小区山海城。有传言说我与李川弘串通好了，他玩弄阴谋将590厂破产，然后把地皮贱卖给了宜信，完全是无稽之谈。

第七章

第一节　芒种，花开

几点下班?

契辅教授在他的Instagram发出了一张南武CBD的照片，配文就是这四个字。他站在人行天桥上俯拍夜晚路灯下的过街斑马线，斑马线两端都聚满了西装革履的人群，整个图案像一个巨大的哑铃，近景是教授的欧米伽海马腕表，分针和时针重叠，都停在12点。

契辅教授是自己花钱来南武的。8月中，夏季学期结束，离9月秋季学期开学还有两周时间。周广为发去邮件，详细讲了他对南安基因的想法，邀请契辅教授来南武看看。于是，契辅教授计划了他的东亚之行，先到首尔，然后向南到台北，从台北飞香港，从香港到南武，然后北上上海，从上海飞回纽约。

“周，我就像一个即将要去游乐场的孩童，你能想象我的那种紧张和兴奋吗?”契辅教授在给周广为的邮件中称这是目前全球增长最快的经济圈，他对短短两周的旅行充满了期待。周广为心想，前岳父李川弘和父亲周翼谋不会这样和一个后辈说话。中国人讲究韬光养晦，总是把真实的自己藏在毫无表情的面孔后面。

在从台北飞香港的航班上，漂亮的空姐用英文询问契辅教授是吃饭还是吃面，契辅教授得意地用中文回答："吃饭。"接着，熟练地用筷子夹起鸡肉吃了起来。坐在教授隔壁的是一位年纪较长的欧洲人，白色皮肤泛着粉红色，看到契辅教授如此熟练地使用筷子，差点惊掉了下巴，就问契辅教授是不是在中国待了很长时间。

契辅教授回答这是他第一次来中国，在美国，他经常吃中餐，有位中国南武的学生教了他正宗的用筷子办法。

"哦，真棒！"欧洲人由衷欣赏契辅教授的动作。他自我介绍叫巴泽尔，是德国人，工程博士，为博世公司工作，他在中国断断续续待了七八年，去过沈阳、上海、武汉、北京、长春、成都、南武等很多中国城市，他说他的筷子完全是在路边大排档自学，没有人教他。

"给我讲讲亚洲人，巴泽尔博士。"契辅教授央求着。

"亚洲人神秘莫测。"巴泽尔摇摇头，挠了挠发量稀少的头顶，无奈地对美国人说，"你看，他们吃食物的方式都这么讲究技巧，更不用说语言了。"

见契辅教授饶有兴趣地聆听，巴泽尔继续说下去："你一开始听不懂中国人说话，是因为不懂中文。后来你懂中文了，你会发现，你还是听不懂他们说话，他们总是不直接说出意思，或者想说的意思与话的意思是相反的。"

"在美国，沃尔玛只有亚洲食物没有中国食物、日本食物、越南食物，中国人、越南人、韩国人都叫亚洲人，你就有了错觉，以为他们是一样的。结果是大错特错，到了日本，你就学会了辨别日本人和韩国人；到了中国香港，你就要学分辨台湾人和香港人；到了中国内地，你就遇到大麻烦了。在北方，你要分辨南方人；在南方，你要分出广东人和福建人。他们非常不喜欢你错认了他们来自哪里。”德国人带着过来人看透的神情抱怨。

“那，中国人做生意和日本人、韩国人一样吗？”契辅教授还是好奇赚钱的事。

“当然不。没错，中国有一个庞大的市场，很国际化了，有很多汽车制造企业，如果你以为对博世这样的零部件供应商来说，生意就好做了，那就大错特错了。”巴泽尔摇着右手的食指，特别喜欢说“大错特错”，以及“中国人总是能找到最简单、最快速、最有效的方式去占领市场，不只是国内市场，也包括国外市场，这个方式就是降价。他们嫌技术改进来得太慢，研发太慢太花钱”。

“所以，他们就要求供应商也降价。”契辅教授猜到了答案。

“是啊，他们会威胁你不再购买，或者拖延付款，要拉着你一起跳楼。”巴泽尔被自己的比喻逗笑了，“可怜我们中国区的同事，他们往往要花一整年的时间来和汽车厂谈价格。”

“宝贵的时间都浪费在议价上了。”契辅教授点头表示赞同。

“是浪费。”德国人转过头看了一眼舷窗，香港的海岸线已经倾斜在机翼下方，“你要去的南武是一个特别的城市，特别之处在于，他们认为南武以北的地方都是北方，而一般中国人用长江划分南北。南方，在中国的意思是，更灵活，更会做生意。”

想不到中国是如此复杂，契辅教授不但没有后悔来中国，反而更兴奋。“巴泽尔博士，为了表达我对你的感谢，我要把用筷子的诀窍教给你。”契辅教授将两根筷子分开，先将一根筷子放在巴泽尔大拇指根部与无名指的第一关节，示意德国人来抽这根筷子，德国人用力抽了一下，居然纹丝不动，他圆形的嘴张得更大了。然后，契辅教授让他用大拇指、食指、中指的指尖部位拿住第二根筷子。

“现在，你只要灵活地运动第二根筷子就行。”

巴泽尔将筷子举在半空，练习了一会儿，然后把动与不动的筷子完美配合，牢牢夹起一筷子面条，稳稳地送进嘴里，他放下筷子，为自己鼓起掌来。

“南武真是太热了。”周广为将车停在了酒店大堂门外的停车场，契辅教授穿着西装走了几步，已经是额头冒汗。他跳上车，脱去外套，掏出手帕抹去汗水，忍不住对周广为抱怨了一句。

车沿着南武环线一路向东，契辅教授坐在后排没有和周广为说话，他在打量这座陌生的城市。他觉得南武其实是两座城市套在一起，里面是老城，外面是新城，老城和新城都是人头攒动。不过，老城见到的多是老人，老城有旧时老楼、麻石巷道、庙和古迹；新城则是高速公路、高楼大厦、时髦的百货商场，见到的都是年轻人。

和美国相反，南武人住在downtown（市中心），在郊外上班，而美国人是住在郊外，去downtown上班。今天，周广为安排了契辅教授与南安基因的创始人见面。南安基因在南武东面新城的一个科技园区内，契辅教授过来时，一路在给南安基因加分：交通便利加5分，环境绿化加5分，当契辅教授走进会议室的时候，他才停止了加分。

在南武这样的城市开会，契辅教授觉得与在美国开会差不多。窗外的草坪是一样的，咖啡机是一样的，桌椅是一样的，在座的都说一口流利的英语，契辅教授完全没有觉得他是在中国见创业者，就连思维也切换回了美国模式。

公司的四个创始人见到契辅教授、周广为进来，一起站了起来。周广为给他们一一相互介绍，寒暄完毕，契辅教授微笑着说："我想一个一个地和你们谈，可以吗？"

辛如雨第一个坐在了教授对面。

"为什么有四个创始人？"契辅教授问。

"其实，原始创始人只有一个，就是我的师兄何涛枫，后来，需要更多的人来处理事务，于是，他就邀请我们加入。"

"作为联合创始人加入？"

"是的。"

契辅教授心里暗想，这在美国是不会发生的，朋友关系代入公司架构，貌似平等，实则后患无穷，好在后面加入的只是联合创始人。公司治理架构的问题还不急，急的是业务问题。"我也知道医药公司是长线投资，你们也融过资。你觉得公司不赚钱的根本原因是什么？"契辅教授单刀直入。

辛如雨对这个问题已经想了很久，她直视着契辅教授的眼睛，冷静地说："我觉得我们公司不赚钱的根源在于我的师兄何涛枫。"

"哦，为什么？"契辅教授端起咖啡喝了一口。

"生化公司有很多种赚钱的方式，除了自主研发，还可以CRO（Contract Research Organization，委托研究机构）。自主研发产生现金回报的时间就很长，但是，CRO不会，CRO就是代客加工，很快就有回报了。"

契辅教授放下杯子，意味深长地看着对面的辛如雨："我懂什么是CRO，你是说，你们没有开辟CRO业务，完全是因为你们的创始人不想做？"

"是的。"辛如雨肯定地回答。

"你怎么知道你们想做CRO就有CRO做？"契辅教授觉得或许这是多此一举的问题，因为辛如雨既然敢提出CRO，就说明她们已经尝试过了。

果然，辛如雨回答："我们已经联系过美国的沙西药厂、罗斯大药房，他们都愿意购买我们的技术服务。"

"嗯。"教授很满意这个答案，一旦开展CRO，南安基因就有两条腿走路了。

一般的投资人总是在你陈述PPT的时候，不断插话进来，打断你正常的节奏，让你紧张不安，而问的问题也都是一些自以为是的技术问题。辛如雨惊讶这位投资者只问了一个与技术完全无关的问题，于是，她有点不放心地追问："您还有其他问题吗？"

"哦，我还有一个问题。"契辅教授从自己的浮想联翩中惊醒过来，"我想做一个飞行测试。"

辛如雨知道这是通用电器流行的一个测试，便点了点头。

契辅教授笑了："看来你是知道这个测试的。我有两个问题：第一个问题是，你们四个创始人现在都在飞机上，而飞机马上要坠落了，只有一个降落伞，给你们四个人中间的一个人，这个人你觉得他最适合做公司的CEO，写下他的名字；第二个问题是，飞机上没有降落伞，你们四个都要完蛋，现在你们要选一个外面的人来做CEO，选谁？写下他的名字。"

辛如雨很快就写完了，将纸条推给契辅教授。契辅教授用笔在纸条上做了一个记号，叠好，然后站起来，与辛如雨握手告别："很高兴与你谈话，希望我们有机会再见。"

"后会有期。"辛如雨用力握了握教授伸过来的手。

最后一个坐在契辅教授对面的是何涛枫。

从何涛枫走进会议室的那一刻，契辅教授就读懂了他自信。何涛枫带着理工学院而不是商学院里最常见的表情，目不斜视、执拗倔强，这来自他对技术或者学术不容置疑的自信。他坐下后直直地盯着对方，两手一握，放在桌子上，仿佛在说：来吧，接受挑战吧。

契辅教授喜欢这种眼神，他并没有准备更多的问题，只是将问过辛如雨的问题再问一次何涛枫："你觉得公司不赚钱的根本原因是什么？"

"或许，是因为我吧。"

何涛枫的坦率倒是大大出乎意料，契辅教授将手放在咖啡杯上没有端起，用手指在杯把上环绕着，过了一会儿直接反问："为什么？"

"是因为我坚持自主研发，我也知道自主研发赚不到快钱，他们想做CRO。"何涛枫将头转向门外，意思是他们就是门外的那些人。

"那为什么你不去做CRO？"

何涛枫端起杯子喝了一口水，回答："我在创立公司的第一天，就不是为了赚钱，而是想独立研究抗癌新药。这些年，这条路虽然很难走，但是，我们在不断接近目标。目前，我们已经完成了全部临床前的研发，就快可以交给FDA（美国食品药品监督管理局）申请做临床试验了。"

"就算是过了FDA，临床三期试验，怎么也要五到十年。"

"是的，所以，我们需要更多的钱。"何涛枫从桌子上撤回双手，环抱在前胸。

"最后一个问题。"契辅教授并没有因为对方的执拗而生气，他知道技术出身的创始人就是这样，你不能要求他们既懂技术还懂公关，"我想做一个飞行测试。"

生化专家确实不知道企业管理的故事，何涛枫不解地问："要上飞机吗？"

契辅教授笑了："不用。我有两个问题：第一个问题是，你们四个现在都在飞机上，而飞机马上要坠落了，只有一个降落伞，给你们四个人中间的一个人，这个人你觉得他最适合做公司的CEO，写下他的名字；第二个问题是，飞机上没有降落伞，你们四个都要完蛋，现在你们要选一个外面的人来做CEO，选谁？写下他的名字。"

"看来我以后不能跟他们一起坐飞机出差了。"何涛枫笑着开玩笑，他在纸上飞快地写下了两个名字，在写第二个名字的时候，他思考了片刻，抬起头瞟了一眼窗外，这一眼被契辅教授捕捉到。

很快契辅教授面前摆好了四张纸，第一个问题没有两张纸是相同的，四个人写了四个英文名，而第二个问题，四个人却出奇地一致，写的是周广为的英文名——Mervin。

回酒店的路上，契辅教授没有坐到后排，而是坐到副驾驶的位置上，周广为见到教授坐在身边，便直截了当问："契辅教授，聊完后，您会投资南安基因吗？"

契辅教授并没有接过学生的话茬，而是岔开了话题："周，今天，我给他们做了飞行测试，我看到的都是英文名字，你能给我讲讲他们的中文名字都有什么含义吗？"

中国人喜欢给自己取一个英文名字，没有想到教授还对中文名字有兴趣，周广为有些诧异，看了一眼身边的老师："每一个中国人的名字都是有寓意的，不过，转换为英文名时，很多人都是用了同音，那些寓意就丢失了。辛如雨的名字，意思是像雨一样。"

"很有诗意。"

"而何涛枫的名字表示两个意思，一个是浪涛，一个是红枫。"

"这是完全不同的两样东西。"

“确实，不过中国人总有办法将它们联系在一起。中国人觉得一个人的命运是由五种物质构成的，分别是金、木、水、火、土，缺一不可，缺了就不平衡。”

“有意思！怎么知道我缺什么？”

“中国人相信命运是天生注定的，所以，要从你刚出生时就开始计算，你出生的时间就代表了天地五种物质的配给。”

“真有智慧！”契辅教授倒不是虚伪地奉承，而是由衷地赞美，“你们中国人把每一个人的命运都和宇宙联系在了一起，既然是宇宙，就一定有缺失，你们一定知道怎么补救。”

“确实，我们就是通过名字来完成补救。就拿何涛枫来举例，何是他的姓，改不了。涛代表水，枫代表木，可以猜测，他的命里一定缺水和木，于是，父母为他取名字时，就特意用带水和木的字给补回去了。”

“真有智慧！”契辅教授忍不住第二次赞叹，“那你的名字补什么，周？”

“不是每一个父母都相信五行说的。”周广为笑了，“我的名字是另外一种模式，就是父母把一种愿景交给子女，希望他的人生就和名字一样，我的名字意思是大有可为。”

“嗯，这是一种很好的、持续的暗示，你相信这种暗示吗？”

“我相信。”

回程的方向是向西，周广为在望后视镜时，已经看到正午的太阳从后排座挤了进来。看了一眼汽车上的时钟，已经过了一点半，早过了吃午饭的时间。好在路边还有周广为吃过的农家乐，他对契辅教授说：“教授，吃午饭的时间到了，我请您吃一个中式的西餐吧。”

“我现在明白了为什么说食在南武，南武的美食从来不会让人失望。”

“那是当然，”周广为又补充说，“您知道吗？美食指数与GDP的增长速度是成正比的。”

从南武大道下来，车拐进了通往筲箕窝水库的一条小路，停在一家农家乐的停车场。落座后周广为快速点了牛肉烙饼、猪肉煎饺、烧排骨和粟米鸡蛋羹。他告诉契辅教授，牛肉烙饼就是中式的比萨，粟米羹等于没有海鲜和奶油的法式浓汤，而烧排骨在美国也很流行。

“中国菜的精华在于高温的油。”契辅教授抓着油汪汪、热辣辣的牛肉烙饼，一口接着一口地吃，赞不绝口。吃完，接过周广为递过来的纸巾，擦好手，喝了一口热茶，“中国菜的油脂多，茶是绝配。”

“还有，中国菜的味觉刺激追求极限，例如辣，您要不要试试？”周广为怂恿契辅教授。

“好啊。”契辅教授又喝了一口茶，重新提起吃饭前的话题，“周，你问我会不会投资南安基因，这个问题应该是我问你。”

周广为将最后一个煎饺夹到教授的碗里，然后说：“我与他们相处久了，判断难免带上私人感情，加上我这一次想重仓南安，所以，我请您帮我把关。”

“生化公司是上帝的助手，上帝留给人类的缺憾就是病痛。”契辅教授没有正面回答周广为的问题。

“这家公司技术团队实力不俗，关键是他们的运气不错，一开始选择的路径目标就碰巧对了，所以，研发的进展也很快，值得投资。”周广为不理会老师的云山雾罩。

“嗯，我同意你的说法，周。”契辅教授停顿了一下，然后问，“你觉得他们最大的问题是什么？”

关于这个问题，周广为已经思考了很多次，对辛如雨，这个答案他无法说出口，不过，对契辅教授，他不会有任何隐瞒。

“盈利速度太慢。”周广为脱口而出，“盈利速度慢是由于他们的业务模式太单一，而业务模式单一的根源在于定位错了。他们的创始人以为自己是一家科研机构，其实定位应该是公司，公司就是要赚钱的。”

蘸了蘸陈醋，契辅教授吃掉了最后一个煎饺，然后慢悠悠地说：“回到美国后，我吃煎饺都要蘸醋了，原来蘸了醋是如此美味。那么，如果让你来动手，你怎么解决南安基因的业务问题？”

“最快、最有效也是最彻底的办法，换一个CEO。”

契辅教授转头看了一眼弟子，继续问：“你有这个CEO的人选吗？”

“其实，我是有的。”周广为知道契辅教授心里也有一个名字。一个人要成为CEO，必须有两种力量在背后支持你：一种是技术的力量，你能带着团队不断研发新技术；另一种就是资金的力量，资本信任你。

“我今天上午给他们的联合创始人做了一个飞行测试，我让他们推选一个CEO，他们有一个一致的人选。”契辅教授把玩着筷子，他用一双筷子夹起了陶瓷的汤匙，从一个碗移到另外一个碗里。

“是我认识的人吗？”

“就是你，你愿意去南安基因做CEO吗？”契辅教授放下筷子，平静地看着周广为。

“我愿意，”周广为说出了自己的担心，“不过，在中国，人们会议论，说我是一个阴险小人，借助大地基金的投资，赶走了原始创始人，抢走了人家的果实。”

“你会因为这样的议论影响你自己的决策吗？”

“这倒不会。”周广为心想，他只是要把未来可能出现的负面后果预先告知契辅教授而已，“我还有一个顾虑，就是如果我走了，我觉得对不起您的信任，我将不能再服务大地基金。”

“这个你不用担心。”契辅摆了摆手，“要想成功，哪有不付出代价的？对大地基金来说，钱是代价，时间是代价，人员也是代价。你，就是我们大地基金付出的代价。”

还有没有难舍的过去？周广为很快就知道还有很多。

Elaine知道周广为要走的消息时，周广为已经在怡和仓的办公室里收拾东西了，他并没有自己的办公室，只不过占用最后一排的一个办公桌。这一晚，等大家都下班走了后，他拿出那只雷曼兄弟的纸箱，开始收拾私人物品。

Elaine站在自己的位置上，看了几秒钟，走过来按住老板的纸箱："你要走？”

周广为直起腰，把手放在Elaine的手上，无奈地笑道："是的，我要走了。”

“这次不带我一起走了？”Elaine直视着男人的眼睛。

“Elaine，你应该能猜到我要去哪里。”

“是南安基因吗？”

“是的。”

“你这是准备偷偷溜过去，不和我们告别吗？”

周广为有点后悔将办公室的灯熄了大半，昏暗的空间中，Elaine将一男一女离别的气氛催动得有些暧昧。“我不是偷偷地走，只是不想和你们说再见。”他感觉自己的声音快要把自己拖进这昏暗的暧昧里。过去这种昏暗的不明朗是种吸引和享受，眼下却是一种困扰和纠缠。变化没有给周广为留出足够的时间，让他去消化前因后果。

Elaine用牙齿咬住下嘴唇，看不清她脸部的线条是否僵硬起来，空气有一刻是凝固的。停了一会儿，Elaine从周广为的手中抽出自己的手，说："走，我送你过去。"

"不用了，我打个车过去就行。"

"我，说，我，送，你，过，去。"Elaine一个字一个字地说。

夜色在摩托车的轰鸣中裹挟着疾风快速向后退去，Elaine驾驶着她的川崎忍者400，在南武大道的车流中像一片树叶一样摇摆着，高速向下游飘去。川崎高翘的后座和车速让周广为不自觉地搂住了Elaine的腰。

"搂紧我的腰。"Elaine回过头，从头盔里大声说。

周广为的手上加了一点力量。他直觉这股力量像从心里往外推动的，来得有点不由自主，双手却使不上劲，有点无能为力。

"搂紧我……"Elaine没有回头，她的声音回旋在头盔里，像对着自己说。

"什么？"周广为贴上去，大声问。

"搂紧我！搂紧我！我要你搂紧我！"Elaine大声叫道。她超大的声音一部分被头盔闷着，大部分消失在车水马龙的空气里，一闪而过，连回音都没有。

忍者400真的就像城市里的一名忍者，嗖的一声，冲进前方闪烁迷离的灯海中。

辛如雨将契辅教授比作掀起暴风的蝴蝶。契辅教授飞离南武后，辛如雨发起倡议，南安基因的四位创始人坐下来商议决定，何涛枫辞去南安基因CEO的位置，转做新药研制的项目负责人，邀请周广为担任南安基因的CEO。

命运的风云变幻得太快。站在南安基因的办公室里，周广为发出感慨，有一种做梦般难以相信的感觉，好像一切并没有真实发生，如果愿意，他随时都可以按下倒车键退回过去。

在周广为的努力下，大地基金的3000万美元投资很快到位，南安基因的股权随之发生变化，钱老板套现退出，将全部股份转让给大地基金。由于大地基金的加入，南安基因的估值变高，BST不愿意出让，它的股份比例稀释。四位创始人出让了各自65%的股权给大地基金和周广为，大地基金控股南安基因，周广为向母亲梁家珍借了1500万，买了相应的股份。

当各种烦琐事务扑面而来时，周广为很快就应接不暇，再也没有似梦似醒的迷离。原来，真实的世界都是别人给你的，周广为感叹。

这一天，辛如雨和何涛枫一起来找周广为。

“南安基因自主研发的新药已经完成了工艺开发，马上就要送FDA审批。FDA审批的时间大约是30天，FDA过了，就要进入最耗时间的临床研发阶段。”何涛枫说。

“那是好事啊。”周广为说。

“南安的优势在于新药研发，到了临床研发阶段就没有优势了，我们没有和众多医院的合作基础，没有医生的人脉。没有这些，就很难开展临研。”何涛枫说。

“你们的意见？”周广为反问。

“我们的意见是外包出去，找一家业内资质优秀的研发公司帮我们走过临床阶段。”辛如雨说。

“我没有意见，自己做不了、做不好的事，就该花钱请人做。”周广为继续问，“你们想选哪家公司帮我们？”

“大湾区最好的一家，号称CRO之王——诺华康美。”辛如雨说，“他们不光在国内有庞大的关系网，在美国也经营得不错。”

“深圳市的诺华康美？”周广为再一次确认。

“是的，难道还有第二家诺华康美？他们的CTO就是您的前妻李仞芝。”何涛枫说。

“严格意义上说还不是前妻，我们还没有办离婚手续，你们也知道这种关系是很难开口求她办事的。”周广为将两手一摊。

“我们知道，我们也不想麻烦您。不过，之前我们联系过，我们的预算，人家听了就一口回绝了，让我们去找CTO。所以，我们也只有您这一条路可以走了。”辛如雨恳求。

“好吧，我尽量试试。”周广为无奈地答应。

说完诉求，何涛枫、辛如雨如释重负，将一肩的负担都留给了周广为，两个人相视一笑，起身告辞了。

两个人走后，周广为送他们出去，顺便锁上门。

退回到自己的座椅上，周广为将手机放在桌子上，两手撑着脑袋想了足足有五分钟。像演电影一样，他在脑子里预演了他与李仞芝的各种对话、各种反应。他告诫自己，他打电话只是探路诺华康美，这只是第一站，千万不要搞僵了，实在不行就撤，后面他还可以请前岳父李川弘来补救。

从通信录中调出李仞芝的电话，周广为忽然发现之前他倒背如流的号码，现在已经有点陌生。电话拨通，蜂鸣声传来，一声又一声，周广为忽然觉得电话就像打给过往、唤醒旧梦的魔盒，短暂而匀速的蜂鸣声便是从旧梦深谷里传来的回声。

“喂。”听筒里是周广为曾经非常熟悉的声音。

“仞芝，是我。”周广为在与李仞芝甜甜蜜蜜的时候，称呼她的小名“小芝”，这还是他第一次叫她“仞芝”。

“什么事？”李仞芝的语调没有多余的私人情感，说不上高兴，也说不上讨厌。

“没有事，就不能找你了？”周广为想将对话拖入私人情感轨道。

“没有事，我就挂了。”对方没有给周广为留下回旋的余地。

周广为对自己打这个电话有点绝望了，他已经预见到结果，不过，该说的话还是要说：“别挂，有事有事，我们公司想和你们合作，委托你们做临床研发。”

“南安基因？”李仞芝的语调依旧平静。

“是的。”

“你们的报价太低，同事已经和我说了，不符合公司的利益。”李仞芝依然是公事公办的语气。

“仞芝，能不能看在我们夫妻一场的情面上，帮我这个忙？”周广为换上恳求的语气。念旧情，顾旧人，是他能打出来的唯一王牌。

“不能。”李仞芝没有如周广为所愿，暴跳如雷，然后大骂他一顿，她没有给前夫预留任何解释、道歉、安慰的余地，“我还有事，挂了。”

“嘟、嘟、嘟、嘟……”急促的蜂鸣声从手机听筒里传出。周广为没有立即挂断电话，而是拿着电话听了一会儿，在他听来，这声音表示旧梦在急速坠落，发出了马上就要粉碎的求救信号。

不能坠毁，不能就这么放弃。周广为赶紧挂断电话，制止了电话的“嘟嘟”声，转而拨给了母亲梁家珍。

“你想我做什么？”听完儿子的叙述，梁家珍反问。

“我想能不能通过省卫健委的关系，找到诺华康美，要求他们合作。”周广为也知道这不是最好的办法。

“下策！”梁家珍打断了儿子，“政府部门也不好出面干预企业的市场行为。为仔，你去找一下你岳父就那么难吗？让他出面劝劝小芝不就行了。”

“妈，我不是不想找他。”

“你是想我帮你先打个电话给他？”梁家珍挑明儿子的想法。

“这样胜算不是更大？”

“为仔，我先打了电话，你岳父或许会碍于我的面子，但他会怎么看你？”梁家珍还是一口一个“你岳父”，“该是你的事情，怎么都要顶硬上。”

“好吧。”周广为无奈地叹了口气。

“还有，为仔，你是不是只有为了生意才打电话给我？除了公司的事情，就没有别的和我这个当妈的说一说了？”梁家珍劈头盖脸数落起儿子。

“妈，我公司的事情已经多到忙不过来了，您要不要过来帮我？”

“我才不过去，都是你自己的事情。”梁家珍忽然想起来，又叮嘱，“周六晚上记得回来喝汤，顺便看看你老爸，我让琴姐炖鹧鸪汤。”

“好的。”提到周翼谋，周广为把声调降低了半度。

挂掉电话，周广为又用两只手撑着脑袋，犹豫要不要马上打电话给李川弘，怎么开口求李川弘。门口传来两声敲门声，周广为不想开门，等了一会儿，又传来几声敲门声，这次更加急促，周广为站起来去打开门，辛如雨闪身进来，一屁股坐在周广为办公台对面的椅子上。

“你来监工？”周广为没有好气地问。

“我来告诉你女人的秘密。”辛如雨调皮地歪头看着对面的周广为。

“什么秘密？”在了解女人方面，周广为认为自己不算太差，毕竟结婚这么多年，该尝到的酸甜苦辣，他都尝到了，他不相信辛如雨这么一个从学校到实验室两点一线的单纯女人，能提供给他什么有价值的经验。

“女人是个谜。”

“哼。”周广为鄙视地从鼻孔喷出一股气。

“就知道你看不起我。”看到周广为的态度，辛如雨一点都无所谓，“女人啊，都是一样的。她不是你的下属，不是你的同事，她就像你的一个谜。你总是花心思在她身上，总是琢磨她，而她不需要直截了当，你就能明白她想要什么。”

“这是有病吧？”

“哎呀，看来你结婚这么些年都白结了，你说对了，就是有病。好吧，就算是病，你知道药在哪儿吗？”

“在哪儿？”周广为露出感兴趣的神情。

“在这儿。”辛如雨指了指心口，“一天三次，每次两三句话，用心去关心。”

“每个女人都适用？一样的剂量？不用望闻问切？不用量体温，测血压？”

“不用，每个女人都受用。”

“你也一样？”

“我也一样。”

用女人的方式来解决女人的问题，还是用男人的方式来解决女人的问题，这是一个问题。周广为将male（男性）和female（女性）两个单词写在两张纸上，在下面写了一串优点与缺点。最后，他还是觉得用男人的方式来解决目前的问题是最高效的。至于女人的方式，也不妨一用，既然是同行了，就要慢慢修补他与李仞芝之间的关系。

男人的方式，就很简单了。周广为写了一段话发短信给李川弘，说明公司资金不够，而李仞芝手握大权，拒绝与他合作，导致他卡在这里。李川弘很快回复："好的，我和芝女说一声。"

女人的方式，周广为想了很久，该写点什么发给李仞芝呢？"仞芝，近来好吗？我一直挂念着你……"不对，这太煽情了。"仞芝，基于我们双方公司的需求，应该加强合作……"这又回到男人的方式了。

扔下手机，周广为走到后院的小山坡上，阳光灿烂，暴晒着这个纷繁烦扰的小小世界。云来风去，却阻挡不了院子里几棵鸡蛋花树挂满了白色的花朵，每个窗户里，都是忙忙碌碌的身影，这个世界就是这样满是错乱却温暖明媚。周广为不想再去编点什么话，他只想把自己的心里话说给李仞芝听，不管李仞芝怎么去理解。

"仞芝，窗外的鸡蛋花开了，这些树是我们公司院子里几十年的老树了，它不会因为我今天情绪低落就不再开花，这个世界不会因为我们的改变而改变什么。就让我们也遵循自然之道，不去因为世界的改变而改变我们的什么……"

没过多久，"叮咚"一声，手机显示有新短信。周广为拿起一看，是李仞芝的回复："让你同事下周过来我们公司，带齐资料。"

第二节　春分，叶落

已经夜深了。

驾车回公司的路上，居然还遇到塞车，周广为把车挂上空挡，拉上手刹，将头靠在车窗玻璃上，向上仰望着黄色的路灯。南武这座城市不只是每晚度过不眠之夜，而是修炼成了不眠之城。即便是凌晨，马路上依旧穿梭着车流，街道边的摊档上依旧坐满了吃消夜的食客，热闹一直不停。

大约后半夜1点半，周广为才回到办公室，同事们早已下班。辛如雨留了一张纸条，贴在周广为的电脑显示屏上：野村国际的Inamura来电，你方便时回电。落款是一个错号的交叉，其实，那是辛如雨的姓Xin的首字母，她刻意写成一个交叉。

显然，辛如雨不知道稻村杏奈的中文写法，这是两个人用英文交流的结果，辛如雨记下了名字的英文写法。周广为望了望窗外已经空寥寥的马路，拨通了稻村杏奈的手机，果然，她还没有睡。

“周先生，谢谢您打来电话。”稻村的语调总是很客气，即便是她有求于人，也带点拒人千里之外的冰冷，“我有两件事情想求您帮忙。”

稻村是一个能把请求说成命令的女人，漂亮女人总是觉得对男人有着先天的特权，周广为不禁咧开嘴无声地笑了：“您说。”

“一件是公事，我们听说南安基因要在香港上市，我们想做承销。”

以野村国际的资质，为南安基因这样融资规模不是特别大的股票承销，完全不是问题，周广为想都没有想就爽快地答应：“没有问题，我们现在有了几家券商承销，加多野村一家完全没有问题。”

“一件是私事，”稻村在“私事”两个字加重了语气，提醒周广为注意，“也不完全是私事。野村证券株式会社的前任会长永井置二先生，他非常喜欢中国的禅宗文化，一直想来南武。之前他忙于公务，没有时间；现在他退休了，想实现这个愿望，我会陪他来，能否请您抽空作陪，拜托了。”

高冷之外，稻村是一个极其认真的人，周广为记得她曾经说过：“别人怎么做我不知道，但是就算打电话拜托别人时，我也一样会鞠躬，对方看不到是另外一件事。”

周广为在想，稻村说这话的时候，不知道有没有鞠躬。本来想随便找个理由拒绝了，转念一想，人家既然提出，就有她的理由，自己能做到的，还是答应好了：“好，您不会介意我不是禅宗专家吧？”

南武市向西南100公里左右，便是新兴县，这里是六祖的故乡，建有国恩寺。南武市向北200多公里，便是六祖圆寂之处南华寺。南武市有六祖落发受戒的光孝寺。

“就请永井先生游览三个寺庙吧。”周广为对稻村说。

在机场接到永井和稻村之后，周广为驾车直奔南华寺。在车上，永井赞叹南武的繁华和现代化，惊奇在如此世俗之地，竟然还有六祖的一席之地。他忍不住问开车的周广为：“周先生，天天与钱打交道，世间万物纷扰，您会不会也偶尔去一下寺庙？”

“纵然红尘一万丈，皈依只需要闭上眼睛。”周广为说。他觉得不矛盾，想归隐的自然归隐，想堕入红尘的就堕入红尘，人世间就该这样七彩斑斓，让人目眩神迷，也让人静水深流，自己喜欢做什么就做什么。

游览完南华寺，晚上在韶关休息一晚，第二天一早驱车去新兴的国恩寺。中午回到了南武，周广为安排了斋宴。在六榕寺吃完斋宴，一行人七拐八拐，拐进光孝路，光孝寺是最后一站。

由于不是假日，光孝寺里的人不算多，高大的银杏挂了一树的金黄。一门之隔，两个世界，迈进山门，寺院是一个宁静的所在。跪拜了佛像之后，永井按照习惯，往每一个功德箱里放了钱，做完这一切，他如释重负，站在银杏树下，望向树梢之上的天空，深秋的风吹过来，大家都感到了长途跋涉旅程中难遇的清爽惬意。

“谢谢周先生！您安排得很有智慧。”永井向周广为表达感谢，“您让我在两天之中去领悟一位智者的一生。”

“我很高兴您能不虚此行。”周广为并没有刻意去谦虚。

“一个人再超脱，他也必然有出生之地、死亡之地，最无奈的是，他也必然有声名显赫之地。如果没有光孝寺的心动幡动，只有黄梅山的本来无一物，禅宗就不会有后来的七花一叶。”永井感慨。

周广为转换了一个话题：“日本的京都也有很多寺庙，在京都、在南武，都会有不同的悟道，这或许就是道场的必要吧。”

“一座古城如果没有古寺，确实失色不少。”

“南武人的习惯就是遇到事情就求神拜佛。”周广为笑了。

“我在香港见过李嘉诚先生，他说他们一家都信佛，是信仰的信。”

“我不是，我只是当他们是朋友，是我的精神法师，当我烦恼时，就来见一见他们。”周广为微笑着解释，“其实，我知道最后还是要靠自己。”

“最终，我们还是要留在尘世之中。”永井向瘗发塔深深鞠了一躬，对周广为说，“我现在赶去机场，稻村小姐就拜托您照顾了。”

“欢迎您下次再来南武。”

“一定的。”

匆匆来去，萍水相逢也会有不舍。周广为在机场出发大厅挥别永井时，不禁想到他问过自己有没有想过摆脱纷扰。现在明白，活在人间，唯有纷扰才是你活过的证明。永井是傍晚的航班，飞往杭州。送走永井，稻村转过身来，对周广为说："我买好了晚上10点半回香港的直通车，还有差不多四个小时，陪我去哪里吃顿饭吧。"

"好啊，你稍等一下，我看看能不能给你安排一顿特别的晚餐。"周广为笑着答应，走到一边，打了几个电话后，回来满意地对稻村说："搞掂，你有口福了，我们现在去吃蒸猪，和几百个人一起吃。"

稻村笑了，她喜欢被男人呵护的感觉，这种呵护就是周广为说的"特别"。她喜欢男人有想法，有活力，能将平淡的日子过得有滋有味。她认为女人最好的状态就是被男人引领着，让他为你展示世间的风景，哪怕这种风景远在偏僻的乡村。

抱着这种心态，坐上车后，稻村将副驾驶位置向后调了很多，然后脱下高跟鞋，舒服地放平了座位，在周广为身边躺了下去。周广为看了一眼身边完全放松的女人，没有说什么，将车开得更加平稳了些，在江高转下机场高速之后没有多久，周广为打开车窗，对稻村说："稻村小姐，你可以起来闻一闻飘在空气中的味道。"

稻村坐起来，拿出梳子，梳理好头发。黄昏的暮色中，已经听到了隐约的、此起彼伏的鞭炮声，空气中满是硝烟的气味。稻村狠狠抽了抽鼻子说："我能闻到烧猪肉的香气，是烧肥猪肉的那种油脂香。"

"真是好鼻子啊，不光漂亮还有用。"周广为开心地笑了。

稻村白了周广为一眼："还要你说。"

周广为也夸张地学稻村抽动鼻子，补充道："除了烧肉，我还闻到清蒸石斑、卤水鹅肝、油焖大虾的味道。"

“太棒了，全都是我喜欢的。”稻村将座位调直，把脸伸出车窗外，风吹得她不得不眯着眼，露出孩子一般贪婪的神情，她的长发狂舞一般围着她的面庞飞旋。周广为侧头瞟了一眼，心想：永井说得对，我们谁也无法脱离尘世，就算是稻村这样事业心很强的女人，一样需要离开职场，暂时去做一个简简单单的女人。

“那我关掉导航，就靠你的鼻子导航。”周广为开着玩笑。

车越前行，鞭炮声越响，前方的村庄已经被笼罩在烟雾之中。

一头冲进烟雾中，周广为将车停在村口的路边，两人走了进去。南武的乡村与香港的乡村有着相似之处，不同的是，南武的乡村都是新盖的楼房，保留下来的旧建筑不多，但海心村的何氏祠堂是个例外。稻村对祠堂并不陌生。何氏祠堂就在村子的中央，祠堂前有一个水塘，祠堂外的空地上，已经摆好了几十张桌子。进了祠堂，绕过影壁，便是一个戏台，戏台下也摆了几张桌子。周广为指了指戏台，对稻村说：“今晚的主角就在这里，还有大戏听，可惜你要赶直通车回去了。”

祠堂里的供案上，摆满了琳琅满目的供品，有白切鸡、苹果、香烟、玉冰烧、可口可乐、鱼、茶、果汁……周广为从背包里掏出一瓶威士忌，放了上去。稻村惊讶地张圆了嘴：“你们的祖先还喝苏格兰威士忌？”

“还是单麦的，以前不喝，现在条件好了，也该让他们尝尝洋酒。”周广为故作认真地回答。

鞭炮暂歇，舞狮的锣鼓声又响起，周广为从裤子口袋里掏出手机，一只手捂住耳朵，对着话筒大声说：“师兄，我到了，就在祠堂戏台这里。”没过多久，师兄何永昌就站在了两人面前，穿着一件圆领的旧T恤、白色短裤，脚下是一双拖鞋。周广为介绍道：“我在沃顿时的师兄何永昌，巴克莱的未来VP（副总）。稻村杏奈，野村证券的未来VP。”

“怎么都才是VP？既然画大饼就画大一点，CEO行不行？”何永昌亲热地揽住周广为的肩膀。

“野心不小，我以为你这一辈子就想混个VP算了。”周广为不会放过调侃师兄的机会。

“我就死心了，你怎么把人家稻村小姐也看扁了。”何永昌握住稻村伸过来的手。

“幸会。”稻村微笑着。

“幸会幸会，走吧，我带你们去外面坐下来。”何永昌是今晚的主人。

“何先生，您是在伦敦上班，还是在曼哈顿的雷曼兄弟大楼那里？”稻村好奇地问前面这位穿着拖鞋、短裤的金融精英。

“我虽然参与了巴克莱收购雷曼兄弟，不过，很快我就回伦敦了，广为有没有提起我的经历？”何永昌回答。

“没有，这是我第一次见到您，那您为什么回中国？”稻村不解。

宴席即将开席，圆桌边已经有人坐下，狭窄的空间变得更加逼仄，何永昌一边和稻村闲聊，一边带着两人穿过人群，找到座位坐了下来。“我这次回来是为我儿子上灯的。我家乡的风俗是有了男孩，就在祠堂门口挂一个花灯，然后把他的名字记入族谱。”

“哦，您说您出生在澳门？”

“是的。”

“但是，您也遵循南武的风俗？”

“澳门是我的出生地，中国人除了出生地，还有一个很重要的地方，就是祖籍，我祖籍是南武海心村。”

“您是一个很传统的人。”稻村由衷地赞扬。

满地的鞭炮碎屑被跑来跑去的小孩踢来踢去，扬起红色的灰土，没多久，鞭炮声、锣鼓声终于弱了下去，小孩子撒欢一样奔跑的尖叫也停了。周广为说：“嗯，这是开席的信号了。”话音刚落，一位60岁左右、穿着时尚的女士端来一大盘蒸猪放在转盘上，蒸猪表面撒着芝麻和香菜，袅袅地冒着热气。

何永昌见到女士，笑着为周广为和稻村介绍：“这是我母亲。”两人站起来微微鞠躬，稻村露出诧异的表情。何永昌的母亲笑着解释：“本来是应该由上灯的这一家请大家吃饭，正巧今天是海心村开村的纪念日，村里摆了酒席，我们就不用掏钱请大家吃饭了。所以，我们特别从顺德均安请来了师傅蒸猪，村里的人手不够，我们就帮忙招呼客人。”

何永昌端起酒杯站起来，让周广为他们不用客气，吃好喝好，他先出去敬酒。等何永昌和母亲走后，稻村悄悄地对周广为说：“你有没有注意，夫人围裙下面的外套是香奈儿的，她直接穿个围裙就马上来端盘子。”

“这有什么？在我们这里很正常啊。你在外面风光那是外面的事情，回到家乡，你就是家里人，谁也不会因为你穿得好就高看你一眼。你先不要去关心人家的穿着了。”周广为用公筷为稻村挑了一块偏瘦的猪肉，放到她碗里，“不用蘸酱油，直接吃。”

稻村咬了一口，确实好吃。新鲜猪肉的肉香没有被调料掩盖，肉的脂肪经高温加工后变得肥瘦相间、不腻不柴。稻村为周广为倒了一些白酒在杯子里：“周，吃中餐，特别是肉比较多的时候，要喝点白酒。”

周广为夹起一片猪肉，为稻村解释：“蒸猪和你经常吃的烧猪制作过程有点类似，都要先腌几个小时。烧猪要烧两次，不然，烧猪的花皮就出不来；蒸猪也要蒸两次，哦，它们两个都要用钉耙在中间打一次肉。不同的是，烧猪是用火直接烧，蒸猪是用蒸汽来蒸。蒸猪第一次蒸好之后，用冰水马上淋，用来收缩表皮。"

乡村的酒席，大碗大碟的鸡、鹅、鱼、虾，整箱的啤酒放在桌子下。座中的客人，除了走开的何永昌，周广为一个都不认识，却并不妨碍大家频频举杯，互相祝福。稻村的白酒杯空了又满、满了又空，她斜倚在周广为的肩上，面色酡红，已经有点醉意了。

何永昌回来，见到稻村靠着周广为，意味深长地拍了拍他另外一边肩膀，用粤语说："忘了问你，最近在忙什么？"

周广为举起酒杯，和何永昌碰了一下："在想着IPO（首次公开募股），港交所出了一个新政策，没有盈利的高科技公司也可以上市。"

"哦，想找野村做承销？"

"其中之一吧。"

"有没有想过上市之后，或许你的运气并不好。"

"我又不是初哥，当然想过，大不了破发呗。"

"破发之后呢？"

周广为喝了一口酒，说："到时再说吧，今朝有酒今朝醉。"

"那，这位靓女也今朝有酒今朝醉？"何永昌的眼睛看向稻村。

"也到时再说吧。"

稻村蒙眬着眼睛，坐直了身子，用粤语说："毋在背后讲人哦，靓女识听嘅。"

两个男人都笑了，周广为端起酒杯，对稻村说："来，我们敬师兄一杯，多谢他的款待，我也要送你去火车站了。"

此时，戏台那边传来暖场的电吉他独奏，何永昌说这是他们村里年轻人自己的乐队。稻村听了听，说："这首歌我会唱，我要唱了这首歌再去火车站。”她站起来拉着周广为的手向舞台走去，脚步有点踉跄，周广为赶紧扶着她的手臂。稻村走上台，打断了乐手们的演奏，交谈了几句，音乐再次响起，稻村略带沙哑的歌声飘在了乡村的夜空：

> Love is over　悲しいけれど
> 终りにしよう　きりがないから

“这首歌，我也会唱。”周广为对自己说，他站在台下，仰望着稻村，轻声地一起唱了起来：

> Love is over，请你不要再说明，
> 过去就像流云，随风飘去无踪影。

在从实验室回办公室的路上，很多同事与李仞芝打招呼，她却好像没有听见，兀自走了过去。刚才，在实验室，她听见河北百奥康公司来跟项目的经理在和自己的同事闲聊，他们在议论南安基因上市的事情，李仞芝听见“南安基因”四个字，就停住脚步，装作是去药品柜取试剂，背对着他们，两个人有一句没一句地说到南安基因准备在香港上市了。

“你知道吗？他们的CEO和CTO是一对地下情人。”百奥康的经理小声说。

“嘘，小声点，南安基因的CEO是我们家CTO的前夫。”

“啊！这么复杂……”

李仞芝假装取了一样药品，疾步走开了。回到办公室，李仞芝从笔筒里抽出铅笔，在一张复印纸上随意地涂着灰色的色块。

4岁时，她被李川弘送去南武市少年宫学素描和钢琴，保留至今的习惯就是，遇到烦心的事情，她就会涂鸦一样漫无目的地涂掉几张纸。

“我有好多梦想都是别人给的，就像攒钱一样：小时候，看见别人考100分，我也想考；后来看见别人考了美国的藤校，我也想去；毕业后，看了别人去挪威的北角，我就想去；今天，我看见师姐您的事业，又多了一个梦想。”李仞芝想起辛如雨来到诺华康美，对她说的话。

心机重重的女人，什么都想要。要不是自己心一软，看见周广为这个呆瓜发来什么酸不啦唧的话，就同意了诺华康美给南安基因CRO临研，哪有今天南安基因上市这出戏？

李仞芝的脑海空白了两分钟。她至今搞不明白，这个在熟悉的环境里游刃有余、在情绪不对的场合里就懵懵懂懂躲闪的周广为，是真不解她的用心，还是过往的情爱都在各自搏杀的日子里，慢慢地风干了。一方不宽容，另一方没迁就，普通的事情也能充满火药味。可双方都觉得自己闷气，都觉得自己不甘心。尤其是女方，那闷气越织越多，就成了一碰就炸的怨气，甚至是怒气，哪怕是一句话砸下去，也会引发多米诺骨牌效应。这口气现在就在李仞芝的胸腔里窜动着。

她僵在那里，看了看自己画的画，是办公室沙发的素描。她将复印纸团成一团，扔进身边的废纸篓中，继续涂第二张复印纸。当涂完第三张复印纸后，李仞芝心里有了清晰的思路，她拿起座机打给公司的常年法律顾问：“李律师，有空吗？我有点私事请教您。”

其实，一个人在一座城市用到的空间是很局限的。

梁家珍坐在李仞芝办公室楼下的咖啡店，喝着红茶等着前儿媳妇下楼的时候，不禁想到这个道理。平时就是家、写字楼两点一线，新客户当然用不着她去跑，银行、市政府的关系，也都是打打电话，或者约在餐厅，登门拜访等于是给人家添乱。所以，平时她在南武的活动范围就很小，更不用说南武南面的深圳市，既不来这里购物，也不来这里探亲，虽然很近，但就是很少来。李仞芝办公的地方，梁家珍记得原本是一片丘陵荒地，背靠深圳港，改为高科技产业区后，一家企业独占一个小山头，以山坡、林带、草地分割划界，独门独院，非常受高科技企业欢迎，一下子就吸引了一大批生物、制药、互联网高科技企业入驻。

诺华康美买下的这块地，过去是一片竹林，现在保留了山坡上的大片竹林，咖啡店老板用了王维的诗《竹里馆》，为自己的店起了一个很好听的名字。从梁家珍坐的地方望出去，玻璃窗外全是绿油油、笔直的竹子，摇出哗啦啦的声响。

梁家珍有好多年没有和李仞芝见面了，李仞芝和周广为分开之后，也回到了中国，以她的学历背景和工作经历，马上就成为各大生化企业、科研机构的抢手人才。最终，她没有回南武，而是选了深圳的诺华康美。听人说，只有诺华康美愿意为李仞芝提供独立的研究室和保底300万美元的研发投入。梁家珍心里总觉得对不起这个儿媳，她觉得李仞芝没有回南武是因为周广为。

昨天，深圳市中院的严副院长打电话给梁家珍，问她知不知道李仞芝申请冻结南安基因股份的事情。梁家珍愣住了，她完全不相信李仞芝会做出如此出人意料的举动，不过，瞬间，她就明白了李仞芝的心事。

从来都是一口气的问题。男人争一口气，是为了面子和义气；女人争一口气，其实更有难度，既是证明自己够硬净（粤语：有能力，有风骨，能独当一面)，能死撑到底，也是不能输了颜面，甚至是为了宣泄一下积怨。这口气争得好，就是敢作敢为；争得不好，就会自设陷阱，留下隐患。

“唉，女人都是为了争一口气。他们两人之间有什么问题呢？让一步不就海阔天空了吗？何必互相倒逼到无路可走。”她走进丈夫的房间，坐在床边自言自语，然后，对完全沉默的周翼谋说，“如果是你，你会怎么做？”

周翼谋躺在那里，一言不发，默许老婆即将做的一切。

梁家珍第一个电话也是打给自己公司的法律顾问，她本想先问问儿子，转念一想，周广为如果能解决问题，又何至于此？律师的回答很简单，周广为与李仞芝一直没有办理离婚手续，所以，两个人名义上还有夫妻关系，李仞芝的诉求是合理的。但是，分居这么久，婚姻关系事实上已经破裂，核心是要不要通过法律途径来解决问题。梁家珍也明白，李仞芝的要求多少有点无理取闹，不过，通过法律途径赢来的胜利将消耗最宝贵的时间和机遇，特别是市场机遇，一错过便成千古恨。

梁家珍第二个电话才打给周广为，周广为还不知道股权将被冻结的事情，他大包大揽地说：“我来和她谈谈。”梁家珍果断否决，她忍不住骂了儿子几句：“早干什么去了！多此一举的事情还是不要做了，免得把局面搞得更加无法收拾。”

“还是我来出面，看看芝女给不给老人家一个面子。”梁家珍心里有五分把握，这五分把握来自她同为女人的心得，剩下的五分把握靠她对李仞芝的了解。“说到底，谁又能真正了解一个女人？”她对保持沉默的周翼谋说。

梁家珍与儿媳妇的相处之道是友好但保持距离，她与李仞芝都认同这一原则。绝不住在一起，在南武，各自有各自的房子，偶尔去美国看儿子，周翼谋和梁家珍也都是住酒店，不会去儿子家里住。钱财更是界限分明，儿子家与她每一笔来往的费用，什么名义、什么用途，都一清二楚、公开透明，不会瞒着儿媳妇。

李仞芝与周广为可以说是青梅竹马，两个人初中上同一所学校，又同一年一起去美国留学。两个人结婚，无论是周广为这边的父母周翼谋、梁家珍，还是李仞芝那边的李川弘夫妻，都认为是顺理成章的事情，两家门当户对、珠联璧合。

真正发现两个人是恋爱关系，还是周广为上初中时，梁家珍有一次在地铁偶然撞见的。那次她约了理发师剪发，正好是傍晚时分，路上塞车，梁家珍就下了地铁，扶梯下来一转弯，就看见两个穿着校服的中学生坐在角落的不锈钢凳上，女孩子正在为男孩子剪指甲。

现在的中学生，谈恋爱都谈到地铁里了，成何体统！梁家珍心里暗想。等到走近，她认出了儿子的双肩背书包，大吃一惊，低下头一看，果然是周广为，而女孩正是李仞芝。梁家珍僵在那里，不知道是该欢喜还是该发愁，仿佛做错了事情的是她。

“妈。”周广为发现了母亲，局促地站了起来。

李仞芝也羞红了脸，拿着指甲钳，低下了头，跟着周广为叫了声“阿姨”。

“天啊！”梁家珍被这场面整得不知所措，尴尬地跑上到来的列车，把一句“你们忙吧”丢给一双小儿女。

梁家珍一直梦想能与儿媳妇成为朋友，一起旅游，一起购物，甚至一起八卦，她愿意为这种快乐买单。她对周翼谋说：“有了儿媳妇，就不用你陪我去米兰了。”周翼谋说：“到时看情况再说吧，你可千万不要以为她是你的手下，想怎么样就怎么样。”

过往出国旅游，梁家珍都喜欢买一些手表和珠宝，周翼谋看她铺展在床上的“战利品”，就会嘲讽道：“不要说这都是买给你未来儿媳妇的。”在看见周广为和李仞芝谈恋爱之后，梁家珍将儿媳妇具象化为李仞芝。

“这块宝格丽的手表，儿子如果带芝女回家，我就送给她作为见面礼。”梁家珍后来在斯洛文尼亚旅游时，看中一块表，就买下了，导游劝她把盒子扔掉，梁家珍心里想：日后我送给李仞芝的时候，没有盒子怎么拿出手！于是，她又跑回垃圾桶，将装手表的小盒子拿了回来，放进行李箱。事实上，这块宝格丽是梁家珍免税带回来的，她有点炫耀地告诉周翼谋，省了最少1万多的税啊。

与李仞芝的回忆有很多，梁家珍正一一回想着，李仞芝穿着白大褂的身影就出现在梁家珍的视野中。梁家珍站起来，李仞芝伸出双手，环抱住前婆婆，将头靠向对方的肩膀，梁家珍爱抚地拍了拍李仞芝的背。虽然好久没见面，但是两人感情还不错。

“奶奶，你怎么来的？”李仞芝关切地问。

南武方言里，婆婆又被称为奶奶，公公叫老爷，儿媳妇叫新抱。李仞芝与周广为分手后，不再称呼梁家珍“阿妈”，而是改口叫“奶奶”；对周翼谋，她没好意思叫“老爷”，“周总”又太生分，依旧喊他“阿爸”。

“阿强送我过来。”阿强是周翼谋的司机。

“阿爸最近怎么样？”

“还是老样子，好消息是没有变坏，坏消息是没有变好。”梁家珍已经习惯用打趣的方式回应他人的关心。

“您要注意保重。”李仞芝将手放在前婆婆的手上，她已经猜到了对方的来意，不愿意由她来挑明。

“芝女，我今天来，是为了广为公司上市的事情。”梁家珍开门见山，温柔地直视对方的眼睛。

“是周广为请您来的？”李仞芝显露出鄙视的神情。

“不是，是我自己要来的。”梁家珍决定今天无论李仞芝什么态度，她都保持温和。

“您知道别人在背后是怎么议论的？”

“我不知道，不过，我知道那些话一定很难听，也让你很伤心。”

李仞芝终于找到了一个可以宣泄她内心洪流的出口，她无所顾忌、一股脑地将怨恨、嫉妒、沮丧倾泻而出：“您知道我不是要这些股份和这些钱，我就是咽不下这口窝囊气！周广为还没有办离婚手续就勾搭上别人，还是我的师妹，别人看我就像看一个小丑，被抛弃在一边。奶奶，你说我的脸是不是丢尽了！”

从来都是斯文乖巧的“学霸”，这一次差一点就歇斯底里，如果不是在公众场合，李仞芝一定会哭出声来。梁家珍悄悄环顾四周，确定并没有人注意到这个角落里发生的事情，她明白面前的女人是真愤怒了。梁家珍拉起李仞芝的双手，眼角的余光看见儿媳手腕上的表还是自己送的那块宝格丽。她在心里叹口气，说道：“好事怎么总是难成，世间的纠缠总是不如人愿啊。芝女，有两种选择摆在我们面前，决定权在你手上：一是大家都不要，彻底搅黄上市这件事；二是大家都可以有，你也有，广为也有。”

李仞芝望向窗外，窗外是在风中摇着脑袋的竹子。

“我明白你的心思，我也是女人。芝女，你伤心是对的，你生气也是对的，我们都是成年人，成年人免不了会感情用事。不过，生气总会有气消的时候，你有没有想过气消之后怎么办呢？事情不能就这么过去，你不应该放弃你应该得到的东西。”

李仞芝有点蒙了：“奶奶，我还能有什么吗？”

“你的面子、你的尊严，这些东西听上去很虚，要落到实处才有价值，我要给你把这些都补回来。南安基因上市之后，我让周广为从他的股份里拿出5%，无偿转让给你。”

“妈!”李仞芝抱住梁家珍，哭出了声音。

“好了好了，我们不哭，公司上市是一件好事，大家都从中得益，应该高兴才对。”梁家珍擦去李仞芝眼角的泪，将她搂在怀里。

回到南武后第三天，深圳市中院的副院长打电话告诉梁家珍，李仞芝取消了冻结南安基因股权的申请。副院长好奇地问了句：“您是怎么搞掂你儿媳妇的?”梁家珍回答说：“我让出了一些股权。”副院长说：“说到底还是钱。”梁家珍听了觉得好像对，仔细一想反而觉得不对。表面上是钱解决了问题，其实不是，还是感情最后发挥了作用，钱不过是个台阶而已，上要有台阶，下也要台阶。

梁家珍想到小时候在教室墙上挂着的马克思语录，说在科学上没有平坦的大道，只有不畏劳苦沿着陡峭山路攀登的人，才有希望到达光辉的顶点。她想商业世界和科学世界，道理都是一样的，哪有那么容易到达光辉的顶点啊。

解除了李仞芝这个危机后，周为广回了一趟家。在饭桌上，他告诉母亲，未盈利的生物科技公司要在香港上市，必须符合一个条件，那就是在建议上市日期的至少六个月前，已经获至少一名资深投资者提供相当数额的第三方投资，且至IPO时仍未撤回投资。

“你的意思是要我们宜信集团去做你们南安基因的大股东?”梁家珍问。

“不一定要做大股东，股东就好。”

"我还以为你回家是来陪我吃饭的，原来是有事才回来。"梁家珍藏不住怨气。

"还不是忙嘛，妈，先说说投资的事情。"

"既然能做大，为什么不做大?"梁家珍反问，"这事我和你哥哥商量一下。为仔，你有事没事也要和为广联系一下，打个电话，不要搞得我们一家人像同事一样，除了生意，就没有话说了。"

"知道了，知道了。"周广为觉得上市就像眼前有很多扇门，他推开一扇又一扇，门的后面，应该很快就是IPO了。

第二年紫荆花开的时候，南安基因通过了香港交易所的上市聆讯，周广为选了3月20日去香港敲锣。

第一件事情，谁去敲？梁家珍当然希望是周广为去做这种出风头的事情。越海集团派来的股东黄兴礼却不同意，他认为该由一个有传播价值的人去敲。辛如雨是创始人之一，又是女人，传播效果比周广为好。一个是CEO，一个是CTO，到底谁去好?辛如雨并不想去面对记者，她推让道："当然是CEO代表公司形象。"此言一出，大家都同意。

第二件事情，敲谁的锣？ 3月20日是好日子，这一天同时有5家公司在港交所上市、梁家珍说，她来和港交所协调，自己带一面锣去敲。

股东陆霄蕙将粉红色太阳眼镜压低了一些，狐疑地问："这样都行?"

"不试试怎么知道不行?"梁家珍回应。在南武商圈，现在的梁家珍是出了名的女强人，谁都知道她在老公中风后挑起了宜信的大梁，不仅敢想，也敢干。她总是提出人们意想不到的建议，然后自己去实现。

其实，梁家珍的私心是她的苦心。上市的事情落实之后，她让区锦棠把宜信专用的风水师明哥从罗浮山接了过来。明哥是梁家珍的老友，后来自己在罗浮山经营了一间道观。他的业余爱好就是算命，梁家珍家大大小小的事情，都是他来算。

在南安基因，明哥穿一身蓝布道袍，颇有超凡脱俗的仙风道骨，他要了周广为、辛如雨等人的生辰八字，在一堆现代化科学仪器前面算起命来。一群博士、硕士围观着，指指点点，他们好奇世间还有公式能算出人的命运。梁家珍并不感觉违和，谁要是有闲言碎语，她就会问："谁能证明这世界就没有天意？"

这世界有天意，不过我们不知道如何去知道天意，就算是明哥，梁家珍也不知道他到底知道还是不知道。但是，至少他比我们知道得多一点，总要有一个人来和上天沟通，那就让明哥去代替我们表达对天意的尊重好了。

梁家珍双手合十在胸前，暗暗祷告："老天爷、上帝、观音娘娘、列祖列宗，保佑南安基因上市后一路飙升。"

辛如雨见状，用手肘顶了顶周广为的腰："你妈真的是好心，不过，给她服务的神仙也痛苦，还得要懂股票才行。"周广为忍住笑，他本来想告诉辛如雨，有些事或许不到一定年纪，生物基因的密码就没有打开那扇门，这就是老人家比我们懂事理的原因。懂这件事，翻译为英语，后面要加"ing"，因为永远都在进行时。

梁家珍给香港交易所写了一封邮件，她表示要邀请南武国家非遗传承人、制铜世家苏师傅来做这面锣。为了显示尊贵，在锣心位置，她许诺加入88克千足黄金，用完了，这面锣就赠送给港交所。在邮件中，她还用附件传了苏师傅的照片、证书。很快，香港交易所复函同意。

明哥那边算到了“天意”，他说：“锣按照平常去做就行，黄金要沾点喜气，最讲究的是锣槌，要往东去山海交界处，找一株百年老榕，采它的枝干做槌。”

梁家珍把身边能办事的人过了一遍，决定还是请区锦棠落实。

“棠姐，两件事都拜托你了，其他人，我还真不放心。”梁家珍将一个红布包推给区锦棠，区锦棠打开看了看，是一只金手镯，然后掂了掂分量：“周太，应该不止三两，多出来的我带回来。”

“本来我想把仞芝退回来的那对镯子熔了，后来想了想，他们都离婚了，不喜庆，还是用我自己的吧，老旧就老旧点。”梁家珍喜欢把过程分享给一起做事的人，让大家了解她的用心。

“苏师傅，你熟，锣这件事我就不操心了。最后一件事，就是锣槌。”梁家珍叮嘱。

区锦棠确实是个有心人，她专门想过这事，送明哥回罗浮山的路上，区锦棠提过到莲花山采百年老榕行不行，明哥说没问题啊。于是，区锦棠就问梁家珍：“上次送明哥回去，我们在路上议过一下，去莲花山拿木材，您看行不行？”梁家珍说，没有问题，既然明哥都说没有问题，就按照他们的意思去办。

今天是3月20日，春分。

或许是春天来了，天气变得难以捉摸起来。梁家珍站在香港交易所门外的人行天桥上，望着被灰云裹挟而去的太阳，不禁忧心忡忡起来。早上在酒店吃早餐的时候，还是大好阳光，区锦棠为她端来一碗咸骨粥，正好太阳照在她们的饭桌上。

人想做事，天都会帮你。梁家珍在心里暗暗感激。

区锦棠也注意到了阳光，她放下粥：“周太，我算过了，今天是好天气，先喝碗粥，去火的。”

可是眼下的天空却越来越暗沉，梁家珍背过身去，不去想那些烦心的事情，不然的话，今天一天都没有好脸色了。今天是儿子公司上市的大好日子，无论如何，这是大喜之事，应该高高兴兴才是。

时间尚早，她走进大厅，看见她们定制的铜锣已经挂在架子上了，亮闪闪地放出金属特有的光芒，她喜欢黄金发出的带点暖意又有着锋芒的光。铜锣边上并没有包裹着红包的槌，她把正在和其他人闲聊的周广为叫到一边："槌呢？"

周广为并不在意母亲的焦急："我让公司的技术总监带过来了。"环顾四周，技术总监并不在大厅的视线范围之内，周广为打他的电话，有人接听，周广为问了两句，很快挂断电话。走回来为难地看了一眼母亲，两手一摊，梁家珍就猜到了不靠谱的结果。

技术总监是昨晚从莲花山坐船到的香港，他在莲花山上的越海宾馆还住了一晚，出于保险，将锣槌锁在房间保险柜了，走的时候却彻底忘了这事，直到周广为打电话给他，他才想起忘在保险柜了。

世事难免不完美啊。梁家珍在心里叹了一口气，本来区锦棠说她找一个地产公司的销冠专门负责带锣槌，这是一员福将。周广为没有同意，他觉得母亲和区锦棠都太过夸张了：什么槌不能敲锣？再说，南安基因的人连这一点小事都办不好？还要找一个外人。

梁家珍最不能容忍的就是儿子自以为是的轻慢，这都是自小聪明给惯出来的，对在自己能掌控的事情他从来不多上一份心，十足地恃才生骄。对婚姻也是这副德行，哪能确保不撞板呢？生意也好，做人也好，没有天大的事，也没有可以不当回事的小事。生活都是小事，做生意讲究的也是细节，细节就是命脉，一旦某个点被卡住了，整个生意场的脉络就会堵塞。

100减1等于0，这是梁家珍经常在公司说的一句话，公司都知道处女座的周太容不得一点无序、瑕疵、混乱、失误。此刻大厅的欢声笑语，在她听来如同刺耳的噪声，她尽量压低声线，不满地对儿子说："办事就要有个办事的样子，你去和交易所说一下，还是用回他们的槌。"

周广为答应了一声，面色阴沉地走了出去，正撞上区锦棠。她见到周广为不开心的样子，拦住他问："为仔，怎么啦？"

"唉，小事掉链子了，我们的同事把锣槌落在了莲花山。"周广为没有好气地回答。

区锦棠明白了，她双手搭在周广为肩上，将他推了一个180度转身："行了，你去陪客人吧，我去和他们说。"

梁家珍远远地见到儿子和区锦棠说话，没一会儿，儿子就向她走来。梁家珍不想和周广为说话，转身走到门外，给明哥打了个电话，把事情原原本本告诉了他，末了，问道："明哥，需要补救点什么吗？"

听完，明哥很平静地说："不用，或许这就是命，那棵树生在莲花山，它舍不得走，终究还是留在了莲花山。"沉吟了几秒钟，明哥说："放心吧，万物万事，老天自有安排，听天由命就好。"

梁家珍最不想看见的因果关系终于呈现，天的安排有两种，一种叫好运，一种叫背运。你怎么能参透老天的安排？在股市一片飘红的时候，南安基因却逆势下跌，一直跌破了发行价。周广为发了一条微博，写的是："老天没有坏天气，下雨、刮风、雷暴、飞雪，对老天来说，与晴天没有区别，怎么能说只有晴天才是好天气？"梁家珍看了儿子的微博，只想说放屁，凭什么人家都是天晴，就你周广为的南安基因下雨。

破发。这个词频频出现在媒体对南安基因的报道中，就像一群整齐列队去参加盛典的士兵，突然有个人跌落路边的阴沟里，浑身是污泥，所有的目光、哄笑都集中在他身上。南安基因就是在阴沟翻滚的那个人，周广为估计有一段时间不会爬上来，破发等于他脸上的污泥。

早上，他约了《南武日报》经济部主任喝早茶，想请他们报道一下南安基因的创新。主任委婉地谢绝："现在还不是一个适当的时机，等南安基因在股市的表现好一点，宣传的效果会更好。"

辛如雨的电话打了进来："广为，陆老太太来了，她就要找你。"

在南安基因的大股东中，陆霄蕙算是一个很特别的角色，辛如雨喊她陆老太太，不是因为人家年纪大，而是因为固执。她一来就不会因为忙便匆匆走了，她会一直待在你这里，反复洗你的脑，直到她认为洗干净了为止。

这样的"骨头"，辛如雨当然要让给周广为去啃。周广为是CEO，陆霄蕙的投资是他拉来的，陆霄蕙来南安也只认周广为。此刻，辛如雨将陆霄蕙接到周广为的办公室，陆霄蕙掏出自己带的保温杯放在茶几上，辛如雨识趣地说："陆董，您先坐会儿，我马上打电话让广为回来。"

如果你打工，一天的坏情绪一般不会超过一次，特别是在基层的时候，经理来骂你一次就不会再来骚扰你，因为他手下的人多，轮着骂一次就要耗费很多时间。而你当了老板，每天承受暴击的次数是没有上限的，供应商、客户、员工甚至街道都有可能来折磨你，自我调适的能力要超强。周广为开车回去的路上，想到他对辛如雨吐槽后，辛如雨对他说的话："或者有一天，你就变身为超级赛亚人了。”

这哪是安慰，最多算是一半调侃一半安慰。周广为推开自己办公室的房门时，还在想辛如雨话里的意思，陆霄蕙和风细雨式的暴击就迎面而来。她见到周广为进来，便站起来，迎上两步，亲昵地上前拍拍周广为的脸：“为仔，几天不见，你就瘦下去了哟。”

陆霄蕙从年纪上说是周广为的长辈，她和梁家珍一样称呼周广为“为仔”，不过，她不会给周广为吐槽的机会，拉着周广为去沙发坐下：“为仔，你知道下个月，我就要过60岁生日了吗？”

“知道啊，陆姨，我妈还说要我和她一起去给您拜寿。”

“我今天是打车过来的，你猜司机见了我说什么？”陆霄蕙擅长先放烟幕弹，周广为觉得她不去做警方的谈判专家真是可惜了。

“不知道啊。”

“他说，阿姨，你退休了还要上班啊？”陆霄蕙开始进入角色，话音里加上了哭腔，“为仔，我怎么就这么命苦，旁人一眼就看出我老了。”

“不不不，陆姨，您一点也不老，精力旺盛，皮肤保养得很好，身材更加好。”周广为不习惯完全虚伪的赞美，他的表扬还是有真实的成分。

也正是因为如此，陆霄蕙决定不要逼得太紧，她环顾四周，周广为的办公室陈设非常简单，一桌一椅，靠墙一排书架，墙上也没有什么字画，他们现在坐的沙发也不是名牌，让陆霄蕙无法从“奢侈”找到下手暴击的地方。于是，她决定还是用年纪做文章。“你们就好了，你和辛如雨年纪轻轻，将来大把时间；我就惨了，拿了你们南安基因一堆股票，本想赚点养老钱，想不到连老本都要赔上了。”

今天的股价，周广为心里有数，虽然还没有回到发行价，但是，陆霄蕙是从一级市场买的，她是亏了不少，不过，对她的家底而言，不会伤及她的筋骨。于是，他正向安慰道："陆姨，您要对我们有信心，我们新产品WT107一上市，股价很快就会上来的。"

陆霄蕙是非常善于拿捏分寸的，她清楚梁家珍、周广为都欠她一个大人情。上市之前，为保证自己人的持股数量处于控股地位，梁家珍请陆霄蕙多认购了1000万股，陆霄蕙二话没说，认购了这1000万股。

要不然，她也不会有这样的底气，准备坐在这里骂一个上午。在批评CEO方面，周广为低估了身为资深股东的陆霄蕙，她接过周广为送上门的借口，一样一样开始数落起来："就说新产品，不是我说你，为仔，你们那个辛如雨，研发怎么搞的？新产品的速度这么慢，看着股价哗哗地掉，她不心疼？当然，这都不是她的钱，是我们的钱，我们的血汗钱……"

"也不能怪辛如雨，她非常努力了。"周广为觉得额头上的汗水已经蓄势待发。

"其他部门的人，你也要说一说，市场部的人呢？吃饭不做事啊，你要骂骂他们，不要怕得罪人。为仔，我看你谁都怕得罪，就不怕得罪我。"

"这……不是的，陆姨，我会的。"周广为抽了一张纸巾，抹去额头的汗珠，他已经有点语无伦次了。

辛如雨几次路过周广为的办公室，都看见房门紧锁，她知道陆霄蕙没有走。快到12点的时候，她又走到周广为的门口，见到房门依旧关着，于是将询问的目光投向离门口最近的一位小姑娘，小姑娘笑着做了一个按在地上摩擦的手势。辛如雨忍不住笑了，她决定进去打捞周广为，她大声地敲了敲门，马上传来了周广为的声音："进来！"

推门进去，辛如雨看见陆霄蕙已经站在了房子中间，肩上挎着手袋，对周广为说："为仔，你知道在董事会里，我是铁了心支持你的，不过，别人不知道你的本事啊。还有你啊，如雨。"陆霄蕙转脸，将手点向辛如雨："你们都要靠实力来证明自己，不然人家提出罢免时，我也保不住你们啊。"

"知道，知道，陆姨，您是最爱护我们的了。"辛如雨侧开身，赶紧让开通往门口的路。

股东们想要退出南安基因的风声越吹越紧。每个月，周广为都会约《南武日报》经济部主任喝个早茶，主任在周广为给他斟茶时，故作神秘地说："周总，你知道南安的股东们准备要减持吗？"

周广为放下茶壶，故作轻松地说："股东减持很正常啊。"

"如果很多股东都要减持到零，你还觉得正常吗？"主任显然是听到了风声，不过，他并不确认，问周广为，"你准备怎么做？"

这是一个关键问题，周广为有一个大胆的计划在脑子里酝酿了很久，当准备实施时，他还是被自己的这一步棋吓了一跳。他决定先打个电话问问，专业问题要问专业人士，周广为先是拨通了何永昌的电话。

"师兄，南安基因现在这个行情，你也知道。我收到风声，股东们想退出了，你有什么建议？"

何永昌呵呵一笑："广为，这是你的公司，不是我的。"

"不和你开玩笑，是真的想听听建议。"周广为收起轻松的语调，转了严肃的口吻。

“广为，我相信你已经有计划了，不过是想让我支持你的计划。”

“能让我放心交流计划的人没有几个，师兄，你是其中之一。”

“其中之二是稻村？”何永昌哈哈笑了，“让我猜猜，你总是让我玩这个游戏，你想玩大的？直接私有化？”

“Bingo（答对了）！”

“我觉得未来南安的股权架构，都取决于你对南安的认识。你算是最了解南安的人了，如果你对南安有信心，你就走下去，现在股价低迷正好是一个机会，别管其他股东的态度，更别管暂时的市场行情；如果你对南安没有信心，那就是另外一件事了。”

“知我者，还是师兄。”

原本南安基因的会议室设在一楼，人来人往，很是嘈杂。上市之后，周广为在楼顶天台搭了一间玻璃屋作为会议室，朝南的一面是落地玻璃窗，对着山，可以看到满目的青绿。朝北的一面对着院子，周广为请蒲浜公司做的设计，营造了一个小型的屋顶园林，周围还种了竹子。夏天一来，竹子发疯一样生长，会议室的私密性就变得非常好。

周广为今天很早就坐在椭圆形会议桌的主位，股东就是上帝，他必须比上帝们早到，然后恭迎一个接着一个走进会议室的股东，与他们握手，寒暄两句。

会议前的五分钟，董事们基本到齐，与隔壁座位的熟人聊着八卦或者闲话。周广为的左手边是黄兴礼，上身穿着黑色的夹克，里面是白色衬衣，正襟危坐，一言不发。越海集团是南安基因的第三大股东，李川弘派他来做代表，明年就是黄兴礼60岁本命年，很快就要退休了。从他听周广为和财务总监汇报时的表情，你永远不知道他将投赞成票还是反对票，他坐在这里，不过是将所有事情汇报给李川弘，李川弘的决定就是他的决定。

黄兴礼的隔壁是第五大股东司徒贫，香港人，她的爷爷是民国广东银行创始人，家境优渥，年少时嫁给大她13岁的席家四少爷席和慎。过了十多年少奶奶的生活后，丈夫去世，她接过丈夫的家业，号令席家江湖。司徒贫穿着时尚，并非香港富家少奶那种保守、富贵但有些俗气的套装。她的黑色与咖啡色粗线条相间的短西服，挂在椅背上，露出白色与深紫色条纹的衬衫，衬衫上面的两个扣子都没有扣。手腕上是一块卡地亚的方形女表。浓密的头发精心地盘在脑后，露出光洁的脖子和一条玫瑰金项链，项链下面，挂着她的钻石结婚戒指。

司徒贫的旁边坐着陆霄蕙，她与司徒贫有着说不完的话。周广为知道那都是与生意毫无干系的闲言碎语，比如去哪里买既好看又便宜的衣服，哪家店新到了包包。私交虽好却不妨碍两个女人在利益问题上针锋相对，互不相让。说到正事时，她们俩就不再窃窃私语而是大声说话，休想从她们这里得到半点便宜。

漂亮的女人总有一种欺骗性，让你认为她空有美貌而缺乏智慧。周广为在看着司徒贫的时候，提醒自己不能犯错。司徒贫看着周广为的视线停在自己这里已经超过十秒，就打趣道："周先生，今天的会估计要开到半夜，有没有通知厨房准备消夜？"

董事会里有一个美貌与智慧都如此出众的女性，确实能活跃气氛。坐在陆霄蕙对面的是昌业集团的CEO李奥。昌业是做餐饮起家的，李奥与周广为年纪相仿，称呼周广为兄弟，穿一件洗得有点发皱的机恤，里面是普通的T恤。他走出这间会议室，没有人会认为他是一个亿万富翁，他依然称呼司徒贫席太："席太想吃消夜，不用劳动我兄弟，我下去煮粥炒粉。"

坐在李奥旁边的和建年笑了，他是周广为的后任，大地基金中国区的总经理。和建年是上海人，香港大学毕业，能说一口流利的粤语。和建年是最后一个进入会议室的，虽然没有迟到，见到大家都到齐了，自己是最后一个，便道歉说今早出门晚了点，让大家久等了。

李奥开玩笑地说："不晚，我们刚刚表决过了，我们的股票，兄弟用每股一块钱回收。"

和建年笑笑说："周总不会看着大地基金蒙受损失的，是吧，广为？"

周广为接过话题，说："我们不能让任何人蒙受损失，先请财务总监说一下近期公司的营收情况和股市行情。"

会议正式开始。

在财务总监放着PPT讲解公司的营收情况时，周广为挨个扫描着在座的各位股东。黄兴礼是和他站在一起的，事先周广为已经与李川弘沟通过，达成了一致，李川弘支持他私有化；陆霄蕙也会支持他的决定，她最怕夜长梦多，今天能有钱赚就不要拖到明天，哪怕赚少点都行；听说李奥最近投资基金失利，欠下不少债务，正等着现金还债，他应该不会反对。比较难搞的反而是自己的老东家大地基金，南安基因刚刚上市，大地基金还不想太早退出，希望长线持有。

等财务总监讲完，周广为又归纳了一下，中心意思很明确，目前南安基因虽然上市，由于是未盈利上市，所以市场并不十分看好，加上近期新药研发还处于临床阶段，没有大量的现金流收入，靠CRO支撑着日子，短期内，股票的行情不是太乐观。

"我想彻底解决大家关心的问题。"周广为用铅笔在纸上画了一个圈。

“彻底解决？怎么解决？”司徒篢狐疑地问，“找人来入驻南安，托起个市？哪里去找这样的冤大头？”

和建年看穿了周广为的用心，他眯缝起眼审视着周广为：“广为，你不会是想要私有化吧？”

周广为抬头看了一眼和建年：“今天，我就把这个议题提出来，什么事都大胆想、小心做，今天先说同不同意私有化，再慢慢说价钱的问题。”

陆霄蕙首先表态：“广为，要是你愿意回购，价钱也合适，我就全部给你了，反正是赚钱，给你也是赚，二级市场卖也是赚，我赚多赚少无所谓。”

周广为将目光转向司徒篢，他想司徒篢不会像陆霄蕙那样有明确的态度。司徒篢的股份少，决定了她中立的态度，这样也行，那样也行。果然，她摆了摆手：“我们无所谓，听大家的意见：大家说给回广为，我就给回广为；大家说留着，我就留着。”

“老黄，你们国企什么态度？”和建年问黄兴礼。

“嗯？”像从入定中苏醒过来，黄兴礼这时才结束神游回到会议室，他翻开面前的笔记本，找到一页纸，认真地看了一会儿，抬头说：“我们支持大股东的决议。”

大股东就是周广为背后的宜信集团，和建年早就料到了黄兴礼和周广为是一条船上的人，他依旧没有放过讽刺一下的机会，说：“你们又没有签署一致行动协议，不用理会大股东。”

局势已经明朗，意见基本一致了，估计持反对意见的就是和建年，周广为决定在他发表不同意见之前，先私下和他沟通一下。于是，他抬头看了一下墙上的挂钟说：“不知不觉就11点了，我们还给大家准备了几样中式点心当早餐，都给忘了，我现在让他们拿上来做茶歇。”

热乎乎的咸煎饼、牛脷酥和葱油饼端了上来，摆在了会议桌的中间，陆霄蕙一看就说："哎呀呀，都是些高脂高热的碳水炸弹。"李奥哈哈一笑说："陆大小姐不吃，正好我们多吃点。"陆霄蕙见到自己要吃亏，马上就转了风向，拿起一块牛脷酥："哼，不能便宜了你，我就是半夜爬起来跑步也要吃。"

和建年也加入哄闹的人群，拿了一个咸煎饼和一杯茶走到外面的天台上，周广为也跟了出去："建年。"

和建年转过身来，笑着说："怎么？广为，茶歇都不放过，想做我的思想工作？"

"什么都瞒不过你。"周广为笑了。

"其实，我也在犹豫，放了还是抓着。广为，给我一个放手的理由，让我听听你的建议。"和建年此刻的坦率让周广为有点意外。

"站在大地基金的立场，我觉得放手与持有都可以。持有，或者股价未来还有上涨的机会；放手，现在就兑现回报。作为朋友，我想从私人的角度给你一个建议。南安基因是我主推的一个项目，就算日后南安基因产生的回报高，大地基金的人也不会认为是你的功劳，他们只会说是我的功劳。"

"所以，我要在大地基金去周广为化。"

"这倒是谈不上，我哪有那么大的影响力？你可以这样理解，清除旧的障碍，因为我做的事情，说实话，也不算很成功。"

周广为的自谦拉近了与和建年的距离，和建年于是问道："广为，如果让你重新回到VC，你有什么想法？"

"嗯……这个问题，我还没有认真想过，但有一个体会，那就是VC的好时刻要等，就像冲浪，等那个大浪冲来，没有大浪的时候，什么奇迹都不会发生。从前，互联网刚刚兴起，各个赛道上还没有人杀进去，你想投都没有机会，等到商机成熟时，才有机会选项目、选人。”

“你的意思是我应该等下一个大浪。”

“我觉得很快就会来了。”

“嗯，是时候提前做点调研了。”

“走吧，我们回去继续开会吧。”

回到会议室，周广为环顾一圈，觉得形势已经对自己非常有利，他已经掌握了控制权。于是，他邀请和建年发言：“建年，你有什么高见？”

和建年的回答果然没有让周广为失望，他说：“鉴于目前的行情，我觉得为了维护众多股东的利益，还是由大股东发起全面要约收购。”

李奥扔下抹手的纸巾，随即附和：“虽然感觉有点对不起为仔，希望南安以后在为仔手里财源广进、飞黄腾达。”

周广为说：“既然大家都没有意见，那我们就安排开一次股东大会，正式表决私有化方案。下面，我们就来讨论最麻烦的部分，价钱问题……”

第八章　壬午年秋　荣耀

一夜冰河，寒风入梦，我梦见了我刚认识梁家珍时，她带我去爬她老家的瑶岗后山。忽然，乌云盖了过来，她说她看见山下有条河，河上有条船，一定是来接她的，于是头也不回地走了，留我一个人坐在树下，任寒风包裹我，蹂躏我。我听着不知道从哪里发出的哐哐声，心中惊惶，不能自已。

早上醒来，才发觉是昨晚半夜时起了北风，琴姐忘记关窗，大风吹动窗帘拍打窗框发出的声响。琴姐喂我吃完一碗粥之后，梁家珍进来，把窗帘捆扎好，关上窗户，然后躺在我身边，开始说那些她不能说给别人听而我也不想听的破事。

梁家珍将宜信集团目前最发达的业务——地产交给大儿子，是有私心的。宜信迟早要交给两个儿子。二儿子对家里的地产、保险都没有兴趣，想自己去打天下，那就正好由他去，宜信集团日后就交给大儿子打理。不过，想要让底下的人心服口服，周为广没有实实在在的业绩是不行的。保险市场已经趋于平稳，任你三头六臂也难创辉煌。地产就不同，行情还在上升，蛋糕还在做大，就看你抢不抢得过别人。

为辅助儿子，在集团内部，梁家珍让销售干将区锦棠做周为广的副手；在集团外部，她特地打了电话给李川弘，请他关照：

这样的配置算是顶级的了。

今天的事情是关于周为广的，尽管梁家珍遮遮掩掩、含糊其词，我也明白这小子差点犯下滔天大错。年轻人总是急于求成，急于证明自己，一急就乱来。还是要熬才行，要耐得住寂寞才能成事。哪有什么惊天动地，一步一步小心翼翼，不行差踏错就是功德无量，这个道理，不知道梁家珍有没有跟儿子说清楚。

最后，梁家珍将手机举到我眼前，也不管我是否睁开眼睛，就给我看一张她拍的照片。

“那棵树，枯了很多年，先前阿爸说想和村长商量商量，干脆砍了算了。”她坐直了身体，靠在我的床背上，接着喃喃自语，“这棵老树也是祖屋里多年的长者，枯了这么多年。最近园林局的人来看了一下，说是根部没有全枯，还可以救治一下，好好养育，也可能等个三五年就能重新长出新叶呢。”

梁家珍说的树是一棵松树，它的神奇之处是长在梁氏大宗祠东南角屋顶上，不知是什么时候哪只鸟在祠堂屋顶歇息时偶然排泄出来的种子，后来居然长成一棵树。树不高，却树冠婆娑，像撑在祖屋瓦盖上的一把大伞。我第一次被梁家珍带去参观梁家祠堂时，它已经半入眠半睁着眼的样子，只剩下两根枝丫发出绿油油的新叶，其他全部是灰黑的枝干，铁铸一般。

“这棵树是祖先出生那年，上天送来的。”陪着我们参观的还有瑶岗村的村长，也姓梁，瑶岗村几乎每家都姓梁。村子马上就要整体旧改，土地被征用后建工业园，祠堂要异地重建，开发商给的钱达不到梁氏后人金碧辉煌的要求，村长希望我们宜信集团多捐100万。

一棵树长在野地里，最多就是一根木材。命好，长在房顶，还是祠堂的房顶，就是家族的吉祥物，几代人都伺候你，担心你在他们这一代枯死。

村长说的祖先，特指梁道正，他和这棵树一样，是瑶岗的传奇。

梁道正的出生在瑶岗是一个神话，很多年之后，每逢有婴儿诞生，早上的圩市，婆婆妈妈的碎嘴唠叨之间，除了新生儿的新闻之外，人们总忘不了提起梁道正出生的那个夜晚。

"那个男仔，一生下来就识笑，通体金光。"为梁道正接生的李阿婆已经不记得自己多大年纪了，她只记得乾隆年间，双亲早逝，她被人收养，跟着主人小姐嫁到南城。小姐的丈夫去世之后，婆家家道中落，搬回老家瑶岗。小姐家道中落后依旧是小姐，李阿婆给人洗衣、种地、卖菜，有产妇疼得大叫时，就差人喊李阿婆来接生。

是李阿婆编造了梁道正的神话，李阿婆去世后，这个神话并没有跟着李阿婆进坟墓，而是留在了瑶岗，越传越鲜活，越传越神。或许是为了说服我相信梁氏大宗祠的神奇，村长又给我讲了李阿婆的故事：相传，是相传啊……

这个故事我已经听过很多次，每一次我都没有忍住露出疑惑的眼神。村长看出了我的不屑，给我解释："先不管阿婆的故事是真是假，顺德祠堂南海庙，好看的祠堂多了去了，不过，像我们家这样房顶长树的，就稀罕了。"

发财之后，梁道正唯一的遗憾就是没有功名。没有功名就不能在祠堂前立旗杆夹，不立旗杆夹，就无法垂范后世，这可把梁道正愁坏了。不过，机会很快就来了，光绪十三年（1887年），李鸿章想出了海防捐的馊主意。北洋水师每年所需开销，还有慈禧太后修清漪园的钱款，都可以在海防捐中满足。花钱就能捐官，朝廷贩卖的官职最高就是四品道台，梁道正买了一个正四品的道台后，提出捐10万银子，条件是祠堂的匾额用他的字。本来，村里已经请了进士黄少卿题字，功名终究拗不过银子，黄进士的墨宝就被请了下来。今天，“梁氏大宗祠”五个大字，工整的颜体，落款就是简单的“梁道正”三个字。

想留点什么下来，真是不容易啊。

梁道正能发财，一是命好，二是聪明。

他十岁就不在私塾里“之乎者也”了，而是去了省城十三行之一的天运行，一待就是十几年。天运行的老板喜欢这个聪明能干的小伙子，膝下无儿的他就把独生女嫁给了梁道正。天运行做的是陶瓷，梁道正觉得丝绸的利润更高，就在南武西关杉木栏设立云纶丝行，以生丝出口为业，并在南海、顺德、新会、三水四个县设立分号收购生丝，是省城远近闻名的大商家。

依照我的想法，梁氏大宗祠屋脊上的五针松不可能是梁道正出生那年，而是光绪八年（1882年），也就是湖州恒和丝行来找梁道正那时种下的。那一天，一只红嘴蓝鹊正盘桓在新修的梁家祠堂屋脊上，梁道正站在天井里，吹着口哨逗弄着这只鸟儿，让仆人不时向祠堂屋脊上撒一把玉米粒。

湖州南浔张配森家恒和丝行的二公子出现在梁氏大宗祠时，梁道正感到一阵狂喜和一阵惊惶。他的狂喜源自他的猜测，就像高考时语文老师猜对了作文题目，我们全班在拿到试卷那一刻的心情，在考场恨不得大笑三声。梁道正风闻江浙一带今年春旱，桑叶减产，胡雪岩的阜康丝行趁此机会在上海囤积生丝，而生丝的产地除了江浙就是岭南，梁道正觉得有人会为了生丝来找他，这是迟早的事情。

惊惶源自狂喜，就像赌徒看到轮盘快要停在他选中的数字时，内心迅速闪过的不安。梁道正不再理会新修的祠堂，他将手中的一把玉米悉数撒向屋脊，引来一群飞鸟降落在瓦面，对张家二公子说："我的马车就在祠堂外面，我们马上赶回省城。"

在回省城的路上，张家二公子将胡雪岩手书的一封信递给了梁道正。

"藩台大人有亲笔信一封，让我当面给您。"

"哦！"胡雪岩贵为从二品布政使，还亲自给他写信，实属难得。梁道正拆开很快看完，信很简短，大意就是商情紧急，务必携手，共襄义举，南北华商一起完成此次囤积生丝行动，共谋御外大计。

"中国生丝一年出口大约8万包，去年从上海出口大约5万包，一直被洋商低价采购。"湖州是江浙生丝产地，南浔张家的名号在南北丝行如雷贯耳，张家二公子说起全国的行情，就像说自己家的事情一样清晰，这一点，让梁道正佩服。

梁道正关心的是去年他们的行动："听说去年藩台大人动用了600万两，收了2万包。"

张家二公子苦笑一声："哪有这么便宜？据说是500万两，收了15000包。"或许是担心这个价格会吓退梁道正，于是张家二公子补充道，"就这15000包，已经足够，洋人是一斤一两都不可得，只能高价从华商手中购入。"

囤积生丝固然有利可图，却是风险极高，需要大量资金。梁道正知道南浔恒和丝行去年与胡雪岩的阜康丝行联手，才得以成功。"举江浙二省之育蚕村镇，而一律给予定金，令勿售外人，完全售与胡氏。"梁道正转头望向马车外广袤的田野，"要做到坚壁清野，没有阜康钱庄在后面撑腰，是万万不能成全的。"

"兄台放心，阜康为恒和撑腰，也自然为云纶撑腰。"张家二公子拍着胸脯保证。

回到省城，张家二公子住进梁道正家，梁道正打发伙计出外通知，当晚，线纱行在锦纶会馆开会商议要事。线纱行相当于今天的丝绸行业协会，云纶丝行是会长单位。梁道正带着张家二公子来到锦纶会馆，在谦让完张家二公子先进会馆后，梁道正刚想迈过门槛，却不料灯笼跟着客人走去了前面，落脚处有一个雨水滴穿的石臼，梁道正没有看见，崴了一下，扑通一个屁股蹲跌坐在地上。

今天，我以上帝视角来看过往这段历史，我也问过自己，换作是我，会不会all in（押上全部身家）？答案与梁道正是一样的。这手牌怎么看都是我们赢，生丝我们垄断原料，去年已经尝到甜头，今年加上天旱，可谓天时地利，南北合作就是人和。如果这样都不赢，那真是天亡我也。除非，我相信在梁道正的脑子里一定闪过这个“除非”。除非洋商放弃丝绸市场，今年不再收购生丝，那就如意算盘打错，满盘皆输。不过，怎么可能有“除非”？

20世纪90年代，锦纶会馆从西来街移到东来街后，我还抽空去看了新的会馆，居然给我找到了梁道正摔跤的地方。我告诉梁家珍，这是你们祖先没有接到神谕的地方，梁家珍对我的言之凿凿嗤之以鼻：“胡说八道！你怎么知道他在这里摔了一跤？你怎么知道他摔跤后没有想过以后？你怎么知道……”

我能想象那个晚上，在锦纶堂暗淡的、跳动的烛火中，梁道正的野心已经彻底侵占了他的大脑。张家二公子坐在红木椅子上，担忧地望着下面攒动的人头，他在梁道正耳边悄声问：“他们能听你的话吗？”

对那些小商行，梁道正一点也不担心，他知道这些墙头草无非唯利是图，拿捏的办法是投其所好，无非就是钱的问题，自己用一成，最多两成定金，就能撬动最后十成的生丝，这笔交易划得来。对那些大商号，他们不是缺钱，而是害怕背负坏名声，投其所好没有用，唯有晓之以理，帮助他们避免损失才重要。

南武自古是商都，中西商贾平等交易，而今洋商不仁，用鸦片掠我财富，又低价收我生丝。今天，南北丝行联手囤积生丝，并非不义之举，恰是正义之师，誓要荡平外寇，还我商业山河。”梁道正说到激动处，一跃站上了红木座椅，张家二公子在下面拍着手掌大声喝彩：“讲得好！”

“进了这扇门，就是一家人。”梁道正指着会馆的大门说，“你我皆兄弟，我没有理由骗兄弟。请各位放心，梁某保证大家拿多少来，我收多少，先付定金，价钱比去年要高。愿意和我梁某一起打洋商的，一会儿来前面报名。岂曰无衣？与子同袍……修我戈矛，与子同仇！”

攒动的人群发出嘈杂的声浪，人们争相上前来签名，张家二公子和梁道正退到后面，相视一笑。张家二公子朝梁道正作揖，直说佩服佩服。

杉木栏是南武古城里一条普通的东西向街道，八条麻石宽，能走马车。说它不普通是因为这条街上有很多陶瓷行、茶叶行、生丝行、杂货行，它的南面就是洋商云集的十三行，十三行已经紧贴浈江，每个行都有自己的埠头供上货卸货，非常方便。天运行的生意完结之后，梁道正并没有搬离杉木栏，而是用旧的铺面新开了云纶丝行。

快到吃端午粽的时节，梁道正陆陆续续听到一些风声，洋人在南海、顺德、番禺、高明等地收购生丝，价钱比云纶丝行的价钱略高十几文。

云纶丝行的仓库不在省城，而是在瑶岗。省城的房租是瑶岗的两三倍，加上瑶岗到省城走水路不过半天工夫，所以，梁道正就在瑶岗租了地，盖了仓库，请来看仓库的也是梁姓自家人。昨天，去瑶岗送生丝的伙计回来说，瑶岗的仓库已经九成满了，再不想办法，就只能放在露天了。

如果是往年，云纶丝行收多少包丝，是有上限的，够了就不再收。今年情况不同，已经收了快两千包，还没有停止的迹象，生丝源源不断涌来云纶丝行。梁道正发愁放在哪里，太太说："不是新修了祠堂吗？"梁道正幡然醒悟，决定回乡去看一看。

这一年南武的雨水多，农历四月了，天气还是清凉初夏，出省城的官道两边尽是高大的树木，抬头可见嫩绿的新叶。为了赶时间，梁道正没有在白鹅潭坐船，而是乘马车走五眼桥出南武，奔瑶岗而去。梁道正无心看风景，一路催马夫加鞭，卯时出城，不歇脚的话，他估摸巳时可以赶到瑶岗吃中午饭。

在路上，梁道正已经想好了办法。临时租地方，一是来不及找这么大的地方，二是房东多半会坐地起价。新盖的梁氏大宗祠，院落宽敞，又是自己捐了钱盖的，和族长说一声，问题应该不大。等熬完这一季，到了秋后，就可以腾空地方还给族里。

日上三竿，虽然还没有到烈日当头的酷暑时节，路上的行人都脱去棉布马褂，就穿一件短褂赶路。梁道正掀开车厢后面的布帘，让更多的凉风吹进来。马车嗒嗒嗒踩着节奏匀速地向前跑着，路过鹤村时，马车超过两乘小轿，小轿由两个人抬着，没有轿厢，只有一张藤椅，上面有一幅遮阳的白布。梁道正从马车上掀开的布帘向后望，能清楚地看到轿子上人员的模样，前面一个是洋人，后面一个是中国人。与中国人不同，洋人还穿着严实的洋装，头戴一顶礼帽。

梁道正在香港上过皇仁书院，和外国人用英语聊聊天是没有问题的。马车超过小轿约十步距离后，他让车夫停下车，自己跳下车，等后面两顶轿子上来后，他和前面的外国人打了招呼，简单地问候了两句，知道他们是香港怡和行的雇员，特地过来省城周边看看今年生丝的行情。

梁道正并不想暴露自己丝行老板的身份，叮嘱了两句小心土匪之后，便让车夫快马加鞭先走了。中午赶到瑶岗，里长之前得过梁道正不少好处，已经在梁氏大宗祠等着他了。梁道正下来马车，里长热情地拉着他，指给他看飞檐上一株拳头大的幼苗。

“存法兄，你看，天降祥瑞啊。”里长喊着梁道正的字，脸上洋溢着欢喜的光彩，就像云霞降临在瑶岗古村一样。

不知是从何而来的这棵幼苗，翠绿翠绿的，昂首挺胸地站在房顶上，好像知道自己值得骄傲一样。见多识广的梁道正围着房子转了一圈，惊叹道：“此乃天佑我梁氏啊！”说完，梁道正掏出一张银票交给里长，“不要说方圆百里，就算是方圆千里、万里，这也是天下奇观，拜托兄台务必好生看护，让它百年不衰。”

接过银票的里长仿佛接过托孤一般的使命，听梁道正言语，唯唯诺诺，并不违拗。铺垫完毕，梁道正这才说了想借祠堂暂放生丝的事情，里长一口答应，说这事好办，时间不长，况且梁道正出钱出力新修了祠堂，借用无妨，他自会与族长商议，不用梁道正操心。

想到来时路上偶遇的洋人，梁道正问里长：“最近可见洋人来村里买生丝？”

里长侧头想了想回答：“并没有见过。”

这才放下悬着的半边心，梁道正心想那洋人不过是奉命出来走个过场。最可怕的不是洋人抢丝，而是洋人不抢了。他让里长和乡里乡亲说一声，有丝就卖给云纶丝行。里长心里想：哪里还有生丝，不都卖给云纶丝行了？

安排完仓库的事情，梁道正不敢耽搁，回家简单吃了个中饭，就急忙从瑶岗往省城赶。走到五眼桥时，见到自己家的账房站在桥边，连忙让车夫停车。账房见到东家，忙迎上去告诉原委："太太知道您今天赶回家，必定经过五眼桥，让我在这里等您。太太说，杉木栏的店铺被讨要货款的人围着，让您这几天就先别回省城了，留在瑶岗，有什么事，我们自然会去瑶岗找您。"

心口一阵抽搐，梁道正觉得神志不清，快要晕倒在地。他急忙扶住车门，让那股劲缓下去。送走账房，梁道正坐在五眼桥的栏杆上，心里盘算着，近期收丝的数量暴增，云纶丝行的银两已经见底。若在平时，或许可以向线纱行的同行们周转一下；眼下大家都在用钱囤货，手中的余钱够自己开销已经不错，很难再有富余的。

夕阳西斜，天色渐暗，日头很快就要落在瑶岗背后的大山丫中。梁道正长叹一口气，祈求苍天给一条路他走，只要有路走，多难多险的路，他都没有怨言。

回到瑶岗，梁道正无所事事，就去看祠堂房顶上的那株幼苗。第三天中午巳时，梁道正饭后正在堂前闲坐喝茶，见到夫人走进自家大门。

平日里在省城，夫人连门都很少出，突然到来，让梁道正的心悬到了半空。夫人坐下，喝了茶，看着丈夫焦急的眼神，夫人说："我倒是带来一个消息，我自己都不知道是好消息还是坏消息。"

"就在昨天，南武大东门西边浩贤街永昌大押的陈家托南武知府胥午阳来提亲，陈家单传到了陈应望这一辈就没有子嗣，唯有一个女儿。陈应望愿意用三间当铺作为嫁妆，将女儿陈柳岸嫁给梁家大公子梁有邻。存法，你知道有邻自幼与西城里许家福州将军许睽的女儿青梅竹马，儿子的心思，为娘的怎么能不知道？那也是一门好亲事，只可惜解不了燃眉之急啊。”夫人来到瑶岗的用意已经很明确：梁有邻是你的儿子，云纶丝行是你的生意，要不要用儿子的亲事换生意，梁道正作为一家之主，该是他拿主意、做决定的时候了。

一阵南风吹过，掀起了门口池塘的波澜，这一阵风吹皱了池水之后，继续向前，吹动了大山丫顶上的树叶，摇动了树枝。“父母之命。”梁道正看向妻子，平静地说出四个字，“今天我就和你一起回去，晚上我去见知府大人，明天上午就去陈家提亲。”

“那，有邻怎么办？”夫人用疑惑的语气询问自己的丈夫。

“什么怎么办？有邻自有有邻的命，我们做主就好。也许，他娶了陈家小姐，也不一定就是坏事。”梁道正忽然有了对未来不确定的惶然，他害怕自己的决定就此改变了一个人原本向好的运势。

“存法，其实我还不只担心有邻的婚事，而且担心你，你赌上了钱，赌上了云纶丝行，赌上了有邻，我不知道老天爷觉得够不够，还要我们赌上什么？”夫人依偎着梁道正的肩膀，抽泣起来。

一个故事流传太久，就会有很多版本。后来的故事，就有了七叔家的参与。1988年，当我成功转手卖掉圣迭戈的印刷电路板设备后，大赚了一笔，梁家珍带着我去香港，请七叔一家吃饭时，她讲了这个故事的结尾。

最终，云纶丝行一共收购了3000包生丝。这时，美国传来消息，铁路股票暴跌，今年洋人手里已经没有钱来收购中国的生丝，不仅是梁道正这样的普通商人，就连从二品的红顶商人胡雪岩也被抄家。败局已定，梁道正依然按照与南浔张家的约定，将生丝从海路运往上海，哪里知道怡和行的渣甸暗地里勾结海盗，将云纶丝行的船期通知了海盗，准备在潮州海面抢劫丝船。消息被怡和行的伙计听到，通知了梁道正，梁道正只好去求许睽出面，通过丹麦大北公司的电报网发电报给潮州府的潮州将军，请他们派兵船接应保护。

“我也听过这个故事，不过，结尾有点不一样，梁家的生丝最后没有卖给张家。”七叔等梁家珍说完，停了一会儿才说，“湖州张家那一年也倾家荡产了，哪有钱吃进3000包生丝？ 3000包生丝大数就是100万两雪花银，想一下就知道不可能，我听过的说法是最后卖给了我们利家。”

“利家那时做的是鸦片生意，与您祖上有什么关系？”梁家珍反问。

“我们利家确实不做生丝，那时候只做鸦片，不过眼看着梁家破产，先祖就破例收下生丝，最后还是转手卖给了怡和行。”七叔回答。

“怡和行不是用银圆支付，而是用鸦片冲抵的？”梁家珍追问。

“对利家来说，鸦片与银圆没有分别，我们就是做这一行的。”七叔喝了一口茶，坦然地回答。

梁家珍的神色有些黯然，我明白她的想法。作为后代，希望祖先光彩，最好是道德楷模，现实却很残酷，搭救你的不一定是正行的商家。七叔家与梁家的关联就此打下了牢固的死结。对梁家来说，利家是救命稻草。这根稻草或许满是肮脏的鸦片臭味，风雨飘摇之中，风高浪急之中，没有选择。

“原来梁家和利家是这样结缘的。”我脱口而出。

饭桌上的甲鱼焖水鸭有点凉了，七叔喊侍应生进来把盘子端出去热一热，他想了片刻，说：“还不是，我听说我们两家结缘不是因为生丝这件事。”

梁家珍也开始好奇：“那您听到的故事是怎么样的？”

七叔说的故事，后来我回忆，有点怀疑是他自己编出来的。不过，要在短时间里编造一个故事，还要滴水不漏，确实是不容易的，所以，我姑且相信了七叔的故事。

“唯有生死之交才能天长地久。”

七叔说的是1895年的事情。“那一年，孙中山回到南武准备发动起义，随他回来的还有一个华侨叫徐仲呈。徐仲呈是我们利家的好友，也是梁道正幼时读私塾的同窗。徐仲呈是兴中会的会员，他租了南武城内双门底的一间房子，开办了一个农学会，说是研究农桑，其实是准备暴动。很多人不知道徐仲呈是兴中会的人，还出钱支持了农学会，其中就有梁家的世交李元。”

端着盘子进来放甲鱼焖水鸭的侍应生都被七叔的故事吸引了，他拿着托盘，就站在边上不走了，全神贯注地听着七叔讲古。七叔笑着问他：“你没事做了？一会儿老板找你又找不到。”侍应生赶紧转身出去了。

“你知道李元吗？”我问梁家珍，我不太相信经过这么多年，后代两家人还有来往，利家与梁家，可以说是奇迹。

梁家珍为七叔夹了一块鸭肉，暗示七叔继续说下去，并没有搭理我这茬。

一个人愿意为大家回忆过去，必须满足两个条件，一是自己混得不错，二是博闻强记。如果自己日子过得潦潦草草，他不会有好心情追忆祖先的旧事。七叔满足这两个条件，于是，他站起来，为我加了茶，又把自己的茶杯加满。在他开始略带醉意的碎碎叨叨的话音起来之后，我觉得明亮的包房突然暗下来，不知从哪里传来一股子旧书的霉味、旧柴刀上的血腥味、破衣烂衫的陈腐味，好像故事里的人听到后人在议论他们，于是都围拢了过来。

“听利家老一辈人说，李元是岭南大儒朱九江的外甥，在安徽庐州府的无为州做过知州，卸任后回到南武的学海堂教书。膝下两儿一女，两个儿子分别叫李玠、李玮：李玠在南武府做州同；李玮文采、书画都不错，一生放荡不羁，平日里诗词唱和，以卖画为生。”七叔说完一段，喝上一口茶。

“哦，我想起来了，我之前在家里见过署名李玮的画，我还说这个画家一点名气都没有，怎么我们家有好几幅他的画。”梁家珍喜欢插话的毛病，一点都没改。

“李玮因为李元的缘故，认识了徐仲呈，与孙中山、徐仲呈他们接触后，也被说服加入了兴中会。李玮因为文采好，就成了兴中会的笔杆子。有一天，他在家为孙中山起草《讨满檄文》时，被推门进来的哥哥李玠发现。”七叔说到这里，自然而然地停顿了，他像一个园艺大师手挥剪刀在修建一株名贵的盆景一样，不时停下，站远一点，看看效果再说。

而神奇的是，这段不过百年的历史，就发生在自己亲友的祖辈身上，听上去却遥远得似乎与自己毫无关联。七叔的话音已经带了鼻音，他醉意渐浓：“李玠想了一夜，他知道刚刚就任两广总督的谭钟麟已经接到香港的英国总督的密报，南武兴中会在劫难逃。第二天，李玠决定用弟弟的名义去两广部堂告发兴中会起义，他的这一举动救了弟弟一命。”

一介书生，一腔热血，没有真正遭遇过逼近头颅的大刀，我想李玮在没有真正遇到危险时是不懂害怕的。而真正站在悬崖边上，他还是感觉到了死亡那让人魂飞魄散的震慑，他退后几步，跌坐在悬崖边，抱头痛哭起来，也是情有可原的。

“和我们梁家祖先有何相干？”梁家珍追问。

“你们家祖先梁道正在香港皇仁书院学习过，英文很好，帮过徐仲呈起草英文版的告各国公使书，被人供了出来，是李玠把消息告诉了自己的妹妹李玥，李玥赶快跑去通知梁道正跑路的。”沧桑旧事，过了百年，居然还清晰如昨，牵扯出众多人物，各个人物都有血有肉，我有点佩服七叔讲故事的水平。

“您还没有说到利家和梁道正的关系啊。”梁家珍急切地询问。

“梁道正从南武逃往香港，就是我们利家安排的。”七叔不紧不慢，“利家派人在八和会馆买了銮舆堂的戏，堂主、小武生何小林其实也是兴中会的人，梁道正就夹杂在红船弟子中，冒充一个青衣，坐船来到了香港。”七叔讲完了故事，一口饮尽杯中热茶，随即对着空荡荡的走廊喊了一嗓：“买单。”

七叔按住我拿着钱包的手，对我说：“你看看经理敢不敢从你手里接过钱？”然后，一边从钱包里向外掏钱，一边醉笑着说：“走前我带你们去看一样东西，就在这家餐厅，是我阿爷捐的。”

我扶着七叔，一行人跟着他下楼，在楼梯的转弯处，七叔指着一幅画让我们看，他大声地读着画上的题款：“辜负胸中十万兵，百无聊赖以诗鸣。谁怜爱国千行泪，说到胡尘意不平。录任公诗赠存法兄，乙未仲秋。”画的是菊石图。虽然我不懂画画，我却能看出笔墨的力度和速度。这幅画的石头，画家的皴法运笔很快，墨色在宣纸上留下笔直瘦硬的线条。

七叔说，虽然没有署名，这就是李玮送给梁道正的画。存法是梁道正的字，梁道正带来香港，后来就留在了利家。

挂画的楼梯拐角狭窄逼仄，弥漫着酒楼特有的气味：酒的香味、肉的香味、调料的香味。七步阶梯之外，就是香港喧闹光彩的市井，人声如鼎沸，车如水，马如龙，可七叔还带着我们流连在旧时旧日旧人旧事中，盘桓徘徊不愿出来。我斜倚着这楼梯，也久久迈不开步伐。

第九章

第一节　立冬，阖府统请

七叔的办公室在中环德辅道中的华昴中心，中环地铁站就在马路对面环球大厦的下面，非常方便。周广为来找七叔，从来不用他们派车接，都是自己下了直通车，搭地铁过来，上楼直接找七叔。

从中环B出口上来，周广为站在路边上下左右慢慢望了一圈，才起步走向目的地。他觉得自己一下子就被淹没于喧嚣、拥挤的洪流之中。

在纽约，周广为其实不喜欢曼哈顿的写字楼，密密麻麻挤在狭窄的街道两边。回国之后，他也不喜欢香港的写字楼。而香港的CBD和曼哈顿一样，德辅道的写字楼像竹林里的竹子，细长细长，一栋挨着一栋，唯恐丢失一样，手牵手地向前走。南武的商务区，大部分写字楼都是面对宽阔的街道，楼与楼之间有充分的空地间隔。

整个华昴中心23层都是七叔的琳琅商行，尽管周边公司都是用“环球”“世界”“国际”作为招牌，七叔却坚持用一百多年前的铺名，把他太爷在希慎道旧店铺的招牌移来写字楼，挂在门口。

买下23层后，七叔将一整层空间都打通了，只留一个门出入。后来小儿子分家出去单打独斗，七叔让出几间房给小儿子，小儿子又重新开了一个门，门口挂着“惠瑞贸易有限公司”的金属招牌。周广为上到23层时，七叔已经拄着拐杖站在电梯口等候他，老人家看着“惠瑞”那边，并没有注意到周广为已经到了。

周广为没有打扰七叔想心事，站在电梯口也望向空落落的大门，玻璃拉门已经用链锁锁上，门上贴着暂时歇业的通告。

“瑞”来自七叔儿子的名字，惠是七叔儿媳妇名字的最后一个字，夫妻俩各抽了一个字出来组成公司名称。“‘惠’字放在最前，也没见她拿点钱出来认一半股份，什么钱都是我们出，写字楼也是我们的。”七叔的三姨太抱怨。其实，七叔的亲家是香港有名的铺王，手中大大小小的商铺如同一群现金奶牛。前几年光景好的时候，一年下来怎么也都是“亿亿声”，现在行情大不如前，也开始抛售一些旺铺了。

到底是快90岁的人了，周广为心想七叔什么没有见过，遇到这风浪，怎么也不会在外人面前抱怨自己的亲家，遇到别人当面闲言碎语，最多淡淡地笑笑，不会说话。

终于，七叔转头看见了周广为，招手示意他过去。等周广为走过去，七叔却没有移动，而是转身对着“琳琅商行”那块旧招牌，用手摸了摸上面密密麻麻的斑点。“铜锣湾利家是做鸦片生意的，我们家也是。”七叔站在那块招牌前自言自语。

时间可以洗刷很多污垢，关于祖先的不光彩，经过几代人的口耳相传，到了今天，轻易就被原谅了。七叔再带上利家，旧招牌更是刷上了荣耀的金漆。周广为将一双手放在身前，交叉握着，认真地听着，也不反驳。正如老爸周翼谋常说的，自己有自己的看法就好，何必告诉别人？

“好了，老人家就爱啰嗦旧时的事情。”七叔摆了摆手，制止了自己的缅怀。

“周少来了。”七叔的助理出来迎接周广为，是一个40多岁的干练女人。在南武时，周广为见过她陪七叔来看地。

“走，去会议室坐。”七叔拉起周广为的手，又吩咐自己的助理，“去把我台面上那碟菠萝包拿来。”

七叔的会议室和七叔一样，干净、有条理，却散发着一股老旧的气息。周广为扶着七叔坐下没过一会儿，助理转身回来，将一个冒着热气的菠萝包放在了周广为面前，显然是刚刚用微波炉“叮”过。七叔向前推了推碟子，代替了请的手势。

在七叔这里，周广为不会客套，他拿起菠萝包，吃了起来。趁着客人消灭菠萝包的时间，七叔问过周广为的酒店、行程，于是先安排吃饭：“今晚陪我去喜临门吃饭，明天上午开会，中午在我那里吃饭。”

老人家的口气不容置疑，年轻人只能点头称是。周广为抬腕看了看表，下午5点，本该是写字楼里赶着下班的后生仔、后生女火急火燎处理业务的当口，电话铃、急促的脚步声应该彼此交响、乱作一团，可眼下，会议室空闲着，写字楼里很安静。

看着周广为吃完了菠萝包，喝完了杯子里的热茶，七叔指了指角落里的长沙发：“时间还早，你先睡一会儿，我打几个电话，6点钟来喊你。”

说完，七叔起身，关灯，带上门，留给周广为一个暂时安静和灰暗的空间。

老妈梁家与七叔家是世交，这份交情要上溯到光绪年间。光绪年间的旧事，也没有文字记载，谁记得是什么样子？长辈总是用“据说”打开话匣子，用“据说”开头的故事就是飘在岁月长河里的落叶，偶然被人俯身捞起，看了一眼后，又丢回河水里。在老妈梁家珍出生的20世纪60年代，内地的人家普遍三月不知肉味，炒菜只放两滴菜籽油。七叔家每个月从香港寄奶粉、炼乳、花生油、香肠、饼干、火腿到南武，梁家珍是喝着香港的奶粉长大的。对七叔家，梁家珍用“感恩戴德”这个词是最贴切不过了。

七叔从来不提这些事。在他眼里，和梁家的关系在近二三十年来变化颇大，梁家不再是一个需要救济的亲戚，而是生意伙伴。坐在他对面的梁家人，已经不再姓梁，而是姓周，从周翼谋到周为广、周广为，人换了一代，可自己还是自己，最可悲的是琳琅商行还是只有自己。

唉，带上会议室房门的那一刻，他在心里无声地叹了口气。

来之前，梁家珍和周广为说了一下这些年与七叔往来钱款的情况。近几年，七叔家的经营情况出现了反复，小儿子自立门户之后并没有风生水起，只好又回去啃七叔的老本。七叔手上还拿着不少宜信的股份，每次需要钱，七叔都是变现这些股份，梁家珍总是溢价1.5 ~ 2倍接过来。

“阿瑞前年自己来找过我，借了720万港币，他让我别告诉七叔。”阿瑞就是跟七叔分家出来单干的儿子，梁家珍说，“这次破产清算，他也瞒不住了。七叔就打了电话给我，让我过去一下香港，说他会开个会，借亲戚朋友的钱，先自己内部处理。我说我就不过去了，让你代表我去一趟。”

“好啊，我正好有事也想找七叔。”周广为说。

“你找七叔什么事？又借钱？”

“是啊，南安私有化那块，必须有一笔境外资金，想请七叔帮帮忙。”

梁家珍把送七叔的一只翡翠镯子，放进周广为的箱子，说：

“这是给三姨太的。”停了停，想了下，她又说：“行吧，瘦死的骆驼比马大，七叔还是有钱的，与其让他儿子败光，不如拿出去投资，他是做不动了。你该提就提，不用顾忌阿瑞的事情，七叔会公私分明的。”

“那，阿瑞的欠账，你有什么态度？”

“不用理了，七叔能给多少就给多少，一分钱不给也无所谓，七叔对我们家恩重如山。”

“为仔，为仔。”七叔摇醒了陷入梦中的周广为。

“不好意思，七叔，我还真睡着了。”周广为坐起身，两手搓了搓脸，站起来往洗手间走，“您等我两分钟。”

周广为在洗手间用手捧着自来水简单洗了脸，梳了头，整理好衣服，走出来，和七叔一起下了楼。

11月的香港，风不再从海上来，北风让空气变得干燥透明。黄昏时刻，阳光打在一片片玻璃幕墙上，折射出金黄的、暖和的光芒。周广为发现，这座东方大都市也有褪去酷热锋芒的时候。

喜临门在庄士敦道，离华昂中心大约几千米的样子，说近不近，说远不远。

“我们走过去。”七叔把手里的拐杖扬起来，指了指东边。

德辅道中的东边就是遮打道。“香港的繁华在中环，如果让我选一条路代表中环，我选遮打道。”七叔知道周广为是一个话不多的后生仔，他一路走，一路慢慢讲，周广为也放慢脚步，细细听。

“不要只看到名牌包和手表，好东西总是在前面。”道路两边巨大的玻璃橱窗里，是新上市的Prada、Cartier、Chanel、Chopard。

"英国人还是给香港留下了一些东西。"七叔回头看了看文华东方酒店后面的怡和大厦，又看了看左右两边的皇后像广场。

"这些年，内地的东西多了很多。"周广为知道七叔指的不是前立法局大楼后面的中银大厦，而是马路对面的中国建设银行大厦。

"有英国人留下的，有香港人自己的，还有内地来的，大家一起，香港才是真正的香港。"中银大厦后面是长江集团中心，中国建设银行大厦的东边是和记大厦，虽然七叔没说出来，周广为明白他的意思。

如果说香港是东方之珠，遮打道就是宝珠上那道璀璨的光芒，荟萃天下之爱不说，时光过去几百年，雕琢的人是一代又一代。"所谓一日看百年，就是这里了。"周广为像自言自语，也像附和七叔。

七叔转头看了一眼周广为，他喜欢这个后生仔，话不多，还经常只说一半，让人猜不透，那就是他的真性情，你也不要去改他，就由他去好了。

从遮打道向东经金钟道，过一段轩尼诗道，就看到了庄士敦道路口标志性的循道卫理会香港堂，像一把利斧从庄士敦道劈向轩尼诗道。周广为觉得香港其实有很多面，中环与湾仔不同，九龙与屯门不同，更不用说元朗、新界了。就算在中环，遮打道与庄士敦道也完全不一样，庄士敦道更像湾仔。转右进入庄士敦道后，七叔的话题就一个急刹跌入凡尘，不再絮絮叨叨感慨历史了。

"为仔，听你妈说你离婚了？"七叔问道。

"还没有办手续，不过早就分居了。"周广为倒不惊讶于老人的直奔主题。

"上次听她说，这事还差点耽误你上市。"

“嗯，差点。”

“你会不会煮饭？”

“一般般。”

“那就难怪了，不做饭怎么哄女仔？难道天天送金送银啊？”

世间离婚的理由千千万万，在七叔看来，不会煮饭这一条就够了，周广为差点笑出声来。

站在喜临门门口的咨客见到只穿一件衬衫的七叔，急忙迎上来，扶住七叔的胳膊：“七叔，您又是走过来的？”

“是啊，能走一次算一次，下次能不能走就不好说了。”见到貌美如花的年轻女孩子，七叔还是忍不住要一番贫嘴，然后从搭在手臂上的西服口袋里拿出一个红包。

“哪能啊，七叔，您寿比天高，注定享一辈子福气。”貌美如花的女孩子接过七叔的红包，发自肺腑地把祝福的话说了出来。

“哈哈哈！”七叔也在混装着真假善意的分芳中沉醉。

喜临门海鲜酒楼是香港人所共知的富豪饭堂，一楼、三楼是包房，二楼是大堂。一楼的包房往往是留给最为尊贵的客人或者用于私密度很高的商谈用，如果不是特别需要，服务生不会主动进入。一般的洽商，三楼的包房就可以，服务生都很规矩，敲敲门后，才会进来斟茶、换骨碟。

周广为不是第一次来喜临门，在他看来，喜临门的装修不是全港最豪华的，食材也不一定是最昂贵的，如果是他来宴客，绝对不会挑喜临门。喜临门的地位是老派华商给的，它是20世纪八九十年代的香港宠儿，随着诚哥、四叔、大刘这一批风云人物的老去，喜临门步下神坛已经是不争的事实。

上到三楼，墙上挂着一幅赵少昂的花鸟画，是几个医生联名送给喜临门的。周广为站住看了一会儿，他在加拿大学画的老师是周一峰的弟子，周一峰与赵少昂同是高奇峰门下“天风七子”成员，周一峰年岁较赵少昂大，算是师兄了。

“为仔，你认识这幅画？”七叔见到周广为站着看画。

“嗯，赵少昂的，他是高奇峰的‘天风七子’之一，从南武过来香港后一直教画。我在加拿大学画的老师是周一峰的弟子，周一峰是‘天风七子’里的大师兄，所以，赵少昂算是我师爷这一辈的。”周广为回答。

“有缘啊。”七叔感叹。

入得包房，坐下，喝一口热茶的工夫，经理拿着菜谱进来：“七叔，今晚想吃点什么？”

接过菜谱后，七叔放在一边，面向经理：“我今晚请了一位特别的客人，鲍参翅肚就不要了，想点一些费工夫的菜。”

经理依然保持笑吟吟的表情：“七叔，你尽管开口，交给我们去做。”

“好！”七叔对自己作为老主顾享受到的特殊待遇很满意，“一个七彩水鱼丝，一个碧簪田鸡腿，一个网油腰肝卷，按顺序上。”

“好的，喝什么汤？”

“不要汤，来个鱼云羹。”

“好，要不要加个青菜？”

“嗯，就用护国菜代替吧。”

“会不会和羹重复？”

“那就不要鱼云羹了，也吃不了。”

点好菜，经理帮两人续满热茶，拿走桌上的菜谱，带上门出去。

当外人离开，包房里的氛围瞬间就变得隐秘和尴尬起来。周广为不喜欢与人留在封闭的空间，当房间里只留下两个人的时候，他总觉得不安会像幽灵一样出现，其中一个人是释放幽灵的人，而另外一个人则要面对幽灵。

周广为觉得七叔与他也有同样的体会，否则不会两个人都陷入沉默中。一老一少坐着，喝着茶，话也不多半句，半个小时过去，还没有一碟菜上来。周广为起身想出去催一下菜，七叔压了压手，示意他坐下继续等："不急，急的话我们就去麦当劳好了，好嘢是值得你花时间等的。"

又过了五分钟，七彩水鱼丝端上来。七叔掏出口袋里的手机，调到飞行模式，放在桌面上："吃饭时间就吃饭，其他都无关紧要。"周广为明白这句话是说给他听的，于是照做。

侍应生取来七叔存在店里的茅台，拿来两个小杯，满上。七叔说："吃中餐一定要喝点白酒。"周广为听着这句话耳熟，一时想不起是谁说过，便举杯敬了七叔："七叔，我先干为敬，您随意。"

"自家人吃饭，随意就好，赶快吃点菜。"七叔用公筷往一个勺子中夹菜，然后让周广为一口吃了勺子中的菜。

粤菜讲究口感的层次丰富，周广为吃出来水鱼之外有榄仁、咸酸菜、西芹、芽菜，口感是爽脆加绵软。"水鱼，一般都是焖炖，取软糯，而这道菜反其道行之，片下水鱼肉，切丝炒熟。"七叔说，"在喜临门，你想把水鱼卖出海鲜的价，就不能用外面大排档都做烂了的办法，工夫自然是少不了的。"

第二道菜碧簪田鸡腿很快也上来了。"最费工夫的就是这个菜了，我就不说了，一会儿请大厨进来讲给你听。"七叔有了美食，专注于吃喝，话少了很多。

有了酒菜，不知何时，不安从封闭的空间中溜走了，周广为喜欢这样的吃饭氛围，随意、平等，没有刻意的奉承、热闹，两三杯下肚，茅台的酒劲开始上来了，他摸了摸脸，有点发热。网油猪肝卷、护国菜陆续上来，七叔点了两碗白米饭：“猪肝卷油多不说，味道还重，正好用来送白饭。”

菜都上齐后，七叔问侍应生菜是不是葛师傅做的，如果是，请他上来坐一会儿。侍应生答说是的，就去厨房传话。约莫过了十分钟，一个60多岁、穿着一件干净的白色工服的男人走了进来，见到七叔，取下头上的高帽，哈哈笑了起来。七叔站起来，递过去一个红包，拍了拍男人的肩膀，给周广为介绍：“葛师傅，喜临门的老师傅。”之后转向葛师傅：“周先生，我的朋友。”然后拉过另一边的椅子，让葛师傅坐在周广为对面。

“楼面把菜单交给我，我就猜到是七叔您点的，这些老式的旧菜，没有什么人点了。”葛师傅双手接过七叔为他斟的茅台，“我还没下班，一杯就好。”

“喜临门的老师傅走的走，退的退，会做旧菜的不多了。”七叔抿了口酒，感慨道。

“旧时的菜，味重、油多、费时，客人怕不健康，厨师嫌麻烦，自然就越来越没市场了。”葛师傅指了指网油猪肝卷，“就拿这道菜来说，猪网油肯定肥啦，猪肝又是内脏，就算是好吃又怎么样？”

见一老一少都饶有兴致地看着自己，葛师傅停了一会儿，继续说下去：“碧簪田鸡腿考的是耐性，田鸡腿能有多粗啊，还不能断，那就很难取。田鸡腿味道比较淡，配火腿正合适，火腿自然用金华火腿，要挑靠肘子的那部分。香菇是新上市的，薄的、阔的，香气重。芥蓝茎不能太粗，要用芥蓝苗，三样东西穿过田鸡腿，还不能散。”

“看上去简单，原来背后有这么多讲究。”周广为恍然大悟。

“食不厌精，脍不厌细，老祖宗传下来的话，今天没有人愿意听了。”

“那，葛师傅您是怎么做到这么手巧的?”

“功多艺熟，”葛师傅脱口而出，“哪有什么窍门？以前都是师傅教，也没有什么学校。师傅也不懂教你，只会骂你。”

三个人都笑了。

“不是讲笑话，是这样的，”葛师傅补充道，“我十七八岁那时候吧，有一次，师傅喝醉了，让我去打响螺。响螺是贵嘢，我从来没有打过。打得好，整个肉自然掉下来，能片响螺片。我没有打好，把肉打烂了，师傅骂到我扑街。”

“过了十年八年，想起来又骂你一顿。”七叔哈哈大笑。

“是啊，师傅就是师傅，是给你饭碗的那个人。今天你们吃到的菜，就是我师傅做的菜，师傅教什么我就做什么，不加不减，好的东西未必要去改啊。”葛师傅喝干净杯中的酒，起身告辞，“七叔，喜临门虽然今时不同往日了，但是，您这样的老顾客来了，喜临门还是以前那个喜临门，您要常来才行啊。”

“我会的，想吃这些旧时的菜，就会来，我不来喜临门还能去哪里?”七叔没多说什么，时间带来的改变，谁都没办法。送走葛师傅，两个人都陷入沉默，不安又返回包房。周广为知道，七叔要开口说的话，对七叔来说，一定是难以启齿的。

“为仔，大老远让你来一趟，七叔有两件事要拜托你。”七叔没有兜圈子，单刀直入。

“七叔，您是长辈，有事就直说。”

“一件是钱的事情，阿瑞这次的大窟窿难为亲戚朋友了。”七叔从口袋里掏出一张纸递给周广为，这是阿瑞将要在明天会议上提出的还款方案。非常简单，银行的欠款，阿瑞自己负责处理，这是一分一厘都少不了的；剩下的欠款，95%以上是借亲戚、朋友的，合起来超过4亿多港元。4亿多港元欠款中，七叔家庭成员占大头，接近3亿，剩下的都是借朋友的了。周广为看到宜信集团是放在亲戚借款那一栏的。4亿多欠款用阿瑞现在的住的梅林山庄作价5000万港元来抵偿，按比例折算，亲戚朋友一视同仁。周广为迅速心算了一下，梅林山庄不一定能卖到5000万，算个4000万，与欠款比，正好是一折。自家的借款是700多万本金，利息自然是一分钱都没了，能拿回的本金是70多万，也好过一分钱没得拿。

七叔家人来借钱，自然不会有抵押，事已至此，也只能这样。“七叔，来之前，我妈特意和我讲了她的意思，这事拖了您一段时间，能了结就好，钱不钱的真的就无所谓了。”周广为没有露出半点怨气。

“嗯。”七叔轻轻拍了拍周广为的手，“明天上午开会，阿瑞会解释这个方案，我想大家都不会有什么意见，如果有，就麻烦你帮忙说两句。”

大部分债主都是家里人，接受这个方案等于打落牙齿吞肚里，作为像亲人一样关系密切的外人，周广为的角色相对中立一些，周广为心领神会地点点头。

“还有一件是人的事。”

周广为倒掉七叔杯中的冷茶，续上滚烫的新茶，让他喝口茶再慢慢说。

“阿瑞创业失败这件事，我想了好久，一方面，是阿瑞的能力不够；另一方面，我觉得在香港，大家还在用几十年前的办法赚钱，炒地皮、做贸易、赚差价。时代已经不同了，看看美国，看看内地，谁搞科技创新，谁才有前途。”

“您的意思是？”周广为已经猜测到七叔的意思，但是这话由自己说出来很突兀，他得把主动权交给七叔。

“为仔，我想让阿瑞去你那里做几年。”七叔顿了顿，“风水轮流转啊，现在创业的风头不在香港了。香港还是老人家的天下，可靠地皮、股票赚钱的时候一去不回了，年轻人要靠食脑（脑力劳动）赚钱，就要北上才行，要想着20年后的事情。”

周广为知道阿瑞最终还是要回香港，接七叔的家产。在那之前，不管七叔是否真心要锻打他，换个场景，交出一份新的成绩单，证明自己能行是阿瑞的不二之选。“那就要委屈阿瑞了。”

七叔摆了摆手，否定了周广为的说法，他舀了一勺子护国菜给周广为：“为仔，人啊，有时复杂，有时也简单。就像这护国菜，用的是番薯叶，番薯叶以前是喂猪的，叶粗梗硬，那就考验师傅的用心。材料就是这样了，你怎么做出一道菜来？潮州菜就用猪油，番薯叶多加猪油爆炒，加入肉汤，有味使之出，无味使之入，两项中和，也是一道名菜。”

七叔本意是否将阿瑞比作番薯叶，周广为倒不在乎，他在想师傅是谁？七叔想让他来当这个师傅？在他看来，真正的师傅还是七叔，父母才是子女最用心的师傅。

“为仔，我有留意你们公司的行情，近期不太好啊，你这个做老板的，有什么计划？”七叔关心地问。

“七叔，不瞒您说，我想把南安私有化了。”

“哦，也是一条路，遇到什么问题了吗？”

“问题很多，还想请七叔您帮忙。”周广为直言不讳。

“不急不急，明天去我家，我做饭给你吃，吃完我们再慢慢聊。七叔活了几十年，就一个心得，没有什么事是人解决不了的。

来，干了这一杯。”七叔乐呵呵地举杯，与周广为碰杯，然后一饮而尽。

第二天上午，惠瑞的债务处理会议在华昴中心召开，不到一个小时就结束了。平时难得见面的亲戚朋友们，利用这个机会相聚，都在热烈地寒暄，比过年还热闹，周广为心想这到底是不是一个解决债务的会议啊，一点讨债的氛围都没有。

散会出来时，《信报》的记者拦住了仲景药房的老板陆心羽，非要他说两句。既然已经割肉了，就把话说得漂亮一些，陆心羽话里话外给足了七叔面子，只谈旧时七叔怎么接济仲景药房，只字不提今天应收的亏蚀。

在华昴楼下等七叔的座驾时，辛如雨给周广为发来了微信："香港的事情进展如何？今晚我去车站接你。"

没有商量的余地，辛如雨用了命令的语气。在川流不息的人潮中，因为这句话，周广为忽然心念一动，他望向街道的深处，希望那个熟悉的身影逆万千人流向他走来，让他惊喜，他被这念头吓了一跳，赶紧回神转向车库的出口，千万不可动私情，一动就不可收拾。

七叔的车适时地出现在面前，七叔降下车窗向他招手，周广为拉开门坐了上去。

“陪我去买点菜。”七叔对周广为说，又告诉司机，“长幺啊，先去街市。”

“为仔，你不会做饭，那会不会买菜？”七叔的心情大好，豪车向着城市深处进发，街道越收越窄。

在美国，买菜都是去超市。南武的菜市场，周广为嫌有一股子味，基本上不进去。他摇了摇头。

七叔望着向后退去的唐楼，对周广为说："有人以为香港就是中环、九龙，其实不是，我们也是从破破烂烂过来的。给你讲一个笑话：旧时，有个银行家的儿子，要追求一个女明星，陪着女明星拍戏到半夜，结束时肚子饿，见到有人挑着担子过来，以为是馄饨面，大叫整两碗，殊不知是个唐楼担屎的。"

周广为第一次听七叔讲笑话，忍不住笑了，长幺更是憋不住，笑出声来。

转弯抹角，车滑进了西营盘。下了车，周广为就闻到了在南武让他逃离的那股子菜市场味道。他惊奇于香港的菜市和南武的菜市，味道是一样的，都是那么怪。西营盘的街市在斜坡的中间，爬上斜坡，穿过蔬菜区，七叔带着周广为来到他最不喜欢的鸡档。七叔在混合着鸡屎臭、汗味和隔壁鱼档飘来的腥气中，如鱼得水一般轻快地游走着，和相熟的档口老板说笑着，频频飙出绝不重复的粗口，市井气十足，让人无法察觉这是一位亿万富翁。

"来来来，为仔，教你怎么买菜，给你介绍正宗的龙岗鸡。"七叔走到一个中年妇女的鸡档前，俯下身去，抓起一只鸡，摸了摸，又抓起一只，"怎么选靓鸡？要摸，摸屁屁，屁屁油油的，好鸡。还要按，按一按胸骨，软软的就是嫩鸡。"

"来。"七叔示意周广为下手去按他左右手的两只鸡，周广为无奈地卷起袖子，把手放进鸡毛里。周广为心里说，回去见到辛如雨的时候，一定要第一时间把这个故事吹给她听，见老板不是只打高尔夫，还要陪着一起去菜市场选鸡。

七叔问："哪一只软？软的就要做炸子鸡，够油够嫩才能做炸子鸡，硬的就是老鸡了。"

周广为抽回手，指向右手那只，七叔将左手那只放回鸡笼，把右手那只交给中年妇女："芫姐，就这只了，帮忙劏了。"

买好鸡，七叔还没有走的意思，继续领着周广为在菜市里闲逛，一边逛一边说，本来是要亲自下厨为周广为烹制炸子鸡的，可惜年岁不饶人，站不了太久。好在好东西都能传下去，老了才明白家里人丁兴旺的好处：厨艺传给三姨太，家产留给儿女们，名声留给同行，他这一世也不枉来人间走一遭。

在家宴客，虽然菜式简单，却是真心实意将客人奉为上宾。买好鸡，七叔又买了一条鱼、两斤菜心，周广为拎着，七叔说："去斩点料。"于是，又过马路走到街对面，"道兴烧腊"的门口已经有人在排队了。

周广为去到队尾排着队，七叔熟络地称呼掌柜"大家姐"，"大家姐"也"七叔"长"七叔"短地回应着。香港真是一个辈分混乱的地方，周广为心里说，如果翻译成英文，千万用音译就好了，如果意译，老外一定挠破头皮也读不懂这关系。

"不能因为我认识老板就坏了规矩。"快排到周广为时，七叔进队，让周广为离开，他买了一条肥叉、两个扎蹄。

在车上，七叔举起叉烧让周广为闻，周广为闻了闻，有一股糖烧焦的香味。七叔赞许地点点头："识货，没有个好鼻子，吃什么都是浪费。道兴的叉烧会烧两次，第一次就是生肉进去炭炉烧，烧个十分钟，然后出来上麦芽糖再烧，就有了焦香味。其实也不是什么秘方，行内都知道，关键是看你愿不愿意下足功夫去做。"

出了菜市，那股子混合着臭味和腥气的怪味道越来越淡，待久了，周广为反而开始有些喜欢了。香港也不是一个节奏紧张到窒息的城市。七叔的家在蓓沙湾，从中环出来，经港大，过摩星岭与龙虎山之间的薄扶林道，就到了蓓沙湾所在的钢线湾，繁华闹市与山海人文汇聚，这是周广为喜欢的香港。

蓓沙湾面朝大海，背靠大山，对一个在中环打拼的上班族来说，回到家便可以放下一切。看到周广为专注地仰视楼群，七叔知道他喜欢这里："这里不错的，好多明星像发仔、古仔都买了。关键是价格也不贵，呎（指平方英尺）价平均不到3万，唯一的缺点是它西望大海，你想看海就要西晒。"

周广为摇摇头："我不买，买了也不来住，买来干什么？"

七叔没有继续劝。买楼是一件极其私人的事情，买还是不买，买哪里、买什么都非常个性化。在他看来，一个没有结婚的男人自然没有意识要去买楼。

七叔的家在27楼，2300多平方英尺（约214平方米），大太太过世之后，搬来这里，现在就他和三姨太，还有一个用人一起住。三姨太是台山人，七叔顺从她的安排，从老家请了一位亲戚做用人。三姨太接过周广为手上的菜心和烧腊，招呼他坐下喝茶，就和用人去厨房忙了。

七叔进睡房换衣服，周广为一个人待在客厅，厨房里传来两位女人的台山话。他扫了一眼客厅和餐厅，木板地面一看就是重新做的。家具很少，只有屁股底下的意大利真皮沙发，一大一小两个椭圆合成的茶几，餐厅里一张中式的圆桌。房子的间隔重新调整过，客厅和餐厅很大，周广为猜想最主要的用途还是为了子女儿孙来齐的时候，能坐得下。

"香港最贵的是空间，不是家具。"七叔穿着一套运动衣，站在周广为身边，"带你参观一下。"

两个人在房间里走了一圈，回到客厅时，五个应邀来陪周广为吃饭的家人都到齐了。七叔一一为周广为介绍，大公子应星，上午开会已经见过的阿瑞，还有三个是孙子辈的。虽然周广为按照惯例喊七叔，其实七叔的年纪可以当周广为的爷爷了，他的儿女，周广为用英文称呼uncle或者auntie，他的孙子孙女，很多都比周广为年纪大。介绍完毕，周广为不由得感慨七叔家教的严格，子女回家吃饭如此私人的活动都非常守时。七叔仿佛看出了周广为的想法，解释道：“他们都住在蓓沙湾。”

“哦。”周广为脱口而出。

见人都到齐了，三姨太招呼用人将饭菜、碗筷摆好，请大家上桌。菜式不多，每人一碗炖汤，虫草炖瘦肉；一个炸子鸡、一个烧腊拼盘、一个清蒸石斑、一个盐水菜心。七叔让周广为挨着自己坐，周广为刚想谦让，老大应星拍了拍他的肩膀：“在家里，随便就好，不用像外面一样排个座次。”

一场风暴过后，今天这顿饭，大家都吃得很安心，个个低头喝汤。周广为在心里过了一遍七叔的三房太太；大太太离世，留下三个儿女；二姨太与七叔离婚，有一个儿子；三姨太有一个儿子、一个女儿，阿瑞就是全家最小的，是三姨太的小儿子。

六个儿女姓名中的最后一个字合起来是星昴、鸣凤、神瑞，周广为估计七叔是想一对一对地生，不要单数。老大应星并没有在七叔的公司，很早就自立门户，拥有自己的一家上市公司；二房的儿子应凤是七叔与别人合资的长益贸易的CEO，最小的应瑞刚刚投资失败，除了这三个人，其余儿女都在琳琅商行做事。

喝完汤，用人收走炖盅，所有人的视线又交汇在一处。七叔开口：“我出一道数学题来考考你们，我有17家公司，要分给3个儿子，大儿子要分一半，二儿子要分三分之一，三儿子要分九分之一，该怎么分？”

三姨太说：“你老糊涂了，你哪止三个儿子？”

“为仔，你是学数学的。”七叔看着周广为。

“七叔，我是学MBA的，您这道题真难住我了。”周广为决定装傻到底，不介入七叔家的猜谜游戏。

七叔将询问的视线投向了自己的五个儿孙。

应星笑着打哈哈："不要问我，大儿子那一半谁愿意要，拿去好了。"

应瑞也笑了："大哥，你误会了，老爸没有说给你，只是说怎么分。"

一个孙子回答："这题目老土，网上查一下就知道答案了，原来是说地主分马，现在改成了阿爷分公司。"

三姨太又一次插话："哎呀，一家人吃饭时，能不能讲点吉利的事情啊，好好的，分什么公司啊？"

七叔没有理会三姨太，转过来问应瑞："阿瑞，你说怎么分？"

阿瑞回答："如果我能做主，就把公司都卖了，重新投资高科技公司，换个赛道。看看现在的高科技，那行情跑得和飞一样，分眼前还不如分未来，分家产能花多久啊？投资才是长久之道。"

七叔夹起一块鸡腿放在小儿子的饭碗里："阿瑞，奖励你个鸡腿。你能这样想，我就算是亏了几个亿也值得。我们不能成天低着头看着眼皮底下那点家产，要抬头去看路，才能走下去。"

"我想好了，要学东西就要北上，留在香港没有什么用，去美国也没有什么用，我想去为仔的公司打工。"阿瑞挥了挥拳头。

"我那里庙小，还算不上什么特别的高科技；再说，我们的公司也没有特别高层的位置。"周广为赶忙解释。

"我就是要从低做起，一步一步学。"阿瑞倒是不嫌弃。

"好，有志气，不懂就去学，学到懂为止。以前十来岁出去当学徒，还不是一样偷着学；现在多好，为仔是自己人。"七叔叫好。

"好了，好了，吃饭不谈公事。"三姨太见到自己的儿子被表扬，赶紧打断七叔，转过来将笑脸送给周广为："为仔，不用客气，当自己家里一样，多吃点。”

见到阿瑞的工作安排告一段落，大哥应星将话题及时转到了周广为身上：“为仔，你在华尔街做过，现在又回内地创业，中美今天贸易摩擦，你觉得如果没有了美元，中资能否支撑香港股市？”

“唉，都说不谈公事了。”七叔挥手制止了大儿子，“我来说一个笑话，谁知道香港哪个行业不会受伤吗？是零售商，零受伤啊，哈哈哈。”

喧闹、亲昵回到了这个家庭，周广为替阿瑞感到高兴，他有一个强大的家庭在背后支撑他。自己也有，自己还有一个任务没有完成，昨天和七叔说好了要谈私有化借钱的事情，他是担负着使命而来的，他要完成使命才能回家去……

第二节　春节，归故里

南安基因最后一次董事会，周广为安排去了南武的庆丰开，庆丰温泉多、酒店豪华。董事们不再为钱财争争吵吵，就变得个个好脾气、相处甚欢，吃饭、喝酒、打牌、泡温泉，欢笑声总是不断，早上散会时。周广为和他们一一拥抱告别。陆霄蕙依依不舍地说：“为仔，虽然我们不再是南安的董事了，但还是你的朋友，没事就把我们喊在一起，多聚一聚啊。”

好聚终得好散，周广为在大太阳底下被晒红了眼圈，庆丰周边连绵起伏的群山都朦胧了起来。

等到所有董事的车辆都消失于视野，周广为走向自己的车，辛如雨喊住他说她来开车，周广为也没有谦让，去到后排坐下。

“有董事会的时候，总觉得董事会碍手碍脚；现在没了董事会，又觉得空落落的，遇到事情没个人商量。”辛如雨熟练地把车开上大路，从后视镜里望着周广为。

周广为手撑着下巴，望向窗外，窗外的青山列阵一样站在远处，平静地移动着。

“你在想什么呢？”辛如雨见周广为没有理他，多问一句。

“我在想，从过去到现在，是南安带着我们跑，还是我们带着南安在跑。”

前方一个很大的转弯，辛如雨放慢了车速：“我不知道你的感觉怎么样，我感觉就是我们被南安带着跑，好像一天不跑，南安就会死掉。”

周广为没有附和，其实，他的感觉和辛如雨是一样的，哪里有什么一年计划、半年计划，光是处理今天和明天的问题，就已经耗尽心血了。私有化完成后，他必须先回答这个问题：明天的公司是什么样子？他不想再被公司拖着跑了。

“如雨，有两条路：一条是做大公司，但是公司不一定是我们自己的；一条是不做大，做个赚钱的小公司，你选哪条路？”

车正在驶近一个岔路口，两条路、两个方向，导航里传出声音，让驾驶员选择走左边的路。辛如雨想如果没有导航告诉你该走哪条路，那将是多么困难的决定。

“广为，一直以来，我都是副手，我害怕做决定。”

“我也害怕，就说你想怎么样好了。”

“小时候，我听过一句话，一滴水想要不干枯，就要汇入大海。我相信这句话，如果能够，就要去大海。”辛如雨问，“你呢？广为，你是怎么想的？”

周广为没有回答，很早之前，他已经有了一个想法，这个想法越来越近、越来越大，清楚到你无法再忽略它。现在，他还不想说出这个决定，他怕这个决定吓着辛如雨，再等一等，一切的一切都要等他见过李川弘才起步。

越海大厦28楼。

周广为进了电梯，按下28楼的数字键时，从门外传来一声："等等。"门被一双伸进来的手挡住了，周广为急忙去按住开门键。

闪进电梯的是李仞芝。

"是你？"周广为压低声音，惊奇地问。双手忍不住就举了起来，像是要拥抱的姿势。

"是我。"李仞芝愣了愣，也没有想到会在这里遇见周广为，脸上不由自主地飘来一片红云，竟有点害羞的窘迫，赶紧找话说，"来找我爸？"

"是啊，公事。"周广为把前倾的身体正回来，有点紧张，心思的波动中也有点窃喜。

"我能在场吗？"李仞芝侧过来望了周广为一眼，赶紧又移开眼神。

今天的李仞芝穿了一件略微宽松的浅色暗纹西装上衣，里面是一条深色碎花的V字领连衣裙，脖子上是一条白金项链，项链的吊坠是一把钥匙，时尚、随意、知性、温婉，其实颇为动人，随便就可以吸引眼球。女人的改变，谁也难以预料，周广为在心里感慨，有股暖流在漫溢开来。

看到周广为盯着自己愣怔的眼神，李仞芝掩饰住欣喜，转过脸去。周广为醒过神来，今天都什么时候了，还有空想儿女私情。他慌忙答道："是高度机密，不过，当然啦，你不是外人，你可以在场。"

李川弘听到敲门，他喊了一声“进来”，周广为和李仞芝同时出现在他面前。

“这么巧？不是约在一起吧？”李川弘的眼光在女儿和周广为之间扫了两个来回，意味深长，目光不由得柔和起来。

“没有约，在电梯里遇到的。”周广为的话，让李川弘半信半疑。

其实，李川弘知道今天周广为来的大致目的。前两天，周广为已经约过李川弘的时间，告诉他有件很重要的事情，需要和他商量。李川弘在沙发上坐好，直截了当地说：“为仔，找我有什么事？仞芝方便听吗？难得你们一齐到我的办公室。你的事对我女儿没什么可保密的吧？”

李仞芝也把坐姿调整得更舒服了些，说：“爸，这个问题我问了，我可以听。你们谈公事，我绝对保密就好呢。”

“那好，说吧。”李川弘催促。

“我想把南安基因卖给越海集团。”周广为也没有拐弯抹角，甚至没有看李仞芝一眼。

李川弘并没有显露出惊奇的表情，只是问道：“你刚刚完成私有化，就要卖？”

“看上去，这些年，我们一直在资本市场折腾，其实，每一次决定都是既慎重又无奈的，不折腾就要死。这一次，同样是深思熟虑的结果。”

“说来听听，你是怎么深思熟虑的。”

“我们不想再折腾了，想彻底上岸。如果我们就想做一个赚钱的小公司，那么，私有化后就完成了产权的改造，后面我们努力研发就好了。但是，我们的目标是既强又大，要产研一条龙，要成为全链条企业。”

“野心不小，要上生产线，你们那点钱哪够啊。”

“所以，我们想卖了自己，让越海收购我们。我们实力不济，越海可以啊。”

“你让我怎么说服我们的股东相信并购你们是一笔划算的买卖。”李川弘问。

“我们研发的业绩摆在那里，两条腿都很壮实，CRO已经赚钱，几个自主新药都进展不错，有的已经在外面到了临床三期，完成之后就可以投入生产。”

“严格地说，南安基因就是CRO在赚钱，自主新药那块，还在花钱。”

“这个我也想好了，确实需要投名状来证明自己。如果我能说服默沙公司购买我们的专利，是不是就可以证明我们的产品是有市场潜力的？”

“如果你们能搞掂默沙，我相信我可以说服我们的董事。”

“那就这样定了。”周广为站了起来，伸出手，“一言为定？”

“一言为定。”李川弘也站起来，握住了周广为的手。

穿过举在面前的手机，李仞芝的视线闪烁在周广为的脸上，忽而又飘去李川弘那里，手机里还保存着旧日时光的印记。她打开手机的相册，翻着照片，似乎记忆里挤满了来去匆匆之外，也有两人的心领神会。

手指在屏幕上下意识地滑动着，食指拂过周广为的脸，速度越来越慢，最终停留在自己的眼睛上，李仞芝看着自己。是的，你不再是从前那个逃避、任性、偏激的女孩了，你用事业重新安放了自己的位置，现在的你聪明、智慧、阳光、热爱生活，只是这样的自己，周广为不一定有机会见到。李仞芝对自己说。

周广为的视线在与李川弘对话的间隙探照灯一样高速横扫过

来，想不到与李仞芝的眼神撞了一个正着，惊得周广为小鹿般躲闪开。看到这一幕，李仞芝的嘴角不由自主地下压着，渗出笑意。自己的人生，还要自己重组；属于自己的东西，该拿着就不要轻易放弃。眼前这与自己既是青梅竹马又曾是结发夫妻的男人，是命运给自己的礼物，那就拿回来好好修补修补。“对自己，对别人，你都要有信心，你行的。”李仞芝用手指点着照片中的自己。

两个男人站起来握手，李仞芝也只好站了起来，看着两个男人极快聊完正事，觉得如此重大的事情发生得如此草率：“你们俩好像是小时候拉钩，用这么幼稚的手法，算是做了对赌吗？”

“当然不算对赌，只能算是设置条件。对赌失败，就要触发回购或者别的什么。你看，我们这个约定不会触发什么。”周广为解释。

李川弘也知道女儿今天回南武办事，来找他是为了顺便和他吃个中午饭，和周广为说完公事，就一心想着打发前女婿快些走，他截断周广为的话：“暂时就先这样，仞芝，你帮我送一下为仔。”

“After you.（您先请。）”李仞芝做了一个请的手势，让周广为走在前面。

“为什么你们对拿下默沙这么有信心？”走进电梯，见周围没人，李仞芝好奇地问。

“辛如雨认识它的一个化学家，是中国人。”

“哦，我那个小师妹，默沙有很多高级研究化学家是中国人。”

“听她说那个人好像是在工艺化学部工作。”

“工艺化学研究部并不是默沙的核心研究部门，默沙实验研究室才是。我推荐一个人选，我芝大导师的博士生，叫申智蒲，Jacob（雅各布），他在默沙实验研究室做到高级总监，他说话还是有一些分量的。”

说话间，两人已经走到了街道上，周广为停住了脚步："真心感谢，仞芝，这么帮我。"

李仞芝并没有接过周广为的话茬，她淡淡地说："不用急于一次就让他们相信你，能请他们来南武看看就是胜利。遇到事情，打我电话，一起想办法。"说完，转身回去大楼，将一个背影留给了周广为。

默沙公司在新泽西的肯尼沃斯，从纽约驾车过去不超过1个小时。从中国出发前，周广为就隔三岔五地发邮件与申智蒲约时间，对方之前答复很快很客气，但总是说最近没有时间。上周，他回复邮件和周广为确定了今天。

刚下飞机，坐上从AVIS（安飞士）租来的别克，辛如雨看周广为在输入目的地，就建议要不先去找那个师兄吧。

周广为没有停下手里的打字："你这是盲人吃柿子——拣软的捏，你那个师兄不是已经告诉你了，吃饭就没问题，业务就免谈嘛。"

"有饭吃好过吃闭门羹。"辛如雨偷偷地撇了嘴角。

"好了，我们出发。"周广为将手机挂在手机架上，"我们上门去找他。"

和很多美国世界500强公司一样，默沙公司没有坐落在纽约这样的大城市，而是选择在新泽西州的小城肯尼沃斯，公司的办公大楼也十分朴素，申智蒲的英文名叫Jacob，周广为通报之后，接待处的金发妹妹打了一个电话，就让他在一边先等着，Jacob一会就下来。

"你看，这不就可以了嘛，自己都没有尽全力，怎么希望有好运气？"周广为有点得意。

辛如雨捅了捅他的肋下，示意他往旁边看，见到一个白发老人悠闲地踱步过去，辛如雨悄悄说，那个人就是默沙试验室的总裁拉尼·莫奇。周广为一看，自己也认识，他兼任默沙的CEO，沃顿商学院曾经邀请过他来发表演讲，在那次演讲中，周广为还向他提问。

“我也认识他。”周广为对辛如雨说，他急走了两步，追上CEO，“莫奇博士，您好！”莫奇狐疑地看着周广为，周广为赶紧补充：“您不记得我了，您2006年来沃顿演讲，我向您提问。”

“哦，我想起来了，你没有问我默沙，问了为什么CVS几乎垄断了零售终端，却依然保持超乎寻常的低价。”莫奇笑了，“奇怪的问题总是让人记忆深刻。”

学生气的任性还被人记着，周广为有点不好意思，赶紧说：“我那个时候还年轻，如果是现在，我绝对不会问一个与默沙无关的问题。”

“没有什么问题是与默沙无关的，这个行业的事情，大家都可以探讨。”莫奇摆了摆手，“今天来默沙是想继续和我探讨CVS的事情？”

辛如雨和周广为都被莫奇的幽默逗笑了，周广为递上名片：“我们是来找Jacob博士的，想邀请他来中国看看我们自主研发的肿瘤免疫治疗抗体药物。”接过周广为的名片，莫奇掏出眼镜，认真地读完，然后说：“好啊，默沙愿意和全世界的药物研发机构合作，你们一会见到Jacob，具体和他认真谈谈。小伙子，你干得不错啊！沃顿毕业之后就改行成了生物化学专家。”

“不是，不是，我毕业之后是去了雷曼。”周广为转向辛如雨，“研发还是靠我们的辛博士。”

“哦，那还是要恭喜你。”莫奇意味深长地看了一眼周广为，

“你能脱离雷曼，很快在新的行业站住脚。趁着这个机会，我也要向你提问了，你怎么看现在的高盛和摩根，我想买点股票作为个人投资。”

“个人投资，我建议您还是多买点苹果、谷歌、英伟达，高盛还在做大投行，摩根已经偏移去了私人理财，他们的投资回报率不过如此，从趋势来看，新技术的回报更可观。”

“可是，现在新技术的股价都这么高了。”

“相信自己，就不要怀疑自己，股价总是让你怀疑自己，好的公司总是用高股价来吓退怀疑和犹豫的人。”

“哦，有道理！最近在美国上市的中国公司也很火。”

“嗯，我想他们过一段时间就会发现来错了地方。”

“嗯，小伙子，我受益匪浅。”莫奇赞许地望着周广为，露出了微笑。

三个人正在闲话，申智蒲远远地走了过来，手臂上搭着试验室的白大褂。见到客人和莫奇站在一起，也吃了一惊，介绍、寒暄完毕，他好奇地问周广为：“你们和莫奇博士在聊什么？”

“我们在聊CVS为什么在拥有这么高的市场占有率后还保持低价。”莫奇抢先回答，接着他转向周广为，“你还记得当年我在沃顿是怎么回答你的问题吗？”

“当然记得。您并没有直接回答，您说沃尔玛的做法可以参考。沃尔玛的规模巨大，但也保持了很低的利润率，它本来可以赚更多的钱，不过却没有，它是用低利润率构筑了防线，目的是给对手构成巨大的威胁。”周广为回答。

“哈哈哈哈！”莫奇开心地笑了起来，“好了，我不耽误你们的时间了，Jacob，帮我好好接待这两位中国客人。”

两天后，李仞芝发来微信问周广为在肯尼沃斯的进展如何，周广为和辛如雨完成了在默沙的所有工作，正站在门口与申智蒲拥抱告别。

“中国见。”辛如雨发出邀约。

“中国见。”申智蒲肯定地回答。

北美小城的阳光灿烂地打在两个人的脸上，让周广为眯缝起了眼睛。“走吧，我们去找点吃的。”

“你是不是一完成工作就想找点吃的?”辛如雨戳穿了周广为，她调皮地吸了吸鼻子，问，“有没有闻到塔可的玉米香味?”

“何以解忧，唯有塔可。我们去找塔可。”过马路时，周广为无意间将手搭在了辛如雨的肩上，辛如雨的心微微一颤，透过衣服，她能感受到男人手掌的温度和重量，这只手就像一只停在她肩上的红嘴蓝鹊，偶然飞来，她多想就此不再飞走。

过了马路，周广为看见了卖塔可的车，他移开搭在辛如雨肩上的手，指向了那辆黄色的小货车。眼前的景象似曾相识，周广为想起了在宾大和契辅教授一起吃塔可的场面，时间不是那个时间，味道却还是那个味道。

“我带你去一个地方吧。”周广为望着街上川流不息的人群，做了一个决定，将手中的塔克三下两下全部塞进嘴里。

“去哪里?”辛如雨的语调多了羞涩和期许。

“我要带你去奥马哈。”

“是巴菲特那个奥马哈?”

“也可以这么说，准确地说，是伯克希尔·哈撒韦公司所在的奥马哈。”周广为笑了，他抬头看看太阳，找到西边的方向。“我们沿着80号公路，一路向西，经过克利夫兰、芝加哥，三天后，到达奥马哈。”

“走之前，带我去看看曼哈顿和宾大吧，看看你以前住过的地方。”

“那就是重走我的人生之路了。”周广为故作惊诧，“怎么？你想重新认识我？”

“是又怎么样？”辛如雨的脸一红，这一刻，被周广为捕捉到了。跟李仞芝分居后，他几乎没把心思放在男女之事上。巧就巧在两人的这趟公差在出发前去他求助前岳父，且偶遇前妻，心中沉积多时的情愫泛涌上来，在身体里不停地冲撞，好像急不可耐要找个缺口发泄出来。周广为甚至希望眼前的是李仞芝就好了，一切的冰封都可以融化，如今，回到当年的一起生活的城市，他感觉到当年的激情又回来了。

去往西部的80号公路笔直地展现在眼前，2000公里外的奥马哈曾是周广为的理想，是他在雷曼时心向往之的圣地，不过，今天的他已经明白了，传奇永远不在远方而在路上，他在等待，等待命运的敲门声，不是那种为他带来财富的命运，最好是幸福人生的命运。

第三天晚上，在密歇根湖的西岸，芝加哥海德公园酒店，从房间窗户望出去，湖岸周边的灯光像繁星跌落水面，房门传来急促的敲击声。

本能地想去开门，周广为却顿在半路，辨别着声音的力度和情绪，他猛然醒悟，这急促的敲门声不是来自侍应生。他甚至在臆想中看见她白皙修长的手指急急叩打着房门。他想承认，他等待敲门声已经很久，或许她等着敲门也等了很久，她守望了很久，从她的房间走到自己的房门，该是多么短暂却漫长的历程啊。

一瞬间，周广为的脑子里闪过无数画面，竟然有一张是李仞芝的脸，快速地逼近后又急速地飘向远方。此刻，周广为不想远方，他听见的是越来越急的敲门声，欲望在吹响号角，命令他跃出战壕奋不顾身地发起冲锋，去追逐久违的、美好的召唤。他顾不得那么多了，他怦怦的心跳也像战列中的军鼓一样低沉而躁动，他几步冲到门口，仿佛迟到一步，门外的正在降临的命运就会一个急刹车漂移而去一样。

门，在打开后，又静静地在辛如雨的身后关上了。

没有一句话，周广为能听见的只有她急促的呼吸声，她脱去了外套，脱去了裙子，脱去了衬衣，又脱去了靴子，她知道自己的每一个动作都在掀起一层巨浪，像狂怒的飓风在周广为的身体里轰鸣着，冲刷着，誓要激荡起和她一样不安的狂澜。她像一个驾驶孤舟在黑夜中去拯救自己欲望的水手，面孔涨红，刘海被汗水浸湿，她理智的船体已经在礁石上撞得粉碎。她闭上眼睛，任由自己沉入暗流涌动的深海，不去划动一下手臂。然后，她的心和他的心，爬上了一片舢板的短桨，战栗着，抖动着，向着浪头的最高峰奋力冲上去。

砰……砰砰……砰。

李川弘下了车，刚走近地下停车场的电梯，就听到了微弱但持续的撞击声，像一个网球在两块距离很远的铁板之间自由飞行，寂静中的声响像一根细细的针，有规律地、轻轻地刺着鼓膜，让他非常不舒服。这不是他第一次听见这种声音，有几次加班到了后半夜，自己下来开车的时候，都听见了类似异样的声音。他停下脚步，问身边越海股份的董秘周朴："你听见有人在打网球吗？"

刚出差归来，带着一脸疲惫，周朴此刻想的，就是赶紧上楼，把老板安顿好，然后自己打个车回家去洗澡睡觉。对于董事长李川弘的突然发问，最好的回应就是不要节外再生枝，于是，他装作认真地听了下，摇摇头："董事长，您累了，这个钟点，哪还有人啊。"

"我今晚不走了，通知班子成员上午9点碰头，10点开一个集团党委的扩大会议。"

"什么人参加？"

"集团中层正职以上、分公司老总。"

"好，我马上打电话给办公室马主任。"

李川弘的办公室本来没有卧室。设计的时候，28楼分为两半，以走廊为界：一半是一间大会议室；另外一半就是董事长办公区，包括秘书办公室、洗手间和一间小会议室，剩下的面积都是董事长的办公区。

"什么是豪华？豪华就是去浪费钱！明明一间办公室，25平方米就够了，非要搞到100平方米；明明走廊上有卫生间，还要多此一举让你躲起来上厕所。"李川弘把越海集团办公室主任马英树喊了来，指着图纸上自己的办公室，狠狠地点了两下，"但是，该有的却没有。"

马英树属羊，处女座，作为越海集团的管家，做事细密有条理且不张扬。李川弘到了越海之后，也想过让他去管一家分公司，可惜办公室主任这个位置一直没有好的人选，只能继续留任。马英树从来不抱怨，副总们偶尔替他打抱不平，他就是笑笑。

"不好意思，李董，我们马上改。"马英树马上道歉，领会了李川弘的意思后，缩小了办公室的面积，去掉了洗手间，改为一个卧室，在公共洗手间设置了冲凉房，顺便调整了整栋大楼装修的造价，省下了200多万。

后来，在越海股份公司的股东会议上，周朴还特别说了这事，意思是称赞李川弘以身作则为公司着想，不乱花钱。"那可是股东和股民的钱。”李川弘摆了摆手，制止了下属的溢美之词。在座的股东有来自市国资委的领导、兄弟国企的负责人，还有香港上市公司的老板。在这些领导、负责人、老板看来，那些钱都不是李川弘的，企业管理者的自我制约，是天经地义的事情，有什么好说的？

不过，老板们的心里话完全不会写在脸上。李川弘环视一下会议桌中心位置的几个大股东，香港合美控股的董事长曹斯夫胖胖的脸上特别露出赞许的微笑，还向他点了点头，李川弘也回报以微笑。曹家是抗战前从上海迁到香港的，祖上是无锡的名门，庚子年（1900年）八国联军打到紫禁城，慈禧太后仓皇逃离京城的时候，曹家觉得还是有洋人在的上海安全，就从无锡搬到上海。这些年，香港公司不再是用三来一补、投资建厂的方式介入内地的商业，像南武这样的大城市，几家成熟的地方国企都在香港上市了，足不出户直接采用资本运作的方式就可以享受内地改革开放的成果，岂不比辛苦办厂更好？于是，曹斯夫投资了越海股份等好几家内地赴港上市的企业。

现在已经是后半夜2点，大楼里除了保安，几乎没有加班的员工了，电梯没有中间停顿，一路直上28层。李川弘和周朴没有说话，此行去香港，李川弘带着周朴以越海股份董事长的身份参加曹家每年都举行的中国投资见面会。越海（中国）股份有限公司是越海集团的子公司，几年前在香港证券交易所上市，业绩一直不错。这次为了收购周广为的南安基因，越海股份想发行债券，李川弘想先找几个重量级的承销商来聊聊，私下探探路，最终的目的，是掂一掂发债的“盘子”能够去到多大。

本来越海集团派分管上市公司的副总经理林琰琰去，曹斯夫觉得分量不够，他希望李川弘能亲自去。于是，他亲自上门拜访，把美国第一银行亚太区总裁唐纳德、香港地产大鳄国源控股董事会主席华上锦等几个重量级嘉宾落实下来，才打电话邀请李川弘。李川弘一看新的名单，立刻就答应了，带着副总林琰琰、CFO乔元宇、董秘周朴提前一天到了香港。

行前，马英树专门过来问李川弘需要带什么礼品过去。李川弘看了一下马英树挑出来的公司礼品，留下了一件下属公司用数控车床加工的不锈钢红牛工艺品。这件工艺品是雕塑大师钟源设计的，下属公司上精密车床分两件用榫式结构来车，可分可合，合起来看不见一丝缝隙。

“再去市政府拿一些宣传品。”李川弘吩咐，“他们做的宣传品最大气、最有味道，客人相信政府，也就相信我们了。”

在中国投资见面会之前，曹斯夫为李川弘专门安排了一场小范围的洽谈，会议的地点选在了铜锣湾的香港游艇会。曹斯夫知道李川弘开会不喜欢豪华酒店，喜欢一些有分量、有地位却不张扬的场所。

这香港游艇会超过150年历史，原来叫香港皇家游艇会，回归后去掉了中文的“皇家”，不过，英文的名称中皇家（Royal）依然保留。它的建筑看上去简简单单，灰色清水混凝土外墙，只有两三层高，远远看去并不起眼，它的独特在于独霸路的尽头，尽享维多利亚港湾全貌。

上午8点半，曹斯夫自己驾车去中环广场后面的君悦酒店接上李川弘一行，经过会议专用道走不过5分钟就到了游艇会。曹斯夫是游艇会的资深会员和赞助人，他能预订会议室、餐厅这样特别的服务，今天订的会议室能清楚地看见金紫荆广场和香港会展中心。时间尚早，曹斯夫带着李川弘他们转了一圈，一路上，几乎所有工作人员包括保洁的阿婶都和曹斯夫打招呼：“曹老板，恭喜发财！”曹斯夫笑呵呵地一一拱手回应，手中拿着一沓红包，见者有份，不一会就只剩下十几个了。李川弘笑着说：“曹老板，已经出正月了，还恭喜发财？”曹斯夫笑着回应：“大家开心嘛。”

走到泊位那里，曹斯夫特别指了自己的船给李川弘看，介绍说那是一艘定制的意大利法拉帝120游艇。李川弘也看过一些游艇，看了一下船的长度大概接近40米，估计要过1亿港元。曹斯夫说不用，是原先一个船东订了不要的，他花了8000多万就搞掂了。

“曹老板总是能捡到宝贝。”乔元宇笑着对林琰琰说。

“要不要上船去钓个鱼？”曹斯夫邀请李川弘。

李川弘知道曹斯夫喜欢驾船，考一张船舶驾驶证比拿车牌难多了，曹斯夫就有这个恒心，考了五次才最终合格，“算了，这次时间紧。”

曹斯夫也不勉强，笑着继续邀请：“那就下次，带夫人和千金一起来。”

林琰琰故作较真地说：“曹老板，怎么就不邀请我们？我们有空啊。”

“大美女，我想请你啊。”曹斯夫平日与林琰琰打交道的机会多，说话就随意很多，“不过，你老板都没答应，哪敢先邀请你啊！”

香港老板的风格是场下随意，做人与做事分得很清。做人都很随和、“识做”，多有钱的老板对下面的人也没有架子；做事却很认真，一笔一画、工工整整，有原则，不计较，会妥协。李川弘比较喜欢和他们合作，气氛好，话语投机，容易达成共识。

说笑间，一行人回到了会议室，会议桌上摆好了红茶、矿泉水、橙汁、曲奇饼和台卡，中英文都有。李川弘、林琰琰、乔元宇都有自己的英文名，曹斯夫很细心地把名片找出来对过，李川弘看见自己的中文名字下面正确地写着他的英文名Carson Lee。

今天，李川弘没有安排下午的行程，预备着消耗一天。

所有人都提前5～10分钟到达会场，因为有些来宾是第一次见面，大家都预留了交换名片、寒暄两句的时间。曹斯夫算是召集人，他不仅是越海股份排名靠前的股东，还是香港中华总商会的副会长，他来主持会议，顺理成章。

等所有人落座，曹斯夫又一次介绍了与会的嘉宾，李川弘一边听曹斯夫介绍，一边按照各家资产多少的顺序，把所有嘉宾的名字和公司写在了一张白纸上，乔元宇瞟了一眼，然后，转头意味深长地与林琰琰对视了一下。

会议的议程很简单，只有两项：第一项是乔元宇介绍越海股份上一年的运营情况和此次发债的目的、规模，第二项是大家自由提问。

越海股份的年报，上网就能查到。母公司越海集团的经营情况，乔元宇问过李川弘要不要讲一讲。李川弘觉得未来对南安基因的收购是母公司和上市公司一起投资，还是要讲一些数据的。所以，乔元宇的PPT并不是很长，60多页，他用了半个多小时就讲完了。

等乔元宇说完，李川弘喝了一口茶，知道该是自己登场的时候。邦德中华基金的总经理骏利·亨德森第一个提出疑问："李先生，越海股份这次发债的目的，能再详细讲一下吗？"

大家都在点头，看来是一个普遍感兴趣的问题，李川弘回答："可以，迟早是要公告天下的，不过，现在指名道姓还早了点，我们的目的是收购一家国内的生化企业。"

"有投资条款的清单了吗？"亨德森故意把步骤提到比较前。

“还没有走到这一步。”李川弘知道这是亨德森故意放他一马。

“能说一下是哪个城市的公司吗？”袁子定提问。

“就是我们南武的。”李川弘回答。

“听说这家企业之前从港股退市，私有化了，老板就是您的前女婿。”袁子定继续发问。

还不能不说这个袁大头的消息真是灵通，李川弘并没有惊讶，收购过程的各种调查，难免走漏风声，加上南安之前就是上市公司，很多信息也是公开的。“没错。”李川弘面不改色。

“中间没有什么私人感情吧？收购后，很容易让人猜疑你们会有关联交易。”袁子定笑呵呵地说着最露骨的话。

林琰琰撇了一下嘴角，这个袁大头，话说得这么难听。李川弘却不这样想，他觉得袁子定并没有提出反对意见，他只是质疑动机而已，骨子里，还是支持交易的，解释清楚就好。“袁总，不知道您听过祁黄羊的故事没有？外举不避仇，内举不避亲，公正公平就好。我们做收购，就看对方的发展潜力如何、数据是不是真实可信、交易价格合理与否，其他的，不是最重要的。”

“李总所言极是。”袁子定嬉皮笑脸地双手抱拳。

“袁大头知道不知道祁黄羊，我就不知道了，不过，他一定知道烤全羊。”林琰琰低头对乔元宇悄悄话。

“林美女又在背后说我的坏话了。”袁子定望了一眼林琰琰和乔元宇，笑着说。

袁子定的脾气好，能开玩笑，林琰琰他们没事就和他斗斗嘴，今天的场合还有很多业界的大佬，林琰琰就放弃了调侃袁子定的机会，摆摆手说：“没有，没有，哪敢在背后议论袁总啊。”

越海此次发债的目的是收购并改造南安基因，除了原来的研发，增加南安原本没有的生产环节，这样一来，南安基因就是一个全链条的制药企业。这个消息一旦正式公布，越海股份股价必涨，债券的回报也十分可观，买到即赚到，所以，推销这些债券并不是难事。最难堪的问题，就是袁子定提出的问题，他问了之后，大家又问了一些不痛不痒的问题，然后就开始品尝起水果和糕点。李川弘看了一眼自己写的那个排行榜，今天到场的，除了排在首位的国源控股的CEO华上锦没有发言，其他人都亮过相。李川弘知道，曹斯夫请到华上锦，他愿意花上几个小时坐在这里，一是给面子，二也绝不是听他们说说这么简单。

果然，等到曹斯夫抬腕看表，问大家还有问题没有时，华上锦端坐了身子，很谦逊地抬手示意："曹兄，我还想问几个问题。"大家都静下来。

"李总，对越海股份的项目，我们很有兴趣。"华上锦先表明了自己的态度，如果有挑剔，也是投资者花了真金白银的那种挑剔，"刚才李总说了，估计发债9亿港元，未来是母公司越海集团与越海股份一起收购，集团出资一半。"

"是的。"李川弘知道华上锦重复这些自己透露的信息不过是铺垫。

"越海股份的报表都是德勤所做的，这几年的数字都很漂亮，我们对越海股份完全有信心。刚才乔总监说了去年越海集团的情况。去年利润5.3亿，那也是相当不错。"华上锦低头抽出一张自己的笔记纸，话锋一转，"能问一下去年越海集团的贷款余额吗？"

越海集团不是上市公司，没有义务披露经营数据特别是借贷情况，不过，眼前的会议不是面向公众，乔元宇把征询的目光投向李川弘，李川弘点点头。

"集团去年有息贷款余额不到500亿人民币。"乔元宇回答。

"500亿贷款，1500亿的资产，一年5.3亿元的纯利。"华上锦毫不客气地继续说，“资产的效率有点低啊。”

乔元宇微微撇了撇嘴，李川弘却很认真地望着对方，他当然知道华上锦分析的都是事实。华上锦继续说：“内地的国有企业，我也接触过一些，一个集团就是一大家子，集团公司就是老爸，一群儿子里面，能赚钱养家的没有两三个，能干的那个一拖三、一拖五的都有，这样抱在一起，迟早拖垮那个能干的。不过，比起这些国企，越海集团算是活力满满，但是还算不上实力超群。”

李川弘静静地看着对面这位年近古稀的男子，头发梳得一丝不苟，但两鬓已经斑白，考究的铁灰色阿玛尼西装已经脱下，搭在后面的椅背上。李川弘喜欢通过对方的眼神来判断人品，华上锦的眼神真诚中带着睿智，是可以让伙伴、家人和朋友信赖和托付的那种人。

“李总，我虚长您几岁，允许我直言两句？”华上锦已经快七十，李川弘急忙回答：“华总，您尽管指教。”

“还是就事论事，我们也不说远了。南安基因这个项目是个好项目，越海集团要想提高资产的效率，就必须换血，换成像南安基因这样的新鲜血液。”华上锦合上钢笔，眼光温和地望向对面的几个从南武过来的同事：“我们和你们一样，也遇到同样的问题。我看了一下你们的资产结构，好几家20世纪90年代盖的五星级酒店，资产估值过高，实际回报不高。”

没有人再说话，华上锦喝了一口茶，继续说下去：“我不知道越海集团内部的计划，这些资产扔掉觉得可惜，毕竟还在赚钱；拿着呢，已经是廉颇老矣。”

“您是说我心太软。”李川弘没有回避华上锦锋芒毕露的解剖。

“我也知道这不是您的错。”华上锦笑了，“但是，越海在您手上的时候，您就有责任来动手术啊。”

在我的手上！李川弘一惊，华上锦的话代表着外面对他与越海关系最直接的理解。

“李总，我们都知道前几年您扔掉了越海集团很多的旧包袱，现在，不是解决体制遗留的问题，而是要跟上技术潮流。所以，我们支持越海集团收购南安基因。”华上锦最后表态。

要换资产的血那就是大手术！李川弘在心里把越海集团的家底迅速过了一遍，他不是没有想过来一场痛快淋漓的资产重组，他也明白为什么之前没有人动这个手术，不是他们没有这个能力。他自己也可以不动，过几年，把好家底和烂摊子一起移交给继任者。

那么，如果什么都不做，在自己的手上，越海会变成什么？自己又是什么？华上锦的话像一把剪刀，而李川弘的思绪像是剪断了线的风筝，倏忽一下，飘到九霄云外去了。

后面的会议是怎么结束的，李川弘想不起来了。大家又恢复了热闹开心的和谐场面，走去游艇会的室外餐厅享受自助餐。只是，李川弘的心里再也不能平静下来，这两个问题不断轰响在耳边，誓要打破平常的自信和淡定。维多利亚港平静的海面，近处湾仔码头的渡轮一艘一艘地出来进去，在他心里，像是画出两个方向、两条轨迹：一条是旧的；而另外一条则是全新的道路，一条曾经想过却感觉像烫手山芋一样的道路，铺展在自己的面前。

“没有一件应该做的事情是容易的。”他对自己说。

“什么容易？”准备下班的周朴好奇地打探。

李川弘没有想到自己说出了声音，他把手一挥，暂时赶走忽然冒出来的想法：“没什么，你早点回去休息吧。唉，有没有问问保安，是不是有人打网球？”

“真给您猜对了，就是我们下了夜班的保安，在地下车库打网球。”

在真正踏进宜信大厦之前，辛如雨已经来过宜信大厦两次。她站在马路对面的榕树下，望着大楼里进进出出的人群，在脑子里上演着自己编导、主演的情节，穿什么衣服，怎么去见梁家珍，如何称呼她，甚至需要时撒谎骗过保安的话，她都想好了。

今天，她从榕树下走过马路，站到宜信大厦楼下时，抬头望着高高的楼顶，她的心还是抑制不住怦怦地剧烈跳动起来，情不自禁地喃喃自语起来：“对不起，对不起，广为，我没有告诉你我要做什么，原谅我将要发生的一切。”

辛如雨跟着一个衣着考究的中年男子后面进入大楼，保安见到男子，没有等他掏出工卡，就主动为他打开了闸，目送着辛如雨跟着他后面进了电梯。

辛如雨记得周广为说过，他还有一间办公室在23楼，于是就按了23楼，中年男子见到一个陌生的女人去到集团的核心，好奇地问：“美女，你去23楼找谁？”

辛如雨看了他一眼，平静地回答：“梁总，梁家珍。”男人没有再说什么，而是掏出了手机开始打字。

23楼非常安静，和辛如雨设想的人来人往、熙熙攘攘完全不同，走廊上没有一个行人，回响着辛如雨牛皮鞋底敲击着瓷砖地面发出的咚咚声。辛如雨下意识地低下头，控制着呼吸，尽量地踮起脚，似乎也难以掩盖脚底的高跟鞋发出的声响。

就像她内心里的想法，她也要踮着脚，小心翼翼地走向自己的选择，不无担心地走向自己的命运。假如一旦发出更大的声响，惊动了别的东西，或许就会出现意料不到的反应，也许就轮不到她来掌控自己的命运了。

辛如雨走到2305，惊奇地发现门口的牌子上写着周广为的名字，掏出手机拍了照。此时，2303的房门打开了，辛如雨回头一看，直接惊在原地，门口站着的是另外一个周广为，乍一看大同小异的周广为。对方开口问道："小姐，你找谁？"

"你是周广为的？"辛如雨举起一只手指，怯怯地指向对面的男人。

"你认识我弟弟。"周为广笑了，"他没有告诉你，他有一个双胞胎的哥哥吧。"

原来如此，辛如雨笑了，她走过去伸出手自我介绍："我是周广为的同事，我姓辛，辛如雨。"

"哦，听他提过，你是南安基因的？"周为广握住辛如雨的手，他奇怪为什么她一个人来到宜信，周广为却没有陪她，"你来这里是？"

"我想找梁总，梁家珍女士。"辛如雨坦率地回答。

"找我妈，不会是公事吧？"周为广开着玩笑，"生意上的事情，和我谈就行。"

虽然是双胞胎，哥哥从外貌到性格，都柔和、周到很多，动作举止也容易相处很多，不同于弟弟周广为那种才子的意气勃发。辛如雨在心里暗暗比较着，"多谢多谢，不算公事，是私事。"

"你等一等。"周为广走到2305的门口，敲了敲门，然后走了进去，没过一会，他出来对辛如雨招招手说："进来吧。"

就在周为广敲门前，梁家珍已经知道辛如雨要来找她，她收到郝珊瀏给她发的一条微信："周太，我在电梯里见到广为的女同事，她正在上来找您。"

周为广进来时，梁家珍已经站在办公桌边等着来访的陌生女人，她好奇究竟是谁，为了什么样的私事前来探访同事的母亲，如果是那种事情……一想到儿女私情，梁家珍不知道是该坦然还是担忧，无论如何，她知道来人也是鼓足了勇气。

她扬手制止了想要开口说话的周为广，像一个快要交卷的考生，低着头紧锁双眉，企图抓紧最后的几分钟找到答案。不过，以自己几十年的阅历，她也清楚，人生的选择题没有正确的答案。对于周广为，作为母亲，她希望他幸福，谁能给他幸福？青梅竹马的李仞芝在婚姻的网球赛里先赢了一盘，又输了一盘，决胜盘还在打，不过是叫了暂停。

站在门外的这个女人，将为儿子带来春风还是暴雨，只有天知道。梁家珍苦笑了一声，她想告诫辛如雨，婚姻也像生意，每个人的运气不同，有时遇到对的人是幸福，有时遇到对的人也不一定幸福，就像现在的自己。“我又不是她亲妈，说这些干什么？”梁家珍在心里低语。

谁和周广为走下去，那是他的难题，选择权在他手里，后悔与否都是他的事情，自己就少掺和吧。梁家珍终于找到了答案，她抬起头对周为广说：“让她进来吧。”

当辛如雨走进她的视野，她迅速且认真地打量了来者，尽管之前匆匆见过一面。中等身材，样貌算不上漂亮，如果是儿子先看上她，绝不会是因为惹火的身材和惊艳的面容。来人穿一条朴素的白底碎花的连衣裙，剪着年轻女孩很少剪的齐耳短发，透出一股子书卷气。

“多像是李仞芝的素颜版啊。”在心里，梁家珍忍不住将眼前的女人与前儿媳做了比较。不由感叹，男人对异性的审美嗜好，都好似有印记，一旦错失一个没有修复，日后就不停地复制，喜欢的女人多半是先前类型的翻版，不知是初心还是对过往的留恋。梁家珍担心想太多了七情上面，赶快定了定神，将思绪收回来。

"伯母您好，我是辛如雨，周广为的同事。"辛如雨自我介绍。

周为广带上房门出去了，梁家珍请辛如雨过去沙发那边坐："来，我们坐下说话。"辛如雨注意到在办公桌上，放着一张周广为从沃顿毕业时全家在宾大的合影，背景是富兰克林铜像，站在周广为身边的梁家珍笑得最甜。

在让座客套的过程中，梁家珍对面前的女人做了一个初步的评价：清爽、干净、斯文、得体。这是她对好女人的评价标准，心思澄明、动静利落、敏捷勤快的女人，才会有这种面相，这比所谓的漂亮来得更踏实、更耐看。

梁家珍请辛如雨坐在长沙发的中间，自己坐到侧面的一个单人沙发上，安顿好了之后，她微笑地看着辛如雨："辛小姐，找我有事？"

这一幕在辛如雨的脑子里闪现过很多次，她应该如何回答，有很多种方式，可以欲盖弥彰，可以暗度陈仓，但是都被她一一否决。她没有回避梁家珍审视的目光，缓慢地说："伯母，我想来当面告诉您，我想要嫁给周广为。"

从辛如雨走进这间房间，梁家珍就知道她与周广为之间必然有着感情纠葛，她也曾经听周广为提及辛如雨的名字。至于是不是她未来儿媳妇，梁家珍也想过，却只是想一想而已。大大出乎她意料的是，辛如雨开门见山第一句话就揭开了谜底，让她不用费尽心思去玩猜猜猜的游戏。

"哦。"梁家珍还是平生第一次遇到如此大胆的表白，她沉吟片刻，依旧找不到合适的回答，"这是你和广为之间的事情，我不会反对他的决定。"

"我明白，您是一个很爱护儿女的母亲，所以，我想我必须先得到您的认可，才会去和广为提结婚的事情。"

“哦。”梁家珍舒了一口气，“你了解广为吗？”

“我认识他已经8年了，我知道他离了婚。”

“他还没有离婚，你了解他太太吗？”梁家珍平静地问。

“不能算了解，只是在公事场合见过一面。”

“印象如何？”

“您的儿媳，周广为的太太，南武国企掌门人的千金，海归，科技公司高管……要数得数一大堆头衔，每个头衔都足以证明她的优秀。”

没有人知道辛如雨见到李仞芝时，在想什么，两个人谈了什么。梁家珍看着对面的女人，决定不再去问关于李仞芝的问题，她知道无论是李仞芝还是辛如雨，两个都是聪明能干的女人，都会处理好自己的事业，处理好自己的感情和人生大事。她要担心的是自己的儿子，一个已经陷入情感旋涡的男人，而她还没有办法抛出一根救命绳，只能任由周广为在旋涡中挣扎，再挣扎。

“你了解我们家的情况吗？”梁家珍端起杯子喝了一口茶，换了一个话题。分居在国人看来不完全等于离婚。对于家大业大的实业家，婚姻的离合不是两个人的事情，而是两个家族的事情，牵扯的东西实在是太多了。

“不了解，广为从来都不提。”

“哦，这样啊。看来，我和你交谈的时间就要长一些。我先来给你讲个故事吧。”梁家珍心里有了主意。她似乎看到前儿媳李仞芝在对面急切地看了她一眼。

“好啊。”辛如雨竭力地让自己淡定下来。

“是广为曾祖父的故事，那是在他们周家老家绩溪，有一年过年……”

隐隐约约听到楼下传来人群的喧笑声，中间夹杂着堂哥家黑狗的一两声吠叫。周广为从酣睡中醒来，阳光透过玻璃窗射进房内，刺得他睁不开眼睛。他眯缝着眼，跳下床，摸索着披上大衣，走到屋外的走廊上。

昨晚，梁家珍带着他和周为广坐高铁到达绩溪时，已是天黑，天空稀稀拉拉地飘着雪花，地上滑湿湿滑得像倒了油。接站的堂哥拉开车门，让他们坐上车，关门时望了一眼天，说道："放心吧，明天一定是个好天气，祖宗在天上保佑着呢。"

这是辛丑年（2021年）的年初五，周广为将手撑在栏杆上凭栏远眺，四周环山，老屋已经不在，代之而起的堂哥盖的三层小楼。围墙外当年祖先曾经无数次踏上去的水圳条石还在，梁家珍正站在上面，感受着阳光打在脸上的温暖。她闭上眼晒了一会太阳，就对二楼走廊上刚刚起床的周广为说："不用穿棉裤了，穿一条单裤就行了。"

绩溪县城外的福岭，背阴处的残雪还没有消融，亮堂堂的太阳高高照在扬之河上。扬之河悠然舒缓地流淌着，泛着粼粼波光，像是一条冬日旷野中仰面朝天晒着太阳的小兽，偶尔翻个身，掀起一层白白的浪花。

梁家珍一行人穿行在仍然湿滑的田埂上，去往周家的祖坟。

亮晃晃的阳光迎面射来，像一支支金光闪闪的箭，刺得眼睛生痛，梁家珍不由得眯缝起眼睛，眼角泛起了泪水。"翼谋，如果你在这儿，一家人，该多好啊。"梁家珍喃喃自语，透过泪光，她觉得周翼谋的背影就在前面的田埂上，不紧不慢地移动着。她紧赶两步上前，影子就和她重合在一起，用手扶着她的肩膀，让她的脚步迟滞下来，小心翼翼地避过那些黑油油的坑坑洼洼。"过两年，不，也许就在明年，我们就会多一个人一起来上坟，是周家的人，新的周家的人。”梁家珍拍了拍自己的肩膀，小声地说。

“妈，和谁在说话呢？”周广为在前面问。

“和你爸在说话。”梁家珍大声回答。

“说什么话？”儿子没有转过身来。

“我说周家不能只有先人没有后人。”

“我爸怎么说？”

“他说你受累了。”

遇到一条宽阔的沟渠，周广为伸出手来，抓住梁家珍的手，将梁家珍拉过沟渠，已经先期到达的周为广站在高处，燃放着二踢脚，“砰啪……砰啪……”的脆响回荡在山谷，略微刺骨的北风送来炮仗淡淡的呛鼻烟味。

梁家珍停下脚步，扶着膝盖喘着气，她已经感到有点力不从心了，上次来上坟的时候，自己还健步如飞。“歇会吧，妈。”周广为从背包里取出保温杯，体贴地递给梁家珍。

梁家珍拍了拍儿子的肩膀，沉重的心绪让她觉得有点头晕，这一回是实实在在地觉得小儿子周广为是个成熟稳重的大帅哥了

喝了两口热乎乎的蜂蜜柚子茶，梁家珍缓过劲来，她望了一圈四周，正值冬季，一小块一小块的山坡地里一个人影也没有，庄稼收割完毕，大地袒露出原始的黄褐色。“我有没有和你说过你们周家在这里算命的故事？”她问周广为。

“有啊，不止一次。”

“你信吗？”

“以前不信，现在信了。”

“明年你还来吗？”

周广为没有马上回答，等转过一个山角，见到了周为广、堂哥、堂哥的儿子和他们家满地撒欢像箭一样奔来跑去的黑狗，他

回答：“我想来，不知道为什么，我喜欢这里。”

“那就来吧。”梁家珍亲昵地拍了拍儿子的肩膀。

在这个周家的祖先长眠的山头，可以抬头望着蓝天白云发呆，可以眺望阒寂无人的原野深呼吸，可以坐在墓地上想前世今生的家族事，还可以跟祖先自言自语说说悄悄话。

微弱的北风轻轻摇动着枯死的干草，冬天的高粱秸倒伏在地里，弯曲的田埂像迷宫一样，引领着人们走向祖先长眠之地，群山无声，旷野静卧，一切就像是开始时那样，也像是未来结束时那样，安详、平和。

一切本就如此。从来如此。

后记 一座城市的史诗

1

个人的写作就像一个心电图，起起伏伏，最终都指向自己的生命体征、轨迹与方向，其实也是生活带来的荣辱得失的动力。经历与经验，学习与领悟，会让更多的、更丰富和复杂的写作愿望涌动起来，也促使我去打破原有的框限，鼓动自己去突围，去寻找新的空间，不是困闭，而是逃离，换种说法就是超越。

每个人都是时势或者时代背景下的个体，貌似大同小异，其实各有运命，在平淡的表象下，离奇多变的命运最后左右了每个人。命运既是人生的阳光，也是阴影；既是时代前行的动力，也是让时势顿挫的阻力。这些隐匿的背景经常会被忽略，却是真实又强悍地横亘在每个人、每个时代的脚下，有的跨过去就过去了；有的被绊倒，甚至被吞噬了。写作，就是尽可能地把这种出没无常的存在保留下来，至于更多的可能性，也许都在盲区里，谁也暂时看不到呢。

命是定数，运是变数。命是与生俱来无法改变的，运是运气、运数、时空转化。命决定了我们的路线，运决定了我们能跑多远。

面对未来的不确定性，需要更多的心理暗示。如何在变中找到不变，在现象的背后找到规律，达到那难以轻易达成的目的。能看透的叫规律，看不透的叫命运。命运都是自己努力和选择的结果，看透生存逻辑，读懂人性，认知觉醒。

人的命与运是结合在一起的。写小说是个递进过程，总有不止不歇的思绪汹涌，不得不记录下来，也是一种镜鉴互证的思考，更是写完小说之后的自我梳理和提升。

我经常问自己：

文学能成为对历史文化拾遗补阙的守护者吗？

文学能成为记录与赦免一切的借口吗？

文学能坦诚地面对曾经复杂的现实，以及如今难以释怀的集体记忆吗？伤害与弥补、庇护与回击能借助文学来得到救赎吗？

这片土地上所发生过的一切，所出现的人与事，不仅仅是物质的，更重要的是人的内心、人的精神与灵魂。他们所留下的创伤或者痛苦，所得到的欢愉或者庆幸，就如同土地上的沟壑以及平原河川，铭刻在那儿，永难消失，只要掀开留痕的笔墨，一切如在目前。

记录与书写从来都是有尊严的，也是有分量的，甚至是有价值的。只要有足够的真诚、足够的良知、足够的责任意识，真正的文化与历史传递才刚刚启航。何况写作不仅仅是为了反思，还是为了完成某种程度的改变，对我们置身其中的文化观念的改变，对我们生存延续着的生活的传承与看法的改变。尤其是对一个移民大市广州来说，希望作为一种扎根本土题材创作的土壤，并且作为种子，等待某一天又破土而出，引发更多的生长。

关于广州的历史记忆，以及广州的历史话题，总是最能激活写作灵感与创作思路的。

沿着广州的历史文化脉络，用长篇小说构建成一个相对完整的文学图谱，一个能显现广州人更替演进的人物形象画廊，这是我启动于二十五年前的念想，也是我一直坚守着没有更替的初心，所以才有了一直在持续以广州为题材创作完成的五部长篇小说。学者讲究研究有“志业”，创作同样讲究有“永恒的主题”，广州于我的研究与创作，便具有这样的意义。对历史文化交替变迁的聚焦，对南来北往的广州人的反复书写，就像多面镜子产生的效应，可以从不同角度切入，从不同人物的身世际遇，塑造一个更立体多元、更饱满，也更轮廓分明的广州形象群体。

对葆有经济持续发展增速能力、作为国家中心城市之一的广州而言，如何树立文化与文学形象及不断地丰富和完善它们，如何梳理清晰广州作为一个超大城市的文化价值与地位、传播力与影响力？因为较长时间的忽略与漠视，短时间内，依然难以界定何为广州，更不要说建立有关广州的话语叙事，这对培育新老广州人的家园意识、塑造新老广州人的家园归属等来说，并非能轻易企及的。在这个意义上，聚焦广州、扎根本土的创作才显得须臾不可或缺，不断推进，才更有利于把广州文化置放在中国文化的版图上，以及融入世界文化的广大范围里，更好地被读懂与了解。

关于广州的历史记忆，如何通过文学创作，通过小说人物的身世命运，得到最有创造性的转化，既明白广州在中华文化古今变迁中的地位和分量？也看到广州在世界文化版图中的古今地位和分量，长篇小说无疑是一个最有容量的载体，不仅关注广州文学形象的呈现，也关注广州文学形象的传播。

我承认内心还是缺乏一些坚硬的东西，需要更多的决心、纯净和勇气，去获得穿透时间的存在与力量。只要一直坚持着做点什么，这个时间本身会带来一些不可估量的力量，有时候可能被忽略了，有时候却可以让人超越了以往的自己。即便是在困境与无助中，这种坚持也可以让人变得淡定和沉稳起来，就像一条小船与一个锚的关系，没有更多的功利，只是互相依存的关系，让自己不在人生不可测的时间河流漂泊中晃荡，而是尽可能地变得踏实和放松起来。而在这种看似平静而暗涌潜伏的状态里，内心的创造力更容易被激发出来。让这种心境在个人的时间角度上呈现出价值，那么在记录广州历史文化、书写广州城市形象这个角度上，也有可能会被时间赋予该有的一点意义。

让更多人了解历史文化的故事中显赫人物之外的世界。在作为创作中的书写与作为读者的阅读了解中，一个社会的重大变迁，除了那些著名的人物、变革者，还有大量充当重要元素的大众中的精英。他们的个人历程，对变化所形成的重要推动，这是一个层面的种种合力所共同建构的，除了特定的节点和关键人物，还有着大量普通人和普通的日常生活。所有人都是真实历史的一部分，强调从社会的、文化的角度去认识过往的人事物。广州的多元化就体现在，既有重要人物的宏观性，也有平民百姓生活的日常化，这才能形成一种真实性与完整性的广州叙事，也就是广州书写。

广州的历史文化，真实地存在过，却未必被更多地看见过。

广州在岁月的长河中激荡，而读懂广州却还在路上。人的心念、风俗的传递，其实就是守望的力量。因为了解和认知，才能传承和传播，因为有仪式、有烟火、有俗常，才能以鲜活的方式重新打开历史，找到我们文化的根基。不是说珠江就是广州这座城市的母亲河吗？所以要像河流一样思考，也要像河流一样通达，大江流日夜，这就是大自然的耐心，而耐心恰是一种被低估的美德。文化的厚重与力量，就是这么年复一年地积淀下来的。

所以，文化情怀与精神信仰是一体两面的，这就是横渠先生名言的要义所在："为天地立心，为生民立命，为往圣继绝学，为万世开太平。"

2

如何让写作比自己的生命和生活经历更加广阔和深邃？

要读懂广州，要了解广州，离不开这一百多年的历史、近现代中国的历史，从那个年代走出来的人，每个个体，都背负着那个时代的痕迹，以及那个时代展现的宏大的历史变迁。

城市化是时代的产物，也是我们生活变化中的一种发现。如果没有那个特殊时段的中西文化的剧烈碰撞，可能我们城市化的开启就是以另一种模式。后来高速发展的城市化，也离不开以外来的影响作为参照系。

尤其是在岭南文化背景下的广州城市化进程，一直都处于一种流动性与融汇蜕变的状态中，所以有很多路径可以进入对广州的书写和解读中，但也容易导致直观与肤浅。这也是因为广州静水深流，一直以来在主流话语中没有被读懂，甚至被认为说不清、读不懂的重要原因之一。

广州文化没有得到应有的评价，或者说广州没有得到应有的文学书写，尤其是对广州改革开放以来的几十年的艺术创作与阐释，都是欠缺的。这与广州是个移民城市，各种与广州相关的写作，除了少部分是门里看的本土书写，更多的是门外看的移民书写。这就很难达成对广州真相深入表达的一个环境与氛围。

让广州树立起该有的文学艺术形象，占据本该拥有的中心位置，让鲜活的广州与每一个新老广州人相遇，而不是很多围观式的表达，那么广州的本土创作才不会是空心化的，才会有它坚实的内核和丰富多元的外观。

讲好广州故事是很有挑战难度的大事，面对巨大变迁的社会与生活，我们如何去重新描述表达始于一百多年前的广州历史和文化，和之前的没有多大分量与位置的广州之间，有什么样的关联和承接，这除了难度，还有一个评价的宽广度，甚至是高度的问题。

正如广州很容易脱颖而出，一下子一飞冲天，也很容易流俗，成为一个所谓时尚的穿堂风，让人误解为广州的文化没什么根性，也没什么宏大的分量。这就可以说清为什么处于改革开放的前沿地的广州，其文学代言不应该是浅薄、庸俗和无聊，因为时代需求的另一面是个体的自由与释放，多元中的自我与自恋，而轻易忽略了广州所具有的宏阔的时代视野与创新力量，导致我们的文学艺术创作在20世纪80年代因为新奇而引领潮流之后，就因为流俗的误读而寂寂无闻了。这也是多重的价值判断造成了对广州认知的一种错位。

广州的真相并非如此单一，她很时尚，但不时髦；她很现代，却也很传统。移民写作更多写的是一段经历、一种感受、一种趣味情调，却不是一个积淀几百上千年的历史，以及这个历史背景下一个流动的世界。广州的宽广和深刻，是别具一种审美维度的。为什么很多对广州的描述与表达不到位，甚至只限于皮毛？还是因为没有找到一种以认知理解广州、以书写再现广州，并且与新老广州人达成共识的路径。我们在面对同处的一个空间，去注视不同的过往时，带来的触动毕竟是千差万别的。让历史、文化与没有经验、经历的人联结成一种共识，这是需要一个重要的契机作为作用力与推动力的。

地域性并非局限性，也不是仅受益于某类型的人，而是作为一个开敞的地域，广州更具丰富性和个性。

一个活过将近一个世纪的老人，一个不停地书写的隐居者，一个坦言生命不能承受之轻的智者，最后的话意味深长："这是一个流行离开的世界，但是我们却不擅长告别。"

确实，人的一生迷途漫漫，终有一归。我也面临着离开职场——退休。几十年不停地奔跑突围的职业生涯，终归一别，也许可以像想象中的那样，过一种放松和自由的生活，过一种没有压力和要求的生活。可谁又知道，如何放下习惯了赖以支撑和依托的笔——书写，去消费余生？虽说以写作谋生，纯属偶然，而正是这偶然培植起来的热爱，它对我的意义非同寻常。这种偶然性的托付，假如在眼下这个人生的转折点上放下，那么我的生命还能剩下什么呢？我还有足够的时间和耐心培植新的爱好吗？这是我不得不面对的严肃的追问。

没有永远的开悟，只有片刻的领悟。广州是千年商都，立城之本还是在于"商"，多年来储备着、守候着机会写粤商，我一直期待着写这群造就了广州图强奋发、走向大海的返本开新的人，一群会做生意、能做生意且让城市富裕繁盛起来的人，写这座城市千秋之约的气质、品相，写千年商都所具有的格局与精气神魂，写一代一代的人杰英才对这座城市的奉献与推动。有了他们，一切的守望都可成真；有了他们一代代人的前赴后继，广州美好的未来更值得期待。

我在孤独的思虑中酝酿着，也在彷徨着，因为我的工作重心还是在从事文化研究上，每一本长篇小说从构思到写作，再到出版，都要历经长时间的折腾，至少是五六年的磨砺。也许在孤独中成形的事物，大多也是要用来救赎自我的孤独。幸而创作的书写是开敞的，无数的人与事跨山越海而来，超越时间和空间，汇聚到我的脑海里。

哲学家托马斯·莫里斯指出一个关于爱的真相：喜欢和热爱并不是一回事。爱某个事物，意味着很珍视这个事物，并致力于保存它或发展它；意味着以它为中心调整你的生命。问爱什么，如何爱，就是在问我们如何交托我们的生命，如何安放我们的希望，以及如何倾注我们的精力。

怎样把自己变成喜悦和清新的水库，而不是自寻烦恼的水池，取决于我们怎样照顾自己的身心，怎样滋养自我的性灵。

怎样通过一连串的挫败，得到知觉独立或者是甘苦自知的所谓的胜利？在似水流年里握不住的所谓获得，不外是过眼烟云。没有历史感这束光的照射，我们每一个人都看不清自己的足迹，更读不懂自己的故事，意识不到时代的变化在每个人身上，如何成为一座山，甚至是一场骤然而起的狂风暴雨。

怎样建构起这样一种审视的格局，又怎样来呈现这种表达与叙事？中国近百年历史往返的重大起伏，总有着时代的剪影和每个先行者的身影。

怎样把一族人带到时代的风口浪尖上，怎样让一族人活成此起彼伏的传奇？而且这样的传奇还在世界的场域里往返涌动，不绝繁衍？

怎样让故事与人物，在笔墨的虚实间穿梭，在岁月的流逝中代代接续，命运跌宕，倏忽之间，来龙去脉如草蛇灰线，以特别的方式呈现着人生不同的视角，呈现出不同的侧面？

创作是一种自我建构的独白，也是对自我发现世界的回应。

3

长篇小说《大运行》的题目，有行大运、行好运、有运行、大起伏、大命运之意。

小说虽说承载的是讲好故事、塑造人物的功能，打动人的不一定是这个完整的故事，或者里面的人物，而是故事里的某个瞬间、某个片段、某个人物在某个场景中的言行，给人留下深刻的印象，或者一个回荡不已的共鸣。

所以，要不断打开小说创作的想象的边界，就如同雨果所说的，科学到了最后阶段，就遇上了想象。况且小说想象力的边界，似乎是另一种空间维度，世上的一切都能被囊括进来。

如果人生不是很如意，或不如想象中的完美，那就借艺术，尤其是文学的通道去感受一下，领悟一下，去理解和面对不一样的人生。也许这就是无用的文学的有用价值。

人是一个无法通透的复合体，所有的情绪和思考、需求和愿望，都不一定是有逻辑或者是符合常理的。就如同有时候人所需要的其实是看似最没有交换和实用价值的东西，比如音乐，比如文学，而这些东西却能舒缓一个人在人生路上遇到的那些貌似不可抵御的障碍、困顿、孤立无援等种种挫折。能鼓起最后一口气，撑起最后一股劲的，无不是精神性的东西，是精神以及灵魂里释放出来的能量，来拯救人走好最后的一小段路，走完最后一程，没有什么比这种心力更能成为救命的稻草。

其实从来没有完满的人生，但谁都有可能拥有一个支撑住自己的灵魂，所以人既平凡、渺小，又是了不起、不可思议的。

所以，写这部小说，其实也是在再一次去印证那个叫大卫·福斯特·华莱士的作家所说的一句经典名言："所谓小说，就是讲做人这件事到底是一种什么滋味。"艺术或者说文学的好的标准是什么？是创造的力量。而好的故事，有哲理、有触动、有感应的小说的标准，就是创造的力量、虚构的力量。优秀的作品，无不是能用创造性的语言，去准确地表达作者对这个时代、对这个时代下的人性的感受，去用他的作品与他所处的时代对话，并且记录、描述、判断，得出一个能引起共鸣的结论。

好的小说，其实就是写的故事似乎跟自己有很大关系，写的都是自己熟悉或者知道的不吐不快的情绪或者感受，但是整部小说带给自己的却又是陌生化的体验，这就是神奇的想象力与创造力的效应。

在农历虎年就要跨过门槛之际，冷空气如期而至，越刮越大的北风，让温热滞重的广州抖落了旧年有点疲软的外壳，迎来了新的清爽。长到四五层楼高的树，枝叶呼呼地舞动出声响，急速驶过小区楼下的汽车，放大着静寂的空气。

每到年节，这座热闹的加速的城市，就像被关闭了很多的开关，总是突如其来地清闲下来，清闲得如同我们小时候，半个世纪以前的那种清闲，让人们奢侈地全副身心投入过新年。那些新广州人都回到万水千山的故乡、老家去了，可广州是我们这些老广州人命定的故园啊，在空闲下来的街道老巷子里，很多记忆便在四处追逐着那些跑远了的时间，似乎要把它们呼唤回来。

过不了多久，搬到河对面的另一条河畔的高楼里，可能只能在空气中想象着听得到的风声和听不到的树叶声搅拌起来的异样的安静。我的情绪有种复杂的纠结。如同我疼痛的四肢与无法言说的落寞的不舒服的身体，病痛让我异常强烈地渴望找到一种精神的支撑。我不奢望人有什么办法去安置付出与收获的筹码，怎么才是适度的，怎么才是合理的，可我感到，过度地消耗精气神魂，时间的上苍之手，就肯定要来击打人的健康，让你在加倍的不适中去领悟一些所谓修为的真谛。我无助地面对着这种考验、折磨，只能在想象中让身体摆脱眼前的桎梏，像人在睡梦中浮游起来的状态，宁静而舒展，不被更多的波折左右，只是跟一片洁白的或者蔚蓝的安宁相伴相随。

然而，书写与思考从来就是一种鞭笞，在书写中辨认他人和自己，尤其是自己的内心，不可能是一种平稳和舒服的看见，必定是一种五味杂陈的开掘。是对自我发现的坚持，还是对世俗规训的屈从？没有勇气和执行力，也就不可能认知自我与世相。相融与排斥，从来都是一种拉力，也是一架天平，往哪一面倾斜，都会有不同的标志，也会出现在不同的生命时段里。也许，生活亏欠的，书写会补偿你，有些东西会停止，有些东西会发生新的关系。撑下来，也许意味着不浪费那些不易的过往吧；撑下来，也许是对被击溃的一种逃逸。虽然都不容易，但至少还有自我安慰：该来未来的将来，说不定会比现在要好；那么平淡的日子，有可能转身就是惊喜。

我在年关的低落中想象着虎年的威猛，似乎在冷飕飕的空气中嗅到了某种刚烈的气息。

复调命运，真实再现。用什么样的文字表达，可以让世道与人性，甚至是让每一个人物，从容地、独立地立于书写之上，立于小说之上，这确实是个挑战，也是一个愿景。扎根广州的书写，立足本土的小说，人是在这世间万物中的主体，人的命运如何伸延、如何表达，无疑是文学创作的终极命题。在所有的书写里，都藏着基因的密码，也藏着精气神魂的密码。

广州是我的故乡，是我从小自内到外生成长大的故园，对它的解读，时常让我有着在路上的兴奋和不安。兴奋是因广州有着太多远没有广为人知的历史、兴衰和得失，林林总总，荦荦大端，从哪个角度切入都有发现和领悟；不安的是，我所知甚少，所能提炼和提升的力量又有限。广州不光是地图上位于南方的一个点，而是从点到线、从线到面构成的一个交错了几千年的海内外的网络系统。从古今之间见到的历史，才是真正的历史；从古今之间读到的文化与人，才是真正的文化与人，毕竟这些都是时间留给我们的最丰厚的馈赠。

一个美好的前同事，毕业于名校的才女L博士为我向她所在的杂志投稿的一二文章，写下了读后的鼓励之诗，而且还是旧体诗《辛丑末有感》:“凤箫声动楚庭，莲浦舣静兰舟。大城仍怀古致，清思咸若少年。”

我自然是格外动容的，平时交接不多，各忙各的营生，偶尔的交流，竟然有此等的礼遇与善待，确实让我万分感叹。人生中的知遇与漠视、欣赏与排斥，诸如此类，原来有着这么可悟而不可言的奥秘。既有着边界分明的好恶，又有着润物无声的关爱，这两种极端，竟然又是大千世界千奇百怪的真相，实在是令人感慨万千。

有L等的理解，确实应该心无皱褶，行至晨光，开始又一个下一程的。

我们跟我们的有生之年狭路相逢，我们在等待着绵绵无尽的喜怒哀乐，岁月更替，潮来潮去，幸运与波折来了又去，去了又来，生而为人，是多么悲喜交集啊。

托尔斯泰说过，如果你感受到痛苦，那么你还活着；如果你感受到他人的痛苦，那么你才是人。

悲悯如同一条温润美丽的河流，一路上有风景，也一路净化着种种风尘。它不一定能拯救苍生，也不一定能福泽时光，却一定能滋润、能反射日月天光。在一条河流的漩涡中间，一定有光影的闪烁。

会不会有这样一种信念，即便没有多大的希望，一个人也可以拼尽全力，将它长久地保持在心中。就如同生而为人，要把自己的开心和快乐，以及幸福，带给自己所爱的人。这不仅是一种天生的需求，其实也是一种道德的义务。因为，开心、快乐和幸福，是人间美好的愿景啊。

4

时间总是深藏着一些让人唏嘘不已的东西，身边或者传说中那些奇特的人与事，总是让人拂不去记忆与联想。

而小说是一个难能可贵的摆渡者，渡今天的人，去往故园旧地，去往现实中不复再现的旧时，去重温过去，去见识与了解已然远去的过去。

空前膨胀和飞扬起来的想象力，就像一个七彩的腾空而起的热气球，借助心火的燃点，在无尽头的时空中飞升。

而这样的想象力，不是为了去呈现生活，也不是为了再现生活，而是为了去表现审美视野下或能存在的生活。这就是创作，不是写作。创作与写作的差异，在于创作是具有引导力的，是能引发感应和沉溺效应的，是能让共鸣者进入彼时彼刻的场景，去领略那时那段的人生的。

而此时爆发出来的金句，也就是那些出人意表的判断、结论、领悟，则都是想象力运行途中的收获。语言具有强烈的抒情性，富有诗意与质感、光泽与温度的语言，就像头顶上一颗颗发光的星星，高悬在空中，释放不可思议的浩大的能量，恍如有我与天地同在、万物与我合一的安宁感，心神皈依着这样的征服。此刻，我们仿佛能与祖先对话，与山川田野对话，而这正是一种巨大的架构，可以超越时空之隔的大跨度的架构。这样建构起来的模式，是其他艺术表述所不可能实现的，比如文化研究。只有小说创作，才可以虚构出这样一个史诗般的时空。

小说的模式可以带领我们走到文化的最深处，那就是神话。理论研究不可能做到，但小说却可以去设计文化与神话的关系。神话是我们文化最原始的起点，几千年来一直陪伴着我们的想象力，陪伴在我们身边。神话是对自然与人的关系最原始的认知，这是神话馈赠给一代又一代后人的护身符，一直与我们的生活不离不弃，一直祝福和护佑着我们的时日。

文学不仅是生活的影子，还是对影子来龙去脉的追踪和剖析。生活永远扑面而来，因此，对生活的思考与追问也永远被考量着深度和广度。这离不开认知的格局和积累，没有生活与思想这两个支撑点，就很难支撑起长篇小说的架构和立意，这既包括故事情节，也包括人物塑造。

修行问道，以启未来。每个人的一生，都会遭遇幽暗、偏见和怪圈。作家毛姆说过："凡人类爱过或遭受苦痛的地方，总会留下若有若无的气息，永不消逝。"这些地方因此沾染了精神的韵致与富足，神奇地影响着过往的旅人。因此，心灵的思考总会有印迹，那就是光源所在的地方，那也是风雨无惧、初心如磐的力量。

用超过一个人长大成人的时间段、二十多年的时间所获得的写作长篇小说的经验的磨砺，来面对这部新的其实思考积累了相当时日的长篇小说的写作，自然希望对自我的过往、对自我与他人的心得，都有所超越，希望其更有小说该有的节奏、吸引力、启迪与借鉴效应，技巧更加成熟一些，对人生的领悟与表达更为沉着，情节与人物都有时间、空间的生长性，背景特色更加凸显。所有这些添加上去的自我期许，都是严格要求自己戴着镣铐更加专注地跳舞，舞出不同于以往的身姿与韵味。

生活往往比小说更为精彩，更让人匪夷所思，而小说则是把生活中貌似不可能发生的事情，通过技巧，让其顺理成章地发生。所谓无巧不成书，这是历来的小说传统，也是命运诡谲莫测的秘密。

很多的情节冲突与人物矛盾，多是因为巧合的碰撞而产生的，这样的巧合不是人为的安排，而是命运的铺排。而所谓悲剧或者喜剧，不过是巧合被打碎或者被成全。古今中外杰出的小说，无不是在奇幻中下足了功夫，这样的布局充满了神奇。奇幻中的逻辑与现实中的逻辑交错对应，现实与梦境都在想象中不断地延伸，这不仅是一种能力，也是一种格局和胸怀。这样的能力就关乎如何锻造一个小说家的素养了。

正是这种看似不能穿透的命运安排、这种奇巧才推动着人物的生长与情节的递进。好奇与巧合，其实跟虚构与非虚构的关联不大，倒是跟人与现实的关系紧密相连。一如通俗所言，信则有，不信则无，自有奇巧在暗渡关山、自圆其说。这是命运既无情、漠然，也不那么压抑、阴暗的真相吧。

如果说命运是头大象，沉重无比地穿越于大同小异的各种路径里，那机缘的降临概率则是极为稀罕的，是有点琐细甚至是无关宏旨的细节中的裂缝里透出的光亮。可是这束光有可能注定了人与事的关乎命运的走向，似乎没有逻辑的条理，却有着真正的不可测的神秘。

俄裔美国诗人布罗茨基说过："艺术，尤其是文学，之所以非凡，之所以有别于生活，正在于它憎恶重复。"这里有两个关键点：有别于生活，同时，不重复自己。小说不是生活的复制，匍匐于生活的凡俗喧嚣中，其审美驱遣就在于小说与生活有貌合神离的差异性，才能源于生活又高于生活，才能刺破生存与人性的真相，带领现世的魂灵飞升。而超越自我，那显然就是一种自律的创新要求。艺术有无限的可能性，创作本该秉持这样的宗旨，去给对历史文化的生存书写留下不一样的记录与思考。

所以，我刻意记下了一些摘录："比起任何形式的社会组织来，语言，应该说还有文学，更加古老，更加必不可少，生命力也更顽强。""文学的功绩之一正在于，它有助于使我们生存的时间更加个性化，使它有别于我们的芸芸前辈，也有别于衮衮的同代人。""它的发展不取决于艺术家的个性，而是取决于题材自身的活力和逻辑，取决于要求（或可能）在美学上切实得到解释的种种以往手段的命运。""美学的选择具有高度的个人性质，美学经验始终是私人经验。每一个新的美学现实使这种经验更具有私人的特点。"

因为我向来对投入狂热潮流中去保持着审慎，保持着不从众的个人自醒，所以我向来不是时髦派，更不是当红派。如此来说，个人命运中的得失也必定如此，既不当红，也没想过放弃。凡事沉住气，咬紧牙关坚持下去，成了我一生的座右铭。我们都得在自己的选择中走上不同的路径，既然没有太多可以依傍的外力，唯有不断向内要求自己，如何沉稳，如何独立，如何保持学习的热情，如何对进步有一种自发的热爱，那就可以进可攻，退可守，有踏实的判断力和养育人格的尊严，不为潮流时势的风向所驱动。

《圣经·提摩太后书》的箴言写道："那美好的仗我已经打过了，当跑的路我已经跑尽了，所信的道我已经守住了。"

"目击成诗，遂下千年之泪。"我更愿意相信文学依然会有一些战胜历史混浊和强力霸权的潜力。福斯特在《印度之行》的结尾写道："全忘记创伤，还不是此时，还不是此地。"文学可以开拓出另一种境界，生命的损伤或许可以再度生长。

关于作为城市的故乡广州，有人认为代表了新的时代，而记忆与历史中的城市也可能代表着那段成为过往的旧的世界。所以，故乡可以成为书写的迷宫，也可以成为象征的载体，更可以成为代际接续的人所生存发展的新空间。所谓似水流年正是这样的况味，似曾相识的城市街景还在，每代人走在折叠着时间密码的空间里，几代人的记忆与乡愁就会扑面而来。写好了人与城的关系，也就写活了故乡的意义，既是不同代际的人的起点和终点，也不是不同代际的人的来路与归途。

广州本土写作，离不开这里的人文环境，历史、文化、城市变迁左右着写作的路径与取向，而风土人情、粤语的思维逻辑与表达想象的地方感，则让写作的气息与意味显示出分明的差异。这是不一样的观看世界与反观内心的角度，长期处于中心之外的边缘，长期处于对外开放交流的风口浪尖，生存世相与文化品相完全是不一样的面貌。

这种说法似乎很有代表性："一般来说，北方几乎是权力的某种隐喻，而相对来说南方意味着明天，意味着野生，意味着丛莽，意味着百姓。"

地方感与地域性，其实会融会在种种基因里，气候的基因，人情世故的基因，血脉的基因……这就意味着跟本土人的生活已经结合痴缠在一起了，比如语言的表达、情绪的抒发、世界观的建立。毕竟真实的普通的人生，都是用这些不经意的文化去维系和链接的，这就是历史与文化柔韧的传承与延续。

其实在话语权边缘，或者是文化中心边缘的状态下，要改变现实的困境似乎不是轻而易举的，所以，本土写作一直在移民社会的结构，尤其是在移民社会的非话语权体系中挣扎着，守望着，最乐观的期待是这种挤压会带来相应的反弹力、拼命舒张的生命力，甚至会带来更好的自我完善与修正的强大希望。要摆脱困境，唯有超越困境，从而生出更有活力、更有生气、更多时尚的东西。无论如何，本土始终是本土写作的根和经验所在，也是情感与记忆深处一直在护佑和维系的所在。没有距离的家园跟有距离的记忆中的故乡是两个轨道，前者更有烟火气、更有质感，后者偏精神性或空灵的飘忽状态。

珠江在我居停生息的广州市穿越而过，珠江是广州不离不弃的母亲河，我们与珠江的关系是千秋之约的情缘，如同我们与广州这座称之为故乡的城市的情缘。

现在的维度，与叠加的时间与空间效应，与每一代人的命运，一如珠江的潮汛，潮起潮落、潮涨潮退，千百年来从来如此，终将如此。

写于 2021 年 8 月至 2024 年 8 月

补 记

《大运行》这部长篇小说取材于现实，是城市发展中的一个侧影，投射了一座城市现代化与国际化进程中必经的蜕变、跨越、发展与洗礼。涉及的内容与传统的制造业、第三产业不一样，是金融、基金、上市、投资，是跨国公司，是民营企业与国有企业交替的生长，是外来资本进入市场等新的市场和新的商业内容。这是广州这座国际化大都市的创新实力高速增长、迅猛发展不可或缺的一个环节。四十多年改革开放的成果、近十几年来广州的腾飞历程，很值得留下记录。

这部长篇小说同时也是历史演进的题材。第一人称的回忆部分，让时间的闪回重返历史深处；第三人称的主体部分，则是推进故事情节时不同人物的不同视角。一个家族的祖辈、父辈、子孙辈的衍传，地域的迁徙，以及一座城市社会历史变革的关键节点，在每代人身下留下的印记、对其命运产生的影响，如同一只无形的巨手，重新洗牌，既重新铺排城市的发展轨迹，更重塑不同年代的人生。

这更是一部很“广州”的小说。小说的名字《大运行》粤味十足，借用了“逛花市行大运”的年节祝福语。无论是大国还是小家，无论是决策者还是平民百姓，有运行就意味着人生有机会一搏，拼搏起来就有机会顺风顺水、心想事成。

广州话行大运、大运行，这是一种最具本土特色的语言表达与祈福，带着分明又地道的广州色彩与话语心态。其实，这种语境就是伴随着一代一代先来后到的新老广州人的生存历程。无论荣辱得失，无论显达平淡，心里的执念，或者说是柔韧的信守，就是向天地祷告，有运有命，时来运转，活一趟不仅是来经历生存的拷打与摩擦的，也是来感受和体验生活的欢愉与自得的。所以，被天地接纳，被上苍垂顾，就是所有人心里念念不忘的祝祷。

广州之称谓，过往有好多，比如楚庭、南武、番禺、羊城、越城、兴王府等。南武是广州曾经的一个名字，也是这部长篇小说一个有隐喻色彩的地名。广州四季不甚分明，广州的命运这四十多年来却光鲜亮眼、声名显赫。如何精确、生猛地再现广州故事的语境、广州人的精神体验与外在表达，这就是这部长篇自觉担负的承诺。

几年前的光景恍在眼前，而时间却呼啸远去。2022年，关于广东音乐六百年历史的长篇小说《赛龙夺锦》刚出版，还在计划着如何兑现成音乐小说联播。不期然，番禺区几个伯乐式领导的推荐，引来了广州市某党委部门对我创作的关注和联络。

一切缘由如同春天里播下的一颗种子，耕耘的土地里贮藏着一个生长的秘密，一个期待破土而出、抽枝长叶的契机。先是预设的选题、构思、过审，流程搁浅，再后来接二连三地报送提纲、遴选更迭，也算经历了春盛冬荒的几轮反复，冷暖甘苦地历练了几回。

其实，小说的构思与写作早已启程。一开始的状态可谓寂寞满目、苍茫难渡，写作构思一而再再而三地推倒重来，心力与外力的消耗无法言表。其时又适逢人生的一个大拐弯，一个甲子已近，我就要离开职场，放手曾经日日萦绕、令我失眠困顿的职场马拉松。

这个轰然而至的解脱，其实并没有让我有彻底的放松感。我还在苦心焦虑日夜牵挂的两本书稿，其一是散文专集《广州之书》，其二就是这部长篇小说《大运行》，我不得不打起精神两边穿插着进入又一轮全力以赴的开打。

艰难而又漫长的三年煎熬无法言说，虽说时间无情，毕竟时间有义，将我摆渡到眼前。一切生长过程的跌宕顿挫，也终于瓜熟蒂落，在人生大拐弯的交替年，交上了我又一次奋力而为的作业。过程非常消耗，甚至一度让各方面透支：体能、写作能力、专业技巧、匹配的社会面知识。甚至让我怀疑自己，是否有足够的能耐，弹跳起来，越过以往自己所能企及的高度，尽可能再蹦高一点。让今天的努力，不必过度紧张地愧对昨天，毕竟，我尽心尽力了。

因为私下里我有个一直在践行的立愿，为广州这座城市留下记忆，留住重大发展历程中的高光时刻，留住每一代新老广州人会聚到这块风水宝地所生发的屐履踪痕，这既是城市史，也是个人的命运史。

记录历史，直面现实，留下书写，这就是全书的支撑点。

一切的成全确实是在可遇不可求的祝福中、庇佑下。其间，我在疫情难熬的特殊年份里，送别了为我的书写鼓劲的家婆，先生老家的牵挂成了一幅写意的水墨。其间，也送走了支撑和扶持我一生的母亲，我几次三番含泪写下的怀念她也是反思人生的文章，有幸在暌违了整整二十年的杂志发表，似乎意味着我再次重做文学老年，也借此再遇二十年没见面的伯乐老师夫妇。他们已属耄耋，我也跨入花甲之年的门槛，还能有缘重逢，实在是感慨万千。

一切的完成都在经历与锤炼的火花中照亮路径。小说终于再三修改成稿，而未来已来，听从内心的召唤就好。

感谢责编泽红主任全力以赴的推动和帮助，感谢市委宣传部相关领导伸出的援手，感谢花城出版社张懿社长的支持。能完成一件事，写成一部长篇，离不开众多合力，万分荣幸，我当且行且珍惜。

权作补记。

写于 2024 年立秋